Hansjörg Thurn
Earth – Die Verschwörung

EARTH
DIE VERSCHWÖRUNG

Thriller

PIPER

Mehr über unsere Autoren und Bücher:
www.piper.de

Wenn Ihnen dieser Thriller gefallen hat, schreiben Sie uns unter Nennung des Titels »Earth – Die Verschwörung« an *empfehlungen@piper.de*, und wir empfehlen Ihnen gerne vergleichbare Bücher.

Von Hansjörg Thurn liegen im Piper Verlag vor:
Earth – Die Verschwörung
Earth – Der Widerstand

ISBN 978-3-492-06138-4

Redaktion: Peter Thannisch
Satz: psb, Berlin
Gesetzt aus der Centro Serif
Druck und Bindung: CPI books GmbH, Leck
Printed in the EU

An einem Tag, an dem niemand aus den Reihen der Menschheit mehr hungern muss. An dem keines ihrer Kinder mehr ausgebeutet wird. An einem Tag, als endlich die Grenzen zwischen den Kulturen gefallen sind, die Grenzen der Herkunft, der Religion oder Hautfarbe, die Grenzen zwischen Mann und Frau. An einem Tag, an dem die große Schlacht geschlagen und die Trauer um die Toten noch frisch ist. An dem es wieder Wälder gibt und die Tiere die Würde des Daseins zurückerlangt haben. An dem jeder einzelne Mensch begriffen haben wird, dass die Natur selbst das Maß aller Dinge ist. An einem Tag, an dem die Sprache wieder genutzt wird, um Verständnis zu schaffen und nicht Zwist. Und an dem die Erinnerung an den Wert der Freiheit noch wach ist und das Gewissen der Menschheit prägen kann. An diesem Tag wird ihr Zorn umso größer sein. Ihr wütender Ruf wird über die Ebenen der Kontinente hallen, und er wird lauten: Warum erst jetzt?

Auszug aus einer überlieferten Rede
von Elias Jafaar

1

Das Leben schien an diesem 21. Juni 2019 für Brit Kuttner perfekt zu sein. Für genau eine Stunde lang.

In dieser einen Stunde schien die Sonne über Berlin und machte den Regen der letzten Tage vergessen. Brit hatte beschlossen, den Rest des Tages blauzumachen, was selten genug bei ihr vorkam. Sie studierte Volkswirtschaftslehre an der Humboldt-Universität und hatte gerade die letzten zwei Stunden in Professor Kepplers Vorlesung »Philosophie und Management« verbracht. Obwohl gerade erst Mitte vierzig, verkörperte Keppler mit seiner geknöpften Strickjacke, aus der die Ärmel seines Hemdes in wunderbarer Asymmetrie herausragten, einen typischen schrulligen Professor.

In den Augen der meisten Studentinnen machte ihn das sexy, genauso wie die traumwandlerische Sicherheit, mit der er sich in jeder Disziplin der Philosophie bewegte. Die meisten Studentinnen waren allerdings auch jünger als Brit mit ihren sechsundzwanzig Jahren.

Wenn es etwas gab, das Brit aus Kepplers Vorlesungen mitnahm, das sie als sexy bezeichnet hätte, dann waren es einzelne Sätze, die oft den Rest ihres Tages beherrschten.

»Gemessen an dem, was möglich ist, bietet die Wirklichkeit uns immer nur Durchschnittliches.« Das war der Satz des heutigen Tages, mit dem sie während der nächsten Stunden an der Spree entlangschlendern wollte. Brit brauchte diese

Sätze. Sie bahnten sich jedes Mal beharrlich den Weg durch ihren Kopf, und sie genoss es, diese Sätze von allen Seiten zu betrachten. Mit jeder neuen Sichtweise konnte solch ein Satz bedeutsamer werden. Irgendwann spürte sie diese Sätze dann sogar, an dieser bestimmten Stelle hinter ihrem Brustbein, etwas über dem Solarplexus, nicht ganz mittig, sondern leicht nach links verschoben, wo sie ein besonderes Gefühl auslösten.

Dass Sätze so etwas bewirken konnten, hatte Brit schon als kleines Mädchen erlebt, und anfangs hatte sie anderen Menschen auch davon erzählt. Doch die Reaktionen waren immer irritierend, häufig gefror die Mimik ihres Gegenübers, die Stirn in Falten gezogen und die Augen in einer Art verengt, die das Suchen nach Antworten und Formulierungen kennzeichnet.

Das war allerdings auch in der Zeit gewesen, als Lisa keinen Hehl aus Brits häufig wechselnden Therapien gemacht hatte. Damals hatte Brit Lisa auch noch »Mutter« genannt und nicht »Lisa«. Erst später hatte Brit Lisa gebeten, niemandem mehr von den ständigen Besuchen bei Psychologen und Therapeuten zu erzählen, und irgendwann hatte Brit diese dann sowieso eingestellt. Doch seit damals wusste sie, dass gute Sätze an guten Tagen an diese gewisse Stelle in ihrer Brust kriechen konnten und die Freisetzung von Endorphinen bewirkten.

Sie mochte diese Momente sehr. Was sie dabei empfand, musste das sein, nach dem die gesamte Menschheit in allen Kulturepochen Jagd gemacht hatte: Glück. Zumindest nahm Brit das an, nach den Beschreibungen, die sie von diesem Zustand gelesen hatte.

Die Aussicht, einen solchen Endorphinschub mit dem heutigen Satz von Professor Keppler im Sonnenlicht an der Spree zu erreichen, war es wert, den Rest des Tages blauzumachen.

Sie verstand Zusammenhänge und Theorien meist schneller und besser als ihre Kommilitonen, und sie machte sich keine Sorgen, wenn sie ab und an einige Vorlesungen verpasste. Ihre Konzentrationsfähigkeit, ihre Disziplin und ihr Logikverständnis waren etwas, auf das sie sich schon immer hatte verlassen können.

Brit schlenderte über den Campus und begann, ihren Kopf mit dem heutigen Satz zu füllen. »Gemessen an dem, was möglich ist, bietet die Wirklichkeit uns immer nur Durchschnittliches.« Zunächst hatte Brit gedacht, dass sich das ganze Sehnen der Menschheit in diesem Satz spiegelte. Die ewige Sehnsucht nach dem Unerreichbaren, das Träumen von den Dingen, die sich nicht im unmittelbaren Hier und Jetzt des jeweiligen Menschen befanden. Doch schon nach den ersten Schritten verwarf sie diese Interpretation wieder. Es steckte mehr in diesem Satz. Etwas, das nicht die gesamte Menschheit zu fassen bereit war und vielleicht nur dem Verständnis einiger weniger überlassen war: das Bewusstsein um die Grenzen der Wirklichkeit. Nur wenige konnten diese Grenzen spüren und eine Idee von dem entwickeln, was dahinter sein mochte. Die trivialen Antworten dafür waren schon seit Urzeiten die Religionen der Völker. Aber diese Antworten erstickten alle weiteren Fragen, und deshalb mochte Brit sie nicht. Sie verlor sich beim Weg über den Campus darin, den Grenzen der Wirklichkeit nachzuspüren und die unterschiedlichsten Ideen für die endlose Weite hinter dieser Grenze durchzuspielen. Und dann sprach sie der junge Mann an.

Er mochte so alt sein wie sie, vielleicht unwesentlich älter. Seinen Hoodie hatte er ins Gesicht gezogen, fast bis an die Sonnenbrille, die seine Augen verdeckte. Sein Kinn war mit einem leichten Bartschatten bedeckt, etwas zu dünn, um der aktuellen Bartmode junger Studenten zu entsprechen, aber seine Gesichtszüge waren gut konturiert, so wie es bei Sportlern und flinken Rednern üblich ist, die ein gutes Verhältnis von Gesichtsmuskulatur und Fettgewebe an Wangen und Hals halten können. Er lächelte sie an.

Sie blickte fragend, nur eine Sekunde lang, doch lang genug, dass er seinen Satz wiederholte.

»Du bist Brit Kuttner. Wir müssen reden.«

Sie scannte ihn weiter. Die Sonnenbrille war ein No-Name-Produkt, was ihr sympathisch war. Unter seinem Hoodie ragten die weißen Kabel von In-Ear-Kopfhörern hervor; eines führte zu seinem rechten Ohr, das andere endete mit undefinierbarem Verlauf neben seinem Hals. Die Sneakers, die abgetragene Jeans, das aufs Nötigste gestrippte Fahrrad, all das ergab für Brit ein Bild eines jungen Mannes, der sich eher im Umfeld der Uni bewegte als in deren Vorlesungen.

»In einer halben Stunde auf der Monbijoubrücke, an der Museumsinsel. Es ist wichtig. Du gehörst zu uns.« Der junge Mann sagte diesen letzten Satz mit spürbarer Betonung auf jedem Wort. Dann schwang er sich aufs Fahrrad und radelte davon.

Brit sah ihm nach. Und plötzlich spürte sie eine Freisetzung von Endorphinen in ihrem Inneren. Sie war irritiert. Menschen und deren Verhalten drangen sonst nur zeitversetzt zu ihr durch. Je unbekannter sie waren, desto langsamer. Als sie noch klein gewesen war, hatte sie es immer mit einer fehlerhaften Synchronisation ausländischer Filme verglichen, wenn der Ton erst einen Moment nach den dazugehörenden Lippenbewegungen zu hören war. Mit der Zeit hatte das bewirkt, dass sich Brit von Fremden fernhielt und Kontakt nur zu den Leuten suchte, deren übliches Verhalten sie abgespeichert hatte.

Dass ein Fremder eine Endorphinwirkung auf sie haben konnte, war völlig neu.

Damit begann die zweite Hälfte dieser perfekten Stunde in Brits Leben am 21. Juni.

Das Chaos ihrer Gedanken, das sie auf dem kurzen Weg bis zur Spree begleitete, war zwar aufwühlend, aber nicht unangenehm. Der zertretene Rasen am Spreeufer war noch immer etwas feucht vom Regen der letzten Tage, und auf manchen Halmen glitzerten Tropfen im Licht der Sonne, die in etwa einer Stunde ihren Zenit erreichen würde.

Brit bemühte sich, mit ihren hellen Sportschuhen den Rasen zu meiden und nur die Flecken kahlen Bodens zu betreten, wobei sie in deren Muster die soeben erlebte Begegnung mit dem jungen Mann zu ordnen versuchte. Seine Kleidung und sein Auftreten hatten ihre übliche Scheu Fremden gegenüber sicherlich etwas herabgesetzt. Brit wusste von sich, dass sie weniger defensiv auf Menschen reagierte, die eine reduzierte Massenkompatibilität aufwiesen. Oder einfacher gesagt: Mit Außenseitern kam sie besser klar.

Das allein konnte aber noch nicht der Grund für die plötzliche Endorphinausschüttung gewesen sein. Von anderen Frauen hatte sie gehört, dass bestimmte männliche Merkmale solche Reaktionen bei ihnen auslösten, sogenannte Triggerreize. Darüber hatte Brit damals nachgelesen in dem Bemühen, eine theoretische Umleitung zu gewissen Verhaltensmustern junger Frauen zu erlernen. Bei dem jungen Mann vor der Uni hätten das zum Beispiel seine hellblauen Augen sein können, die für zwei Sekunden zwischen Hoodie und Sonnenbrille sichtbar gewesen waren. Aber egal, wie intensiv Brit diesen Gedanken in ihrem Kopf hin und her drehte, er verblasste immer wieder, bevor er jenen Raum in ihrer Brust knapp oberhalb des Solarplexus erreichte.

Doch etwas anderes landete dort, ohne dass sie es mit der üblichen Mühe bearbeitet hätte. Der Satz: »Du gehörst zu uns.«

Brit blickte von der Monbijoubrücke lange auf das Wasser der Spree, auf der die Reflexionen der Sonne in einem angenehmen Rhythmus tanzten und ihre Gedanken frei machten für die nächste Betrachtung. »Du gehörst zu uns.« Für Menschen wie Brit, deren dissoziative Störung bewirkte, dass sie ihre emotionale Umwelt wie durch einen Wattefilter wahrnahmen, war Einsamkeit meist ein belastendes Problem, und der Wunsch nach Zugehörigkeit wurde oft zu einer zwanghaften Fixierung, an deren Verwirklichung sie sich oft ihr Leben lang vergeblich abarbeiteten. Brits frühere Therapeuten hatten ihr daher immer zu vermitteln versucht, das Empfinden von Einsamkeit als Teil ihres Ichs zu akzeptieren und sich nicht im ständigen Kampf dagegen zu erschöpfen.

Brit hatte sie dafür alle gehasst. Sie hasste den Gedanken, dass irgendetwas in ihrer Welt unabänderlich sein sollte, und hatte fortan sämtliche Therapien aus ihrem Leben verbannt. In den Seminaren von Professor Keppler beschäftigte sie sich dann mit Theorien, wonach sich in die Welt gesetzte Hypothesen unter bestimmten gesellschaftlichen Umständen in Fakten verwandeln konnten. Für die meisten Studenten war dies nichts als ein kleines philosophisches Gedankenspiel, doch für Brit bedeutete es mehr – die Hoffnung darauf, dass Unmögliches denkbar war und dass ihr lebenslanger Kampf gegen die Einsamkeit nicht zwangsläufig vergeblich sein musste.

Es war mehr ein Instinkt, der Brit aufblicken ließ. Der junge Mann mit dem Hoodie kam genau in diesem Moment auf seinem Fahrrad an und blieb ihr gegenüber stehen. Er sah sie an, dann zog er sein Smartphone heraus und telefonierte über den Ohrstöpsel unter seinem Hoodie. Brit war etwa dreißig Meter von ihm entfernt und konnte seinen Gesichtsausdruck nicht genau erkennen, denn sein Kopf war nach unten geneigt, als wolle er auf diese Weise sein Telefonat vor anderen verbergen.

Jedenfalls war er für einen Moment abgelenkt und bemerkte den schwarzen Lieferwagen nicht, der mit weit überhöhtem Tempo plötzlich auf seine Straßenseite raste und ihn erfasste ...

Brit sah, wie der junge Mann in einem gewaltigen Aufprall verschwand und nur sein Fahrrad hoch über den Lieferwagen geschleudert wurde. Der Lieferwagen raste mit unvermindertem Tempo weiter, und das Fahrrad krachte hinter ihm scheppernd auf die Straße.

Der junge Mann war aus Brits Blickfeld verschwunden, und automatisch ging sie los, suchte mit ihren Blicken dabei hastig die Stelle ab, wo er Sekunden zuvor noch gestanden und telefoniert hatte.

Sie entdeckte ihn schließlich mit verdrehten Gliedmaßen halb unter einen parkenden Wagen gequetscht, aber da war sie noch gut zwanzig Meter von ihm entfernt. Zu weit, um das Gesicht des anderen Mannes erkennen zu können, der ein Basecap trug, mit schnellen Schritten den Unfallort erreichte und das lädierte Smartphone des überfahrenen jungen Mannes von der Straße aufhob. Dann eilte er davon, verschwand zwischen den Passanten, die nun von allen Seiten auf die Unfallstelle zuströmten.

Als Brit dort ankam, war sie eine von vielen, die um den leblosen Körper des jungen Mannes herumstanden. Die Brille war ihm vom Gesicht gerissen worden, und sein Gesicht sah sanft und leblos aus in der Umrahmung des Hoodies. Er war tot.

Brit ging ein Stück abseits. Sie setzte sich in den Rinnstein und sah den Tauben zu, wie sie gurrend um Stücke von Brot auf dem Gehweg herumpickten. Sie fokussierte die

Vögel, konzentrierte sich auf jede ihrer Bewegungen, bis sie jenen Tunnel aufgebaut hatte, der ihr schon seit früher Kindheit geholfen hatte, Dinge aus ihrem Kopf zu verbannen, die sie nicht begreifen konnte.

2

Khaled Jafaar war dreiunddreißig und damit der jüngste Dozent an der Universität Münster. Die häufigste Frage im Anschluss an seine Vorlesungen war immer, ob er als Deutsch-Palästinenser beschnitten war oder nicht. Sie wurde ihm ausschließlich von den jungen Studentinnen gestellt, die seine Vorlesungen bevölkerten.

Die zweithäufigste Frage war, ob sein Fachbereich »Informationsethik« nicht in seinen Grundzügen schon reaktionär und fortschrittsfeindlich wäre. Diese Frage wurde ihm grundsätzlich von Klugscheißern und stromlinienförmigen Karrieristen gestellt, von denen die Uni nur so überquoll.

Wie immer nahm Khaled den Seitenausgang und machte, dass er wegkam vom Campus. Er hatte sich damit abgefunden, dass er mit seinen dreiunddreißig Jahren Marotten entwickelte, die er früher als bieder abgetan hätte. Inzwischen liebte er es, so früh wie möglich zu Milena und ihrem gemeinsamen Haus mit Garten im Münsteraner Randgebiet heimzukommen. »Heimzukommen« war dabei das Zauberwort.

Ein Zauberwort, das er augenblicklich wieder infrage stellte, als er in dem für die Dozenten reservierten Bereich des Parkplatzes auf seinen Wagen zuging. »Fuck Arabs« stand da in hässlichen großen Buchstaben, die mit schwarzer Farbe auf die Seite seines betagten Nissans gesprayt worden waren.

Augenblicklich wurde sein Brustkorb enger, und er blieb stehen, um Luft zu holen. Es war diese unerträgliche Mischung aus spontaner Wut und der beklemmenden Unfähigkeit, eine geeignete Reaktion darauf in sich zu finden. Solange er denken konnte, hatte diese Mischung sein Leben bestimmt.

Als Teenager war es besonders schlimm gewesen. Ein Spruch, eine Bemerkung, eine gekritzelte Beleidigung auf seinem Schulheft oder auf den neu gekauften Sneakers, und die Wut war in Khaled hochgestiegen. Eine Wut, die immer die gleichen Bilder in ihm hervorrief. Gewalttätige Bilder, wie er mit den bloßen Fäusten breite Schneisen in die Reihen seiner Widersacher prügelte.

Es war nie dazu gekommen. Selbst dann nicht, als die Bemerkungen zu Pöbeleien wurden. Denn er hatte früh erkannt, dass seine Fäuste zu schwach waren für eine effiziente Antwort. Sein Intellekt dagegen war ausgeprägt, sodass er diesen im Laufe der Jahre zur Waffe gemacht hatte. Dennoch blieben ihm diese Momente erhalten, in denen er mit angehaltener Wut stehen bleiben musste und nicht mehr weiterwusste.

Das »Fuck Arabs« war auf dem Nissan unübersehbar, und Khaled stieg schnell ein, startete überhastet und fuhr vom Parkplatz. Als er in die Straße einbog und damit schutzlos den Blicken der vorbeischlendernden Studenten ausgeliefert war, überlegte er kurz, ob er sein Tempo verlangsamen und ihren Blicken mit Trotz standhalten sollte. Möglicherweise hätte das den Täter entlarvt, der deutlich anders auf »Fuck Arabs« reagieren würde als die anderen, woraufhin Khaled den Wagen hätte bremsen können, um herauszuspringen und seine unerfahrene Faust mitten ins Gesicht des Täters zu rammen. Es war eine Möglichkeit, die ihm kurz durch den Kopf schoss, aber wie so oft reichte ihm der bloße Gedanke an eine mögliche Gegenwehr, um wieder zufriedener zu werden. Er gab schließlich Gas, um die Uni schnell hinter sich zu lassen, ohne dass er einen einzigen der Studenten am Straßenrand angeschaut hätte.

Nach unzähligen ähnlichen Situationen mit immer gleichem Ablauf hatte er verstanden, dass er niemals der geworden wäre, der er inzwischen war, wenn er auch nur ein einziges Mal von seiner Faust Gebrauch gemacht hätte. Khaleds Wut entlud sich anders: in der Anhäufung von Wissen und Fähigkeiten. Schon mit vierzehn kannte er sich in Programmiersprachen besser aus als seine Mitschüler in ihrer Muttersprache. Er schrieb kleine Programme, die seinen Mitschülern halfen, bei den Klausuren zu betrügen, und er hatte es geliebt, die Schule zu schwänzen, um sich übers Netz das Wissen anzueignen, das seine Lehrer derweil mit der Langeweile der Routine in der dreifachen Zeit in den Klassenzimmern predigten.

Anfang zwanzig hatte Khaled einen lernfähigen Algorithmus entwickelt, der half, die Vorschläge der großen Internetsuchmaschinen zu umgehen und differenziertere Ergebnisse zu erzielen, die das Meinungsbild eines Users mit kontroversen Informationen unterfütterten. Er nannte seine Software »Gecko«, weil sie flink und unkalkulierbar war und wie das gleichnamige Reptil in schwer zugängliche Bereiche des Netzes kriechen konnte. Gecko war stylish und hip und wurde sofort ein Renner. Khaled war plötzlich ein Geheimtipp in der Insidergemeinde der Netz-Aposteln.

Er war dreiundzwanzig, als man bei seiner Mutter einen nicht operablen Hirntumor feststellte. Noch am gleichen Tag kontaktierte ihn ein Frankfurter Anwalt, um ihm im Auftrag von Google einhunderttausend Euro für Gecko anzubieten. Khaled nahm das Angebot an, um seiner Mutter mit dem Geld ein schönes letztes Lebensjahr zu ermöglichen. Seither hatte er nie wieder programmiert und stattdessen die akademische Laufbahn eingeschlagen, Milena geheiratet und war mit ihr vor zwei Jahren in die Hundertvierzig-Quadratmeter-Wohnung mit Garten gezogen.

»Hey!«, war das erste Wort, das Milena ihm zur Begrüßung zuwarf, als er aus seinem kleinen Nissan stieg. Das »Fuck Arabs« stand auf der dem Haus zugewandten Seite. »Hey.« Er liebte dieses Wort, mit dem sie so freizügig um sich warf wie mit ihrem Lächeln. Er liebte ihre Sommersprossen, die Haarsträhnen in ihrer Stirn, und er liebte ihre Trippelschritte, mit denen sie Anlauf holte, um ihn anzuspringen, weil sie ihre Freude auf ihn so schwer unter Kontrolle halten konnte.

Ihr »Hey« konnte verliebt, fröhlich, sexy oder enttäuscht klingen. An diesem Tag war es mitfühlend, und ihre Umarmung war die passende Begleitung dazu. Sie kannte ihn gut, sie wusste, wie sehr ihm diese gesprayte Unflätigkeit zusetzte. Sie wusste auch, dass er jetzt nicht darüber reden wollte, und sie respektierte das. Allein dafür liebte er sie mehr als alles andere.

Das war so von ihrer ersten Begegnung an. Und die Entscheidung, mit ihr zusammen in biedere hundertvierzig Quadratmeter mit Garten zu ziehen, war einfach folgerichtig gewesen. Milena liebte die Häuslichkeit. Sie war zwar als Grafikerin bei einer Agentur für Stadtmarketing angestellt, aber in der letzten Zeit hatte sie zunehmend ihren Arbeitsplatz in das Obergeschoss des Hauses verlagert.

Um den Neidern innerhalb ihrer Agentur den Wind aus den Segeln zu nehmen, war der heutige Abend geplant. Ein Barbecue in ihrem Garten, zu dem die sogenannten »Friends & Family« der Agentur eingeladen waren, um ihnen bei Straußensteaks und exotischem Bier verständlich zu machen, dass dieses private Arbeitsumfeld sinnvoll und förderlich für Milenas Kreativität war.

Drei Stunden später war Khaled bereit für die Party. »Stell dich der Sache«, war der entscheidende Satz aus Milenas unerschöpflichem Verständnis- und Redepotenzial gewesen.

Anfangs hatte Khaled vergeblich versucht, mit Benzin und Reinigungsmitteln das »Fuck Arabs« vom Lack seines Wagens zu entfernen, danach wollte er den Nissan in einiger Entfernung parken, ja zog sogar in Erwägung, ihn kurzerhand zu einem Schrottplatz zu fahren, was nur daran gescheitert war, dass ihm Googles Suchalgorithmus auf seine entsprechende Anfrage hin keine Ergebnisse in erreichbarer Nähe geliefert hatte. Der eine Satz von Milena war seine Rettung gewesen.

»Stell dich der Sache«, hatte sie gesagt. »Meine Kollegen kommen alle aus dem Marketing, halten sich für weltoffen, originell und blitzgescheit. Du kannst sicher sein, dass jeder einzelne von ihnen spontan in ein Verhaltensdilemma gerät, wenn vor unserem Haus der Wagen mit dieser Beleidigung steht. Da müssen sich meine lieben Kollegen erst einmal herauswinden. Die Party verspricht, originell zu werden.«

Später stand Khaled im Garten am Grill, auf dem blutiges Fleisch lag, und genoss die Situation. Es waren ausnahmslos die Männer, die seine Nähe suchten, mit sicherem Halt an exotischem Flaschenbier aus handverlesenen Brauereien, von denen der normale Biertrinker ganz sicher noch nie gehört hatte. Man übertraf sich gegenseitig in mehr oder weniger gelungenen Aphorismen zum Thema »Fuck Arabs«, trank gemeinsam und wurde nicht müde, sich auf die Schultern zu klopfen. Es war eine Männershow, und Khaled war der Mittelpunkt.

Milena warf ihm einen Blick zu und wusste, dass diese Party eine neue Benchmark innerhalb ihrer Agentur setzte und ihr ganz sicher den angestrebten Heimarbeitsplatz ermöglichen würde. Als Khaled ihren Blick erwiderte, spürten sie beide, dass es an der Zeit war, den gemeinsamen Triumph zu feiern.

Sie trafen sich im Badezimmer, das groß war und durch ein Fenster den Blick auf den Garten mit den Partygästen gewährte, die nur durch die schmalen Lamellen der Jalousie von ihnen getrennt waren.

Der Sex war stürmisch, und Khaled hielt Milena dabei absichtlich so, dass sie von jedem ihrer Kollegen gesehen werden konnte, wenn dieser nur nah genug ans Fenster trat.

Als Khaled das Bad verließ, um in den Garten zurückzukehren, klingelte es an der Haustür. Er öffnete.

»Bist du Khaled Jafaar?« Die junge Frau, die das fragte, war etwa dreißig Jahre alt. Sie hatte strähniges schwarzes Haar, das längere Zeit mit keinem Shampoo in Kontakt gekommen war, und trug ein schwarzes Jackett über ihrer Jeans. »Ich bin Esther. Dein Vater schickt mich.«

Khaled spürte, wie aller Triumph der letzten Minuten augenblicklich aus seinem Körper wich und er sich unwillkürlich verkrampfte.

»Mein Vater hat vor ziemlich langer Zeit beschlossen, aus meinem Leben zu verschwinden. Ich glaube nicht, dass Sie hier richtig sind.«

Er wollte die Tür schließen, aber die Frau stellte ihren Fuß dazwischen. »Er steckt in Schwierigkeiten und will dich sehen.«

Sie hielt Khaled ein Smartphone unter die Nase. Ein Film war darauf zu sehen, der einen Mann Mitte fünfzig mit arabischem Aussehen und flinken Augen zeigte, hinter ihm die

Ausläufer eines kargen Wüstendorfs. Der Mann sprach in die Kamera, und er schien Khaled direkt anzuschauen.

»Hallo, Sohn. Ich brauch deine Hilfe ...«

Dann brach der Film ab.

3

Irgendwann war Brit einfach mitgenommen worden. Sie erinnerte sich noch, dass sie den Tauben zugeschaut hatte und dass Polizisten kamen, die ihr Fragen stellten. Nach was genau, wusste sie nicht mehr, aber es hatte mit einem ausgedruckten Foto zu tun, das der tote Mann in der Tasche bei sich trug. Ein Foto, auf dem sie selbst zu sehen war. Genau genommen nur ihr Gesichtsausdruck, eingefroren in einem Moment, als sie nach hinten blickte, ganz so, als fürchtete sie etwas, dort, in Richtung Kamera. Eine Haarsträhne hing ihr quer in die Stirn. Und auch wenn nicht viel mehr auf dem Foto zu sehen war, beunruhigte es Brit dennoch. Denn sie konnte sich nicht erinnern, jemals mit einem solchen Gesichtsausdruck fotografiert worden zu sein.

Die Polizei befragte sämtliche Passanten am Unfallort, die möglicherweise etwas von dem Unfall und dessen Hergang mitbekommen hatten. Die Befragung von Brit gaben sie rasch auf, weil sie schlichtweg keine Antwort gab und nur die Tauben anstarrte. Sie dachten zuerst, sie sei eine Drogensüchtige, doch dann fand man dieses Foto von ihr in der Tasche des Toten, und von da an war Brit von besonderer Bedeutung.

Als auch die weiteren Kontaktversuche fehlschlugen, nahmen die Beamten Brits Ausweis und ließen ihre Identität überprüfen. Die Polizisten gingen davon aus, dass sie mit dem Opfer bekannt war und durch den Unfall einen Schock erlitten hatte. Sie forderten über die anwesenden Sanitäter ärztliche Hilfe an, doch zu ihrer Überraschung kam von ihrer Dienststelle die Anweisung, Brit Kuttner mit aufs Revier zu bringen, damit sie von dort abgeholt werden konnte.

Brit verbrachte nur wenig Zeit auf dem Revier, ihr Tunnel, in den sie sich zurückgezogen hatte, löste sich langsam auf, und als Lisa kam, erlebte sie wieder einmal diese merkwürdige Art von Respekt, die gewöhnliche Polizeibeamte ihrer Mutter entgegenbrachten. Nicht, dass Lisa das eingefordert hätte. Im Gegenteil legte sie stets Wert darauf, nicht aufzufallen. Ihre Frisur war unauffällig, ihre Kleidung war unauffällig, ihre Art zu reden war unauffällig. Aber meist ging ihrem Eintreffen ein Anruf voraus, der sie als Mitarbeiterin des BKA ankündigte, der gegenüber man sich kooperativ zeigen solle.

»Hast du ihn gekannt?«, fragte sie Brit noch auf dem Revier.

»Nein.«

»Aber er hat sich mit dir treffen wollen, oder?«

»Kann sein. Wer war er?« Brit hatte sich angewöhnt, Lisas Fragen immer gleich mit einer Gegenfrage zu begegnen. Es hatte in der Pubertät angefangen, ein Trick, um sich nicht in die Defensive drängen zu lassen von dieser Frau, für die Verhörsituationen zum beruflichen Alltag gehörten.

Lisa setzte sich neben Brit und nahm sie in den Arm. Brit genoss das, und in diesem Moment verschwanden auch die letzten Reste des Tunnels.

»Kommst du mit, nach Hause?« Brit wohnte schon lange nicht mehr bei Lisa, aber Lisa konnte es sich nicht abgewöhnen, die große Wohnung in Pankow als »Zuhause« zu bezeichnen. Es gab Tage, da rebellierte Brit dagegen. An diesem Tag ließ sie es geschehen und nickte einfach.

Sie saßen eine gefühlte Ewigkeit in der Küche der Erdgeschosswohnung in Pankow, und Lisa wurde nicht müde, Brit mit Keksen und Jasmintee zu umsorgen. Doch hinter all den Gesprächsansätzen über Studium, Mode und Männerbekanntschaften lauerte immer die gleiche Frage: Warum hatte sich Brit mit dem jungen Mann mit dem Hoodie treffen wollen?

Brit konnte nicht mehr dazu sagen als auf der gemeinsamen Fahrt nach Pankow, aber das schien Lisa nicht zu reichen. Brit hatte in all den Jahren gelernt, die leicht zusammengezogenen Augenbrauen Lisas dahingehend zu deuten, dass ein Thema vorübergehend zurückgestellt, keinesfalls aber erledigt war, und hatte dafür Maßnahmen zur Gegenwehr entwickelt.

Demonstrativ ließ sie ihre Lieblingskekse, die Lisa eigens aufgetischt hatte, unbeachtet und ging stattdessen mehrfach zum Kühlschrank, um sich einen Teelöffel voll Quark zu gönnen. Quark war früher Lisas bevorzugtes Heilmittel gewesen, wenn die kleine Brit mal wieder über Magenschmerzen klagte. Ihre Mutter hatte die Wirkung immer mit der besonders heilenden Zusammensetzung von Milcheiweiß und gutem Geschmack erklärt und damit einen Placeboeffekt angesteuert, der für die Dauer von Brits Kindheit die gewünschte Wirkung erzielte. Als Brit allmählich erwachsen wurde und Lisa das eine oder andere Mal versuchte, die Wirkung von Quark als rein psychologisch zu entlarven, verweigerte sich Brit dem beharrlich. Schließlich gab ihre Mutter es auf und reagierte nur noch mit hilfloser Resignation, wenn Brit mitten in laufenden Gesprächen an den Kühlschrank ging, um sich Quark zu holen. Es wurde nie wieder darüber gesprochen, warum sie das tat, doch entstand zwischen beiden Frauen ein subtiles Kräftemessen.

Mit dem fünften Löffel Quark schaffte es Brit diesmal, Lisas Befragung zu beenden.

»Willst du dich etwas hinlegen? Kannst auch die Nacht hierbleiben, wenn du magst.«

Dies war der befreiende Satz, auf den Brit gewartet hatte. Sie nahm solche Angebote in ihrem früheren Zuhause gern an, hätte aber nie den Mut gefunden, ihrer Mutter die entsprechende Frage zu stellen.

Sie wachte auf, als es bereits Abend war. Sie lag auf der Couch gegenüber der abgebeizten Kommode mit der Fotogalerie, die Brits Kindheit illustrierte: Lisa mit Brit im Kinderwagen, Lisa mit Brit auf dem Spielplatz, Lisa mit Brit beim Picknick. Alle Bilder hatten unterschiedliche Rahmen und zeigten Lisa und Brit. Nur auf einem sah man Brit mit Lisa und Fred im Sonnenschein am Spreeufer, und Brit war auf dem Foto noch so klein, dass sie nur mit Mühe auf eigenen Beinen stehen konnte. Sie hatte kaum noch Erinnerungen an Fred, irgendwann war er einfach aus ihrem Bewusstsein verschwunden. Lisa hatte ihr nur erklärt, er hätte nicht die Kraft für ein Kind gehabt, das nicht sein eigenes war. Brit dachte nie weiter darüber nach. Lisa war ihr Familie genug, der einzige Platz, den Fred noch in ihrem Leben hatte, bestand aus einem Foto in dieser kleinen Erinnerungsgalerie.

Brit stand auf, um sich einen weiteren Tee aus der Küche zu holen. Ein kurzer Blick aus dem Fenster zeigte ihr, dass Lisa draußen auf der Straße mit zwei Männern in dunklen Anzügen redete. Vermutlich gab es weitere Fragen bezüglich des Mannes mit dem Hoodie, und ihre Mutter tat gerade ihr Möglichstes, um Fragen und Fragesteller von Brit fernzuhalten. Starke, tapfere Lisa. Das war das Bild, das Brit ihre gesamte Kindheit hindurch von ihr gehabt hatte. Sämtliche Gutenachtgeschichten drehten sich immer darum, dass Muttertiere das Nest beschützten und auf ihre kleinen Kinder achtgaben.

Brit schlenderte in die Küche, trank den Rest kalten Tees, weil sie keine Lust hatte, neuen aufzusetzen, und ließ den Blick schweifen. Seit sie vor sechs Jahren ausgezogen war, hatte Lisa kaum etwas verändert. Selbst Brits Kinderzeichnungen hingen noch verblichen an der Tafel aus Kork. Brit schmunzelte darüber, so wie sie es schon Hunderte Male getan hatte.

Brit ging weiter und sah im Arbeitszimmer ihrer Mutter Licht brennen. Ein übervoller Schreibtisch und ein Bügelbrett, auf dem immerzu eine von Lisas Blusen lag, die sie zu der Kombination aus Jackett und Hose zu tragen pflegte. Damit waren die Eckpunkte von Lisas Leben abgesteckt.

Dann fiel Brits Blick auf den Schreibtisch, und sie sah ein ausgedrucktes Foto von einer Überwachungskamera neben einem braunen Ordner. Das Foto zeigte einen Mann mit einem Hoodie, und Brit erkannte ihn augenblicklich wieder. Neugierig ging sie näher, schob das Foto beiseite und warf einen Blick auf die Akte, die darunter lag. Selbst als alle Welt auf papierlose Daten umgestiegen war, war ihre Mutter nicht von Akten, Heftern und Ausdrucken abzubringen gewesen. Oft hatten sie kreuz und quer im Arbeitszimmer gelegen, und Lisa hockte dazwischen, um sich Notizen zu machen.

Das fett gedruckte Wort, das unter dem Briefkopf des BKA stand und diese Akte kennzeichnete, lautete »Earth«. Brit konnte nicht das Geringste damit anfangen. Sie nahm einen Schluck kalten Tees und blätterte eher beiläufig die Mappe durch. Ein angehefteter brauner Umschlag enthielt ein weiteres Foto, dessen obere Ecke ein kleines Stück herausschaute.

Warum Brit das Foto aus dem Umschlag zog und damit gegen alle Regeln verstieß, die zwischen ihr und Lisa galten, hätte sie später nicht zu sagen vermocht. Jedenfalls lag das Foto plötzlich vor ihr auf dem Schreibtisch. Brit starrte darauf. Das Bild zeigte sie selbst. Sie ging über eine Straße, neben ihr ein junger Mann mit dunklen Haaren und arabischem Aussehen. Ihr Blick war auf etwas gerichtet, das sich hinter ihr außerhalb der Aufnahme befand, und eine einzelne Haarsträhne hing ihr in die Stirn.

Brit erinnerte sich an das Foto, das ihr die Polizisten auf der Straße gezeigt hatten. Es war eine Ausschnittvergrößerung dieses Bildes, das nun vor ihr lag. Aber das war nicht das Wesentliche. Viel irritierender war, dass sie auf dem Foto ein Baby auf dem Arm trug. In ihrem ganzen Leben hatte Brit noch kein Baby auf dem Arm gehabt. Der bloße Anblick verursachte eine merkwürdige Regung hinter ihrem Solarplexus.

Das Geräusch an der Tür verriet Brit, dass Lisa zurück war. Sie schob das Foto wieder in den Umschlag, klappte die Akte zu und eilte aus dem Arbeitszimmer. Als Lisa die Wohnung betrat, stand Brit bereits in der Küche.

»Schon wach?« Lisa wirkte etwas angestrengt von dem Gespräch, das sie draußen geführt hatte.

»Ich hatte Durst, wollte mir einen Tee holen.«

»Wenn du willst, bestellen wir uns etwas. Thai oder Pasta, was meinst du?« Während Lisa das sagte, ging sie weiter in ihr Arbeitszimmer.

»Ich weiß nicht, ich glaube, ich kann jetzt nichts essen.« In diesem Moment fiel Brit auf, dass sie ihren Teebecher nicht mehr bei sich hatte.

Lisa kam aus dem Arbeitszimmer zurück, in der Hand den Becher. An ihrem Blick sah Brit sofort, was der nächste Satz sein würde.

»Du hast es gesehen?«

4

»Hat sie nichts davon gesagt, warum du dorthin kommen sollst?«

Alle Gäste waren bereits gegangen, und Milena und Khaled saßen auf der Terrasse inmitten von leeren Flaschen und einer Landschaft aus schmutzigem Geschirr.

»Nein, nichts. Sie sagte nur, dass er sie vor zwei Tagen angerufen hat.«

»Esther?«

»Ja, so heißt sie. Hat sie zumindest gesagt. Sie meinte noch, sie sei eine Zeit lang seine Geliebte gewesen.«

»Seine Geliebte?« Milena schüttelte den Kopf und zog an der Zigarette. Sie rauchte selten, eigentlich nur auf Partys. Dass sie noch rauchte, wenn eine Party vorüber war, kam so gut wie nie vor.

»Keine Ahnung. Ich hab schon lange aufgehört, darüber nachzudenken, was von seinen Geschichten ich glauben soll und was nicht. Wird schon so sein, dass er die eine oder andere Geliebte hat. Ob diese Esther eine davon ist, kann ich nicht sagen, und es interessiert mich auch nicht.«

»Aber er hat sie angerufen und ihr gesagt, dass du nach Gaza kommen sollst?«

»Ja.«

»Warum Gaza?«

»Das ist seine Heimat. Dort ist er aufgewachsen. Er hat ja

ein Leben gehabt, bevor er nach Deutschland gekommen ist und meine Mutter kennenlernte.«

»Du hast so gut wie nie über ihn gesprochen.«

»Wird sich auch nicht ändern. Es war damals seine Entscheidung abzuhauen, nicht meine.«

»Das heißt also, du willst nicht dorthin?«

»Ich weiß nicht, Milena. Vermutlich hätte ich gesagt, er soll sich zum Teufel scheren, wenn er mich selbst kontaktiert hätte. Aber diese Esther scheint okay zu sein. Und sie meinte, es sei ernst. Sie war es wohl auch, die ihn zu dieser Videobotschaft überredet hat.«

»Zu zwei Sätzen.«

»Immerhin mehr, als ich zwanzig Jahre lang von ihm gehört habe. Obwohl er sein ganzes Leben in Schwierigkeiten gewesen ist. Wo immer eine rebellische Bewegung einen brillanten Denker gebraucht hat, mit dem sie sich schmücken konnte, war er dabei.«

»Das klingt ein bisschen zynisch, was du da sagst.«

»Sein ganzes Leben war zynisch. Seine Familie zu verlassen, um sich irgendeiner beschissenen Subkultur anzuschließen, das ist zynisch.«

»Du hast mal erzählt, dass er eine Menge riskiert hat für seine Sache.«

»Für seine Sache, allerdings. Für seine Familie hat er nichts riskiert.«

»Hey ...« Da war es wieder, dieses »Hey«. Sie sah ihn an und schob ihre kalten Hände unter sein Shirt. Khaled fröstelte leicht, genoss aber dennoch ihre Berührung. »Mach es, wenn du denkst, dass es wichtig ist.« Wie immer versprach ihr Blick ihm ewiges Glück, und in diesem Moment beschloss er, am nächsten Tag nach Gaza zu reisen.

Lisa und Brit saßen noch lange in der Küche.

»Was ist das für eine Akte?«, fragte Britt.

Lisa druckste herum, sie wusste, dass sie sämtliche Regeln brach, wenn sie Brit etwas über laufende Ermittlungen erzählte. Aber Brit bohrte weiter, und letztlich meinte auch Lisa, dass ihre Tochter nach dem Erlebnis am Vormittag das Recht hatte, zu erfahren, womit sich ihre Abteilung »Polizeilicher Staatsschutz« beim BKA seit einigen Tagen beschäftigte.

Bei einer neuen Runde Jasmintee begann Lisa zu erzählen, und diesmal stand Brit kein einziges Mal auf, um aus dem Kühlschrank Quark zu holen.

Earth war eine Gruppe linker Aktivisten, spezialisiert aufs Hacken und Aktionen im Internet. Das Zentrum der Gruppe wurde in Berlin vermutet, aber Earth galt inzwischen als globale Gruppierung mit Anhängern und Helfern in zahllosen Ländern. Die Organisation hatte Wurzeln in den Demokratisierungsbewegungen des Arabischen Frühlings und sympathisierte mit der weltweiten Occupy-Bewegung. Und Earth stand unter Beobachtung des BKA, aber die Hacker waren geschickt und den IT-Spezialisten des Bundeskriminalamts meist um eine Nasenlänge voraus. Außerdem war Earth irgendwann als weitgehend harmlose Gruppierung naiver Weltverbesserer eingestuft worden. Es hatte also keinen Grund gegeben, die Überwachung zu intensivieren.

»Und dann?« Brit hatte die Gedankengänge ihrer Mutter oft genug begleitet, um zu wissen, dass der entscheidende Punkt noch fehlte.

»In den letzten zwei Wochen sind in Deutschland drei ihrer Mitglieder bei scheinbaren Unfällen ums Leben gekommen. Nach Auskunft befreundeter Nachrichtendienste gibt es auch Opfer in anderen Ländern.«

»Aber was hab ich damit zu tun? Ich habe noch nie von dieser Gruppe gehört.«

»Ein junger Mann wurde letzte Woche an der Station Wittenbergplatz vor eine einfahrende U-Bahn gestoßen. Es stand auch in der Zeitung.«

»Ja, hab ich gelesen. Aber es hieß, es sei ein Selbstmord gewesen.«

»So die offizielle Verlautbarung. Die Überwachungskameras zeigten aber einen ziemlich eindeutigen Tatverlauf. Das Opfer war ein Mitglied von Earth, und in seiner Brieftasche wurde dieses Foto von dir mit dem Kind auf dem Arm gefunden.«

»Mit einem Baby und einem Mann, den ich im ganzen Leben noch nie gesehen habe.«

»Richtig. Wir gehen davon aus, dass es eine geschickte Fotomontage ist. Aber das ist nicht die eigentliche Frage ...«

»... sondern: Warum gibt es dieses Bild überhaupt?«, führte Brit den Satz zu Ende. Es zeichnete sie aus, dass sie die Gedankengänge ihres Gegenübers schnell übernehmen und weiterspinnen konnte. Bei ihrer Mutter fiel es ihr besonders leicht, sich in ihr logisches und analysierendes Gedankensystem einzuklinken.

»Warum gibt es dieses Bild überhaupt?«, wiederholte sie und fügte dann hinzu: »Wer hat es gemacht, und welches Interesse verfolgt er damit? Das sind die Fragen.«

Lisa nahm einen Schluck Tee, der inzwischen nicht mehr dampfte, und blickte Brit einen Moment lang über den Rand ihres Bechers hinweg an. Falls es eine unausgesprochene Frage an ihre Tochter sein sollte, zu verraten, ob sie in irgendeinem Zusammenhang mit der Hacker-Gruppierung stand, so ließ Brit diese Frage unbeantwortet. Mehr noch machte der Blick, den sie ihrer Mutter zurückwarf, deutlich, dass sie auf unausgesprochene Fragen mit demonstrativer

Nicht-Reaktion reagieren würde. Lisa wusste das. Das war Brits Art.

»Das Foto sieht aus, als sei ich auf der Flucht vor irgendetwas«, sagte Brit schließlich. »Ich laufe über eine Straße, mit diesem Mann und dem Baby ...«

»Ich nehme an, du kannst dich nicht erinnern, ob oder wann du jemals in einem solchen Moment fotografiert worden bist? Ich meine den Gesichtsausdruck als Grundlage für diese Fotomontage ...«

»Ich kann mich sogar *gut* erinnern, garantiert noch *nie* mit einem solchen Gesichtsausdruck fotografiert worden zu sein.«

»Wir haben es von unseren Spezialisten prüfen lassen auf die üblichen Fehler bei Fotomontagen: anderer Lichteinfall auf den Gesichtern zum Beispiel oder eine unterschiedliche Bewegungsunschärfe, die auf die verschiedenen Originalbilder zurückzuführen ist. Die Ergebnisse waren negativ.«

»Heißt?«

»Das heißt, dass alle Bestandteile dieses Bildes unter exakt den gleichen Lichtbedingungen und bei demselben Bewegungsverhalten aufgenommen worden sind.«

»Klingt ziemlich unwahrscheinlich. Wisst ihr, wer der Mann auf dem Bild ist?« Diese Frage hatte Brit schon die ganze Zeit unter den Nägeln gebrannt, aber sie wollte Lisa nicht zu sehr drängen. Ihrer Erfahrung nach war auf diese Weise mehr aus ihrer Mutter herauszuholen. Dann kam es vor, dass Lisas Verhalten als Mutter das der vereidigten Polizeibeamtin zurückdrängte und sie Dinge preisgab, die eigentlich unter Verschluss waren.

Aber Lisa sagte nichts an diesem Tag. Mehr noch, sie log, dass die Identität des Mannes komplett unbekannt wäre, obwohl das BKA seinen Namen bereits seit dem Tag nach dem angeblichen Selbstmord in der Station Wittenbergplatz kannte. Er hieß Khaled Jafaar und war Dozent für Informationsethik an der Universität Münster.

Sie erwähnte auch nicht, dass Khaled Jafaar seither unter Beobachtung stand, auch wenn es vorerst nur das sogenannte »kleine« Überwachungsverfahren war, also Mobilfunk, Internet, Kreditkartenbewegungen. So wie von diesem Tag an auch Brit, Tochter einer Kriminalhauptkommissarin des BKA, beobachtet wurde. Ein Verfahren, dem Lisa nur nach einigem Zögern zugestimmt hatte.

»Und was war das heute?«, wollte Brit wissen.

»Opfer Nummer vier in Deutschland. Er hieß Tobias Henke, in der Hackerszene bekannt unter dem Pseudonym ›Spillboard‹. Dass er eine Ausschnittvergrößerung dieses U-Bahn-Fotos bei sich hatte, hast du mitbekommen, oder?«

Brit nickte.

»Wir nehmen an, dass er dich damit identifizieren wollte. Aber wir wissen nicht, warum und was das alles soll.«

Brit spürte, dass Lisa die Wahrheit sagte.

»Hör zu, Schatz, du solltest vorsichtig sein. Und mir wäre, ehrlich gesagt, wohler, wenn du für eine Weile wieder zu mir ziehen würdest.«

Brit lehnte ab. Die Vorstellung, wieder bei ihrer Mutter zu wohnen und sich all den Verhaltensmustern und Kommunikationsritualen unterordnen zu müssen, denen sie nur mit großer Kraftanstrengung entflohen war, verursachten ihr sogar körperliches Unbehagen. Sie wollte zurück in ihre WG, wo mit Anna und Timo das herrlich normale Leben auf sie wartete und die Probleme dieser Welt ihre maximale Amplitude bei der Verantwortlichkeit für die Bewältigung des Berges ungespülten Geschirrs erreichten.

5

Nach nur zwei Stunden Schlaf und einem furchtbar überfüllten Zug erreichte Khaled in Düsseldorf noch die Lufthansa-Maschine nach Tel Aviv, deren Plätze nur zur Hälfte gebucht waren. Khaled hatte einen Fensterplatz und die Sitzreihe für sich allein, weshalb er die Schuhe auszog und dem eingefrorenen Lächeln der Stewardess zum Trotz die Beine auf die Polster legte, um besser schlafen zu können. Von den fünfeinhalb Flugstunden verschlief er drei, und die restliche Zeit verbrachte er damit, an seinen Vater zu denken, den Blick auf die dichte Wolkendecke unter dem Flugzeug gerichtet.

Er unterteilte seine Kindheit in die Zeit, als Ben Jafaar noch Teil der Familie gewesen war, und jener nach seinem Verschwinden. Das Bild, das ihm dabei immer wieder durch den Kopf schoss, sobald er dem Phänomen »Vater« Buchstaben und einen Namen gab, war eine Erinnerung an gemeinsames Skifahren. Die dunklen Haare und der ebenso dunkle Mantel des Vaters inmitten einer geradezu lächerlich bunten Vielfalt von anderen Skilangläufern. Vielleicht war dieses besondere Aussehen, das Khaled damals als Sechsjähriger wahrgenommen hatte, der Grund dafür, dass ihm dieses Bild in Erinnerung geblieben war. Vielleicht war es auch das tölpelhafte Ungeschick, mit dem sich der Vater auf den schmalen Brettern fortbewegt hatte. Der Vater, der sonst in sämtlichen Bereichen ein geradezu einschüchterndes Können an den Tag gelegt hatte. Ein Können, das der kleine Khaled immerzu bewundert und das ihn davon überzeugt hatte, sein Leben lang klein und unscheinbar bleiben zu müssen.

Das hatte sich geändert, als Khaleds Lebensalter zweistellig geworden war und er erkannte, dass der Vater sich ausschließlich in Disziplinen bewegte, in denen er erfahren und gut war. Alles andere mied er tunlichst. In dieser Zeit begann das Podest, auf dem der Vater in Khaleds Augen stand, zu wanken, und das Bild vom ungeschickten Vater im Schnee wurde zum überlebenswichtigen Mantra für einen Jungen, der die väterliche Übermacht abschütteln musste, um selbst zum Mann zu werden.

Die Maschine landete in Tel Aviv kurz vor zwei Uhr Ortszeit, und nach einer ebenso nervenden wie ermüdenden Einreiseprozedur trat Khaled schließlich bei dreißig Grad Lufttemperatur in das helle Sonnenlicht.

Es war sein dritter Besuch in Gaza. Das erste Mal war im Alter von sechzehn gewesen, als seine Mutter ihn gedrängt hatte, die Wurzeln seiner väterlichen Vorfahren kennenzulernen, um ein fundiertes Politikverständnis aufbauen zu können. Beim zweiten Mal war er dreiundzwanzig Jahre alt, als er, mit gewissem Stolz auf seine palästinensischen Wurzeln, seinen vorrangig unpolitischen Kommilitonen zeigen wollte, dass auch ein Informatikstudent über politisches Bewusstsein verfügen konnte. Dieser letzte Besuch war allerdings anders verlaufen, als es sich Khaled vorgestellt hatte.

Mit sechzehn hatte er Gaza noch als einschüchternden »Melting Pot« unterschiedlichster Menschen und Gesinnungen empfunden. Alles war in seinen Augen laut, bunt und anders als in Deutschland. Mit dreiundzwanzig fiel ihm auf, wie sehr auch dieser Teil der Welt allen anderen ähnelte. Es ging auch in Gaza um die gleiche Mode, den gleichen Konsum, die gleichen Ablenkungen. Zwar gab es von allem etwas weniger, dafür war der Umgang damit umso lauter. Besonders die Armut in den Außenbezirken führte dazu, dass der allgegenwärtige Schrei nach Konsum und Entertainment umso aggressiver durch die Straßen hallte. In den flinken und begierigen Augen der Straßenkinder glaubte er das gesamte Ausmaß der Wehrlosigkeit zu erkennen, das die Menschheit zum zwangsläufigen Opfer der Unterhaltungskultur werden ließ. Nach jenem Besuch in Gaza entschied er sich, sein Erfolg versprechendes Informatikstudium gegen den Fachbereich Philosophie einzutauschen. Das hatte er nie bereut.

Das Taxi brachte ihn zum Grenzübergang Beit Hanour, wo die Israelis mit quälender Genauigkeit die Kontrollen vornahmen. Der deutsche Reisepass ermöglichte Khaled das, was den meisten Palästinensern unmöglich war: das Überqueren der Grenze in einer halbwegs erträglichen Zeit.

Als er im City Star Hotel eincheckte, fing die dunstige Luft über Gaza-Stadt gerade die letzten Strahlen der untergehenden Sonne ein. Es war ein sauberes Hotel. Gebaut für die Journalisten und Geschäftsleute, die mitten in Gaza den gleichen anonymen Komfort erwarteten, den es inzwischen in den Stadthotels überall auf der Welt gab.

Khaled begab sich auf sein Zimmer, das aussah wie aus einem Katalog für Hoteleinrichtungen, öffnete das Fenster und hörte den Muezzin. Am nächsten Tag wollte er weiterreisen in den Norden von Rafah, wo Ben Jafaar aufgewachsen war.

Damals war dort nichts als ein staubiges Dorf gewesen.

6

Brit verbrachte den Vormittag in ihrer WG, um bei einem ausgedehnten Frühstück mit Anna und Timo eine Entscheidung zu fällen. Sollte sie etwas unternehmen, nur weil sie das Gefühl hatte, von irgendwem für irgendetwas benutzt zu werden, von dem sie nicht genau sagen konnte, was es war? Oder sollte sie einfach darüber hinwegsehen, dass ihre Persönlichkeitsrechte gerade massiv missachtet wurden?

Timo und Anna verstanden nicht wirklich, was Brit genau meinte, was sie aber nicht davon abhielt, mit Leidenschaft und Ausdauer darüber zu diskutieren.

Diese morgendlichen Diskussionen waren inzwischen zu einer Institution geworden, und auch wenn die beiden häufig an ihren Themen vorbeischossen und sich die Gespräche im Kreis drehten, hatte Brit immer das Gefühl, dass sie durch das bloße Diskutieren ihre Meinung klären und verfestigen konnte.

Timo war BWL-Student im sechsten Semester, der aber die letzten drei Semester kaum noch an der Uni gewesen war und stattdessen Pläne schmiedete, mit geschickten Firmengründungen in der Dritten Welt einen Teil der Entwicklungsgelder, die dorthin flossen, für sich abzuzwacken. Brit war sich sicher, dass es nie so weit kommen würde, weil Timos Planungstalent regelmäßig schon an dem WG-internen Geschirrspüldienst scheiterte. Aber er war ein netter Kerl mit einer angenehmen Vorliebe für übergroße Joints, und Brit genoss seine Gegenwart.

Anna war Friseurin, jedoch arbeitslos, seit sie sich entschlossen hatte, Dreadlocks zu tragen und sich der Benutzung von Shampoo zu widersetzen. Das war etwa der Zeitpunkt gewesen, als sie Timo getroffen und den guten Sex mit ihm zu schätzen gelernt hatte. Sie war in die WG gezogen und teilte mit ihm seither den Rhythmus langer Nächte, die meist bis zum gemeinsamen Frühstück mit Brit andauerten und in einen durchschlafenen Tag mündeten.

Das notwendige Geld für die Miete kam bei Timo vom BAföG und bei Anna von Eltern, die aufgrund ihrer zerrütteten Ehe einen dauerhaften Zweifel an ihren Qualitäten als Erzieher hegten, was sie durch finanzielle Unterstützung für Anna zu kompensieren versuchten.

Brit mochte diese Umgebung, verschaffte sie ihr doch das Gefühl, ihr Leben ein kleines bisschen besser bewältigen zu können als ihre beiden Mitbewohner.

Als der Milchkaffee kalt, das Müsli aufgegessen, ihr Gespräch aber immer noch nicht zu einem Ergebnis gekommen waren, stellte Brit ihre Frage neu: Wenn ihre Mutter durch ihren Beruf über eine Information verfügte, die wichtig für Brits weiteres Leben sein könnte, hatte Brit dann das moralische Recht, sich diese Information heimlich und entgegen allen Absprachen mit ihrer Mutter zu verschaffen?

Brits Frage war ausreichend suggestiv gestellt, und die Antwort von Anna und Timo lautete demzufolge einstimmig »Ja«.

Brit stand also auf und ging ...

Eine halbe Stunde später erreichte Brit den Eingang des Bundeskriminalamts am Treptower Park. Sie ging zur Sicherheitsschleuse und erklärte dem diensthabenden Beamten, dass sie einen Termin bei ihrer Mutter hätte. Hier beim BKA benutzte sie gern das Wort »Mutter«, wenn sie über Lisa sprach, weil das den Anmeldungsprozess deutlich beschleunigte. Sie nannte Lisas vollen Namen, und der Sicherheitsbeamte hielt telefonisch Rücksprache, bevor er Brit ein Ansteckkärtchen gab und sie durch die Schleuse schickte.

Lisas Abteilung befand sich im dritten Stock, und Brit war schon oft genug hier gewesen, um den Weg im Schlaf zu kennen. Als sie den Aufzug erreichte, rief sie ihre Mutter über das Smartphone an und schlug vor, sich in der Kantine zu treffen. Lisa sagte zu, wie sie immer zusagte, wenn Brit einen Vorschlag machte. Brit wusste, ihre Mutter würde die Treppe nehmen, weil sie grundsätzlich die Treppe nahm, um sich etwas Bewegung zu verschaffen.

Brit drückte die Verbindung weg, wartete so lange, wie ihrer Meinung nach Lisas Weg zum Treppenhaus dauern würde, stieg in die Liftkabine und fuhr in den dritten Stock. Als sich die Türen öffneten, trat sie beherzt hinaus und schritt zielstrebig durch den langen Flur. Beim Blick in einzelne offen stehende Büros nickte sie freundlich grüßend. Die meisten auf der Etage wussten, dass sie die Tochter von Lisa Kuttner war, und ihr Anblick auf den Fluren war nichts Ungewöhnliches.

Brit huschte ins Büro ihrer Mutter, einen kleinen Raum mit Blick auf das schmale Grün des Treptower Parks. Wie Brit erhofft hatte, war der Computer nicht ausgeschaltet. Ihre Taktik war aufgegangen. Brit setzte sich vor den Monitor und blätterte durch die digitalen Dokumente. Sie stieß auf den Namen »Earth« in einer Liste mit allgemeinen Beschreibungen eines Überwachungsvorgangs. Es folgten einige Querverweise zum BND und zu einigen anderen europäischen Nachrichtendiensten, aber da Brit deren Inhalt nicht auf Anhieb verstand, blätterte sie weiter.

Eine Seite, auf der offenbar Identität und Adressen einiger Mitglieder von Earth aufgelistet waren, fotografierte sie mit ihrem Smartphone. Es folgten weitere Seiten, die sie nicht verstand, aber schließlich fand sie das Foto vom Abend zuvor – sie selbst mit dem Baby auf dem Arm und dem Mann an ihrer Seite, über eine Straße laufend, als sei sie auf der Flucht. Irritierend daran war die Untertitelung mit einer Zahlenreihe, die ein Datum zu bedeuten schien: »6-8-2020«. Das wäre in etwas mehr als einem Jahr. Ein Schreibfehler vermutlich.

Wieder fotografierte Brit. Erst auf der folgenden Seite fand sie, was sie suchte: ihren Namen mit einer Kurzbeschreibung ihrer Person sowie den Namen des Mannes auf dem Foto. Khaled Jafaar, Dozent für Informationsethik an der Uni Münster. Brit fertigte auch davon eine Aufnahme an und beeilte sich, Lisas Büro zu verlassen.

Als sie in die Kantine kam, wartete ihre Mutter dort bereits ungeduldig. Vor ihr zwei Becher Kaffee, der inzwischen so kalt geworden war, dass man ihn nicht mehr genießen konnte.

»Entschuldige, ich hab Magenkrämpfe und war noch auf der Toilette.«

Sie setzte sich und begann ein möglichst unverfängliches Gespräch über den Vorfall vom Vortag. Lisa schöpfte keinen Verdacht.

7

Am nächsten Morgen lag wie verabredet ein Zettel für ihn am Empfang. Khaled war etwas irritiert gewesen, als Esther diese Art der Kontaktaufnahme im digitalen Zeitalter vorgeschlagen hatte. Aber sie war weder bereit, sich übers Telefon bei ihm zu melden, noch auf einem anderen Weg, der es Überwachern einfach gemacht hätte, ihre Botschaft abzuhören oder mitzulesen.

Auf Khaled wirkte Esther schlichtweg paranoid, wie sie an der Tür seines Hauses in Münster gestanden hatte. Aber er kannte das von manchen Studenten, die einerseits überall Überwachung seitens der NSA vermuten, andererseits keinerlei Probleme hatten, ihre intimsten Fotos auf Instagram zu posten.

Esther bestand jedenfalls darauf, dass Khaled sich genau an ihre Anweisungen hielt, im City Star Hotel in Gaza zu übernachten und am Folgetag vom Portier eine weitere Nachricht in Empfang zu nehmen.

Der Zettel, der dort für ihn lag, war mehrfach gefaltet. Als Khaled ihn aufblätterte, las er:

Carmel Supermarket, North-Rafah, Tal as Sultan, 12 p.m.

Es waren nur gut fünfzig Kilometer dorthin, aber das Taxi brauchte zweieinhalb Stunden dafür. Ständig stand der Wagen in irgendeinem Stau. Der Fahrer versuchte eine Ausweichstrecke, doch dann steckten sie wieder fest. Er war ein junger Mann um die dreißig mit flusigem Bart, der abwechselnd über den Verkehr schimpfte oder sich durch lauten Gesang wieder zu beruhigen versuchte. Anfangs bemühte er sich, ein Gespräch mit Khaled in Gang zu setzen. Aber Khaled blieb einsilbig und wollte die Fahrt durch Gaza genießen, Eindrücke sammeln und über die Vergangenheit seines Vaters nachdenken.

Gegen halb zwölf erreichte das Taxi dann endlich den Stadtteil Tal as-Sultan. Auch wenn das Leben in Rafah lautstark und selbstbewusst pulsierte, waren die Spuren von Bomben und anderen Zerstörungen an vielen Ecken unübersehbar. Es war staubig und heiß, und Khaled war durch den Fahrtwind, der durch die offenen Taxifenster geweht war, förmlich ausgetrocknet.

Er kaufte eine Flasche Wasser bei einem Straßenhändler und achtete darauf, dass der Plastikverschluss noch ungebrochen war. Es war eine schlechte Angewohnheit in dieser Gegend, benutzte Flaschen mit Leitungswasser aufzufüllen und dann wieder zu verkaufen.

Er schlenderte über einen Parkplatz und wartete. Die Gegend war geprägt von Betriebsamkeit und dem Anschein von Normalität. Doch das war nur die Oberfläche. Darunter lag diese merkwürdige Mischung aus gebrochenem Stolz und Pragmatismus, die man allen Palästinensern anmerken und die besonders bei jungen Männern blitzschnell in Wut umschlagen konnte. In der Kindheit seines Vaters war Gaza ein Paradies gewesen, jedenfalls war Ben Jafaar früher nie müde geworden, es seinem kleinen Sohn Khaled als solches zu schildern. Ein selbstbewusster Gründergeist hatte die Gegend beherrscht, der aus Siedlungen Städte entstehen ließ und aus fahrenden Händlern Geschäftsleute machte, die morgens ihre bunten Markisen über blank geputzten Schaufenstern herunterkurbelten, um Schutz vor der Sonne zu haben. Ein Optimismus, der in vielen Familien den Ehrgeiz geweckt hatte, ihren Kindern die Perspektive von Schulen und Universitäten zu bieten.

Khaleds Vater war in diese Zeit hineingeboren worden und hatte jede Chance ergriffen, die sich ihm bot. Als Sohn eines Importeurs von Porzellan wusste Ben Jafaar schon früh, dass er sein Leben nicht als Händler bestreiten wollte. Er war der Beste seiner Klasse, der Beste seiner Schule und der Stolz seiner ganzen Familie. Bens Vater hatte ihn gern in der Nachbarschaft herumgezeigt und immerfort betont, dass Jungen wie er einmal die Welt auch für Palästinenser öffnen würden.

Zunächst aber hatte Ben Jafaar die Welt für sich selbst geöffnet, als er mit einem Stipendium nach Genf ging, um dort Physik zu studieren. Der Kontakt zu seiner Heimat in Gaza brach nach und nach ab, und irgendwann waren dann Bens Eltern gestorben, Khaleds Großeltern.

Soviel Khaled wusste, lebten nur noch einige entfernte Cousinen seines Vaters in Rafah, jede mit einem halben Dutzend Kindern und einer Leibesfülle, die nach europäischen Vorstellungen als ungesund galt. Khaled verspürte nicht die geringste Lust, diesem Zweig seiner Familie zu begegnen. Mit dem Verschwinden seines Vaters aus Khaleds Kindheit war auch der Kontakt zu dessen Herkunft abgerissen ...

Khaled wurde aus seinen Gedanken gerissen, als ihn ein kleiner Junge am Ärmel zupfte. Er mochte etwa acht Jahre alt sein, und sein Grinsen offenbarte zwei fehlende Schneidezähne.

»Mister Jafaar?« Es war das raue Englisch, das die meisten Kids hier sprachen.

»Yes?«

»You come to car.« Der Junge zupfte weiter an Khaleds Jacke.

Khaled sah sich um. Wohin wollte ihn der Junge führen?

»You come to car, you come to car.« Der Junge grinste breiter und zog ungeduldiger. Er wies mit der anderen Hand in die Richtung eines braunen Lieferwagens, der in gut dreißig Metern Entfernung stand.

»Okay, okay.« Khaled machte die Hand des Jungen von seiner Jacke los und gab ihm zu verstehen, dass er vorgehen sollte. Khaled folgte ihm, und der Junge drehte sich alle paar Meter um, um sicherzugehen, dass er noch da war. Als sie den Wagen erreichten, blieb der Junge stehen und blickte ihn mit hochgezogenen Augenbrauen an.

Er hatte etwas Geld umgetauscht und gab dem Jungen ein paar Schekel. Der Kleine grinste wieder und lief davon.

Khaled sah sich erneut um und blicke dann in die Fahrerkabine des Lieferwagens, doch da war niemand. Er ging um den Wagen herum, dessen Heck komplett fensterlos war. Auf der anderen Seite stand die Schiebetür offen. Innen waren nur einige leere Plastikkisten, mit denen man Obst und Gemüse transportierte.

Khaled wollte schon wieder gehen, da bemerkte er aus dem Augenwinkel heraus eine Bewegung.

Zwei Männer packten ihn und stülpten ihm einen Sack über den Kopf. Bevor Khaled schreien konnte, presste eine Hand den rauen Sack dicht auf seinen Mund. Am geräuschvollen Ratschen von Plastikklebeband erkannte er das Material, mit dem er blitzschnell gefesselt wurde. Das wickelten sie ihm auch um den Hals, nicht fest, aber so, dass er den Sack über seinem Kopf nicht abstreifen konnte.

Dann wurde er in den Lieferwagen gestoßen und fiel hart auf dessen Boden. Ratternd wurde die Schiebetür geschlossen, dann sprangen die beiden Männer in den Wagen, starteten und rasten los.

Der Wagen fuhr in hohem Tempo und nahm die Kurven eng. Khaleds Hände waren mit Tape hinter seinem Rücken gefesselt, also hatte er keine Möglichkeit, sich irgendwo festzuhalten. In den ersten Kurven rollte er durch den kastenförmigen Heckaufbau und krachte immer wieder schmerzhaft gegen eine Seitenwand. Dann streckte er seine gefesselten Arme nach hinten, sodass er in den Kurven rutschte, statt zu rollen, wodurch sich die Geschwindigkeit, mit der er im Lieferwagen hin und her geschleudert wurde, deutlich verringerte.

Nach einer gefühlten Ewigkeit wurde die Fahrt langsamer, die Kurven verloren ihre schmerzende Wucht. Das Röhren des Motors war dennoch so laut, dass Khaled nicht hören konnte, in welcher Art von Gegend sie waren. Der Wagen bremste schließlich ab bis auf Schritttempo, rollte langsam weiter über einen unebenen Weg.

Schließlich blieb der Wagen stehen. Khaled hörte, wie die Türen der Fahrerkabine geöffnet wurden, dann wurde die Schiebetür aufgerissen und er von den Männern gepackt und nach draußen gezerrt.

»Was soll das, was habt ihr mit mir vor? What are you doing with me? Talk with ...«

Weiter kam er nicht, denn da rissen ihn die Männer vorwärts, und er hatte Mühe, sich auf den Beinen zu halten. Er stolperte, strauchelte, trat manchmal ins Leere, doch bevor er tatsächlich fallen konnte, verstärkten die Männer den Griff und hielten ihn.

Es ging eine Treppe hinauf. Khaleds Füße konnten kaum die Stufen ertasten, und so stolperte er mehr, als dass er ging. Das Adrenalin schoss ihm bis unter die Schädeldecke, er keuchte.

Plötzlich blieben die Männer stehen und rissen grob das Plastiktape ab, das den Sack über Khaleds Kopf fixierte. Der

Sack wurde ihm vom Kopf gezogen, und Khaled schloss unwillkürlich die Augen, weil vor ihm ein Fenster gleißendes Licht in seine Pupillen jagte. Als er die Augen vorsichtig wieder öffnete, erkannte er die Frau vor dem Fenster. Esther.

»Tut mir leid, wenn die Fahrt etwas holprig war. Aber wir mussten sichergehen, dass wir dich unerkannt hierher kriegen.«

»Fuck.« Khaleds Antwort war nicht gerade originell, entsprang aber seinem Gefühl. Er sah sich um. Es war die erste Etage eines Hauses, das offenbar von einer Bombenexplosion erheblich beschädigt worden war und nun leer stand. Der Blick aus dem glaslosen Fenster ließ darauf schließen, dass er sich in den Außenbezirken von Rafah befand.

Die beiden Männer hinter ihm waren Araber, dem Aussehen nach Ende zwanzig. Sie hatten wenig Bartwuchs, flinke Augen und weitgehend unbekümmerte Gesichter. Der dünnere von beiden riss hart Khaled das Tape von den Handgelenken.

»Das sind Peaches und Moon«, sagte die Frau, die sich Esther nannte. »Hey, guys, say hello to our guest.«

Die beiden lächelten und streckten beide die Hand zur Begrüßung aus.

»Fuck you!« Khaled drehte sich abrupt von ihnen weg und marschierte auf Esther zu. »Was soll das?«

»Sei gnädig mit den beiden. Alles, was sie tun, machen sie zu deiner Sicherheit.« Esther blickte dabei aus dem Fenster, als müsse sie kurz Luft holen für das, was sie nun sagen wollte. »Hat dein Vater dir je von uns erzählt?«

»Was? Nein, vermutlich nicht, und wenn Sie mir sagen würden, wen Sie mit ›uns‹ meinen, könnte ich das wahrscheinlich sogar definitiv ausschließen!«

»Earth.«

»Nein. Ja. Nicht viel. Wo ist er?«

»Wir wissen es nicht. Vermutlich tot.«

Die Nachricht ließ Khaled verstummen. Er spürte, wie die Worte die Schutzschichten seines Bewusstseins durchdrangen, ihn trafen und zu schmerzen begannen. »Sie haben mir doch eine Videonachricht von ihm gezeigt ... Deshalb sollte ich doch herkommen.«

»Das Video basierte auf aufgezeichneten Skype-Telefonaten mit Ben. Gesichtsbewegungen und Sprache wurden über einen adaptiven Algorithmus den Worten neu angepasst.«

»Ein Fake?« Khaled spürte, wie die Wut in ihm wuchs. Es war einer dieser Momente, in denen er sich wünschte, seine Aggression körperlich ableiten zu können.

»Ja, ein Fake, um dich hierher zu kriegen«, bestätigte Esther und blickte dabei noch immer aus dem Fenster. »Ben Jafaar ist vor vier Jahren spurlos verschwunden, und wir haben seither kein Lebenszeichen mehr von ihm erhalten. Interessant, dass ich das seinem eigenen Sohn erzählen muss.«

»Verschwunden?« Khaled machte einen spontanen Schritt auf sie zu. Prompt wurde er von Moon und Peaches gepackt und zurückgehalten.

»Vor vier Jahren ist er mit einem Fesselballon über die libysche Grenze geflogen. Er wollte Fotos von einem Flüchtlingslager machen, um die Zustände dort der Öffentlichkeit zu zeigen. Es war eine dieser Aktionen, die er sich ›nebenher‹ leistete, vermutlich weil er keinen Schlaf fand, wenn er nicht vierundzwanzig Stunden am Tag die Welt verbesserte.«

Esther sagte es kalt und sachlich, doch das konnte ihre Trauer und Wehmut nicht verbergen. Sie drehte sich um und sah Khaled direkt an. »Von diesem Flug kam er nicht zurück.«

Der Satz lag eine Zeit lang schwer in der Luft. Khaled gab seinen beiden Bewachern mit einer Geste zu verstehen, dass er beabsichtigte, friedlich zu bleiben. Zögerlich ließen sie ihn los.

»Du weißt nichts von dem, was dein Vater gemacht hat?«, fragte Esther und musterte ihn.

»Wenig.« Khaled war darum bemüht, seiner Stimme eine gewisse Festigkeit zu verleihen.

»Diese Welt hat leider nicht genug Männer wie ihn.«

»Hab ich leider früher zu oft gehört. Was hatte er mit euch zu schaffen?« Er hielt ihrem Blick stand.

»Ben Jafaar hat unsere Bewegung gegründet. Zur Zeit des arabischen Frühlings. Als alle Welt gehofft hat, es könnte gelingen, die arabischen Diktatoren zu stürzen und in ihren Ländern Freiheit und Demokratie durchzusetzen. Ben sammelte weltweit Hacker und Aktivisten, um die arabischen Brüder und Schwester mit der neuesten und effizientesten Waffe unserer Zeit zu unterstützen, dem Netz. Ziel war das Leaking von ausländischen Geheimdienstoperationen und Waffenlieferungen, mit denen die Position der arabischen Machthaber gefestigt wurde.«

»Und diese Bewegung ist Earth?« Khaled wollte den Gesprächsverlauf abkürzen.

»Die Bewegung hatte schon immer viele Namen. 4chan, LulzSec, Anonymous. Als Ben klar wurde, dass es um weit mehr ging als um den Kampf für die arabische Demokratisierung, sammelte er die Entschlossensten um sich und gründete Earth. Es ist die größte im Verborgenen operierende Gruppierung von Netzaktivisten weltweit.«

»Und was hab ich damit zu tun?« In Khaleds Tonfall lag entschieden mehr Trotz, als er eigentlich hatte hineinlegen wollen.

»Darüber hinaus, dass du sein Sohn bist, meinst du?«

Aus Esthers Verhalten war unschwer herauszulesen, dass sie mit Khaleds Vater mehr verbunden hatte als die Zugehörigkeit zu einer Hacker-Bewegung.

Khaled antwortete nicht, sondern sah sie nur an. Was sie

erzählte, passte durchaus zu dem, was er über seinen Vater wusste. Solange Khaled denken konnte, hatte Ben Jafaar immer mit irgendwelchen Rebellengruppen zu schaffen gehabt, die sich zum Ziel gesetzt hatten, sämtliche ökologischen, ökonomischen und politischen Schieflagen der Welt zu bekämpfen. Ursprünglich war Ben ein brillanter Physiker gewesen, dem schon im Alter von fünfundzwanzig Jahren eine Dozentur an der TU Berlin angeboten worden war. Ein Jahr zuvor hatte er Khaleds Mutter kennengelernt, und bald darauf war Khaled geboren worden. Es war, als hätte die Geburt einen Bewusstseinswandel in Ben Jafaars begnadetem Geist ausgelöst. Mit einem Mal hatte er sich um den Zustand der Welt gesorgt, und diese Sorge war mehr und mehr ins Zentrum seines Handelns gerückt. Khaleds Mutter Anna war eine gebildete Humanistin und liebte Ben Jafaar umso heftiger, je mehr er sich in seinem Handeln von der Familie entfernte. Sie ließ es zu, dass er sich mit seinen Weltverbesserungsfantasien in die Schattenzonen linker Untergrundgruppierungen begab. Mehr als einmal hatten deshalb Beamte des Verfassungsschutzes vor ihrer Tür gestanden.

Das, was Esther jetzt in dem zerbombten Haus in Gaza sagte, passte perfekt in Khaleds Bild von seinem Vater ...

Ein Moment der Stille war zwischen ihnen entstanden.

Esther griff in ihre Jacke, zog ein Foto hervor und hielt es Khaled hin.

Es war eine Aufnahme, die ihn zusammen mit einer blonden Frau und einem Baby auf deren Armen zeigte. Sie waren vom Teleobjektiv einer Fotokamera genau in dem Moment eingefangen worden, als sie beide über eine Straße liefen und hastig einen Blick über die Schultern nach hinten warfen. Das Foto war untertitelt mit dem Datum »6-8-2020«.

Khaled sah es sich verständnislos an. »Was ist das? Noch so ein Fake?«

»Kennst du sie? Die Frau?«

»Nie gesehen. Woher stammt das? Fotomontage? Woher habt ihr diese Aufnahme mit meinem Gesicht?«

»Unsere Leute fischen im Datenverkehr der weltweiten Sicherheitsdienste. Wir haben ein paar verdammt gute Hacker und einen sehr effizienten Algorithmus, der alles daraufhin checkt, was uns irgendwie betreffen könnte. Die Welt dort draußen wird von gefährlichen Leuten regiert.«

»Was heißt, dass ihr dieses Bild aus einem Datenverkehr der Sicherheitsdienste habt? BND, NSA ...?«

»Leider nicht. Komplizierter und schwerer zu identifizieren. Einige Leaks, die wir haben, lassen vermuten, dass es ein privater Dienst ist. So eine Art ›Blackwater‹ oder ›Academi‹, wie sich diese Söldnerbande inzwischen nennt, bislang völlig geheim und perfekt abgeschirmt. In den Leaks wurde der Dienst nie namentlich bezeichnet.«

»Aber dieses Foto ... Kam es von dort oder ging es dorthin?«

»Ging dorthin. Mit dem File-Namen ›Target‹. Auffällig war die Datierung auf 2020, ein Jahr in der Zukunft.«

»Wer ist die Frau mit dem Baby?« Khaleds Frage erschien ihm selbst überfällig.

»Zuerst dachten wir, es wäre deine Frau. Dich haben wir direkt identifiziert, du warst als Sohn von Ben Jafaar ein Bestandteil des Suchalgorithmus. Aber dann fanden wir schnell heraus, dass dies nicht deine Lebensgefährtin ist, und ein Kind habt ihr auch nicht. Wir konnten die Frau identifizieren als Brit Kuttner, eine Berliner Studentin.«

»Die zusammen mit mir und einem Baby auf dem Arm im August nächsten Jahres über die Straße läuft. Das ist doch ein mieser Witz, Leute. Da nimmt euch jemand auf den Arm, tut mir leid für euch. Ich gehe jetzt.«

Die beiden Araber wechselten einen raschen Blick mit Esther, aber stellten sich ihm nicht in den Weg.

»Wir dachten natürlich auch erst an einen Fake«, sagte Esther ruhig. »Aber seither sind fünf unserer Mitglieder gestorben. Zwei überfahren, einer von einer Brücke gestürzt, einer vor die U-Bahn gesprungen, einer im Schlaf erstickt. Wir haben entschieden, dich in Sicherheit zu bringen, solange wir nicht wissen, was da läuft.«

Khaled hatte schon den Durchgang erreicht, wo einst eine Tür gewesen war, hielt aber inne und drehte sich um. »Ich bin froh, dass es tatsächlich ein paar Leute gibt, die durch meinen Vater noch größeren Schaden davongetragen haben als ich.«

»Khaled!« Erstmals war Esthers Tonfall scharf geworden, so scharf, dass er ihn daran hinderte, den Raum zu verlassen. Sie kam auf ihn zu. »Ben hat hier in Gaza viele Freunde, die immer noch alles für ihn tun würden. Nirgendwo auf der Welt kann man dich besser verstecken als hier.«

»Ihr spinnt. Wenn ich mal versteckt werden will, lass ich's euch wissen!«

Er wollte raus, wurde jedoch von dem größeren der beiden Araber gepackt.

Esther schritt ein. »Let him go!«

»No! Not now! He is too important!« Wut glühte im Blick des Arabers.

»Let him!« Esther ging dazwischen und riss die Hand des Mannes, den sie Moon nannte, von Khaleds Schulter.

Der atmete schnell aufgrund der Menge an Adrenalin, die seinen Körper durchflutete. Dann ging er, hinab durch ein halb zerstörtes Treppenhaus, hinaus auf einen verwaisten Hinterhof, wo der braune Transporter mit offenen Türen stand, dann weiter durch eine kleine Gasse bis in die Straßen des ärmlichen Vororts, wo ihn die Sonne erstmals mit voller Wucht traf, sodass er den Tränenreiz in seinen Augen auf die Helligkeit schieben konnte und nicht auf den Gedanken an seinen toten Vater.

8

Brit saß zwei Stunden lang über den Fotografien, die sie heimlich vom Bildschirm ihrer Mutter im BKA gemacht hatte. Sie hatte eine Liste von Namen vor sich, von denen zwölf mit dem Vermerk »Berlin« versehen waren, die übrigen wurden mit anderen deutschen Städten in Verbindung gebracht. Dann hatte sie noch den arabisch klingenden Namen, der angeblich zu dem Mann an ihrer Seite auf dem Foto gehörte. Aber dessen Adresse war in Münster.

Brit ging also zuerst die Namen mit dem Zusatz »Berlin« durch und versuchte, sie durch ein Adresssuchprogramm auf ihrem Rechner zu lokalisieren. Nur bei zweien wurde sie fündig. Mahmut Aksun aus Kreuzberg und Thorsten Renner aus Friedrichshain.

Sie stand schon bald vor dem Namensschild »Aksun« in der Naunynstraße. Der Hausmeister erzählte ihr von einem Wasserrohrbruch in der Wohnung, der deshalb so enormen Schaden angerichtet hatte, weil Herr Aksun schon seit Tagen nicht ausfindig zu machen war, sodass man die Wohnung hatte aufbrechen müssen, um an das kaputte Rohr zu kommen. Brit war bereits wieder unterwegs, während der Mann immer noch über unzuverlässige junge Mieter schimpfte.

Kurz darauf stand sie in einem Hinterhaus in Friedrichshain vor dem mit der Hand geschriebenen Namensschild »Renner« an einer braun lackierten Wohnungstür. Statt einer

Klingel gab es einen verzierten Messingring zum Klopfen, und als sie ihn anfasste, schwang die Tür langsam auf.

Brit machte vorsichtig einen Schritt über die Schwelle.

»Hallo?«

Vor ihr lag der typische lange Flur Berliner Hinterhäuser, vollgestellt mit Kartons, Fahrrädern und Stapeln von Zeitungen. Sie ging weiter, blickte in einen Wohnraum mit Durchgang zur Küche. Auch dort stand alles voll, mit Kartons und Computern, und die Regale waren voller Elektronik. Die Vorhänge waren zugezogen und sperrten das Tageslicht weitgehend aus. Das zwielichtige Reich eines Menschen, der seiner Beschäftigung unter Ausschluss der Außenwelt nachging.

Brit machte einen Schritt in den Raum hinein und bemerkte zu spät den Bewegungsmelder, den sie dadurch aktivierte. Ein kleiner Berliner Bär, der auf einem der Regale stand, ließ ein laut schallendes Gelächter erklingen, wobei er mit seinen Armen vor- und zurückwinkte, und eine Überwachungskamera an der Wand schwenkte mit aktiviertem rotem Aufnahmelicht in ihre Richtung. Das Geräusch von Schritten aus dem Treppenhaus ließ Brit kurz verharren, dann entschied sie sich zum Rückzug – und lief an der Wohnungstür der alten Frau, die gerade hereinkam, geradezu in die Arme.

»Was machen Sie hier?« Die Alte hatte die Wachsamkeit jener Wohnungsnachbarn, die ebenso mutig wie übergriffig die Sicherheit ihrer Häuser in die eigene Hand nahmen.

»Ich wollte zu Thorsten Renner, und die Tür war nur angelehnt.«

»Sind Sie von der Polizei?«

»Nein, Herr Renner wurde mir empfohlen, er soll mir bei einem Computerproblem helfen.«

»Herr Renner wurde Ihnen garantiert von niemandem empfohlen. Herr Renner hat nämlich keinen Kontakt zu überhaupt irgendwem, und neuerdings hat er nicht mal mehr Kontakt zu seiner Wohnung.« Die Alte trug eine beigefarbene Strickjacke, an deren Knöpfen sie unablässig herumnestelte.

»Wissen Sie, wo er jetzt ist?«

»Warum interessiert Sie das?« Der Blick der Alten wanderte unstet umher, traf jedoch immer wieder Brits Gesicht und verharrte dort kurz, bevor er sich wieder auf die Reise durch den Raum begab.

»Ich dachte, ich könnte ihn sprechen. Macht nichts. Er ist nur der Freund eines Freundes.«

Sie drängte sich an der Frau vorbei und verließ das Haus. Es war ihr klar, dass sie hier keine weiteren Informationen kriegen würde. Es war auch klar, dass sie sowieso den falschen Ansatz gewählt hatte.

Sie fuhr zurück in die WG, weckte Timo und bequatschte ihn, ihr das Auto seiner Eltern zu leihen. Dann machte sie sich damit auf den Weg nach Münster, vor sich auf dem Armaturenbrett die Adresse von Khaled Jafaar.

Milena holte Khaled am Flughafen Düsseldorf ab, und wieder waren da ihre herrlichen Trippelschritte, mit denen sie auf ihn zulief, als er durch die Schleuse des Sicherheitsbereichs kam.

Er hatte sie angerufen und gebeten zu kommen. Sein Kopf war so voll von Eindrücken, Gedanken und Zweifeln, dass ihm eine Zugfahrt von Düsseldorf nach Münster nicht als Option erschienen war. Er musste reden, musste all das Zeug aus seinem Kopf rauskriegen, das ihn beschäftigte. Milena konnte zuhören und stellte die richtigen Fragen, wenn er eine Frage brauchte, um etwas aus seinem Inneren herauszulocken, das von allein da nicht hinauswollte. Er liebte sie dafür. Dafür und für alles andere. Und als er sah, wie herrlich bunt sie den Nissan inzwischen mit Blumen und Ornamenten bemalt hatte, um das »Fuck Arabs« zu überdecken, liebte er sie noch mehr.

Auf dem gesamten Rückweg erzählte er ihr von seinen Eindrücken aus Gaza. Wie er zum ersten Mal gespürt hatte, dass diese Gegend in seinem Inneren Vertrautheit auslöste. Er erzählte von seiner Fahrt nach Rafah und von dem kleinen Jungen mit den fehlenden Zähnen. Von seinem Unwillen, den Verwandten seines Vaters dort zu begegnen. Aber vor allem erzählte er vom Tod seines Vaters, etwas, das ihn seit dem Gespräch mit Esther nicht mehr losließ.

Von Esther selbst erzählte er nur wenig. Sie war für ihn ein Bestandteil der merkwürdig naiven Anhängerschaft, die das Leben von Ben Jafaar immer schon begleitet hatte.

»Was ist, wenn er wirklich tot ist?« Es war die richtige Frage von Milena, aber Khaled wusste keine Antwort darauf.

Sie standen inzwischen in einem Stau auf der A1 an einer von den Baustellen, die wie in einer Zeitschleife ewig zu existieren schienen, jedoch hin und wieder die Positionen wechselten, um an anderer Stelle wiederaufzutauchen. An diesem Tag schienen die Baustellen wie eine Rettung. Sie setzten das Tempo von Bewegung ebenso herab wie das Tempo der Gedanken.

Als Khaled in seinem Kopf das Wort »Vater« mit dem Wort »Tod« verknüpfte, war da nur eine Masse von undeutlichen Bildern, die wie in einer Filmzeitlupe durch sein Bewusstsein krochen.

»Wir sollten den Ort ausfindig machen, wo er zuletzt gewohnt hat. Vielleicht sollten wir auch herausfinden, wohin genau er mit dem Fesselballon geflogen ist. Dann fahren wir zwei dorthin.« Milena sagte das mit jener eigentümlichen Zauberkraft, die es braucht, um zwei Seelen miteinander zu verbinden.

»Ja, vielleicht. Wir fahren hin, betrinken uns und tanzen wie verrückt im Mondschein, um seinen bösen Geist loszuwerden.« Der Gedanke gefiel ihm.

»Als ob du betrunken tanzen könntest. Beim bloßen Geruch von Alkohol verabschiedet sich dein Gleichgewichtssinn, und du bist nur noch horizontal zu gebrauchen.« Sie lachte.

»Umso besser. Dann betrinken wir uns erst recht und vögeln wie verrückt im Mondschein, um seinen bösen Geist loszuwerden.«

Sie lachte erneut und sah ihn an dabei. Sie lachte nicht über das, was er soeben gesagt hatte, sondern über die Raffinesse des kleinen Jungen in seinem Inneren, der solche Gedanken produzierte, um die Schwermut in sich loszuwerden.

»Ist doch ein guter Plan, oder nicht?«

»Klar.« Ihre Augen leuchteten.

»Und wer weiß, vielleicht entsteht ja etwas Gutes dabei.«

»Zum Beispiel?«

»Ein Kind ... Familie ... Tausend Jahre Glück ...« Er meinte es so ernst wie selten zuvor etwas.

Sie legte ihm die Hand auf den Oberschenkel und kroch in seine Seele.

»Wie gefällt dir der Gedanke?«

»Schsch ...« Sie legte ihm den Zeigefinger auf den Mund. Dann öffnete sie seine Hose und beugte sich über ihn. Die Lastwagen neben ihm hupten, aber das war Khaled egal.

Als sie an ihrem Haus in Münster ankamen, dämmerte es bereits. Sie hatten noch weitergeredet während der Fahrt. Über die Möglichkeit einer gemeinsamen Reise an die libysche Grenze und inwieweit diese Idee realistisch und realisierbar war. Milena fand es wichtig, dass sich Khaled mit dem Gedanken auseinandersetzte, dass es seinen Vater nicht mehr geben könnte, aber vor allem fand sie es wichtig, einen konkreten Ort für seine Trauerarbeit zu haben. Sie hatten beschlossen, am nächsten freien Nachmittag in ein Reisebüro zu gehen und sich beraten zu lassen. Es war ein Gedanke, der

Zufriedenheit in Khaled hervorrief, und diese Zufriedenheit hielt an, bis sie ihr Haus in ihrer Straße erreichten.

Sie stiegen aus, und er legte seinen Arm um sie, während sie auf das Haus zugingen. Dann fiel ihm ein, dass sein iPad noch auf dem Rücksitz vom Nissan lag. Er entschuldigte sich und ging noch mal zum Wagen zurück. Als er sich das iPad schnappte, hatte Milena gerade die Haustür erreicht und öffnete sie.

Und dann flog sie mit dem Haus in die Luft.

Es war ein Feuerball, der aus der Tür schoss. Es war das Bild der lächelnden Milena, das in Khaleds Kopf in tausend Teile zerriss. Es war eine endlose Reise, die sein Körper durch die Luft machte, bevor er hart auf den Boden schlug.

Und dann war da nur noch Taubheit. Die völlige Abwesenheit von Tönen und Konturen. Ein grauer Nebel, der ihn fest im Griff hielt.

Mitten aus diesem Nebel heraus formte sich ein Gesicht, das auf ihn zuschwebte.

»He, hallo ... Hörst du mich?«

Das Gesicht wurde deutlicher. Er hatte es schon einmal gesehen.

»Kannst du dich bewegen? Zeig mir, dass du mich verstehst.«

Es war das Gesicht von dem Foto. Die Frau mit dem Baby auf dem Arm hatte offenbar Einzug in seinen Kopf gehalten.

»Du musst versuchen aufzustehen. Sie sind noch hier und suchen dich.«

Nein, das war nicht in seinem Kopf. Die Frau fasste ihn an und war real.

Brit Kuttner hatte ihn gefunden.

9

Fünf Tage zuvor ...

Der Regen fiel in Bächen vom Himmel und prasselte auf die einsam im Süden von Potsdam gelegene Villa herab. Ein alter Renault fuhr vor, zwei junge Männer sprangen heraus und liefen durch den Regen. An der Tür stand eine Frau, die ihnen bereits geöffnet hatte und sie in Empfang nahm. Esther.

Ihr vollständiger Name war Esther Bogdanski, sie war vierunddreißig Jahre alt. Diese Villa gehörte zum Erbe einer Tante, die sich nach dem Holocaust geweigert hatte, jemals nach Deutschland zurückzukehren.

Die beiden Männer, die durch den Regen auf sie zuliefen, hießen Tobias Henke und Thorsten Renner, in der Hackerszene bekannt unter ihren Pseudonymen Spillboard und BangBang.

Thorsten Renner schüttelte den Regen von seiner schwarzen Lederjacke, aus der er anschließend sein Smartphone zog. Tobias Henke verbarg sein Gesicht wie immer unter einem Hoodie und holte ebenfalls sein Smartphone hervor. Begleitet von knappen Witzen über das Wetter wählten sie das örtliche Netz an und legten die Telefone dann in den sogenannten »Scatter«, eine metallische Box mit autarker Antennenabtastung. Die Technik war einfach und effektiv. Eine Richtfunkverbindung auf dem Dach der Villa sorgte dafür, dass das Signal eines weit entfernten Mobilfunk-Sendemastes eingefangen wurde, auf das die Smartphones dann zugriffen.

Ein Ortungsversuch hätte demzufolge angezeigt, dass sich beide Smartphones derzeit dreißig Kilometer westlich von der Villa befanden. Zugriff auf GPS und die LTE-Antennen der Geräte wurde durch ein einfaches Störsignal im Scatter blockiert.

Ein dritter Mann kam auf einer 125er Suzuki angefahren. Trotz des Müllsacks, aus dem er sich eine Art Poncho gemacht hatte, war er nass bis auf die Haut, und sein Fluchen übertönte das Prasseln des Regens. Mahmut Aksun, in der Szene bekannt als LuCypher. Er war ein typischer Blackhat, ein Destroyer mit viel Spaß daran, die IT-Systeme seiner ausgewählten Gegner zu infiltrieren und lahmzulegen.

Esther ließ auch ihn ein und schloss die Tür, während Mahmut den Müllsack von sich herunterriss, sein Telefonnetz umstellte und das Smartphone in den Scatter warf. Sie wechselten nur wenige Worte. Und das, was sie sagten, drehte sich nur um ein Thema: Keiner von ihnen konnte sich vorstellen, dass Leo gestern aus freien Stücken vor die einfahrende U-Bahn am Wittenbergplatz gesprungen war.

Esther ging voran durch die großen, weitgehend leeren Räume der alten Villa. Als sie das Haus vor sechs Jahren übernommen hatte, hatte sie erst einmal alles entfernen lassen, was ihrer Meinung nach den Geruch von Alter verströmte. Übrig geblieben waren ein paar Stühle, der eine oder andere Tisch und eine fantastisch erhaltene Küche aus der Gründerzeit, für deren Verbleib Esther eine Ausnahme in ihrer ansonsten rigoros durchgeführten Entrümpelungsaktion machte. Jetzt bestimmten Metallregale, Monitore und Kabelbäume weitgehend das Bild eines jeden Raums, hin und wieder fand sich eine Chillzone in einer Ecke, erkennbar an den zerschlissenen Matratzen, den überquellenden Aschenbechern und den Resten von Fast Food.

Die Villa sollte für sie alle ein Safe House sein. Angeschlossen über die alte, aber immer noch wirksame Verschlüsselungsmatrix TOR an das Darknet konnten sie hier tief und lange ins Netz abtauchen, ohne dass irgendwer ihre IP-Adressen oder ihren Aufenthaltsort ausfindig machen konnte.

Sie erreichten den Salon, den großen zentralen Raum im hinteren Flügel, den ein Sammelsurium von unterschiedlichen Sesseln und Stühlen zum Versammlungsort gemacht hatte.

Der Mann vor dem Fenster ließ sich Zeit mit seiner Reaktion auf die Hereinkommenden und starrte beharrlich auf den Regen, der auf der Scheibe auftraf, in Bächen herabfloss und die Sicht in den Garten zu einem Zerrbild machte. Alexander Herzog, in der Hackerwelt bekannt als Zodiac, achtunddreißig Jahre, schlank und hochgewachsen. Er liebte es, enge schwarze Hemden zu engen schwarzen Hosen zu tragen, was zur Farbe seines Haars passte.

»Fuck! Das glaubt doch kein Schwein, dass Leo vor eine Bahn springt! Jeder von uns doch eher als Leo!« Mahmuts Stimme polterte in den Raum.

»Jede Zeitung schreibt das Gleiche!«, erklärte Thorsten. »Und Aufnahmen der Überwachungskameras werden nirgends auch nur erwähnt!« Er ließ sich in einen der Sessel fallen.

»Was machen wir?« Mahmut zog sich den klatschnassen Pullover vom Leib und ließ ihn einfach fallen. »Kommen wir irgendwie ran an die Bilder der Kameras?«

»Wir sind dran, dauert aber noch. Die Polizei hat die Speicher eingesackt und an ihr eigenes System gekoppelt. Ich hab ein Exploit darauf angesetzt.«

Die junge Frau, die das sagte, betrat gerade den Salon. Sie hatte grün gefärbtes Haar, auf eine Kopfseite gescheitelt, während die andere kahl war. Ihr linker Nasenflügel war unter einer Vielzahl von Messingringen versteckt. Sie war winzig und dürr, als hätte sie kaum Lebenskraft, aber ihre Augen waren hellwach. Das war Poison, mit bürgerlichem Namen Elisa Limpsky, gerade mal vierundzwanzig Jahre.

Sie hockte sich im Schneidersitz auf den Boden und drehte sich eine Zigarette, während sie weitersprach. »Leo und ich haben dieses Foto aufgespürt, gestern. Er hat es als Papierausdruck mitgenommen, fand das sicherer, bevor es digitale Spuren zieht. Vermutlich haben die Bullen jetzt das Bild.«

»Was für ein Bild? Wovon redest du?« Erstmals meldete sich Tobias zu Wort und hob den Kopf dabei, sodass etwas Licht unter den Hoodie fiel und seine Augen sichtbar werden ließ.

»Das Bild, weshalb ihr hier seid. Weshalb wir euch hergerufen haben«, sagte Esther und stellte sich dabei an die Seite von Zodiac.

»Dies wird wahrscheinlich das letzte Mal sein, dass wir uns offen treffen«, ergänzte Zodiac alias Alexander Herzog. »Wir müssen den Kreis verkleinern.«

»Kann irgendwer jetzt mal sagen, was für eine Scheiße hier abläuft?« Mahmut schleuderte auch noch sein nasses T-Shirt zu Boden.

Esther warf Poison einen Blick zu, als Aufforderung, dass sie erzählen sollte. Poison hatte ihre dürre Zigarette fertiggerollt, zündete sie an, inhalierte tief, dann begann sie zu sprechen.

»Vor zwei Jahren haben wir einen bislang unentdeckten Sniffer ins Netz geschleust, der die Datenströme der Geheimdienste und Polizeiapparate daraufhin durchkämmt, ob irgendwelche Überwachungsaktionen gegen unsere Mitglieder laufen. Normaler Defense also. Alle Namen von uns und unseren Familienangehörigen sind im Filter, ebenso Bilder, die für Fahndungen genutzt werden könnten. Und vorgestern ist der Sniffer dann auf dieses Foto gestoßen.«

Esther legte zur Bestätigung ihr iPad auf den Stapel aus Baupaletten, der im Salon als Tisch diente. Darauf war das Foto von Khaled und Brit mit dem Baby zu sehen.

»Wer sind die? Nie gesehen.« Thorsten alias BangBang zog das iPad zu sich heran und betrachtete das Bild genauer.

»Weil wir nicht sicher sind, was genau mit Ben geschehen ist«, erklärte Esther, »haben wir ihn und seine Familie noch immer im Filter des Sniffers. Das dort ist sein Sohn Khaled, ein Prof von der Uni Münster. Die Frau kannten wir nicht, haben aber über einen Bildalgorithmus ihr Profil bei Facebook gefunden. Heißt Brit Kuttner, Studentin aus Berlin.«

»Und?« Mahmut hatte sich das iPad geschnappt und sah aufs Display. »Wo ist das her?«

»Poison hatte den Sniffer auch auf die Datenströme im Umfeld der großen Geheimdienste ausgedehnt«, fuhr Esther fort. »Es gab da eine auffällige Bewegung von IP-Adressen, die eigentlich von CIA und NSA genutzt werden, aber plötzlich vermehrt auf einen bis dato unbekannten Server zugriffen. Wir vermuten da eine Poststelle eines neuen Unternehmens, das Überläufer aus den Geheimdiensten bei sich sammelt. Mehr wissen wir noch nicht, keinen Namen, kein Aufgabenbereich, nichts.«

»Das ist doch Paranoia!«, schimpfte Mahmut. »Vielleicht war das mit Leo wirklich ein verficktes Unglück! Wissen wir doch nicht, oder?« Er legte das iPad wieder auf die Paletten und marschierte durch den Raum, mit einer Wut im Bauch, die er weder zuordnen noch loswerden konnte.

Zodiac hatte die letzten Minuten lang nur zugehört, jetzt ergriff er wieder das Wort. »Ja, wissen wir nicht. Aber wir wissen, dass seit letzter Nacht auch Mindhunter tot ist. Angeblich im Schlaf erstickt.«

»Scheiße!« Mahmut sagte das ehrlich betroffen. Mindhunter alias Karsten Schütz war gerade mal einundzwanzig

Jahre gewesen, aber ein brillanter Hacker und glühender Verfechter einer jungen Hackerphilosophie, in der die Freiheit des Netzes genauso wichtig war wie soziale Gerechtigkeit in der ganzen Welt. Er war ein witziger Typ gewesen, der noch zu Hause bei seinen Eltern gewohnt und einen unglaublichen Verbrauch an Kaugummis gehabt hatte, während seine Finger über die Tastatur seines Smartphones rasten und er mit unermüdlichem Ehrgeiz die digitalen Verteidigungswälle der Mächtigen dieser Welt zum Einsturz brachte. Es war nicht gut, dass solche Leute zu früh starben.

»Wir denken, dass alles mit diesem Foto zu tun hat«, sprach Zodiac weiter. »Poison?« Es war die Aufforderung an sie weiterzureden.

»Ich hab die Spur des Fotos zurückverfolgt, um den Host zu finden, von dem es stammt, aber mein Sniffer hat sich an dessen Rootkit die Krallen abgebrochen. Da ist ein scheißgroßes Niemandsland, wo dieses Foto herkam, ein komplett blinder Fleck mitten im Netz. Ich hab dann einen Scanner gebaut, der alle IP-Verbindungen trackt, die zu diesem Host rein- und rausgehen, und da bin ich dann fündig geworden. Dieses Bild ist vor einer Woche in diesen blinden Fleck hineingeschickt worden, was auch immer es da sollte, aber da hing noch eine weitere Datei dran.«

»Was für eine Datei?« Tobias fragte in einem vorsichtigen Tonfall. Wie alle anderen wusste er, dass sie sich im Graubereich der Legalität befanden und jederzeit ihre Sicherheitsvorkehrungen versagen und man sie schnappen konnte. »Was für eine Datei hing daran?«

»Ist in einem Code verschlüsselt, den wir noch nicht geknackt haben«, antwortete Zodiac. Er blickte in die Runde und fuhr dann fort: »Aber ein Teil der Datei findet sich wieder in der Nachricht, die an diesen geheimdienstähnlichen

Server weitergeleitet wurde. Und da war die Verschlüsselung simpler, deshalb konnten wir sie öffnen. Es war eine Liste. Eine Todesliste.«

Ungläubig starrten ihn alle an. Esther, die das iPad mit dem Bild von Brit und Khaled hochhielt, ergänzte: »Jeder Einzelne von uns steht darauf.«.

10

»Versuch, auf die Füße zu kommen! Du musst hier weg!«

Brit beugte sich über Khaled, wollte ihm unter die Arme greifen. Er schüttelte sie ab.

»Die Explosion hat dich hinter das Auto geschleudert«, erklärte sie ihm. »Ich hab dich hierher gezogen, als ich gesehen hab, dass sie zurückkommen.«

Khaled blickte sich um. Er lag im Schutz einer kleinen Hecke. Die fremde Frau, deren Gesicht er von einem Foto kannte, an das er sich momentan kaum erinnern konnte, war weiterhin über ihn gebeugt und sprach mit leiser Stimme.

Er schob sie beiseite und kam mühsam auf die Beine.

»O mein Gott, was ist passiert?« Das war die Stimme seines Nachbarn, Herrn Röhndorffs, eines älteren Herrn, der seit dem Tod seiner Frau all seine Zeit in die Pflege des Gartens steckte. Aber er sprach nicht zu Khaled. Der alte Mann schien völlig verstört durch die gewaltige Explosion und filmte mit seinem Smartphone die auseinandergerissene Hausfront.

Seine Frage war an den Mann in dem dunklen Anzug gerichtet, der durch die Trümmer ging und sich umblickte. Als er sah, dass Röhndorff ihn filmte, zog er eine schallgedämpfte Pistole – und erschoss ihn!

Dann nahm er Röhndorffs Smartphone an sich und steckte es ein.

Khaled hatte dem aus der Deckung der Hecke heraus fassungslos zugesehen.

»Wir müssen hier weg«, flüsterte Brit und zerrte an ihm.

Khaled war noch immer benommen, unfähig zu sprechen, und sein Blick kehrte immer wieder zur zerstörten Hausfront zurück.

Am Straßenrand stand ein dunkler SUV mit heruntergelassenem Fahrerfenster. Ein weiterer Mann saß darin. Er beobachtete das Haus und die Straße davor, hatte aber Khaled und Brit noch nicht entdeckt.

»Mein Auto steht in der Querstraße. Komm schon, wir müssen hier weg.«

Er folgte ihr, mehr einem inneren Instinkt folgend, als dass er momentan in der Lage gewesen wäre, einen klaren Gedanken zu fassen. Das Dröhnen in seinem Kopf hallte noch nach.

Er stieg in einen alten VW Passat, dessen Heck mit einem Hundegitter abgetrennt war. Aber die fremde Frau sah nicht aus, als würde ihr ein Hund gehören. Und dieser Wagen folglich auch nicht.

Sie fuhr los, sobald er saß, redete dann irgendetwas, das er nicht verstand, weil das Dröhnen in seinem Kopf wieder stärker wurde mit jedem Gedanken, der ihn näher zu Milena brachte.

Sie fuhren eine ganze Weile, und irgendwann hatten sie ein Waldstück erreicht, bogen in einen Forstweg und holperten zwischen Bäumen weiter.

»Schalt dein Handy aus und gib's mir.« Brits Ton war befehlend. Er sah sie nur an. Sie griff in seine Jackentasche, tastete kurz darin herum und zog sein Smartphone heraus, schaltete es aus. Mit der linken Hand riss sie die Verkleidung von dem Autolautsprecher in der Wagentür ein Stück auf, dann steckte sie Khaleds Smartphone und ihr eigenes dort hinein.

»Handys sind auch zu orten, wenn sie ausgeschaltet sind. Der Magnet des Lautsprechers verhindert das. Meine Mutter beschäftigt sich mit so was.«

Brit fuhr nur noch ein Stück weiter und stellte dann den Motor ab. Sie blickte Khaled an.

»Wer war die Frau, die vor dir ins Haus gegangen ist?«

Khaled antwortete nicht, sondern stieß die Wagentür auf und stieg aus. Er stolperte ein Stück durch den Wald, dann ließ er sich an einem kleinen Bach auf die Knie sinken.

Der Bach war eingebettet in dichtes Strauchwerk, das Khaled auf eine eigentümliche Art zu umrahmen schien. Er regte sich nicht, und Brit hatte das Gefühl, dass sie ihm zu Hilfe kommen musste, auch wenn sie nicht wusste, wie diese Hilfe aussehen sollte angesichts dessen, was er gerade erlebt hatte.

Sie ging zu ihm. Die letzten Meter verlangsamte sie ihre Schritte, weil sie unsicher war, wie sie sich verhalten sollte. Sie blieb hinter ihm stehen, beobachtete ihn. Er hatte ein Knie hochgestellt, das andere im Schlamm des Bachufers, sein rechter Arm war um den Kopf gelegt und gab seiner gesamten Haltung etwas Groteskes.

Brit konnte sehen, dass er flach atmete, ansonsten war für sie nicht einzuschätzen, in welcher Verfassung er war. Sie streckte vorsichtig die Hand aus, um ihm am Kopf zu berühren. Doch kaum hatten ihre Finger Khaleds Haare erreicht, schlug er unvermittelt um sich und sprang auf.

Er starrte sie an, die Augen aufgerissen und voller Schmerz und Verzweiflung, dann drehte er sich wieder weg von ihr und fing an zu schreien, so laut, dass Brits gesamter Körper von der Wucht dieses Schreis erfasst wurde.

Sie stolperte erschrocken zurück, sah zu, wie Khaled in

sich zusammenfiel, als sei alle Kraft mit einem Mal aus ihm gewichen, und wie er dann in den Bachlauf stürzte, wo er sich in eine embryonale Haltung zusammenzog und still liegen blieb.

Brit lief zum Wagen zurück, erschrocken von Khaleds Verhalten, das jenseits von allem lag, was sie einordnen konnte. Sie setzte sich ins Auto und schloss die Tür. Sie hatte Angst. Nicht vor diesem Mann, der nach ihr geschlagen hatte, als sie ihn hatte trösten wollen. Sondern vor der Monstrosität der Gefühle, die in ihm tobten. Sie blieb reglos sitzen, sah zu, wie das kalte Wasser seinen Körper umspülte, während das Strauchwerk ihn immer noch einrahmte, als wäre er nicht Teil ihrer Wirklichkeit, sondern ein absonderliches Gemälde, das vor ihren Augen entstanden war.

Sie merkte, wie ihr die Welt an den Rändern ihrer Wahrnehmung entglitt und in Unschärfe versank, und sie spürte, wie sie wieder den Tunnel aufbaute. Der Tunnel, der nur noch das Bild dieses Mannes existieren ließ.

Wolken zogen über den Himmel und ließen das ohnehin spärliche Licht im Wald noch weniger werden. Khaled blieb unbeweglich, und Brit hatte jegliches Gefühl dafür verloren, wie viel Minuten oder Stunden vergingen.

Irgendwann dann stand Khaled wieder auf, triefend vor Wasser, das Gesicht ausdruckslos vor Kälte und Schmerz. Er kam auf Brit zu, und mit ihm kam auch die Welt zu ihr zurück. Er erreichte den Wagen, öffnete die Beifahrertür, hockte sich davor und sah sie an.

Brit verschränkte die Arme, versuchte mit ihren Händen den eigenen Körper zu spüren. Das half ihr meist, um unauffällig aus dem Tunnel zurückzukehren. Je deutlicher sie die Wirklichkeit wieder wahrnahm, umso unangenehmer empfand sie es, von Khaled angestarrt zu werden.

»Wer bist du?«, sagte er schließlich.

»Brit ... Brit Kuttner.«

Sie wartete darauf, dass er noch etwas sagte. Doch das geschah nicht. Er hockte nur da und sah sie an, bis sie das Wort ergriff.

»Es tut mir leid. Was da geschehen ist. War sie deine Freundin? Deine Frau?«

»Warum warst du dort?«

»Ich wollte dich treffen, weil ich dich auf einem Foto gesehen hab. Das hört sich jetzt verrückt an, aber ich war zusammen mit dir auf diesem Foto zu sehen.«

Er sah sie an, und er hatte offensichtlich Mühe, seine Gedanken zu ordnen. Schließlich sagte er: »Ich kenne das Bild.«

»Du kennst es? Das Bild von dir und mir und ...«

»Ich hab es gesehen. Ein Fake.«

»Wie? Und von wem gemacht?« Sie spürte, dass ihre Fragen ihn nicht erreichten.

»Da war eine Bombe in unserem Haus.«

»Ja.«

»Sie ist explodiert, als Milena die Haustür geöffnet hat.«

Brit nickte nur.

»Ich wäre eigentlich an ihrer Seite gewesen, ich bin sonst immer an ihrer Seite, wenn wir ins Haus gehen.«

Brit sah ihn an. Sein Gesicht war reglos. Doch hinter seinen Augen war deutlich zu erkennen, wie der Schmerz in ihm tobte.

»Hast du die Kerle zu mir nach Hause gelockt?«

Brit schüttelte den Kopf.

»Vermutlich hast du es und es nur nicht gemerkt.«

»Es muss mit dem Foto zu tun haben. Es liegt beim BKA. Meine Mutter arbeitet dort, deshalb weiß ich davon. Da sind irgendwelche Hacker, die mit diesem Foto zu tun haben. Jedenfalls hatten die es bei sich, zwei von denen, die jetzt tot sind, vermutlich ermordet. Einer von denen wollte sich mit mir treffen.« Brit redete ziemlich wirr, aber das spiegelte nur den Zustand ihres Inneren wider. Khaled schwieg.

»Das BKA ermittelt bereits, aber eigentlich wissen die auch noch nichts, also woher das Bild kommt und was das soll, meine ich.«

Khaled schwieg weiterhin.

»Diese Hacker werden bereits überwacht, so konnte ich zwei Adressen in Berlin ausfindig machen, um rauszufinden, ob die mir irgendwas über das Foto sagen können. Aber da war keiner mehr, sie waren irgendwie untergetaucht. Und da warst du mein nächster Anlaufpunkt. Deine Adresse hatte das BKA auch bereits.«

Brit sah Khaled an, dass sich ein Gedanke in sein Bewusstsein schob. Schnell schob Brit die Frage nach, derentwegen sie ihn aufgesucht hatte.

»Da ist ein Baby auf dem Foto ... Hast du irgendeine Ahnung, was das bedeuten soll?«

Khaled ließ den Satz verhallen. Dann stand er auf.

»Ich muss zurück. Fahr mich nach Hause.«

11

Als Lisa Kuttner am Tatort ankam, wurde es bereits dunkel. Die Spurensicherung war noch immer bei der Arbeit. Eine Explosion zog ein kompliziertes Verfahren nach sich. Zuerst schickte man Sprengstoffexperten an den Ort des Geschehens, für den Fall, dass dort noch irgendwelche Sprengsätze versteckt waren. Dann kam die Spurensicherung und fing mit ihrer Puzzlearbeit an, wobei es darum ging, sowohl die Leichen oder Leichenteile der Opfer als auch Indizien zu sichern, um den Tathergang rekonstruieren zu können. Zudem konnten Überreste der Bombe Rückschlüsse auf den Täter zulassen.

Es war nicht nur eine akribische, sondern auch widerwärtige Arbeit, fand Lisa, und sie war froh, dass die Fahrt von Berlin nach Münster durch einen Stau recht lange gedauert hatte. Sie hoffte, dass man das oder die Opfer und mögliche Leichenteile bereits abgedeckt, wenn nicht sogar schon fortgeschafft hatte.

Ein halbes Dutzend Dienstwagen stand in der Straße. Die Beamten hatten den Tatort weiträumig abgesperrt, um Neugierige auf Distanz zu halten. Die nahe liegenden Häuser waren vorsichtshalber evakuiert worden. Die hinzugerufenen Sanitäter standen untätig abseits. Aber solange bei einem unübersichtlichen Tatort nicht klar war, ob nicht doch noch irgendwo Verletzte gefunden wurden, hielt man sie in Reichweite.

Lisa zeigte ihren Dienstausweis und passierte die kontrollierenden Beamten. Sie steuerte genau auf Keitel zu. Sie hatte noch nicht mit ihm zu tun gehabt, aber sie wusste, dass der Hauptkommissar ein altes Schlachtross war und es nicht leiden konnte, wenn andere Dienststellen an seinem Tatort auftauchten.

Eine Kollegin von Lisa hatte im letzten Jahr eine Begegnung mit Keitel gehabt, bei der es um einen Mord im sogenannten rechtsradikalen Untergrund ging. Ein alter Nazi war in einem Heizungskeller gefesselt und totgeschlagen worden. Keitel leitete die Ermittlungen und musste jeden seiner Schritte mit dem BKA abstimmen. Lisas Kollegin hatte sich alle Mühe gegeben, dem erfahrenen Kommissar nicht allzu sehr auf die Pelle zu rücken, aber es gab eine Spur, die ins Ausland führte, also musste das BKA den Fall auf seine überregionale Bedeutung hin abklopfen. Ein etwas bemühtes Treffen zwischen Lisas Kollegin und Keitel auf ein Feierabendbier war eskaliert, weil der Kommissar von ihr verlangte, mit offenen Karten zu spielen, und genau das war einer BKA-Beamtin untersagt. Einige Biergläser waren zu Bruch gegangen, als er ihr zu verstehen gegeben hatte, was er von ihr hielt, bevor er aus der Kneipe stürmte.

Lisa hatte all das per Telefon auf der Fahrt von Berlin nach Münster erfahren. Jetzt bedachte Keitel sie mit trotzigem Blick, und ihr schoss das Bild eines Stiers in der Arena durch den Kopf.

»Wer sind Sie? Was wollen Sie? Machen Sie's kurz!« Er wollte sich so wenig wie möglich mit ihr aufhalten.

»Lisa Kuttner. BKA Berlin.« Sie zeigte erneut ihren Dienstausweis.

Keitel zog die Augenbrauen hoch. »Berlin?«

»Das ist das Haus eines Mannes, der unter unserer Beobachtung stand.«

»Ein Araber, dem Namen nach«, schnaufte Keitel. »Es ist vermutlich seine Frau, die hier verstreut über das ganze Grundstück liegt. Ein Rentner aus der Nachbarschaft hat sich eine Kugel eingefangen. Damit haben wir zwei Leichen. Was ist das für ein Mist? Steckt dieser Araber in irgendeinem Terror-Scheiß mit drin?« Soweit Lisa wusste, war Keitel kein Rassist, aber offenbar bemühte er sich auch nicht um Political Correctness.

»Nach unseren Informationen gibt es bei Khaled Jafaar keinen terroristischen Hintergrund. Jedenfalls liegt nichts gegen ihn vor. Wir hatten eine Überwachung laufen, weil es einen vagen Hinweis gab, dass er in Gefahr sein könnte.«

»Da habt ihr ja tolle Arbeit geleistet, Herzchen!«, schnarrte Keitel und grunzte erneut. »Ich würd mal sagen, da hat sich jetzt euer Hinweis bestätigt.«

Er drehte sich um und ging zu den Spurensicherern an der komplett beschädigten Hausfront. Lisa hängte sich an seine Fersen.

»Was haben Sie bis jetzt?«

»Zerrissener Frauenkörper, noch nicht identifiziert, höchstwahrscheinlich Milena Jafaar. Erschossener Mann, Kurt Röhndorff, Rentner aus dem Nachbarhaus.«

»Also zwei Tathergänge.«

»Was Sie nicht sagen. Hätte ja auch mal einfach sein können. Dann hätte irgendein arabischer Drecksbombenbauer das falsche Kabel verbunden und wär mitsamt Haus und Frau in die Luft geflogen. Aber erstens ist der Kerl nicht zu finden, auch nicht in Teilen, und zweitens hätte er dann kaum hinterher seinen Nachbarn erschossen.«

»Kaum.« Lisa wusste, dass sie Keitel damit noch etwas wütender machte.

»Legen Sie's nicht drauf an, ja?«

»Gibt es schon Spuren, die auf den Täter hindeuten könnten?«

»Nein! Und wenn Sie mich noch länger von der Arbeit abhalten, gibt's wahrscheinlich auch nie welche!«

Lisa wollte etwas entgegnen, da sah sie, wie die Beamten neben ihr ihre Dienstwaffen zogen und auf die andere Straßenseite richteten. Lisa und Keitel drehten sich um.

Durch das Gartengrundstück des Nachbarhauses kam Khaled auf sie zu. Ruß- und Explosionsspuren und seine triefend nasse Kleidung ließen ihn wenig vertrauenerweckend erscheinen.

12

Brit sah, wie Khaled über das Nachbargrundstück zum Tatort ging, der früher sein Zuhause gewesen war, und sie spürte eine innere Leere. Es war wie ein Vakuum in ihrem Brustkorb, als wäre alle Luft aus ihrer Lunge abgepumpt worden.

Sie saß in diesem Auto, das nicht ihr gehörte, und spürte ein Gefühl, das ebenso wenig ihr zu gehören schien. Eine Weile lang wartete sie ab, auch noch, als Khaled längst nicht mehr zu sehen war. Dann zog sie ihr Smartphone aus der Türverkleidung und schaltete es ein.

Nach einigen Klicks hatte sie es, das Foto, das sie zusammen mit Khaled und dem kleinen Kind zeigte. Es dauerte nicht lange, bis der bloße Anblick dieses Bildes das Vakuum in ihrem Brustkorb mit etwas füllte, das sie sonst nur beim Nachdenken über komplexe, wichtig erscheinende Satzkonstruktionen spürte, ein angenehmes und warmes Kribbeln.

Brit Kuttner, die ihr ganzes Leben noch nie ein echtes Gefühl verspürt hatte, verliebte sich an diesem Tag in ein Bild.

In den frühen Morgenstunden klingelte Brit in Berlin einen Mann namens Nils aus dem Bett. Er jobbte als Kellner in einer Szenekneipe, und Brit hatte ihn im letzten Jahr aufgerissen, als ihr Körper signalisierte, dass sie mal wieder unkomplizierten Sex brauchte. Nils war der Richtige, um es unkompliziert zu halten. Er stellte keine Fragen, war halbwegs wortgewandt und kannte sich gut aus mit weiblicher Lust.

Sie hatten sich ein paarmal getroffen, aber irgendwann sendete ihr Körper nicht mehr diese Signale, und Brit stellte die Treffen ein. Nun, da sie wieder vor ihm stand und nach einem Platz zum Schlafen fragte, lächelte er ohne jeden Hintergedanken und brachte für sie eine Decke zur Couch.

Brit schlief ein, als das erste Licht draußen vor den Fenstern dämmerte.

13

Khaled saß im nüchternen Vernehmungsraum der Kripo Münster. Man gab ihm eine braune Wolldecke, um sich damit warm zu halten, nachdem er es abgelehnt hatte, seine nasse Kleidung gegen einen Jogginganzug der Polizei zu tauschen. Khaled sah elend aus, und der verkrustete Schlamm aus dem Bachbett tat sein Übriges, um den Eindruck von Verwahrlosung zu verstärken.

Ihm gegenüber saßen Keitel und Lisa und hatten bereits das grobe Repertoire an Fragen auf ihn losgelassen. Warum er in Gaza gewesen war. Ob er Kontakte zu radikalen Kreisen pflegte. Ob seine Frau Milena seines Wissens nach solche Kontakte gehabt hatte. Ob er irgendwelche Feinde hatte, vielleicht irgendwelche Neider innerhalb der Uni oder durchgedrehte Studenten. Und noch viele ähnliche Fragen, die er meist mit einem knappen Nein oder einem Kopfschütteln beantwortete.

Lisa bestand darauf, bei der Befragung anwesend zu sein. Genau genommen hatte sie nicht das Recht dazu, ohne richterliche Verfügung in ein laufendes Verfahren einzugreifen. Aber Keitel wusste nur zu gut, dass es höchstens einiger Telefonate bedurfte, und sie hätte eine solche Verfügung bekommen. Also ersparte er sich und Lisa den überflüssigen Aufwand. In seinem Bericht wollte er das später unter »zu Hilfe genommene Beurteilung durch BKA-Beamtin aufgrund

Verdachts eines überregionalen Terroranschlags« legitimieren. Die Wahrheit war, dass Keitel froh war, während der Befragung von Khaled Jafaar jemanden an seiner Seite zu haben, der das Dunkel dieser Tat vielleicht etwas erhellen konnte.

»Kommen wir noch einmal darauf zurück, warum Sie Ihre Frau genau in dem Moment allein gelassen haben, als sie die Tür aufschließen wollte.« Es war ein hilfloser Satz, aber in all den Dienstjahren hatte Keitel oft genug erlebt, dass auch solche Sätze mitunter ein Ergebnis lieferten, wenn sie nur oft genug wiederholt wurden.

In diesem Fall blieb ein solches Ergebnis vorerst aus. Khaleds Kopf hing kraftlos und erschöpft vornüber. Keitels Seitenblick zu Lisa war eine unausgesprochene Bitte, dass sie übernehmen sollte.

»Herr Jafaar, wir wissen, was wir Ihnen hier zumuten. Aber wir kämpfen gegen die Zeit, weil sich der oder die Täter mit jeder Stunde, die vergeht, weiter absetzen können. Wir versuchen, jede noch so geringe Spur zu finden, solange das alles noch frisch ist.«

Khaled blickte auf, sah Lisa an, aber er schwieg weiterhin.

»Bitte, Herr Jafaar, helfen Sie uns. Unsere Spurensicherung konnte den Zünder der Bombe inzwischen sicherstellen. Er ist aber derart zerstört, dass wir noch nicht sagen können, ob es ein Kontaktzünder war oder der Sprengstoff durch ein Funksignal zur Explosion gebracht wurde, zum Beispiel per Handy. Verstehen Sie, was das bedeutet?«

Khaled nickte nur. Lisa fuhr fort:

»Es verrät uns, ob dem Täter egal war, wer die Tür öffnet, oder ob er gewartet hat, wer genau das Haus betritt, um die Bombe im richtigen Moment hochgehen zu lassen ...«

»Nein, das nicht. Die wollten mich.«

»Wieso sind Sie da so sicher? Vielleicht wollte der Täter

Sie unter Druck setzen, indem er Ihre Frau umbringt.« Keitel war kein großer Freund von Rücksichtnahme.

»Die wollten mich!« Khaled starrte Keitel zornig an, sodass sich Lisa schon bereit machte, einzugreifen, falls es zu einem tätlichen Angriff kam.

»Wir machen nur unsere Arbeit, Herr Jafaar«, sagte sie nicht zum ersten Mal, während sie ihm gegenübersaß. »Wenn ich Sie richtig verstehe, glauben Sie, dass die Leute, die Sie nach Gaza gelockt haben, recht damit hatten, dass Sie in Gefahr sind.«

Keitel ließ durch ein Augenrollen erkennen, dass er von der Fährte, der sie gerade folgte, wenig hielt, aber Khaled sprang darauf an. »Ja, allerdings glaube ich das!«

»Dann fangen wir noch mal an dieser Stelle an. Sie sagten, dass Sie nach Gaza gelockt wurden von Mitgliedern einer Hacker-Bewegung namens Earth.«

»Ja. Mit einem gefakten Hilferuf meines Vaters.«

»Ben Jafaar«, sagte Lisa. »Prominenter Physiker mit palästinensischen Wurzeln, der mit linken Widerstandsbewegungen sympathisiert hat und seit vier Jahren als verschollen gilt. Vielleicht war der Anschlag ein Racheakt für irgendetwas, das *er* getan hatte. Eine späte Rache an seiner Familie ...«

»Nein!«

»Wieso schließen Sie das so vehement aus?«

»Weil der Grund viel konkreter ist! Weil es um dieses Foto geht! Das hab ich Ihnen doch gesagt!«

»Dieses ominöse Foto, von dem Sie leider keine Kopie haben!« Keitels Tonfall machte nur allzu deutlich, dass er nicht an die Existenz dieses Fotos glaubte.

Statt ihm eine Antwort zu geben, richtete Khaled den Blick direkt auf Lisa. »Sie glauben mir. Ich sehe Ihnen an, dass Sie mir glauben, dass es dieses Foto gibt.«

Lisa fühlte sich ertappt. Sie hatte Keitel wohlweislich nichts von dem Foto erzählt, weil sie Brit möglichst aus den Ermittlungen heraushalten wollte.

Aber ihre Reaktion schien Khaled zu ermutigen, in diese Richtung nachzuhaken. »Wieso reden wir hier nicht über das Foto? Wieso gehen Sie dieser Spur nicht nach?«

»Weil es Blödsinn ist, ein Hirngespinst!« Keitel hatte sich impulsiv zu Khaled vorgebeugt. »Ein Foto, das Sie zusammen mit einer Frau zeigt, die Sie noch nie im Leben gesehen haben wollen und die ein Baby auf dem Arm trägt, von dem Sie nicht wissen, wessen Kind es ist.«

»Ja. Und wenn Sie über etwas mehr Intelligenz verfügten, als es offenbar der Fall ist, würden Sie sich fragen, wer warum ein Interesse an der Montage eines solchen Fotos haben könnte.«

»Das Sie uns leider nicht zeigen können.« Keitels Tonfall blieb scharf.

Lisa hoffte, dass Khaled das Bild nicht genauer beschreiben konnte, damit Brit nicht in die Ermittlungen der Kripo hineingezogen wurde. Doch sobald sie wieder in ihrem Büro in Berlin war, wollte sie genau diesen Fragen nachgehen.

Jetzt aber lenkte sie die Vernehmung sicherheitshalber in eine andere Richtung. »Die Leute, die Sie offenbar nach Gaza gelockt haben, gehörten Ihrer Aussage nach zur Hacker-Bewegung Earth ...«

»Das haben die von sich behauptet.«

»Nehmen wir an, es stimmt. Uns ist Earth bisher nur als sogenannte Hacktivisten-Bewegung bekannt. Ein eher lockerer Zusammenschluss von Hackern, deren größte Vergehen bisher darin bestanden, die Server von Großunternehmen zu sabotieren oder lahmzulegen.«

»Wenn Sie das sagen ...«

»Ja, allerdings sagen wir das!«, fuhr Keitel dazwischen.

»Ihnen sollte endlich bewusst werden, dass wir hier die Ermordung Ihrer Frau aufklären wollen.«

»Dann tun Sie das! Finden Sie verdammt noch mal heraus, wer Milena umgebracht hat!«

»Herr Jafaar«, sagte Lisa, um einen ruhigen Tonfall bemüht, um die aggressive Stimmung abzumildern, »ich würde gern noch mal zurückkommen zu der Sprayerei auf Ihrem Auto.«

»Das hatten wir doch schon.«

»Sie sagten, dass so etwas häufiger passiert im Umfeld der Universität. Aber vielleicht gibt es dennoch einen Zusammenhang. ...«

»Wie sollte der Ihrer Meinung nach aussehen?«, fiel er ihr ins Wort. »Dass die Faschos, die so gern meine Bürotür und mein Auto beschmieren, auf einmal zum Bombenbauen übergewechselt sind?«

»Ja. Das müssen wir zumindest in Betracht ziehen«, sagte Lisa, auch wenn sie nicht wirklich an diese Möglichkeit glaubte.

»Unsinn! Ihr Deutschen habt ein Problem mit dem Klima in eurem Land, das ihr inzwischen so angeheizt habt, dass allerorts das braune Pack aus seinen Löchern kriecht und seine Fascho-Sprüche verbreitet. Das macht diese Feiglinge aber noch nicht zu Mördern!«

»Erzähl du uns bloß nicht, was ›wir Deutschen‹ in unserem Land zu tun und zu lassen haben!«

»Keitel!« Lisa grätschte dazwischen, etwas zu spät zwar, um die entgleiste Bemerkung zu verhindern, aber rechtzeitig genug, um eine weitere Eskalation zu vermeiden. In der Sache gab sie Khaleds Argumentation recht. Von Sprücheschmierern und rechtsradikalen Krakeelern zu Bombenlegern war ein weiter Weg.

»Ja, schon gut, ich entschuldige mich für das ›Du‹, das mir

da rausgerutscht ist.« Keitel stand auf, um sich zu strecken, und hatte mit dieser Geste, die von Müdigkeit und Resignation zeugte, auch noch die letzte Chance vermasselt, Khaled Jafaar zur Kooperation mit der Kripo Münster zu bewegen.

»Können Sie uns noch mal alles erzählen, was Sie über diese ›Esther‹ wissen, die Sie nach Gaza gelockt hat?«, bat Lisa, in der Hoffnung, die Gesprächsbereitschaft von Khaled Jafaar doch noch einmal herzustellen.

»Nein. Wann bekomme ich meine Frau?« Khaled sagte das mit einer beachtlichen Selbstkontrolle.

Lisa und Keitel schwiegen einen Moment, und jeder von beiden hoffte, dass der andere das Wort ergreifen würde. Schließlich war es Lisa, die diese sekundenlange Stille nicht länger aushielt.

»Bei Bombenopfern braucht unsere Rechtsmedizin für gewöhnlich sehr lange, um ...« Sie verstummte in Ermangelung passender Worte für die furchtbare Puzzlearbeit, die zerfetzte Leichenteile notwendig machten. Sie fasste sich und sagte: »Wir schlagen den Angehörigen in solchen Fällen eine Art symbolischer Bestattung vor. Inklusive einiger persönlicher Kleidungsstücke oder Utensilien des Opfers.«

»Kleidungsstücke oder Utensilien?«, fragte Khaled, als wäre er nicht sicher, sie richtig verstanden zu haben.

Lisa schrumpfte unter seinen Worten und fühlte sich elend in ihrer Rolle.

»Liegt ein Verdacht gegen mich vor?« Khaleds Frage sagte unmissverständlich, dass die Befragung für ihn beendet war.

»Nein.«

Lisa konnte förmlich sehen, wie sich Khaled Jafaar in dieser Sekunde von allen Regeln der Gesellschaft verabschiedete und sich einem neuen Ziel zuwandte. Sie hätte einiges darum gegeben, dieses Ziel genauer zu kennen.

»Es wäre jedoch gut, wenn Sie uns für weitere Fragen zur Verfügung stehen«, sagte Keitel noch, aber da war Khaled schon halb zur Tür hinaus.

14

Fünf Tage zuvor ...

Poison kam in den frühen Abendstunden bei ihrer Oma an. Sie war mit der U-Bahn gefahren und in ihrem Hoodie, mit dem Rucksack und den Schnürstiefeln in der Menge ähnlich aussehender Berliner maximal unsichtbar gewesen. Ihre Oma war die rüstige Witwe eines früh verstorbenen Zahnarztes und bewohnte die Zehlendorfer Villa allein mit Poison, seit diese siebzehn war und den ständigen Streit mit ihrer Mutter nicht mehr aushalten konnte. Im Haus der Oma hatte sie ein Zimmer unter dem Dach und ein eigenes Hacker-Imperium im Keller.

Die Oma hieß Elisabeth Borgmann, war neunundsechzig und hatte es bei ihrer eigenen technischen Entwicklung bis zur leidlichen Benutzung eines iPad gebracht. Von dem, was Poison umtrieb, verstand sie absolut gar nichts.

Das Zusammenleben der beiden Frauen war so geregelt, dass es zwei Mahlzeiten gab, die gemeinsam eingenommen wurden und bei denen Elisabeth Borgmann auf ein sinntragendes Gespräch zu einem politischen oder gesellschaftsrelevanten Thema freier Wahl bestand. Poison machte dieses Spiel mit. Für sie war es ein angenehmes Training für ihre Kommunikationsfähigkeit, die manchmal durch die nächtelange Beschäftigung mit Datenkolonnen arg in Mitleidenschaft gezogen wurde. Außerdem mochte Poison ihre Oma. Sie mochte die Art, wie sie ihr eigenes Leben führte. Und sie mochte, wie sie ihre Enkelin liebte, ohne dabei übergriffig zu werden.

Die einzige Marotte, die Elisabeth Borgmann zugegebenermaßen hatte, war dieses »Essens-Ding«, wie Poison es nannte. Immerzu stand vor Poisons geschlossener Kellertür ein Teller mit irgendetwas Essbarem. Sobald sie den Teller hereinholte, konnte sie sicher sein, dass es keine halbe Stunde dauerte, bis ein neuer Teller mit Essbarem an genau derselben Stelle stand. Wäre ihre Oma technisch nicht so ungeschickt gewesen, wäre Poison davon ausgegangen, dass sie irgendeinen Überwachungskamera-Automatismus installiert hatte, der Alarm schlug, sobald die Stelle vor der Tür essensfrei war.

An diesem Abend grüßte Poison die Oma nur kurz, schnappte sich eine Handvoll Salzstangen und eine Flasche mit extra zuckerstarker Cola und verschwand dann in ihrem Keller.

In einer Landschaft aus Elektronikteilen und illuminierten Plastikpflanzen hatte sie einen Tapeziertisch mit drei Rechnern aufgestellt, die in einem eigens gebauten Verbund die IP-Adressen schneller wechselten, als selbst ein gewiefter Tracker nachvollziehen konnte. Eine kleine Vorsichtsmaßnahme für ihre seltenen Recherchen bei Google oder Accurint.

Für das, was Poison jetzt plante, brauchte sie diese Amateurwelt allerdings nicht. Sie startete TOR und sprang ins Darknet. Ihr Ziel war eine genauere Lokalisierung des blinden Flecks, den sie im Netz gefunden hatte. Sie hatte sich in der U-Bahn auf dem Weg hierher zwischen all den regennassen Leuten schon einen Plan zurechtgelegt, wie sie es anstellen wollte.

Die Idee war einfach. Sie hatte den Fleck gefunden, als sie bei ihren Scans rund um die Geheimdienste immer häufiger Datenströme ohne erkennbare IP-Herkunft entdeckte. Zuerst tippte sie auf eine ziemlich gute Protection, einen Algorithmus, der an die Daten angehängt war, um Herkunft und Zielort zu verschleiern. Sie prüfte daraufhin alle ihr bekannten Protection-Codes, aber gab es schließlich auf. Worauf sie stieß, war größer und komplexer. Beim Übertritt in den Fleck verschwanden die Daten einfach komplett, ebenso wie Daten urplötzlich aus dem Nichts entstanden, wenn sie den Fleck verließen. Ein höchst ungewöhnliches Phänomen, selbst für eine Hackerin wie Poison, die in einem ständigen Wettlauf mit immer komplizierter werdenden Verschlüsselungsmethoden stand.

Aber jetzt hatte sie einen Ansatz. Er basierte darauf, dass das Netz nie etwas vergaß und jeder Datenstrom irgendwo seinen »Fingerabdruck« hinterließ. Sie baute einen Algorithmus, der wie ein Scanner das Netz nach Datenströmen durchforstete, die ähnliche »Fingerabdrücke« hinterließen. Nach knapp einer Stunde hatte sie mehrere Milliarden Ergebnisse identifiziert, die eine Gemeinsamkeit verband: Keines von ihnen hatte ein Datum vor dem 15. Juli 2015. Poison war sich daher sicher, dass das die Geburtsstunde des blinden Flecks war.

Sie modifizierte daraufhin den Algorithmus so, dass er nach Daten-Ähnlichkeiten zu jedem tausendsten Ergebnis des zuvor gestarteten Scans erneut das Netz durchforstete, und zwar ausschließlich am Tag vor dem 15. Juli 2015.

Poisons Rechner arbeiteten fast drei Stunden lang, aber dann spuckten sie ihre Ergebnisse aus und lieferten eine auffällige Häufung einer bestimmten IP-Adresse.

Der Weg von der IP-Adresse zu dem Eigentümer, der auf dieser Adresse seine Server betrieb, war ein Kinderspiel für eine Hackerin wie Poison. Etwa um Mitternacht hatte sie den Namen des Unternehmens, das es offenbar mit einer gigantischen Firewall geschafft hatte, ihren internen Datenverkehr zum blinden Fleck im Netz zu machen: die »Tantalos Corp.« mit Sitz in Oslo.

Poison war mit sich zufrieden. Sie stand nach fünf Stunden erstmals von ihrem klapprigen Bürostuhl auf und holte sich die Schinkenwürfel, die ihre Oma zwischenzeitlich vor der Tür abgestellt hatte. Im Grunde war ihr Ziel erreicht, aber sie fühlte sich noch nicht müde, und die enorme Größe der Firewall stachelte ihre Neugier an.

Während sie auf den Schinkenwürfeln kaute, startete sie ihren gecrackten Zugang zu Accurint und ließ sich Ergebnisse zum Stichwort »Tantalos Corp.« liefern. Zum Unternehmen selbst gab es nichts, wohl aber den Eintrag, dass seine Gründung auf der Bilderberg-Konferenz von 2014 in Kopenhagen beschlossen worden war.

Dass beim Begriff »Bilderberg-Konferenz« in Poison eine kleine Alarmglocke zu läuten begann, lag an den vielen Gesprächen, die sie mit ihrer Oma geführt hatte. Elisabeth Borgmann war zwar zweieinhalb Jahrzehnte lang mit einem betuchten Zahnarzt verheiratet gewesen, der beharrlich CDU wählte, sie selbst aber stammte aus einer Familie sozialistischer Widerstandskämpfer, deren Mitglieder mit einigem Stolz von sich behaupteten, dass sich ohne ihre Mitwirkung das Hitler-Regime noch weit länger hätte halten können. Poisons Oma selbst war zwar keine Widerstandskämpferin, aber ihr wohnte dieser linke Geist inne, der sie für Verschwörungstheorien genauso empfänglich machte wie misstrauisch gegenüber geheimen Versammlungen der Mächtigen.

Die Bilderberg-Konferenzen waren etwas, worüber Elisabeth Borgmann gern und oft mit Poison sprach. Gegründet 1954, fanden die Konferenzen seither jährlich komplett unter Ausschluss der Öffentlichkeit statt. Wer alles daran teilnahm und was dort besprochen wurde, blieb vor der Welt geheim.

Lange Zeit hatte kaum jemand überhaupt von der Existenz dieser Konferenzen gewusst, die jedes Jahr an einem anderen Ort stattfanden und deren Teilnehmer die Mächtigen aus Wirtschaft und Politik waren. In den Medien fand sich bis in die Neunzigerjahre nichts darüber und seither nur hin und wieder eine kurze Erwähnung. Das System der Abschottung nach außen funktionierte hervorragend, und Elisabeth Borgmann war sich sicher, dass eine ganze Menge vom Übel dieser Welt auf diesen geheimen Konferenzen beschlossen wurde.

Es war nicht so, dass das Wissen um die Bilderberg-Treffen ein spezielles Gewicht innerhalb von Poisons Weltbild gehabt hätte, aber es war ganz sicher Teil des allgemeinen systemkritischen Rauschens, das Elisabeth Borgmann in vielen langen Gesprächen bei ihrer Enkelin erzeugt hatte. Und allein das war für Poison motivierend genug, sich augenblicklich aufzumachen, um die anderen im Safe House darüber zu informieren.

Sie stieg in ihre Boots, schnappte sich den Rucksack und zündete sich eine schmale selbstgedrehte Zigarette an. Dann verließ sie die Villa, um zur nächsten U-Bahn-Station mit dem klingenden Namen Onkel Toms Hütte zu gehen.

Sie kam bis in Sichtweite des leuchtenden U-Bahn-Zeichens, dann wurde sie von einem dunklen Lieferwagen überfahren und war auf der Stelle tot.

Aber zu diesem Zeitpunkt war das kleine Datenpaket, das sie über einen sicheren Kanal geschickt hatte, bereits auf dem Weg zum inneren Zirkel von Earth.

15

Brit wachte vom Duft nach Milchkaffee und frischen Croissants auf. Ein großer Vorteil von wechselnden Lovern war es, dass solche Rituale nicht den langsamen Tod einer Beziehungsroutine starben. Auch das war für Brit ein Grund, sich beständig mit neuen Typen zu treffen. Ebenso wie ihre nicht enden wollende Neugier auf sexuelle Stimulierung, die irgendwann vielleicht in jenes Gefühl umschlagen könnte, von dem alle redeten und das ihr so völlig fremd war.

Aber all das war an diesem Morgen kein Thema. Nach einer ausgiebigen Dusche frühstückte sie mit Nils und trug dabei seinen übergroßen Bademantel. Sie erzählte von den Dingen, die ihr in den letzten vierundzwanzig Stunden widerfahren waren. Nils war ihr fremd genug, sodass er keine weiteren Schlüsse daraus ziehen konnte, aber er war dennoch klug genug, um sie mit einigen guten Fragen aufzufangen. Sie provozierte diese Fragen mit geschickten Pausen, die sie einlegte, indem sie langsam ihren Milchkaffee schlürfte, und sie achtete genauestens darauf, dass sie keine Namen oder Informationen verriet, mit denen sie Nils Leben oder Lisas Ermittlungen in Gefahr brachte.

»Wenn du mir sagst, dass die CIA Killer nach Europa schickt, um hier die gesamte Hacker-Bewegung zu liquidieren, glaube ich dir das sofort«, sagte er schließlich. »Aber ich verstehe nicht, was du damit zu tun haben sollst.«

»Das ist der Punkt, den ich auch nicht verstehe.«

»Du hast mal erzählt, dass deine Eltern bei einem Flugzeugabsturz ums Leben gekommen sind ...«

Ja? Hatte sie das? Es war ihr durchaus zuzutrauen, in irgendeinem Rauschzustand, meist erzeugt durch eine Mischung aus Alkohol, Marihuana und sexueller Lust, einige wenige persönliche Informationen bei der Begegnung mit einem Mann einfließen zu lassen, um eine höhere Ausschüttung von Endorphinen zu erreichen.

»Ja, sind sie.« Sie nickte. »Hab ich dir das erzählt?«

»Nach dem dritten Joint warst du tatsächlich bereit, etwas Ehrliches über dich rauszulassen.«

»Come on. Nicht so einen Ton.«

»Sorry, sollte nicht ironisch klingen. Aber ich war unendlich verschossen in dich, und alles, was du damals von dir gegeben hast, waren leere Worthülsen, und als du dann von deinen ums Leben gekommenen Eltern erzählt hast, war das wie ein Geschenk.«

Brit sah ihn an und bemerkte, dass sie auf eine befremdliche Art Verständnis für ihn aufbrachte.

»Wie kommst du jetzt darauf?«, fragte sie ihn. »Auf meine Eltern, meine ich.«

»Du hast erzählt, dass du damals als Einzige überlebt hast. Du warst vier und bist danach in eine Pflegefamilie gekommen.«

»Ich hab dir anscheinend eine ganze Menge erzählt.«

»Es lief ja auch ganz gut mit uns. Bei den wenigen Treffen, die wir hatten, jedenfalls.«

»Worauf willst du hinaus? Willst du an unsere Beziehung von damals anknüpfen? Du kennst meine Haltung dazu.«

Brits Haltung dazu war, dass man aussteigen sollte, sobald man erreichte, wonach man gesucht hatte. Alles Weitere wäre nur eine unnötige Repetition des Immergleichen.

Doch irritierenderweise stieß der Gedanke an Sex mit Nils im Moment nicht auf größere Gegenwehr bei ihr. Sie schob das auf den Fluchtinstinkt, der sich immer bei ihr einstellte, wenn sie vor größeren Problemen stand. Khaled Jafaar war mit Sicherheit solch ein »größeres Problem«.

»Du hast damals erzählt, dass dich deine Pflegeeltern lange in Therapien geschickt haben.«

»Endlos lange. In endlos viele verschiedene Therapien. Und?«

»Alles, was du von dem, was gestern passiert ist, erzählst, könnte vielleicht in deiner Wahrnehmung größer sein, als es tatsächlich war.«

»Weil ich in Therapien war? Ich hatte ein Problem, das die neuere Psychologie als dissoziative Störung bezeichnet. Das ist eine Diskrepanz zwischen Empfinden und der Wahrnehmung des Empfindens. Ich kann sprichwörtlich in Glück duschen und angesichts meiner Gänsehaut dabei denken, mir wäre kalt. *Das* ist kaputt bei mir. Mein Verstand ist dafür übernormal klar.«

Jeder Gedanke, Sex mit Nils könnte eine Option sein, war komplett verschwunden. Dabei war sie ihm nicht mal böse. Er wollte nur helfen, und all seine weiteren Kommentare waren überaus behutsam.

Während der letzten zehn Minuten des Frühstücks redeten sie nur noch über die Beschaffenheit der Croissants, die Nils beim Vollkornbäcker an der Ecke geholt hatte und die im Umfeld von Berlins drittklassiger Schnellbackkultur einen gewissen Starkult erlangt hatten.

Als Brit schließlich den übergroßen Bademantel abstreifte und sich anzukleiden begann, erkannte sie für einen kurzen Moment so etwas wie Gier in Nils' Blick. Gelassen wandte sie sich ab und fokussierte ihre Gedanken auf das, was sie vorhatte. Sie würde zu Lisa gehen und mit der ganzen verdammten Macht des Bundeskriminalapparats die Scheißkerle ausfindig machen, die gestern die Frau von Khaled Jafaar aus dem Leben gebombt hatten.

*

Khaled stand schon eine ganze Weile in dem kleinen Wäldchen, das an die Eigenheimsiedlung angrenzte, und sah zum Tatort, der einmal sein Zuhause gewesen war. Der gesamte Bereich war immer noch von Beamten gesperrt, und einzelne Männer und Frauen in weißen Plastikoveralls bewegten sich wie in Zeitlupe auf dem Grundstück, drehten zersplitterte Möbel und anderes umherliegendes Material um, betrachteten die einzelnen Stücke von allen Seiten, kennzeichneten manche davon mit einem kleinen Schildchen und bewegten sich dann weiter zur nächsten Stelle.

Es war eine merkwürdige Szenerie, die Khaled aus der Ferne beobachtete. Sie kam ihm vor wie eine Geisterversammlung, die einen Ort eroberte, der einstmals dem Leben gehört hatte.

Als Milena und er das Haus zum ersten Mal besichtigt hatten, waren bei allen Fenstern und der Terrassentür die Rollläden heruntergelassen gewesen, und als die Maklerin die Haustür vor ihnen öffnete, hatte sich das Sonnenlicht in kleinen feinen Linien seinen Weg durch die dunstige Luft im Hausinneren gebahnt. Das Haus war komplett leer geräumt gewesen, aber aus einem kaum ersichtlichen Grund stand mitten im großen Wohnzimmer ein kleines Kinderdreirad und fing einen einzelnen Sonnenstrahl auf, der durch eine Ritze eines Rollladens gefallen war. Ein winziger Blick zur Seite hatte Khaled verraten, dass sich Milena in diesem Moment in das Haus verliebte und dass es kein Zurück mehr gab. Es schien, als würde das kleine Dreirad direkt von ihrem Blick aufgesogen, als würde es tief ins Innere ihres Bewusstseins dringen, in den Bereich, der für Hoffnungen und Sentimentalitäten zuständig war, wo es sich festsetzte, um fortan die Aussicht auf eine Zukunft zu sein, mit der Khaled nur allzu einverstanden gewesen war.

Sie hatten sich vorgenommen, bald ein Kind in die Welt zu setzen. Das Haus erschien beiden das richtige Nest dafür. Sie wollten beide nur noch ein paar Dinge in ihrem Leben ordnen, sodass sie sich später keine Vorwürfe machen mussten, etwas nicht richtig gemacht zu haben. Der Gedanke an das Kind begleitete sie, aber er war nie konkreter geworden als an diesem einen Tag, an dem Milena das Dreirad im leeren Haus hatte stehen sehen ...

Khaled war tief in Gedanken, als ihn ein uniformierter Polizist vom Grundstück her sah. Der Mann hielt den Blick auf ihn gerichtet, während er in sein Funkgerät sprach. Khaled drehte sich um und machte sich auf den Weg. Seinen Entschluss hatte er ohnehin gefasst.

Er nahm sein Handy, ging mit einigen Klicks auf seine öffentliche Webseite innerhalb des Accounts der Uni und gab bekannt, dass seine Vorlesung »Ethik des Netzes« zur gewohnten Zeit stattfinden würde, allerdings nicht im Hörsaal, sondern draußen, auf dem Campus. Khaled ging davon aus, dass inzwischen jeder Student an der Uni von dem Anschlag gehört hatte und dass jeder davon aufgrund drängender Neugier erpicht darauf war, den jungen Dozenten, dessen Frau gestern in tausend Fetzen zerrissen worden war, bei einer Vorlesung zu erleben.

Khaled ging überdies davon aus, dass sowohl sein Smartphone als auch sein Account auf dem Uni-Server von den Leuten überwacht wurden, die auch für Milenas Tod verantwortlich waren. Er wusste, dass sie zu ihm kommen würden, und er konnte es gar nicht erwarten, ihnen zu begegnen.

16

Fünf Tage zuvor …

Zodiac und Esther lagen mit schweißnassen Körpern auf einer der Matratzen in der Potsdamer Villa. Sie mochte die Art, wie er keuchte, kurz bevor er kam, und sie bestand darauf, dass er bis zur letzten Zuckung in ihr blieb. Erst dann ließ sie ihre eigenen Zügel los und gab sich vollständig den Wellen hin, die ihren Körper überschwemmten. Erst kleine, dann große, so mächtig, dass sie die Kontrolle über ihr Denken verlor.

Das mit Zodiac war keine Liebe. Es war jene merkwürdige Lust, die bei Gleichgesinnten entstand, die wussten, dass dies nur eine körperliche Begleiterscheinung jener Sache war, die sie verband und die alles andere zweitrangig machte. Zweitrangigkeit war ein hervorragendes Aphrodisiakum, fand Esther, weil es in direkter Verwandtschaft zur Unverbindlichkeit stand.

Sie rollte sich von Zodiac herunter und entspannte sich. Dass er auf das Summen einer Nachricht reagierte, die in seinem Smartphone eintraf, bemerkte sie erst, als er es bereits in der Hand hielt. Und dann bemerkte sie die Stille, die den Raum plötzlich erfüllte.

Esther öffnete die Augen und richtete sich auf. Zodiac hockte neben ihr und starrte auf das Display seines Smartphones.

»Poison«, sagte er nur, und sie verstand, was das hieß, bevor sie den Blick auf das Display seines Smartphones richtete.

Darauf stand eine Nachricht in wenigen Worten:

Poison tot. Überfahren gestern Nacht.

Ein Kürzel aus Satzzeichen sagte ihnen, dass die Nachricht von einem der ihren kam. Mahmut Aksun alias LuCypher.

Zodiac schrie und tobte. Er wandelte alles in seinem Inneren in Wut um. Das war seine Methode, mit dieser Nachricht fertigzuwerden. Esther wünschte sich, sie hätte auch eine Methode dafür. Sie blieb still, und der Schmerz traf sie mit voller Härte.

Poison alias Elisa Limpsky war wie eine kleine Schwester für sie gewesen. Sie hatte Elisa auf einem Hackercontest in Friedrichshain getroffen, da war Poison gerade sechzehn gewesen, aber bereits flinker im Umgang mit Daten als manch anderer. Sie konnte stundenlang am Rechner sitzen, ohne den Blick auch nur einen Zentimeter weit vom Monitor abzuwenden, ihre Finger rasten dabei über die Tastatur, und ihre Knie wackelten in nervösen Energieschüben.

Esther war damals auf der Suche nach Nachwuchs gewesen und sprach sie an. Es war die Zeit, als Ben noch Kopf der Bewegung gewesen war und ihnen allen so etwas wie »Spirit« gegeben hatte. Er bläute ihnen ein, wie wichtig es sei, aus der Vereinzelung herauszukommen und die Bewegung zu vergrößern. Also waren manche von ihnen losgeschickt worden, um Nachwuchs zu rekrutieren.

Esther erinnerte sich noch, wie Poison auf ihre elend lange Rekrutierungsrede nur mit der Frage geantwortet hatte: »Hast du Kippen?« Es dauerte damals einige Sekunden, bis Esther verstand, dass Poison weder desinteressiert noch zynisch war, sondern einfach nur schneller als andere.

Sie verstanden sich vom ersten Tag an blendend. Sie wurde die kleine Schwester, die Esther nie hatte. Es war eine gute Zeit. Eine Zeit wie mit einer perfekten Familie.

Aber damals war auch Ben noch da gewesen ...

Esther hörte das Rufen Zodiacs erst beim zweiten Mal. Sie saß in der Küche, wo das Radio dudelte, irgendetwas Belangloses, das ihre Gedanken entkrampfen sollte. Der zweite Ruf war lauter und drängender und riss sie in die Gegenwart zurück.

Sie eilte in den hinteren Teil der Villa, wo Zodiac in dem komplett abgedunkelten Raum an seinen Rechnern saß. »Sie hat uns noch etwas geschickt.«

»Was?« Esther war wieder hellwach und trat neben ihn.

»Sie hat daran gearbeitet, den blinden Fleck im Netz zu lokalisieren, von der die Nachricht gesendet wurde. Das ist es.«

»Tantalos Corp.?« Esther las es aus dem Zeichenwirrwarr auf dem Monitor. »Was soll das sein?«

»Hat eine Steuernummer in Oslo. Ist anscheinend 2014 gegründet worden, auf einen Beschluss hin, der bei der Bilderberg-Konferenz im selben Jahr gefasst wurde. Das hat sie rausgefunden und uns geschickt.«

»Hast du Bilder?«

»Schon gesucht, gibt aber keine Tantalos-Corporation im Netz.«

»Wenn es das Unternehmen gibt, dann gibt es auch Bilder.«

»Es sei denn, die wollen unentdeckt bleiben und haben eine Matrix im Netz, die jegliches aufkommende Bildmaterial sofort eliminiert.«

»Die könnten wir austricksen, dauert vielleicht etwas, ist aber möglich.«

»Aber nicht wichtig jetzt. Wir haben den Absender der Nachricht und dessen Serverkennung aus der Zeit, bevor die Firewall undurchdringbar geworden ist. Und damit haben wir den Stallgeruch, der an jeder Scheiß-Nachricht von dort hängt bis in alle Ewigkeiten, Firewall hin oder her. Und haben wir einmal den Stall, schauen wir nur noch, wohin das verlorene Schäfchen seine Wege gezogen hat.«

Es dauerte zwei Tage, bis Zodiac eine große Anzahl von Rechnern über das Netz zu einem Verbund verkoppelt hatte, um über ausreichend Leistung zu verfügen. Doch dann war es so weit. Sie hatten den gesamten Nachrichtenweg rekonstruiert. Die Nachricht war an den auffälligen Server geschickt worden. Dieser Server war für die Daten ein Dead End, was so viel bedeutet wie nicht öffentlich zugänglich, und entsprechend abgeschirmt. Eine eigene Datenwelt, wie sie Geheimdienste aus Sicherheitsgründen aufbauten.

Im milliardenfachen Datenfeuerwerk dieses Servers tauchten immer wieder IP-Adressen auf, die Earth im akribischen Netz-Scanning der letzten zwei Jahre auf die Black List gesetzt hatte, weil sie von Agenten der CIA, der NSA oder des PST, des norwegischen Geheimdienstes, genutzt wurden. Auf dieses Nest waren Poison und Spillboard vor einigen Tagen gestoßen, und dort versammelten sich offenbar die übelsten Kriechtiere menschlicher Überwachungskultur. In diesem Umfeld stießen Poison und Spillboard auch auf das Foto und die Todesliste, die neben Khaled und Brit auch etliche Earth-Mitglieder namentlich aufführte.

Zodiac und Esther gingen all diese Spuren noch einmal durch, lokalisierten IP-Adressen und kreisten die Firewalls kontinuierlich ein, bis deutlich wurde, dass die »Tantalos Corp.« eine Serverwelt immenser Größe haben musste. Daraufhin machten sich die beiden daran, die komplizierte

Codierung der ursprünglichen Nachricht zu entschlüsseln, und stießen schließlich auf etwas, das so monströs war, dass sie sofort über die kontrollierten Kanäle des Darknet die gesamte Bewegung davon in Kenntnis setzten.

Unter den Mitgliedern von Earth kristallisierte sich die Meinung heraus, dass man den Sohn von Ben Jafaar, der zusammen mit der Berliner Studentin auf der Fotomontage zu sehen war, schnellstmöglich in Sicherheit bringen sollte. Methode und Durchführung dieser Aktion sollte ausschließlich der Berliner Zelle überlassen bleiben, um so wenig Mitwisser wie möglich zu haben.

Zodiac fingierte mit einem einfachen Morph-Programm den Hilferuf von Ben Jafaar an seinen Sohn, und Esther machte sich auf den Weg, um Khaled in Münster aufzusuchen und nach Gaza zu locken.

17

Als Khaled den Campus erreichte, war das Gelände so voll wie nie. Alle Blicke waren auf ihn gerichtet, aber keiner wagte es, ihn anzusprechen. Er wusste, wie schnell sich Gerüchte an einer Uni verbreiteten. Und er wusste, dass in einer Zeit, in der die meisten News vorbeirauschten wie Schnee in einem Sturm, ein derart persönlicher Schicksalsschlag eines angesehenen Dozenten endlich wieder die Aufmerksamkeit der von unwichtigen Informationen überfütterten Studenten weckte.

Ein Kollege aus dem Fachbereich Informatik kam auf ihn zu, und Khaled sah ihm an, dass er innerlich an ein paar Worten herumformulierte, mit denen er sein Beileid ausdrücken wollte. Khaled änderte die Richtung und wich ihm aus, und der Kollege schien erleichtert.

Khaled wollte niemanden sprechen. Niemanden von der Uni. Er wollte, dass sie ihn fanden, und dann wollte er ihnen ins Gesicht sehen. Den Kerlen, die in der Lage waren, einem Menschen so etwas anzutun. Die seine Frau Milena getötet hatten.

Dann sah er sie auf sich zukommen. Sie waren zu zweit, trugen Lederjacken, Jeans und Sonnenbrillen. Bizarr, dass jemand diese Form der Tarnung auf einem Unicampus wählt, dachte Khaled.

Sie waren noch vierzig Meter entfernt, und durch die

Menge an Studenten verschwanden sie immer wieder aus Khaleds Sichtfeld, steuerten aber geradewegs auf ihn zu, und er erkannte trotz der Sonnenbrillen, dass sie ihn nicht aus den Augen ließen. Er spürte auch das Adrenalin, das durch seine Adern pulste. Er würde diese Kerle zwingen, das, was sie tun wollten, hier vor den Augen aller Öffentlichkeit zu tun. Und vielleicht würde er es noch schaffen, einem von ihnen die Faust ins Gesicht zu schlagen. Etwas, was er sein Leben lang hatte tun wollen und immer vermieden hatte. Allein das war es wert.

Doch dann rempelte ihn ein junger Mann an. Er hatte eine Kapuze weit ins Gesicht gezogen und drückte Khaled im Vorbeigehen einen Zettel in die Hand. Khaled war zu irritiert, um den Mann aufzuhalten oder ihn anzusprechen. Im nächsten Augenblick war der Unbekannte auch schon in der Menge untergetaucht.

Khaled blickte auf den Zettel in seiner Hand. Darauf stand in etwas krakeliger Schrift:

Morgen 12 Uhr, Berlin, U-Bahnhof Gleisdreieck. Der Kampf beginnt.

Einen Moment lang brauchte Khaled, bis diese Information die relevanten Bereiche seines Bewusstseins erreichte. Er blickte auf und sah, dass die beiden Männer mit den Sonnenbrillen bis auf zwanzig Meter an ihn herangekommen waren. Und dann rannte er los. Durch die Menge der Studenten. Er stieß Leute beiseite, verschaffte sich Platz, schlug Haken und lief, so schnell er konnte.

Es wäre falsch gewesen, sich öffentlich auf dem Unicampus zu opfern, wenn die Rache, die er nehmen konnte, ungleich größer ausfallen konnte. Es waren die drei Worte, die ihm das klargemacht hatten:

Der Kampf beginnt.

Lisa Kuttner fuhr in die Tiefgarage des BKA. Münster war für sie eine anstrengende Erfahrung gewesen, und Keitel war ein verdammt harter Brocken. Nachdem sie Khaled hatten gehen lassen müssen, hatte Lisa noch bis in den späten Abend mit dem Hauptkommissar zusammengesessen und mühsam aus ihm herausbekommen, dass seine Spurensicherer alles in allem mit leeren Händen dastanden. Sie verlangte von der Münsteraner Kripo auch Personenschutz für Khaled Jafaar, aber das hatte Keitel durchweg abgelehnt. Aus seiner Sicht war der Fall noch längst nicht konkret genug, um eine entsprechende Anfrage an die Münsteraner Staatsanwaltschaft zu stellen. Er spielte den Ball an Lisa zurück, die ihrerseits aber nur auf Landesebene den Antrag hätte stellen können, doch dafür müsste sie den Stand ihrer derzeitigen Ermittlungen preisgeben, und das war ihr absolut untersagt.

Also manövrierten die beiden bis in den Abend umeinander herum, wobei sie auf Außenstehende wohl wie ein altes Ehepaar gewirkt hätten, bei dem sich keiner der beiden Partner in die Karten schauen lassen wollte aus Sorge, dadurch leichtfertig einen Vorteil zu verspielen, den man vielleicht in einem nächsten Konflikt gegen den anderen verwenden könnte.

Lisa hatte sich für die Nacht per Telefon ein Zimmer in einem jener gesichtslosen Hotels gemietet, die sich inzwischen in Ketten rund um den Globus erstreckten, und als sie dort angekommen war, trank sie den drittklassigen Wein aus der Minibar, duschte ausgiebig und bestellte sich dann beim Zimmerservice einen weiteren Wein, der nur wenig besser, dafür aber umso teurer gewesen war. Danach hatte sie noch auf ihrem Laptop aufgestauten Mailverkehr abgearbeitet, während sie, berauscht durch den Wein, langsam in einen angenehmeren Bewusstseinszustand abdriftete.

Schließlich war sie im Aufzug hinunter zur Lobby gefahren und dort etwas herumgeschlendert. Kurz überlegte sie, ob sie Lust auf Sex mit einem Fremden hatte, aber die trübe Aussicht auf die paar armseligen Gestalten, die noch an der Bar saßen, beantwortete diese Frage schnell, und sie zog es vor, schlafen zu gehen.

Nun stellte Lisa den Wagen in der Garage auf dem Platz ab, der per Nummer als ihrer gekennzeichnet war. Sie griff zur Rückbank, um von dort den Inhalt ihrer Handtasche aufzusammeln, der sich beim Verlassen der A43 in der engen Entschleunigungskurve über die Sitzbank und den Boden verstreut hatte.

Sie erschrak, als die Beifahrertür geöffnet wurde, doch es war Brit, die sich neben sie setzte.

»Verdammt ...!«

»Frauen deiner Generation neigen dazu, ihre Lebenssituation in ihren Handtaschen als ausgeprägtes Messie-Symptom zu zelebrieren. Hallo, Lisa.«

»Scheiße, hallo, guten Morgen. Du solltest nicht hier sein.«

»Das ist ein Einwand, der nicht ganz auf der Höhe deiner sonstigen Analysen ist.«

»Sei nicht ironisch. Wie bist du reingekommen?«

»Anruf in deinem Büro. Die sagten, dass du auf dem Rückweg bist; ich hab mich angemeldet, und der Pförtner hat mich durchgelassen. Wie immer.«

»Es ist aber nicht wie immer. Du solltest zurzeit in überhaupt keinem Datenverkehr auftauchen, auch nicht in der Anmeldung des BKA.«

»Schon klar. Ich hab mich auf dem Weg hier runter möglichst aus dem Blickfeld der Kameras gehalten. Würde mich wundern, wenn ich hier in der Garage auf irgendeinem Bild gelandet bin. Wir müssen reden.«

»Ja, müssen wir. Es gab einen Anschlag auf den Mann, der

mit dir auf dem Foto zu sehen ist. Er hat überlebt, aber seine Frau ist tot.«

»Ich weiß. Ich hab ihn getroffen.«

»Du hast *was?*«

»Was hast du denn gedacht, was ich tue? Still abwarten, bis dein Polizeiapparat geklärt hat, warum solche Attentate aus heiterem Himmel im Zusammenhang mit einem Foto passieren, auf dem komischerweise ich mit einem Baby und einem Mann zu sehen bin?«

»Brit, nein ...« Lisa wusste, dass es keinen Sinn hatte, ihre Tochter zügeln zu wollen, wenn sie einmal auf Touren war. Das war ihr in zwanzig Jahren nicht geglückt und würde auch diesmal nicht funktionieren.

»Ich will wissen, was ihr wisst!« Brits Tonfall war scharf.

»Nichts. Kaum etwas. Nur Spekulationen. Kleines, ich werde heute dafür sorgen, dass du in ein Zeugenschutzprogramm kommst. Das ist der schnellste Weg, dich von der Bildfläche verschwinden zu lassen und dir Personenschutz zu geben.«

»Kannst du vergessen. Wer sind die, die das gemacht haben?«

»Wissen wir nicht.«

»Gut. Dann such ich mir jemanden, der mehr weiß als du.« Brit griff zum Türgriff und wollte aussteigen.

»Warte. Über eine diskrete Leitung zum BND haben wir Kontakt zu einem Informanten, der beim norwegischen Geheimdienst PST sitzt. Der Mann hat erzählt, dass in Oslo ein neuer privater Dienst aufgebaut wurde, der Leute von der CIA, der NSA, den Norwegern, offenbar sogar vom russischen SWR abgeworben hat. Der Name des Dienstes soll TASC sein. Unsere Leute beobachten das, haben aber bislang nichts Genaues rausfinden können. Vor einigen Tagen hat der Informant durchblicken lassen, TASC hätte eine größere Operation gestartet, mit Zielen in etlichen Ländern. Das Stichwort war Earth.« Lisa musterte Brit, war neugierig auf ihre Reaktion.

»Scheiße. Was noch?«

»Nichts. Du weißt doch, dass sich BKA, BND und Verfassungsschutz gegenseitig auf den Füßen stehen und keiner den anderen in seine Karten gucken lässt. Ich bin an der Sache dran, seit dieses Foto aufgetaucht ist, und hab sogar eine Sondereinheit bewilligt bekommen. Aber wo soll man anfangen, wenn diese Typen auf der ganzen Welt verstreut sind und ihren Datenverkehr zu einer Hochsicherheitsfestung gemacht haben! Mein Scheiß-Dienstcomputer ist fünf Jahre alt, und sein Scheiß-Betriebssystem wird von einer Abteilung gewartet, der ich noch nicht mal die Reparatur meiner Waschmaschine anvertrauen würde! Ich tu, was ich kann. Brit.« Lisa legte ihr die Hand auf den Arm, was so viel heißen sollte wie: Ich hab dich schon immer beschützt und werde das auch diesmal irgendwie hinkriegen, auch wenn ich noch nicht weiß, wie.

Brit lächelte, und es war ein ehrliches Lächeln. Lisa tat ihr leid. Mütter taten ihr im Allgemeinen leid. Und Lisa Kuttner, die von Berufs wegen mit einer beachtlichen Polizeimacht ausgestattet war und trotzdem ihrer Adoptivtochter nicht das geringste Gefühl von Sicherheit geben konnte, tat ihr in diesem Moment ganz besonders leid.

»Ich werde abtauchen, Lisa.«

»Gut. Ich besorg dir Personenschutz, und dann überlegen wir beide, wo du am liebsten für ein paar Wochen bleiben willst ...«

»So hab ich das nicht gemeint, das weißt du.«

»Brit ...« Keine Chance. Null Komma null Chance. Lisa wusste es.

»Wo willst du hin?«

»Ich melde mich. Regelmäßig. Per Mail von irgendeinem Computer. Versuch nicht, mich zu orten.«

Brit drückte Lisa kurz die Hand und lächelte mit dem Gesichtsausdruck, den sie an anderen Leuten beobachtet hatte, wenn sie Zuneigung signalisieren wollten. Dann stieg sie aus und verschwand.

18

Khaled näherte sich der U-Bahn-Station Gleisdreieck und war wachsam wie selten in seinem Leben. Er hatte einem polnischen LKW-Fahrer hundert Euro gegeben, um nach Berlin mitgenommen zu werden. Schon am späten Abend waren sie in der Bundeshauptstadt eingetroffen, und seither trieb er sich an wechselnden U- und S-Bahnhöfen herum und blieb meistens in Bewegung. Für ganze zwei Stunden schaffte er es sogar, auf einer der Wartebänke etwas Schlaf zu finden. Sein Smartphone hatte er seit Münster ausgeschaltet und in Alufolie gewickelt. Dadurch war es maximal unsichtbar für sämtliche Ortung, die über Antennensignale lief.

Er stieg die Stufen hoch zum Bahnsteig und dachte für einen Moment, wie unsinnig es war, die auf Stelzen stehende Anlage als U-Bahnhof zu bezeichnen. Dann konzentrierte er sich auf die Leute, die auf die einfahrende Bahn warteten. Er konnte nur hoffen, dass dieser Zettel, der ihn hierher gelockt hatte, kein schlechter Scherz eines Studenten war.

Die lange gelbe Bahn hielt quietschend und öffnete ihre Türen. Menschen stiegen aus, und Menschen stiegen ein. Khaled suchte nach Blicken, die den seinen suchten. Doch da war nichts. Es war mittlerweile zwei Minuten vor zwölf. Die Bahn fuhr wieder ab, Menschen gingen, und andere Menschen kamen. Ein Lautsprecher kündigte die Einfahrt der Bahn auf der Gegenseite an.

Khaled spürte, wie seine Hände zittrig wurden, vermutlich weil er seit zwanzig Stunden nichts mehr gegessen hatte. Aber er konnte dieses Gefühl nicht brauchen und klemmte seine Hände unter die Achseln.

Die Gegenbahn fuhr ein und öffnete die Türen. Ein geschäftiges Gedränge beim Aussteigen, gleichzeitig schoben sich ungeduldige Fahrgäste bereits wieder in die Waggons.

Dann sah er ihn.

Er stand am anderen Ende des Bahnsteigs, unmittelbar in der Nähe einer der Treppen. Ein junger Mann, Lederjacke, darunter ein Kapuzenshirt. Soweit Khaled erkennen konnte, hatte er südländisches Aussehen, dunkle Haare. Er fixierte Khaled eindeutig, mehrere Sekunden lang. Erst als er sicher war, dass Khaled seinen Blick bemerkt hatte, setzte er sich in Bewegung und ging die Treppe hinunter.

Khaled ging los, vermied es zu rennen, um nicht unnötig Aufmerksamkeit auf sich zu ziehen. Er erreichte die Treppe und sah, dass der junge Mann am unteren Ende gewartet hatte und jetzt weiterging. Khaled eilte die Treppen hinunter, folgte dem Anblick des Rückens mit der Lederjacke und dem Hoodie, der immer genauso weit von ihm entfernt blieb, dass Khaled nicht den Anschluss verlor. Dann öffnete der Mann auf einmal eine schmale, unauffällige Metalltür, die zu den Versorgungsgängen des Bahnhofs führte, und verschwand darin.

Khaled erreichte die Tür wenige Sekunden später und sah sich kurz um, ob ihn jemand beobachtete. Doch offenbar gehörte es nicht zum Naturell von Berlinern, sich für Menschen zu interessieren, die in Versorgungsgängen verschwinden.

Er öffnete ebenfalls die Tür und huschte hindurch.

Mahmut blickte Khaled prüfend und unbeirrt entgegen, während dieser die Treppe hinunterstieg.

»Komm«, sagte er und ging weiter.

Die Wände waren mit gelblichen Fliesen gekachelt, die eingegitterten Lampen schienen noch aus Vorkriegszeiten zu stammen. Dicke, staubige Rohre für Elektrizität, Wasser und Gas verliefen durch den Gang, seit vermutlich hundert Jahren schon. Mahmut klopfte an eine Tür, und kurz darauf wurde geöffnet.

Esther sah Khaled an, ernst und übernächtigt.

»Tut mir leid mit deiner Frau. Tut uns allen leid.«

Sie hielt die Tür auf, um Khaled eintreten zu lassen. Vor ihm lag ein unterirdisches Stellwerk, das früher einmal die komplizierte Technik eines Gleisknotenpunkts vor Fliegerbomben hatte schützen sollen. Aber was zur Weltkriegszeit ein Höhepunkt der Ingenieurskunst gewesen war, wirkte heutzutage wie eine museale Ansammlung antiquierter Schaltpulte und Steueranlagen, die sicher seit Jahrzehnten nicht mehr in Betrieb waren.

Umso aktiver war das Netzwerk aus mehreren Rechnern und Monitoren, das darauf stand.

Der Mann, der davorsaß und die Bilder der Bahnhofsüberwachungskameras beobachtete, drehte sich langsam zu Khaled um. Zodiac, mit bürgerlichem Namen Alexander Herzog.

Khaled spürte sofort, dass es mit ihm Probleme geben würde.

Esther schloss hinter Khaled und Mahmut die Tür.

»Wer seid ihr? Earth?«

»Ein Teil davon. Ein kleiner Teil.« Esther sagte das, ging dann an Khaled vorbei und trat an Zodiacs Seite.

»Was habt ihr mit dem Tod meiner Frau zu tun?«

»Gar nichts. Wir glauben, dass der Anschlag nicht ihr

galt.« Während sie das sagte, legte Esther ihre Hand beiläufig auf Zodiacs Schulter. »Es wäre besser gewesen, du wärst in Gaza geblieben. Wenn auch nur für eine Weile. Vielleicht wäre dann alles anders gekommen.«

»Eine reine Hypothese«, mischte sich Zodiac ein. »Das wissen wir nicht.« Seine Stimme war klar, aber ohne jegliche Empathie.

»Warum habt ihr mich hergeholt?« Khaled stellte sich so, dass er Mahmut nicht länger im Rücken hatte.

»Du bist der Sohn des Mannes, der unsere Bewegung gegründet hat«, erklärte Zodiac. »Seit das Foto von dir und dieser Studentin aufgetaucht ist, werden Leute von uns ermordet. Wir wussten nicht, inwieweit wir dir trauen können, aber seit dem Tod deiner Frau gehen wir davon aus, dass du ein Interesse daran hast zu erfahren, wer dahintersteckt.«

»Wer?«, fragte Khaled nur. Er war noch lange nicht so weit, irgendwem hier zu trauen.

»Poison hatte herausgefunden, dass das Foto von dir und der Studentin an eine Art Geheimdienst in Oslo geschickt wurde ...«

»Poison?« Khaled hasste es, wenn szenetypische Rätsel ihn zwangen nachzufragen.

»Eine, die wir verdammt gemocht haben«, antwortete Mahmut.

»Auch sie wurde umgebracht«, fügte Esther hinzu. »Wer oder was dieser Dienst ist, wissen wir noch nicht, aber wir wissen, dass eine Menge Typen dort ihre Daten ins Netz schicken, die zuvor bei CIA, NSA oder anderen Drecksvereinen gearbeitet haben. Poison hat aber noch etwas rausgefunden, etwas, das wirklich bizarr ist ...«

»Kurz bevor dieses Foto von dir und dieser Studentin rausging«, führte Zodiac für sie weiter aus, »ging über dieselbe Datenleitung eine andere Nachricht an vierundzwanzig

Adressen, die zu Leuten gehören, die 2014 an der Kopenhagener Bilderberg-Konferenz teilgenommen haben.«

»Bilderberg ...« Khaled zog die Stirn kraus. »Diese Verschwörungstheorie?«

»Sicher, und die NSA ist ein Telefonunternehmen«, höhnte Mahmut und fing sich dafür einen tadelnden Blick von Zodiac ein, der wieder das Wort ergriff.

»Vierundzwanzig aus dieser Ansammlung von Regierungschefs und CEOs, vermutlich der innere Zirkel der Konferenz, der damals für die Gründung eines großen Projekts verantwortlich war, über das wir aber noch nicht genug wissen. Doch das ist noch nicht der Punkt. Der Punkt ist die Nachricht selbst. Angeblich kommt sie aus der Zukunft.«

Khaled starrte die drei ungläubig an.

»Aus dem Jahr 2045«, konkretisierte Zodiac. »Die Welt wird da von einer einzigen Regierung kontrolliert, und der Großteil der Menschheit scheint damit klarzukommen. Die Übrigen sind in ein Internierungslager gesperrt, das ganz Afrika umfasst. Offenbar gibt es Earth als Bewegung immer noch, und unsere Leute werden als Terroristen gejagt.« Er hielt den Blick auf Khaled gerichtet, schien ihn regelrecht zu sezieren.

Khaled starrte einen nach dem anderen an. »Ihr ...«, begann er und suchte nach dem richtigen Wort. »Ihr ... *spinnt* doch.«

Und er meinte, was er sagte, aus tiefster Überzeugung.

19

Wanja Krenkow war kein Frauentyp. Er war klein, gedrungen, und sein Gesicht sah auch im gepflegten Zustand immer etwas zerschlagen aus. Wenn es anders gewesen wäre, hätte er nicht auf die Polizeischule gehen müssen, um bei »den Weibern«, wie er sich auszudrücken pflegte, Eindruck zu schinden. Er hätte später auch nicht zum russischen Geheimdienst gehen müssen und wäre vermutlich auch nie von dem privaten Dienst TASC angeworben worden für ein Gehalt, das selbst ohne Zulagen sein Einkommen beim *Sluschba wneschnei raswedki*, kurz SWR, um das Zwanzigfache überstieg.

Aber jetzt war er dort, und endlich klappte es bei ihm mit den »Weibern«, wobei er damit vor allem blonde, langbeinige und äußerst naive Schönheiten unter vierundzwanzig meinte. Er spendierte ihnen was, zumeist Champagner und Kaviar, aber auch Schmuck, und sobald er merkte, dass sie drauf ansprangen, spendierte er ihnen einfach noch mehr. So lange, bis sie ihn mochten. Es war ein System, das gut funktionierte.

Aber das war nicht der einzige Grund, warum er zum TASC gegangen war. Wichtiger als die »Weiber« war für Wanja erstaunlicherweise immer schon die Familie. Sein Vater war ein einfacher Bahnwärter gewesen, der das Geld für die kleine Familie am Aralsee nur mühsam zusammenbekommen hatte. Nachdem Gorbatschow damals die ganze Welt auf den Kopf stellte, war es noch schlimmer geworden.

Das Geld im Land wurde zwar mehr, aber Wanjas Familie hatte immer weniger davon abbekommen. Im fünften Jahr nach Glasnost starb Wanjas Vater, und die Witwenrente, mit der die Mutter sich und Swetlana, Wanjas mongoloide Schwester, durchbringen musste, hatte höchstens bis zur Mitte des Monats gereicht.

Wanja war damals noch neu bei der Polizei und schickte jeden Rubel, den er erübrigen konnte, zum Aralsee, um seiner Mutter und Swetlana zu helfen. Doch es reichte vorne und hinten nicht. Das änderte sich auch nicht wesentlich, als er hintereinander den beiden großen russischen Geheimdiensten beitrat. Ganze zweiundzwanzig Jahre lief das so, aber seit er bei TASC war, war alles anders geworden.

Wanja hatte das Gefühl, dass er das Geld jetzt schubkarrenweise verdiente. Selbst wenn er zwei »Weiber« pro Woche mit seiner Spendierfreude ins Bett manövrierte, blieb immer noch eine ganze Menge übrig, um es seiner Familie zur Unterstützung schicken zu können. Wanja fand, dass er echt Glück gehabt hatte. Und warum sollte er dann viel darüber nachdenken, was er als Gegenleistung für das Geld tun musste?

Als er nach der Polizei beim FSB, dem russischen Inlandsgeheimdienst, gelandet war, hatte er Menschen bespitzelt, bei Verhören gefoltert und einmal einen umgebracht. Dann war er aufgrund seiner Sprachbegabung dem SWR empfohlen worden, und auch dort war es nicht gerade zimperlich zugegangen. Das war jetzt bei TASC nicht anders, nur war die Bezahlung um einiges besser.

An diesem Tag ging Wanja mit einem Paket, das in braunes Packpapier gewickelt war, in die U-Bahn-Station Mayakovskaya. Das war einer der unterirdischen Prachtbauten, die die Moskauer U-Bahn zu einer der schönsten der Welt machten. Zur richtigen Zeit wimmelte es hier von Menschen, Moskauer Bürgern auf dem Weg zur Arbeit, ausländischen Geschäftsleuten, die der Rushhour auf den Straßen entfliehen wollten, und Touristen, die hier herunterkamen, um Fotos von der prächtigen Deckenkonstruktion zu machen.

Wanja wusste, wann die Sicherheitsleute ihre Runden zogen und wie lange ein Winkel des Bahnsteigs unbeobachtet blieb. Er hatte in den letzten Tagen auch herausgefunden, dass ein einziger Sicherheitsmann vor achtzehn Monitoren saß, auf denen die Bilder der Überwachungskameras wiedergegeben wurden. Die letzten vier Tage hatte sich Wanja immer zur gleichen Zeit hier auf der Station aufgehalten, um herauszufinden, in welchem Moment und an welcher Stelle er für die patrouillierenden Sicherheitsleute und die Kameras unsichtbar war. Der Zeitpunkt war genau jetzt, als die Bahn einfuhr, ihre Türen öffnete und Menschenmassen auf den Bahnsteig ausspie.

Wanja ging schnell zu dem Abfallkorb, den er ausgesucht hatte, und hinter den Rücken von hin und her drängenden Menschen stopfte er sein Paket in den schwarzen Plastiksack, der den Gitterkorb auskleidete. Dann zog er ein paar Essensreste und Verpackungen darüber, um das Paket darunter zu verbergen. Das Ganze dauerte keine vier Sekunden, dann trat Wanja bereits den Rückweg an und verließ die Bahnstation.

20

Khaled stellte viele Fragen, und nicht alle konnten Esther und Zodiac beantworten. Sie redeten viel über diese angebliche Nachricht aus der Zukunft, über dessen Echtheit die Mitglieder von Earth mindestens solche Zweifel hatten wie Khaled selbst. Sie war von Poison aus dem äußeren Daten-Traffic von Tantalos gefischt und später dann von Zodiac unter großem Aufwand entschlüsselt worden. Wo genau der Ursprung dieser Nachricht war, blieb weiterhin ein Rätsel, aber sie musste der Grund sein, dass aus der Tantalos Corp. der Auftrag an einen noch unbekannten Dienstleister gegangen war, die Mitglieder von Earth zu eliminieren.

Es war alles ein großes Rätsel, und für die gesamte Bewegung war es zur existenziellen Aufgabe geworden, dieses Rätsel zu lösen.

Khaled, der sich eigentlich in den aktuellen Modeströmungen der Internetkultur wissenschaftlich zu Hause fühlte, erfuhr dennoch vieles, was ihm neu war. Sein Vater hatte mit Teilen der Bewegung schon zu der Zeit sympathisiert, als sie noch 4chan oder LulzSec hieß. Als sich dann Anonymous formierte und weltweit Tausende von Hackern um sich sammelte, war Ben Jafaar eingestiegen und fokussierte eine Zeit lang alle ihre Energien auf die Unterstützung der Demokratisierungsbewegung des sogenannten Arabischen Frühlings. Aber er hatte gespürt, dass nur ein kleiner Teil der Hacker über die politische Entschlossenheit und Kraft verfügte, um wirklich etwas bewegen zu können. Das war der Zeitpunkt, als er Earth gründete.

Von der Spitzeltätigkeit des legendären Überläufers Sabu für das FBI hatte Ben Jafaar gelernt, dass die Loyalität eines Hackers nur so verlässlich war wie die Standhaftigkeit seines Glaubens an die gemeinsame Sache. Es war leicht, jemanden, der sich nächtelang ohne Schlaf und Essen nur noch mit Datenkolonnen auf einem Rechner beschäftigte, zu verführen, auf die andere Seite zu ziehen und zum Spitzel zu machen. Infolgedessen sorgte er dafür, dass die Hürden zur Mitgliedschaft bei Earth entsprechend hoch waren. Es mussten erst lange, persönliche Gespräche mit ihm oder einem seiner Vertrauten geführt werden, bevor ein Hacker aufgenommen worden war. Und selbst danach hatte jeder Neuzugang noch für drei Jahre einen Mentor gehabt, der für ihn bürgen musste. Manch einer der technisch besten Hacker war abgelehnt worden, weil man ihn nicht für vertrauenswürdig genug hielt. Oder weil er einfach ein genialer, aber leider unreifer Nerd gewesen war.

Dennoch war die Bewegung gewachsen, aber auf Khaleds Nachfragen, wie viele Mitglieder Earth inzwischen hatte, wusste niemand eine konkrete Antwort. Es mussten Hunderte sein, und sie waren über die ganze Welt verstreut. Eine konkrete Zahl oder gar eine Mitgliederauflistung widersprach dem eigentlichen Gedanken von Earth: Es sollte letztlich nicht um Einzelne gehen, sondern um das Potenzial, das sich in einer solchen Bewegung sammeln ließ. Aus dem gleichen Grund besaß Earth auch keine direkte Führungsstruktur. Die Bewegung sollte kollektiv und anarchisch bleiben.

Aber nach dem spurlosen Verschwinden von Ben Jafaar kristallisierte sich heraus, dass es einen gewissen inneren Zirkel gab, dessen Einfluss größer war als der von den anderen. Dieser Zirkel bestand aus all jenen, die Ben Jafaar damals zur Gründung der Bewegung zuerst um sich geschart hatte: Zodiac, Esther, BangBang, LuCypher und der inzwischen tote Spillboard. Etwa ein Dutzend weitere gehörten noch dazu, die allerdings im Jahr nach Bens Verschwinden in andere Länder übergesiedelt waren, um dort Zellen aufzubauen und diese am Leben zu halten.

Khaled erfuhr alles, war er wissen wollte. Es schien, als hätten Esther und Zodiac beschlossen, keinerlei Geheimnisse vor ihm zu haben. Zwei Stunden lang waren sie in der Schaltzentrale des alten Stellwerks in ein intensives Gespräch vertieft. Es waren die ersten zwei Stunden seit Milenas Tod, in der nicht nur düstere Finsternis in Khaleds Bewusstsein und seiner Gefühlswelt herrschte, während er einem Gespräch von ungeheurer Ernsthaftigkeit und Sachkompetenz beiwohnte.

Die Fragen und Gedanken wurden zwischen ihnen ausgetauscht, abgewogen, reflektiert und dann zurückgegeben. Zodiac, Esther und LuCypher waren Hacker, aber sie hatten nichts gemeinsam mit all den Computer-Nerds, die Khaled bislang kennengelernt hatte und die an der Uni Münster seine Vorlesungen belegten. Diese drei Leute vor ihm waren entschlossen und glaubten an das, was sie taten. Khaled war eine Ewigkeit solchen Menschen in seinem Umfeld nicht mehr begegnet. Und es lag mindestens zwei Ewigkeiten zurück, dass er selbst so gedacht hatte.

Nach einer langen Reise durch die Finsternis empfand er ein merkwürdig pathetisches Gefühl von Nach-Hause-Kommen.

Ein Gefühl, das durch einen Fluch Mahmuts plötzlich zerschlagen wurde.

»Fuck! Die Studentin!«

Mahmut rückte zur Seite und gab für die anderen den Blick auf einen der Monitore frei. Darauf war zu sehen, dass

Brit in der Wohnung von Thorsten Renner stand und trotzig in die Kamera blickte.

»Sie scheint zu wissen, dass das eine Kamera von euch ist und ihr sie sehen könnt«, meinte Khaled und betrachtete Brit genauer.

»Sie war schon gestern in der Wohnung. Ist die von Bang-Bang.« Zodiac sagte das angespannt, bemerkte dann Khaleds fragenden Blick und ergänzte: »Thorsten Renner.«

»Dann will sie Kontakt aufnehmen«, war Khaled überzeugt. »Nach dem, was ihr erzählt habt, ist sie in Gefahr. Wir sollten sie holen.«

»Geht nicht«, erklärte Esther. »Die Kamera in BangBangs Wohnung ist fremdgehackt. Wir haben sie nicht abgeschaltet, um nicht zu verraten, dass wir das wissen. Aber das, was wir jetzt gerade sehen, sieht in diesem Moment auch noch jemand.«

Auf ihrem Gesicht zeigte sich tiefe Sorge.

Brit befand sich schon eine halbe Stunde in der Wohnung. Sie war diesmal leise hereingeschlichen und hatte peinlich darauf geachtet, die allzu fürsorgliche Nachbarin nicht auf sich aufmerksam zu machen. Dann schaute sie sich um, in der Hoffnung, irgendetwas zu finden, das wenigstens eine ihrer tausend Fragen beantworten könnte. Aber sie fand nichts dergleichen.

Schließlich hatte sie sich entschieden, sich selbst finden zu lassen. Die letzte halbe Stunde lang war sie immer unter dem Sichtwinkel der Kamera hindurchgetaucht, nun aber stellte sie sich geradewegs davor und blickte in das kleine Objektiv, das sich leise surrend auf sie nachjustierte. Einen Moment lang überlegte sie, ob sie sogar winken soll, aber dann kam ihr der Gedanke kindisch vor, und sie schämte sich ein wenig dafür.

Ungefähr fünf Minuten lang stand sie vor der Kamera, dann hielt sie es für ausreichend und trat durch die Terrassentür, die zu dem nachträglich angebauten Balkon führte.

Zwei Stockwerke unter ihr befand sich die typische Berliner Hinterhoflandschaft. Mülltonnen, Spielecke, Gerümpel. Brit ließ den Blick schweifen und stellte sich vor, wie der Hacker, der hier wohnte, auf diesem Balkon hin und wieder eine Pause einlegte, um nach seinem Datenrausch etwas Wirklichkeit zu spüren.

Der kleine Berliner Bär auf dem Regal bewegte plötzlich den Kopf und krächzte aus dem winzigen Lautsprecher in seinem Inneren: »Fuck, fuck, fuck!«

Brit schmunzelte darüber. Ganze drei Sekunden lang. In der vierten Sekunde ging ihr auf, dass es eine Art Warnsignal sein musste, und sie eilte zur Eingangstür.

Durch den Türspion sah sie zwei Männer die Stufen heraufsteigen. Männer, die ganz sicher nicht zu Earth gehörten. Brit rannte los.

Sie kletterte über das Geländer des Balkons und rutschte vorsichtig an den Alurohren hinunter, die Stockwerk für Stockwerk die nötige Stabilität des Balkonanbaus garantierten. Brit verfluchte sich in diesem Moment dafür, ihre Jiu-Jitsu-Karriere mit zwanzig beendet zu haben und als einzige sportliche Betätigung nur noch zweimal wöchentlich einen kleinen Jogging-und-Fitness-Parcours meist widerwillig zu absolvieren. Sie wusste, dass sie zu langsam war, um zu verschwinden, bevor die Männer sie entdecken würden.

Gerade als sie den Übergang vom ersten Stock zum Boden des Hinterhofs bewältigte, blickte einer der beiden über das Balkongeländer. Brit sprang die letzten drei Meter und kam unangenehm hart auf dem Boden auf, dann rannte sie los.

Khaled und die anderen sahen auf dem Monitor den Mann auf dem Balkon stehen, von dem Brit kurz zuvor hinabgeklettert war. Er trug ein Jackett zu seiner Jeans, hatte eine Sonnenbrille auf, europäisches Aussehen und eine auffällige Narbe am Kinn. Der zweite, ähnlich gekleidete Mann tauchte überraschend unterhalb des Kamerabildes auf und griff hoch zur Kameraoptik, dann fiel das Bild aus.

»Sie schafft es. Sie ist gut.« Zodiac sagte das mit einer durchdringenden Schärfe. »Welche U-Bahn-Stationen sind in der Nähe?«.

»Frankfurter Allee ist die nächste«, antwortete Esther.

»Bin gleich drin.« Mahmut tippte flink in die Tastatur, um sich in die Kameras der Station zu hacken.

»Und wenn sie nicht zur U-Bahn läuft?«, warf Khaled ein.

»Würdest du nicht zur U-Bahn laufen?«, fragte Esther zurück.

Doch, würde er. Es gab kaum eine bessere Möglichkeit, einem potenziellen Verfolger zu entkommen, als die Geschwindigkeit, Flexibilität und Anonymität zu nutzen, die ein U-Bahn-System bot.

Zwei Minuten später hatte sich Mahmut ins Überwachungssystem der Berliner Verkehrsbetriebe gehackt, und auf sechs Monitoren erschienen die Bilder der Station Frankfurter Allee. Weitere zwei Minuten später sah Khaled in zwei unterschiedlichen Perspektiven, wie Brit die Treppe nach unten zum Bahnsteig rannte. Er warf Zodiac einen kurzen Blick zu, der reglos und ohne Anzeichen von Rechthaberei die Monitore betrachtete. Esther hatte ihm die Hand auf die Schulter gelegt und schaute ebenso reglos und angespannt.

Der Bahnsteig war mäßig bevölkert, und Brit ging ihn schnellen Schrittes entlang, um zum anderen Ende zu gelangen. Der Zug fuhr ein, aber Brit hielt ihr Tempo. Regelmäßig warf sie einen Blick zu der Treppe, von der sie gekommen war.

Khaled konnte Brit inzwischen auf einem der Monitore von Nahem sehen. Sie wirkte aufgeregt und nervös, aber keineswegs panisch. Es war das erste Mal, dass er sie so sachlich wahrnehmen konnte. Bei ihren Begegnungen in Münster war sie ihm wie ein Gespenst vorgekommen, das seinen Schmerz und seine Trauer hatte stören wollen.

»Da.« Mahmut lenkte ihre Blicke auf den ersten Monitor. Die beiden Männer, die kurz zuvor noch in BangBangs Wohnung gewesen waren, liefen die Treppe zum Bahnsteig hinunter. Sie erblickten Brit am anderen Ende des Bahnsteigs, und einer von ihnen zog eine Waffe, eine Pistole. Etwa vierzig Meter lagen zwischen ihnen und Brit, als sich die Türen der Bahn wieder zu schließen begannen.

Brit zögerte. Die Männer liefen weiter auf sie zu, als ihnen plötzlich ein Sicherheitsmann den Weg versperrte. Die tonlose Wiedergabe der Überwachungskamera zeigte, wie der Sicherheitsmann aus nächster Nähe von einem Schuss getroffen wurde und auf dem Bahnsteig zusammenbrach.

Brit sprang durch den schmalen Spalt der sich schließenden Tür, und die Bahn fuhr los. Khaled und die anderen vor den Monitoren konnten nicht sehen, ob es die beiden Männer ebenfalls in die Bahn geschafft hatten. Auf dem Bahnsteig war ein unüberschaubares Gewimmel von in Panik geratenen Menschen, und die beiden Killer waren nicht mehr auszumachen.

»Die werden dieselben Bilder sehen wie wir«, sagte Zodiac. »Auch sie wissen, wohin sie sich bewegt.«.

»Können wir nichts tun?«, fragte Khaled angespannt.

»Wir tun es doch gerade«, antwortete Esther, und Khaled schwor sich, dass dies die letzte dumme Frage gewesen war, die er in diesem Kreis stellte.

»Nächste Stationen?« Zodiacs Stimme klang präzise und hoch konzentriert.

»Hab ich alle schon auf den Tasten liegen.« Mahmut hatte inzwischen die Kontrolle über das gesamte Kameranetz der Berliner Verkehrsbetriebe übernommen.

21

Brit hatte glücklicherweise eine der älteren Bahnen erwischt, in denen die Waggons voneinander getrennt waren. Durch die Nottüren konnte man zwar von einem in den anderen Waggon wechseln, allerdings nicht, ohne dabei eine immense Aufmerksamkeit auf sich zu ziehen. Sie spürte, wie sie schwitzte und ihr Herz raste. Das kam weniger durch die körperliche Anstrengung als vielmehr vom Adrenalin, das durch ihren Körper jagte wie nie zuvor in ihrem Leben.

Sie hatte den Schuss gehört, der so laut durch die Bahnsteighalle hallte, als wolle er sie sprengen, und sie konnte auch noch sehen, wie der Wachmann zu Boden sank. Die Menschen schrien und rannten panisch über den Bahnsteig. Im Inneren der Wagen war den Leuten nicht klar, was geschah, aber sie alle waren aufgeregt, und Gerüchte machten die Runde. Einem seltsamen Herdentrieb folgend, drängten sich alle an die Seitenwände der Bahn, als könne das ihre Lage verbessern.

Die Bahn rauschte ohne Stopp durch die Station Magdalenenstraße. Vermutlich hatte der Fahrer inzwischen die Anweisung erhalten, erst in der nächstgrößeren Station zu halten, wo ein Polizeiaufgebot warten würde. Als die Bahn dann im U-Bahnhof Lichtenberg einfuhr, drängten die Fahrgäste beunruhigt zu den Ausgängen, um aus den Waggons zu kommen.

Brit schob sich im allgemeinen Gedränge nach draußen. Es erschien ihr wie ein Geschenk des Himmels, inmitten einer chaotischen Menschenmenge unsichtbar werden zu können. Wenigstens für den Moment. Sie ahnte sehr wohl, dass es in Zeiten allumfassender Überwachung schwierig sein würde, vor Männern abzutauchen, deren Möglichkeiten sie derzeit nicht einmal erahnen konnte.

Sie sah Polizisten die Treppen herunterkommen, aber entschloss sich, nicht auf sie zuzusteuern, sondern den Durchgang zur kreuzenden S-Bahnlinie zu nehmen. Sie schob sich durch das dichte Gedränge verunsicherter Menschen und fing an zu rennen, sobald sie das Chaos etwas hinter sich gelassen hatte.

Als sie die Stufen zur S-Bahn hochhastete, fuhr gerade die S5 ein. Sie sprang in einen der ersten Wagen und setzte sich auf einen freien Platz. Das Herz klopfte ihr bis zum Hals. Die Leute um sie herum in der Bahn aber waren ruhig und bewegten sich normal. Offenbar war die Nachricht vom Geschehen in der Station Frankfurter Allee nicht bis zu ihnen durchgedrungen.

Als die Bahn losfuhr, entspannte sich Brit erstmals. Ein kurzer Tränenreiz schoss ihr in die Augen, aber sie widerstand ihm und bemühte sich weiterhin um Wachsamkeit.

An der Warschauer Straße verließ sie die S5, sah sich kurz auf dem Bahnsteig um und nahm dann die Treppe zur U1, mit der sie bis zum Halleschen Tor weiterfuhr, wo sie nochmals wechselte, um die U6 zu nehmen.

Die Tür von Lisas Büro flog auf, und Jens stürmte herein. Er war einer ihrer liebsten Kollegen. Zum einen, weil er schwul war und sich noch nie an sie herangemacht hatte. Zum anderen, weil es kaum einen akribischeren Ermittler im gesamten BKA gab.

Er hatte seinen aufgeklappten Laptop in der Hand und platzierte ihn vor Lisa auf dem Schreibtisch. Darauf war das eingefrorene Bild einer Überwachungskamera zu sehen, das die U-Bahn-Station Frankfurter Allee zeigte. Mit zwei Klicks vergrößerte Jens das Bild, und Lisa erkannte zweifelsfrei ihre Tochter auf dem Bahnsteig.

»Brit?« Sie verstand nicht, was Jens ihr damit sagen wollte.

»Das war vor sechs Minuten. Station Frankfurter Allee. Die Gesichtserkennung hat deine Tochter sofort identifiziert und Alarm geschlagen.« Mit zwei weiteren Klicks brachte Jens das Bild zurück in die Totale und fokussierte dann den unteren Teil. »Hier. Achte auf die beiden Typen. Da findet ein direkter Blickkontakt zwischen denen und deiner Tochter statt. Und jetzt zwei Sekunden später ...« Jens klickte eine Tastenkombination, und das Bild sprang im zeitlichen Ablauf zwei Sekunden weiter und zeigte den Moment, als der Sicherheitsmann von einer Kugel getroffen zu Boden ging.

»Was ...?« Lisa wurde blass und erkannte augenblicklich die Tragweite des Geschehens.

»Die haben den Sicherheitsmann eiskalt niedergeschossen. Deine Tochter ist in die Bahn gesprungen und damit losgefahren. Ob die beiden Typen ihr gefolgt sind oder im allgemeinen Chaos untertauchen konnten, ist auf den Kamerabildern nicht zu erkennen. Unsere Leute arbeiten noch dran. Die Gesichtserkennungssoftware läuft jetzt prioritär für deine Tochter durch sämtliche Aufnahmen der Ü-Kameras aus der Stadtzone.«

»Komm!« Lisa sprang auf und machte sich auf den Weg.

Brit blieb in der U6 bis zum Potsdamer Platz. Dann hielt sie es nicht länger aus. Das unangenehme Kribbeln in ihr war stärker geworden und unterlief ihren Vorsatz, im Netz der

Berliner Bahnen unsichtbar zu werden. Sie fühlte sich beobachtet, und dieses Gefühl wurde beständig stärker.

Als sie an der Station Potsdamer Platz auf den Bahnsteig trat und sich umsah, wurde ihr klar, dass es keine Einbildung war. Die Frau in dem dunklen Wollmantel, die am anderen Ende aus dem Waggon stieg, hatte den Blick eindeutig auf Brit gerichtet. Sie hatte ein Smartphone am Ohr und sprach hinein. Eine Europäerin mittleren Alters, ansonsten unauffällig, aber ihr Blick war kalt und machte auf Brit den Eindruck einer gewissen Professionalität.

Dann sah Brit durch die aus- und einsteigenden Fahrgäste hindurch einen Mann vom anderen Ende des Bahnsteigs näher kommen. Auch er hatte sein Smartphone am Ohr und den Blick zweifelsohne auf Brit gerichtet. Er trug eine weite Trainingsjacke zu seiner Cargohose, und sein Gesicht lag im Schatten einer Basecap.

Brit lief instinktiv los. Wie hatte sie so naiv sein können zu glauben, sie hätte ihre Verfolger durch ein paarmal Umsteigen im Berliner S- und U-Bahnnetz abschütteln können. Wahrscheinlich gehörte es zu deren Beruf, an anderen Menschen kleben zu bleiben.

Sie lief zur Treppe auf der Südseite des Potsdamer Platzes. Der Mann mit der Basecap beschleunigte seinen Schritt und folgte ihr in einem lockeren Trab.

Brit hastete durch den Gang, der in die offene Halle mit den Treppen nach oben führte. Dort wagte sie einen Blick zurück und sah, dass der Mann mit der Basecap kaum vierzig Meter von ihr entfernt war und seinen Lauf beschleunigt hatte.

Brit rannte die Treppe hinauf, zwei Stufen auf einmal nehmend, dann erreichte sie den freien Platz, sah sich keuchend um. Die Rushhour pumpte den Verkehr von vier Seiten auf die riesige Kreuzung, wo die Wagen in der typischen Berliner Art für den Abbiegevorgang hupend umeinander fuhren.

Sie überlegte nicht lange, rannte einfach los auf die Kreuzung, vorbei an scharf bremsenden Autos. Auf der Mitte der Kreuzung blieb sie stehen, keuchend und ziemlich am Ende ihrer Kräfte.

Sie sah, wie der Mann mit der Basecap ebenfalls den Platz erreichte. Er sah sich hastig um und entdeckte sie, nahm sein Smartphone wieder ans Ohr und sprach hinein.

Brit wurde derweil von Autofahrern lauthals beschimpft, die wegen ihr das Tempo hatten drosseln müssen. Der Mann mit der Basecap stand abwartend am Straßenrand und starrte sie an.

Irritiert ließ sie den Blick schweifen, dann sah sie an der Nordseite einen zweiten Mann am Straßenrand stehen, ebenfalls mit einem Smartphone am Ohr und seinem Blick auf sie gerichtet. Er war blond, trug eine Sonnenbrille und eine unauffällige Anzugjacke über einem schwarzen Pullover.

Im alten Stellwerk verfolgten Khaled, Zodiac, Esther und Mahmut das Geschehen auf den Monitoren. Sie hatten die Bilder hoch hängender Kameras angezapft, die allesamt den dichten Verkehr und die Kreuzung zeigten, in deren Mitte Brit unbeweglich stand. Khaled sorgte sich um diese Frau, die er kaum kannte.

»Das nächste Taxi?« Zodiac sprach schnell, allerdings scheinbar völlig emotionslos.

Esther hielt bereits ihr Smartphone in der Hand, rief die Taxi-App auf und lokalisierte den Wagen, der über die Potsdamer Straße in Richtung Platz fuhr. »Knapp hundert Meter, in direkter Anfahrt.«

Sie klickte auf das Symbol für ein Direkttelefonat. Beim zweiten Tuten meldete sich der Fahrer.

»Ihr Fahrgast steht direkt vor Ihnen. Die junge Frau auf der Kreuzung«, sagte Esther. »Sie kriegen fünfzig Euro extra, wenn Sie sie innerhalb einer Minute von der Kreuzung kriegen.«

»Soll das 'ne Scherznummer sein?«, polterte der Fahrer los. »Irgendein versteckter Fernsehscheiß oder was?« Der Stimme nach war er ein gut integrierter türkischer Mitbürger.

»Sie kriegen das Geld, sobald sie im Wagen sitzt. Wenn Sie nicht wollen, kriegt ein Kollege den Job.«

»Schon klar, bleiben Sie gechillt, ich mach's ja.«

Währenddessen wandte sich Zodiac an Mahmut. »Bist du in der Zentrale?«

»Ja, volle Kontrolle über alle Taxen«, antwortete Mahmut.

»Blockier alle Wagen am Platz für Langstreckenfahrten.«

Mahmuts Finger flogen flink über die Tastatur, und über den Bildschirm seines Laptops rasten Datenkolonnen.

Esther beobachtete zufrieden, wie das Taxi mitten auf der Kreuzung hielt. Khaled sah all dem staunend zu.

*

Der Taxifahrer hielt direkt neben Brit und ließ das Beifahrerfenster herunter. Es handelte sich um einen jungen Türken in Lederjacke über halb offenem Hemd und mit misstrauischem Blick.

»Ich soll Sie mitnehmen, krieg 'ne Prämie, wenn wir schnell machen.«

Für eine Sekunde war Brit skeptisch, dann hatte sie begriffen und sprang in den Wagen. Es war keine Zeit zum Nachdenken, und Alternativen sah sie im Moment keine.

Während sie die Tür zuzog, beschleunigte der Fahrer bereits und trickste durch ein riskantes Manöver ein Dutzend anderer Wagen aus.

Brit sah, wie der Mann mit der Basecap und der Blonde mit der Sonnenbrille zeitgleich losliefen und wie beide nach Taxen winkten, von denen sie aber aus unersichtlichen Gründen ignoriert wurden. Dann gab ihr Fahrer Vollgas und jagte seinen Wagen auf die Leipziger Straße. Er hatte noch immer sein Handy am Ohr.

»Ich krieg 'nen Fuffi extra von Ihnen, hat Ihre Kollegin am Telefon versprochen«, sagte er zu Brit. »Falls Sie jetzt Nein sagen, lass ich Sie gleich hier an der Ecke wieder raus.«

Brit sagte nicht Nein, sie nickte verunsichert und angelte nach ihrem Portemonnaie. Der Fahrer lauschte wieder ins Telefon, bekam offenbar eine neue Anweisung, dann nahm er es vom Ohr und reichte es nach hinten.

»Ihre Freundin will Sie sprechen«, sagte er betont lässig. »Machen Sie kein Kaffeekränzchen draus.«

Brit nahm das Smartphone und hörte eine Frauenstimme. Sie solle sich zur Eberswalder Straße fahren lassen und durch den Mauerpark nach Norden gehen. Es sei ein Bereich weitgehend ohne Überwachungskameras, und die wenigen am Stadionbereich würden für die nächsten Stunden ausfallen. Sie solle sich am Nordende des Parks herumdrücken, möglichst unauffällig, man würde sie um zweiundzwanzig Uhr am Parkeingang Gleimstraße abholen.

Damit war das Telefonat beendet, die Verbindung weg.

Brit merkte, wie ihr Herzschlag allmählich ruhiger wurde, und sie war froh, als ein Blick in ihr Portemonnaie zeigte, dass sie noch genügend Geld bei sich hatte, um den Taxifahrer zu bezahlen.

Der Rest der Fahrt bestand aus einigen schlechten Witzen über Verfolgungsjagden, die der Fahrer aus Filmen kannte. Brit erzählte schließlich eine abenteuerliche Geschichte darüber, dass sie ein Luxus-Callgirl auf der Flucht wäre, und brachte damit den Fahrer endlich zum Verstummen.

*

Lisa und Jens hatten auf der beeindruckenden Monitorwand der BKA-Überwachungszentrale beobachtet, wie das Taxi davongefahren war. Lisas Herz schlug ein wildes Stakkato, und sie hatte große Mühe, ihre professionelle Haltung zu wahren, während sie ihre Tochter auf den Bildschirmen sah. Als das Taxi aber über die Leipziger Straße aus dem Blickwinkel der Kameras verschwand, atmete sie auf.

»Was zur Hölle war das?« Jens sprach mehr zu sich selbst als in die Runde der BKA-Mitarbeiter in der Zentrale, die alle ihre Tätigkeiten eingestellt und genau wie Lisa und er das Geschehen beobachtet hatten.

Lisa schüttelte nur den Kopf. Sie hatte keine Ahnung, was das gewesen war.

»Fokussieren Sie die beiden Typen, den mit der Kappe und den anderen mit der Sonnenbrille«, wies sie die junge Mitarbeiterin vor sich am Bedienungspult an.

Gerade als sich die beiden umdrehten, um die Kreuzung schnellen Schrittes zu verlassen, wurden sie in Standbildern festgehalten. Mit einem Joystick vergrößerte die junge Frau den Bildausschnitt und versuchte durch mehrere Schärfenanpassungen, die Gesichter erkennbar zu machen.

»Verflucht, wie kann das sein?«, fragte Lisa laut. »Der Typ, der von der Südseite kam, hat sie wahrscheinlich in der Bahn verfolgt. Aber der andere, dieser Blonde ... der ist nicht mit der Bahn gekommen. Hat der auf dem Platz bereits gewartet? Aber es konnte doch niemand ahnen, dass sie dort aussteigt.«

»Vielleicht doch«, meinte Jens. »Falls sie die Koordinaten ihrer Fortbewegung durchs Bahnnetz hatten, hätte selbst ein durchschnittlich leistungsfähiger Computer entsprechende Wahrscheinlichkeiten errechnen können. War doch klar, dass sie eine möglichst große Station wählt, um besser untertauchen zu können. Sie ist nervös und hält es vermutlich nicht lange in der Bahn aus. Mit solchen Parametern ist die

Auswahl an möglichen Fluchtwegen überschaubar, und man hätte an diesen Stellen rechtzeitig Leute postieren können.«

»Aber dennoch blieb eine Vielzahl Möglichkeiten. Dazu braucht man eine Armee.«

»Eine kleine«, antwortete Jens lakonisch.

»O Gott, Brit.« Lisa fuhr sich mit der Hand durchs Gesicht. Und dann sah sie es. Sie trat näher an den Monitor, auf den die junge Mitarbeiterin die Vergrößerung des Blonden mit der Sonnenbrille gelegt hatte. »Kriegt ihr das noch schärfer?«

Die Mitarbeiterin tat ihr Bestes, um mit ein paar Einstellungen noch etwas Schärfe aus der enormen Vergrößerung herauszuholen.

Lisa starrte auf den Monitor und war sich plötzlich sicher. »Burkhard Graf. Ex-BND. Lag mal als Fahndung auf meinem Schreibtisch, wegen einer Mordanklage bei einem Ukraine-Einsatz.«

»Das ist doch mal ein Ansatz«, sagte Jens mit einer Jagdlust im Ton, die für einen inneren Mitarbeiter wie ihn schon außerordentlich war.

Dann wurde ihm und Lisa gleichzeitig klar, dass fast alle anderen im Raum ihre Konzentration auf einen Computer in den hinteren Reihen gerichtet hatten.

»Dürfen wir erfahren, was los ist?«, bellte Lisa verärgert.

»Sie sollten sich das mal anschauen«, antwortete einer der Mitarbeiter, der vor dem entsprechenden Bildschirm saß.

Lisa näherte sich ihm, dicht gefolgt von Jens, und beide sahen die aktuelle Nachrichtenmeldung mit dem laufenden Schriftband.

Eine Bombe war in der Moskauer U-Bahn-Station Mayakovskaya hochgegangen und hatte zweihundertdreizehn Menschen in den Tod gerissen. Zu der Tat hatte sich in einem Statement die Bewegung Earth bekannt.

22

Esther schloss die Tür zur Wohnung in einem Hinterhaus in der Kopernikusstraße auf, und Khaled und sie betraten die weitgehend leere Dreizimmerwohnung. Soweit Khaled auf den ersten Blick sehen konnte, befanden sich in jedem Zimmer gerade mal ein Stuhl und eine Matratze. Sonst nichts. Die Vorhänge waren vor allen Fenstern zugezogen. Draußen war es inzwischen dunkel.

Esther war mit ihm hergefahren, um ihm seine Bleibe für die nächsten Tage zu zeigen, und beide hatten sie während der ganzen Fahrt geschwiegen. Es war ihnen klar, dass von nun an alles noch schwerer werden würde. Sie waren auf einmal international gesuchte Terroristen, und die Hoffnung, dass es irgendeine Möglichkeit geben könnte, diesen Verdacht wieder zu entkräften, erschien naiv.

BangBang war eine Stunde zuvor mit hochrotem Kopf in die alte Stellwerkschaltzentrale geplatzt. Es war gerade ruhiger geworden, nachdem klar war, dass die Rettungsaktion mit dem Taxi geglückt war und sie es geschafft hatten, Brit in Sicherheit zu bringen. Natürlich hatten sie nichts von der Außenwelt mitbekommen, während diese Aktion lief. Sie verstanden anfangs auch kaum, was BangBang ihnen mitteilen wollte, als er hereinstürzte und unzusammenhängend etwas von einem Terroranschlag stammelte. Erst als sie sich die Nachrichten auf die Monitore holten, begriffen sie das gesamte Ausmaß.

Die Bombe, die in der Moskauer U-Bahn-Station gelegt worden war, hatte zweihundertdreizehn Menschen sofort in den Tod gerissen. Zahllose waren zum Teil schwer verletzt, und keiner konnte sagen, wie viele davon die nächsten Stunden oder Tage überleben würden. Viele andere hatten sich den Angaben zufolge in die Gleisschächte retten wollen und irrten dort noch umher.

Es gab ein Bekennerstatement, das angeblich von Earth stammte, und der russische Präsident rief augenblicklich in einer Fernsehansprache die internationale Staatengemeinschaft auf, die Jagd nach »diesen Terroristen« zu unterstützen. Den Nachrichten zufolge war das Bekennerstatement als digitale Botschaft an drei russische Fernsehkanäle geschickt worden. Nach einer ersten Überprüfung durch Experten von Polizei und Geheimdiensten wies dieses Statement exakt das gleiche Profil auf, das man bereits bei früheren Aktionen von Earth analysiert hatte. Für den russischen Präsidenten und seinen gesamten Polizeiapparat gab es keinen Grund, an der Echtheit des Bekennerstatements zu zweifeln.

Khaled schlug eine sofortige Gegendarstellung über die Kanäle der sozialen Netzwerke vor, erntete aber nur Kopfschütteln. Keiner der anderen wollte jetzt diskutieren. Eine beklemmende Stille legte sich über sie, als ihnen klar wurde, dass ihr Leben von nun an eine unabänderliche Richtung nahm ...

»Such dir ein Zimmer aus. Eins ist so gut wie das andere. Noch unbenutzte Zahnbürsten und frische Handtücher findest du im Bad und etwas zum Essen in der Küche. Alles andere, was du brauchst, besorgen wir später.« Esther sagte es kraftlos und wollte schon wieder gehen.

»Warte mal«, sagte Khaled. »Mein Vater und du, wie standet ihr zueinander?«

»Wir haben uns geliebt.« Die Kraftlosigkeit in ihrem Tonfall blieb.

»Geliebt?«

»War nicht zu toppen. Wird es auch nie sein.«

Dann ging sie, und Khaled fühlte sich unendlich müde.

23

Lisa und Jens hatten sich in Lisas Büro zurückgezogen und sich die Akte von Burkhard Graf vorgenommen. Die Aufforderung des russischen Präsidenten, die internationale Staatengemeinschaft solle bei der Fahndung nach Mitgliedern von Earth kooperieren, sorgte bereits in der Regierung für einige Diskussionen. Die Kanzlerin war weithin für ihren bedächtigen Umgang mit allzu forschen Forderungen anderer Regierungen bekannt, dennoch gab es eine prompte Anfrage des Innenministeriums, wie schnell die bundeseigenen Dienste Informationen zu Earth bereitstellen könnten. Im Klartext hieß das: BKA und Verfassungsschutz sollten alles offenlegen, was sie über die bis dato als harmlos eingestufte Hacker-Bewegung wussten.

Lisa war klar, dass man in den nächsten Tagen viel Porzellan zerschlagen würde, weil die Politik auf schnelle Ergebnisse drängte, um sie den Medien und der Öffentlichkeit zu präsentieren. Sie hatte sich mit Jens verzogen, bevor man die absurde Aufgabe einer überhasteten Beurteilung der Earth-Bewegung an sie herantragen konnte. Außerdem hoffte Lisa, dass die Spur, die sie verfolgten, nämlich der Ex-BND-Mann Burkhard Graf, sie irgendwie weiterbringen würde.

Seit schon einer Stunde saß sie nun genauso wie Jens über der Akte von Graf, jeder der beiden über seinem eigenen

Ausdruck, und immer wieder gingen sie die einzelnen Sätze durch, um auf etwas zu stoßen, das sie bislang übersehen hatten. Jens las vor und stellte Fragen, Lisa verglich die Aussagen mit der Fahndungsdatei über Graf auf ihrem Rechner und antwortete.

»Okay, also noch mal«, sagte Jens. »Melderegister, Telefon, Kreditkarten, Versicherungsnummern, andere Eintragungen in digitalen Datenbanken ...«

»Liegt alles brach seit der Sache in der Ukraine«, ergänzte Lisa. »Hat vermutlich seine alte Identität komplett gelöscht.«

»Und eine neue bekommen von dem Dienst, für den er jetzt arbeitet.«

»Das wäre das normale Vorgehen.«

»Ja, beim Wechsel der Dienste verschwindet das alte Leben. Das Einzige, was bleibt, sind ...?«

»Die alten Angewohnheiten«, sagte Lisa. »Und die sind?«

»Er galt immer als Waffennarr. Hatte eine eigene Sammlung. Übrigens illegal.«

»Klar, aber selbst wenn er sich hier mit Knarren eindecken will, der Schwarzmarkt in Berlin ist zu groß. Weiter.«

»Galt als Liebhaber schneller Autos.«

»Diese Neigung wird er hier während eines Einsatzes kaum ausleben. Weiter.«

»Hatte immer eine hohe Frequenz von Nuttenbesuchen.«

»Solange wir von keinen außergewöhnlichen Vorlieben wissen, ist das Feld in dieser schönen Stadt kaum überschaubar.«

»Hat Frau und Kind verlassen, als sein Sohn zwei war. Inzwischen hat der Kleine Abi gemacht auf der Metropolitan School.«

»Damit gehört Graf zum großen Club aller Mistkerle, die ihre Familien verlassen. Die landen alle in der Hölle, aber nicht in unserem Fahndungsraster. Weiter.«

»Hatte bei Auslandseinsätzen immer mal wieder Eintragungen wegen Aufenthalts in illegalen Wettbüros.«

»Das sagt eigentlich nur, dass unsere Agenten zu viel verdienen. Kein Ansatz, also weiter.«

»Seine Auswahl bei Hotels ist ...« Weiter kam Jens nicht.

»Warte mal«, fuhr Lisa ihm ins Wort. »Was macht noch mal die Mutter seines Sohnes beruflich?«

»Sie ist Kindergärtnerin. Bis heute. In Potsdam, wo sie auch lebt, jedenfalls war das zum aktuellen Stand der Akte letztes Jahr noch so. Worauf willst du hinaus?«

»Eine Kindergärtnerin, die sich für den Sohn die Metropolitan leisten kann? Das ist eine der teuersten Privatschulen Berlins. Hat sie von Haus aus Geld?«

Jens blätterte rasch in der Akte. »Hier steht, Vater Maurer, inzwischen frühpensioniert, Mutter Hausfrau. Sonst keine Verwandten, die auf eine erwähnenswerte Erbschaft hindeuten. Außerdem wohnt sie in einer Zweizimmerwohnung zur Miete mit Wohnberechtigungsschein. Riecht nicht nach Geld.« Jens blickte auf. »Warum also kann sie ihren Sohn auf eine scheißteure Berliner Schule schicken? Da haben wir doch was!«

Lisa nickte. »Sieht aus, als hätten wir seine Schwachstelle gefunden. Wenn er heimlich für seinen Sohn Geld zahlt, treibt es ihn auch vielleicht in dessen Nähe.«

»Überwachung?«

»Ja. Such dir ein paar unserer Leute, die diskret vorgehen. Auch was die interne Weitergabe von Infos angeht. Ich geh zum Chef und hol uns Rückendeckung.«

Damit stand sie auf und verließ das Büro. Eine Tür war plötzlich einen winzigen Spalt aufgegangen, und sie musste schnell und präzise arbeiten, um diese Chance nicht zu vermasseln.

24

Khaled schreckte hoch, als er hörte, wie der Schlüssel im Schloss herumgedreht wurde. Er lag auf einer Matratze, die mit einem halbwegs sauberen Laken bedeckt war, und hatte geschlafen. Wie lange, wusste er nicht. Draußen war es noch immer dunkel, und die Vorhänge vor den Fenstern tauchten die Räume umso mehr in Finsternis. Er hatte keinerlei Gefühl für die Tageszeit, es mochte noch Abend sein oder auch bereits nach Mitternacht, und das Ziffernblatt seiner betont altmodischen Uhr konnte er ohne Licht nicht erkennen.

Er erhob sich, schlich sich in die Ecke hinter der Tür und lauschte. Jemand flüsterte im Hausflur, trat dann durch die Wohnungstür und zog sie hinter sich leise ins Schloss. Am Knarren der Fußbodendielen im Flur konnte Khaled hören, dass derjenige näher kam und schließlich an seinem Zimmer vorbeiging. Daraufhin wagte Khaled einen Schritt aus seiner Deckung.

»Du?« Als er Brit erkannte, ließ ihn das jede weitere Vorsicht vergessen.

Sie drehte sich zu ihm um, ein wenig verlegen.

»Sorry. Die haben mir gesagt, ich soll dich nicht wecken«, sagte sie und hob entschuldigend die Hände.

»Was machst du hier?«

»Du meinst die Frage jetzt nicht wirklich ernst, oder? Du warst doch bei ihnen und hast die Show am Potsdamer selbst gesehen.« Sie drehte sich wieder um und wollte weitergehen, offenbar auf das angrenzende Zimmer zu, dann wandte sie sich ihm noch einmal zu. »Ach, die meinten, es gäbe noch ein bisschen Nahrung in der Küche, falls du nicht alles weggegessen hast. Hast du alles weggegessen? Ich fall gleich um vor Hunger.«

Statt zu antworten, blickte Khaled sie einen Moment lang an, um zu verarbeiten, dass er nicht mehr allein in der Wohnung war, dann schüttelte er den Kopf. »Keine Ahnung, was in der Küche ist, hab noch nicht nachgesehen.«

»Da soll auch noch Wein sein«, sagte Brit. »Noch dringender als Nahrung brauch ich jetzt Alkohol. Du vielleicht auch? Oder bist du Muslim oder so?«

Kurz darauf saßen sie in der Küche, vor ihnen auf dem Holztisch Rotwein, Käse und Brot. Brit redete, und Khaled hörte zu. Die Erlebnisse in der U-Bahn hatten ihr ziemlich zugesetzt, und es tat ihr sichtlich gut, alles in erstaunlicher Kleinteiligkeit zu erzählen. Brit erzählte auch, dass ihre Mutter beim BKA den Verdacht geäußert hatte, ein neuer und noch unbekannter paramilitärischer Dienstleister mit Namen TASC könnte hinter den Anschlägen stecken. Brits Schlussfolgerung nach gehörten die Leute, die sie verfolgten, ebenfalls zu dieser Truppe.

Aber derzeit war der Name nur eine konturlose Begrifflichkeit ohne Aussagewert, und Brit lenkte das Gespräch stattdessen auf die Explosion in der Moskauer U-Bahn-Station. Das war der Moment, in dem Khaled endlich mehr zu reden begann als die affirmativen und einsilbigen Bemerkungen und Kommentare, die er bislang in Brits Ausführungen eingeworfen hatte.

»Auf den ersten Blick scheint es keinen Sinn zu ergeben«, sagte er nach einem tiefen Schluck Wein. »Welche Leute könnten ein Interesse daran haben, dass eine Hacker-Bewegung auf die internationalen Fahndungslisten gesetzt wird?«

»Dieselben, die schon die ganze Zeit Anschläge auf Earth-Mitglieder verüben«, antwortete Brit, die sich Mühe gab, bei Khaleds Weinkonsum nicht den Anschluss zu verlieren. Es waren nur zwei Flaschen davon in der Küche, und Brit war sich sicher, dass sie mindestens eine davon allein brauchte, um Schlaf finden zu können.

»Nicht unbedingt. Ich hatte eher vermutet, dass hinter den Anschlägen ein Wirtschaftsunternehmen, ein Geheimdienst oder etwas Ähnliches steckt. Irgend so eine Bande, der die Hacker zu dicht auf die Pelle gerückt sind. Aber dann hätte man die Sache nicht durch einen Terroranschlag auf eine internationale Ebene gehoben. Jeder einzelne Polizeidienst auf diesem Planeten hat die Sache jetzt auf dem Tisch, und das kann nicht im Sinne der Leute sein, die gestern noch heimlich Hacker umgebracht haben. Auch die Morde werden ja jetzt ans Licht gezerrt und von zig Polizeiapparaten unter die Lupe genommen. Das passt nicht zusammen.«

»Und dieses Foto mit dir und mir passt auch nicht dazu«, stimmte Brit zu. »Ich hab nie im Leben was mit diesen Earth-Leuten zu tun gehabt. Du?«

»Nein«, sagte Khaled. Momentan hielt er es nicht für angebracht, Brit gegenüber zu erwähnen, dass sein Vater die Bewegung überhaupt erst ins Leben gerufen hatte. Dafür kannte er Brit noch nicht gut genug.

»Und wie siehst du das mit dem Baby auf dem Foto?«, fuhr Brit fort. »Die Frau, die mich hierher gefahren hat – Esther –, hat gesagt, dieses Bild sei Teil einer Nachricht, die angeblich aus der Zukunft stammt.«

Khaled zuckte nur mit den Schultern und nahm noch einen Schluck Wein.

»Du und ich auf dem Foto ...«, murmelte Brit. »Aber wir haben uns doch heute erst kennengelernt. Und dann noch ein Kind. Keiner von uns beiden hat ein Kind. Ich meine ... du hast doch kein Kind, oder?« Brit biss sich auf die Zunge, denn in dem Moment, als sie diese Worte aussprach, spürte sie, dass sie bei Khaled eine wunde Stelle getroffen hatte.

Er schüttelte nur leicht den Kopf und trank wieder, wirkte aber auf einmal sehr abwesend.

»Vielleicht sind wir nur völlig zufällig in dieser Fotomontage gelandet«, folgte Brit ihren Gedanken weiter. »Eine Art Ablenkungsmanöver, eine blinde Spur oder so was, um die Aufmerksamkeit von etwas anderem abzulenken.« Brit nippte an dem Wein, trank nur wenig diesmal, um ihr Denken nicht zu früh der Benommenheit zu opfern, und dabei ging ihr noch ein weiterer Gedanke durch den Kopf. »Du glaubst doch nicht, dass an dieser Sache mit der Zukunft etwas dran ist, oder?«

Erneut schüttelte Khaled nur den Kopf.

»Gut, bleibt also die Frage, warum man zwei Leute völlig zufällig auswählt und durch ein Foto in Zusammenhang mit einer Anschlagserie auf Hacker bringt, mit denen sie null Komma null zu tun haben.«

»Mein Vater hat Earth gegründet.« Nun war es doch heraus. Khaled hatte es nicht mehr länger für sich behalten können.

»Wie *bitte?*« Brit starrte ihn ungläubig an.

»Er war immer schon ein politischer Aktivist, hat dann die Bewegung irgendwann gegründet und ist selbst vor einigen Jahren bei irgendeinem politisch motivierten Ballonflug in Libyen umgekommen. Ich hatte nichts mehr mit ihm zu tun, seit ich ein Kind war.«

»Holla«, sagte Brit und nickte, als müsse sie diese Information sich selbst gegenüber bestätigen, um sie verarbeiten zu können. »Da ergibt plötzlich etwas Sinn.«

»Ja«, stimmte Khaled zu, »vermutlich denken diese kranken Wichser, ich hätte irgendwie im Windschatten meines Vaters auch mit dieser Bewegung zu tun, und deswegen sind sie an mir dran. Aber du? Da gibt es keinen Zusammenhang, richtig? Oder ist da irgendetwas anderes? Was arbeitest du?«

»Studentin. Humboldt-Uni. Volkswirtschaftslehre.«

»Allerweltsfach«, sagte Khaled nachdenklich, »überhaupt keine Verbindungen zur Hackerszene. Sonst irgendwas? Bist du besonders gut in dem, was du tust?«

Brit schüttelte den Kopf und atmete tief durch. Khaleds letzte Worte hatten ihr einen Tiefschlag versetzt, obwohl er das wahrscheinlich nicht beabsichtigt hatte. Und offenbar hatte er es nicht mal bemerkt.

Dennoch, es reichte für einen Abend. Sie griff sich die zweite Weinflasche, die auch schon halb leer war, und stand auf. »Ich geh mal schlafen.«

Ohne Khaleds Reaktion abzuwarten, verließ sie die Küche.

Brit lag auf ihrer Matratze und fand trotz der Menge an Rotwein keinen Schlaf. Sie hatte sich ewig lang die Zähne geputzt, an allen Handtüchern gerochen, bevor sie dann eines benutzte und sich in dem Bewusstsein, bald an einer Bakterieninfektion durch Bettmilben zu sterben, aller Vernunft zum Trotz auf die Matratze legte.

Sie vernahm jede von Khaleds Bewegungen auf den knarrenden Fußbodendielen. Dann hörte sie sein Klopfen am Türrahmen ihres Zimmers. Aber als sie aufblickte, um Nein zu sagen, stand er bereits in der geöffneten Tür.

»Bin dir wohl gerade auf den Schlips getreten.«

»Wenn diese Schlipsmetapher alles ist, was dein rotweingeschwängerter Geist heute noch hinkriegt, solltest du morgen noch mal einen Anlauf starten.« Brit drehte sich demonstrativ auf die andere Seite.

»Es bleibt die Frage, warum. Warum sind du und ich zusammen mit einem Kind auf einem Foto?« Khaled blickte sie vom Türrahmen an. »Warum?«

»Falsche Frage«, meinte Brit, ohne sich wieder zu ihm umzudrehen. »Die Frage ist nicht, warum, sondern was man damit bewirken kann. Wenn man einen kleinen Stein einen Berg hinunterrollen lässt, ist ›Warum rollt dieser Stein?‹ die falsche Frage. Richtig wäre die Frage: ›Was kann er auslösen?‹ Antwort: ›Eine Lawine.‹ Was machst du noch mal beruflich?« Die letzte Bemerkung war etwas kleinkariert, das war Brit klar, aber es tat trotzdem gut, sie rauszulassen.

»Ich hab's verstanden«, sagte Khaled. »Ich wollte dich nicht verletzen vorhin.«

Brit antwortete nicht, aber sie spürte, dass ihre Wut sich legte. Vielleicht würde sie doch noch schlafen können in dieser Nacht.

»Kein schlechter Gedanke mit der Lawine. In der neueren Medientheorie gibt es das Extrapolations-Phänomen des repetitiven Gerüchts. Etwas einfacher formuliert besagt es ...«

»... man wiederholt eine Lüge so lange, bis sie geglaubt wird«, fiel ihm Brit ins Wort, ohne ihren Kopf vom Kissen zu heben. »Der Zweite Weltkrieg wurde auf diese Weise begonnen. Die Propaganda der NSDAP berichtete ständig über angebliche Angriffe polnischer Freischärler auf das deutsche Grenzgebiet, und dann fingierte die SS einen Überfall auf den Sender Gleiwitz an der deutsch-polnischen Grenze und lieferte damit den Grund, ›zurückzuschießen‹ und Polen zu überfallen.« Professor Keppler hatte in einer Vorlesung einen Exkurs über die Theorie des Phänomens gehalten. »Der Irak-Krieg wurde nur möglich wegen Massenvernichtungswaffen, über die Saddam Hussein angeblich verfügte, eine glatte Lüge, die von der CIA beharrlich wiederholt wurde. Mir ist die Theorie durchaus geläufig, trotz Volkswirtschaftslehre.

Bleibt aber die Frage, welcher Krieg in unserem Fall angezettelt werden soll. Falls du dazu keine erhellende Antwort hast, würde ich es jetzt vorziehen zu schlafen.«

Sie sagte all das ohne besondere Betonung, aber mit jedem Wort verbesserte sich Brits Gemütszustand.

Khaled nickte, auch wenn sie es nicht sehen konnte. Dann ging er und schloss leise die Tür hinter sich.

Den Rest der Nacht wanderte er unruhig durch sein Zimmer. Brit hatte ihn beeindruckt durch das, was sie gesagt hatte. Mehr noch, sie hatte seine Gedanken auf die richtige Spur gebracht. Die Frage war: Was genau war die Lawine, die dieses rollende Steinchen auslösen sollte?

Es dämmerte bereits, als er noch einmal in ihr Zimmer ging. Er wollte mit ihr über einen Gedanken reden, der ihm aufgrund ihres Lawinen-Vergleichs gekommen war. Es konnte eigentlich nur zwei mögliche Gründe geben, die Zukunft als Ursprungsort der Nachricht mit der Todesliste zu nennen und damit in Kauf zu nehmen, dass die Botschaft ein Maximum an Unglaubwürdigkeit erhielt: Entweder wollte man genau diese Unglaubwürdigkeit erreichen, weil die Botschaft niemals ernst gemeint gewesen war, oder aber sie war ernst gemeint, und es gab für den Absender keinen Grund, über Glaubwürdigkeit oder Unglaubwürdigkeit nachzudenken, weil der Ort, an dem er sich aufhielt, tatsächlich die Zukunft war.

Aber als Khaled einen Blick ins Zimmer warf, schlief Brit tief und fest und hatte die Decke bis zum Fußende des Bettes getreten.

Er deckte sie behutsam zu und ging leisen Schrittes ebenfalls zu Bett.

25

Haru Ishiguro war siebenundzwanzig und hatte eine winzige Wohnung im angesagten Stadtteil Shibuya mitten in Tokio. Normalerweise hätte sich Haru diese Wohnung nie leisten können, aber er war der Lieblingsneffe einer Tante, die frühzeitig genug in Immobilien investiert hatte, bevor die Wohnungspreise in der japanischen Hauptstadt in astronomische Höhen schossen.

Haru arbeitete tagsüber in der Software-Wartung für verschiedenste Firmen, aber nachts tat er das, wofür er eigentlich lebte. Er tauchte ein in die Tiefen des Netzes und griff dort jeden an, den er zu den »Parasiten« zählte. Die »Parasiten« waren für ihn all diejenigen, deren Lebenszweck darin bestand, ihr Geld zu vermehren und Profite auf dem Rücken von anderen zu machen. Er war ziemlich gut in dem, was er tat, und vor fünf Jahren stellte er seine Fähigkeiten in den Dienst von Earth.

Zwar hatte er noch nie einen anderen aus der Bewegung zu Gesicht bekommen, aber das war auch nicht nötig. Die Persönlichkeit eines Hackers zeigte sich am besten in der Struktur der Angriffe, die er führte, und vor allem darin, wen oder was er angriff. Der Stadtteil Shibuya war voll von Hackern, und die meisten von ihnen waren auch gar nicht so schlecht. Aber es waren Spaßhacker, die sich im Netz tummelten, als wäre das Ganze ein großes Computerspiel. Es waren unreife, pubertäre Nerds, die nie verstehen würden, worum es wirklich ging in der Welt. Haru aber verstand es, und er wusste, dass die heutige Welt eine Bewegung wie Earth dringender brauchte denn je.

Er arbeitete des Nachts, war unermüdlich, versuchte dabei immer gerade so lange durchzuhalten, dass er am nächsten Tag in seinem Job nicht kollabierte. Er stand mit den Berlinern in direkter Kommunikation und wusste um die Gefahr, in der die Mitglieder von Earth derzeit schwebten. Auch wenn es in Tokio bislang noch keine Attentate gegeben hatte, war Haru vorsichtig und mied die Öffentlichkeit, so gut er konnte.

Aber an diesem Tag war das anders. Es war sein Geburtstag, und da leistete er sich einmal im Jahr etwas Normalität. Er zog eine alte Matrosenjacke mit hohem Kragen an, setzte sich eine Mütze auf, die bis tief in die Stirn reichte, und bedeckte einen weiteren Teil seines Gesichts mit einer dunklen Sonnenbrille.

Dann ging er hinaus in die Nacht, schlenderte durch Shibuyas Straßen, die durch die zahllosen Leuchtreklamen taghell waren. Er kaufte sich an einem Straßenstand eine Miso-Suppe und ging dann weiter zur Hachikō-Statue. Die zeigte einen Hund, der in ganz Japan als Inbegriff der Treue galt.

1924 hatte der Universitätsprofessor Hidesaburō Ueno das Tier mit nach Tokio gebracht, wo ihm Hachikō jeden Tag die Zeitung vom Bahnhof Shibuya brachte. Nachdem sein Herrchen am 21. Mai 1925 während einer Vorlesung an einer Hirnblutung gestorben war, begab sich sein Hund dennoch weiterhin jeden Morgen zum Bahnhof, um dem Verstorbenen die Zeitung zu holen, und war dadurch zur Legende geworden.

Die Bronzestatue an der Westseite des Bahnhofs war 1934, noch zu Lebzeiten Hachikōs, aufgestellt worden und dann wegen der Kupferknappheit während des Zweiten Weltkriegs eingeschmolzen worden, ironischerweise zu einer Zeit, als man vom japanischen Volk Treue und Selbstaufopferung bis zum Tod verlangte. Sie wurde 1948 durch eine neue Statue ersetzt.

Hier hatte Haru Ishiguro zu der Zeit, als er noch ein rebellischer Punk gewesen war, regelmäßig seine Abende verbracht. Und hier traf er sie.

Akira Yoshimoto war noch immer so schön wie damals. Nun war sie achtundzwanzig, ein Jahr älter als Haru. Sie war die Frau, für die er vor zehn Jahren liebend gern sein Leben radikal verändert hätte, um mit ihr so viel Zeit wie möglich zu verbringen. Nur vier rauschhafte Monate dauerte ihre Romanze, doch es waren die besten Monate seines Lebens.

Beide gehörten damals zur jungen Generation der Datenpunks, die mit grellbunten Haaren und viel Marihuana eine Gesellschaft erzwingen wollten, die sich durch Gleichheit und Gerechtigkeit auszeichnete. Es waren Jugendträume und guter Sex, die sie miteinander verbanden, und Haru schwelgte noch immer in dieser Erinnerung.

Die heiße Affäre mit ihr endete, als sie ihr Informatikstudium begann und plötzlich auf die disziplinierte Seite der Welt wechselte. Haru lehnte das ab und zerstritt sich mit ihr. In den Jahren danach trafen sie sich gelegentlich wieder, begegneten sich aber nur mit der vorsichtigen Höflichkeit von Menschen, die einander fremd geworden waren.

Vor vier Jahren war Akira dann dem Ruf einer Firma nach Europa gefolgt und vollends aus Harus Leben verschwunden.

Als er sie jetzt an der Hachikō-Statue wiedersah, trug sie ein rotes Kleid zu weißen Sneakers und hatte die Haare hochgesteckt. Sie hielt in einer Hand eine Limonade, die sie durch einen dicken Strohhalm schlürfte, und in der anderen eine kleine Kamera, mit der sie soeben ein Foto der Statue machte.

Als sie sich zu ihm umdrehte und Haru erkannte, freute sie sich ehrlich, das sah er ihr an.

Sie lachten beide, anfangs etwas verlegen, dann zunehmend mit offener Freude über ihr Wiedersehen. Haru ergriff die Chance und lud sie auf einen Drink ein, bevor die kleine Tür zu Akiras Seele wieder geschlossen und die Möglichkeit vertan sein würde.

Sie schlenderten durch die Straßen ihrer gemeinsamen Jugend, tranken Asahi-Bier und Reiswein. Sie gingen bis zum Yoyogi-Park, und Haru verpasste dort leider die Gelegenheit, sie zu küssen. Stattdessen plauderten sie über all das, was ihnen in den vergangenen Jahren widerfahren war, wobei Haru es tunlichst vermied, Earth zu erwähnen. Er erfuhr, dass Akira nach Tokio gekommen war, um ihre alten Eltern zu besuchen. Ihrer Mutter ging es nicht gut, sie hatte Leberkrebs, und es war ungewiss, ob sie im kommenden Jahr noch unter den Lebenden weilen würde.

Haru sagte, dass ihm das sehr leidtäte, und legte dabei den Arm um sie. Er meinte das in diesem Moment so ehrlich, dass Akira spontan anfing zu weinen. Sie drückte sich an ihn und schlug vor, zusammen in ihr Hotel zu gehen, das nicht so weit entfernt war.

Auf dem Weg dorthin erinnerte sich Haru daran, was sie bei ihrem letzten Treffen vor etwa fünf Jahren über ihren Beruf erzählt hatte. Sie hatte sich nach ihrem Studium im IT-Bereich auf Simulations-Algorithmen spezialisiert und war darin eine ziemliche Koryphäe geworden. Sie war beteiligt an der Entwicklung von Prototypen einer Engine für Games der nächsten Generation, die durch Analyse des Spielerverhaltens aus einer fast unendlich großen Zahl von Möglichkeiten eigenständig und intelligent die am besten auf die Persönlichkeit des Spielers zugeschnittenen Spielszenarien wählten. Sony hatte damals mit einem beachtlichen Angebot um sie geworben, aber Akira war im Herzen immer noch eine Rebellin, und die Arbeit für einen marktbeherrschenden Unterhaltungskonzern schien ihr ein Verrat an allem, woran sie einst geglaubt hatte. Sie lehnte ab, und erst als das Angebot aus Europa kam, von dem Haru noch immer nichts Genaueres wusste, ergriff sie ihre Chance auf eine Karriere.

Das Licht einer riesigen Leuchtschrift reflektierte auf ihren schweißnassen Körpern, als sie nach dem Sex eng umschlungen auf dem Hotelbett lagen. Haru war in diesem Moment glücklich. Als Akira ihren zauberhaften schlanken Leib von ihm löste, um auf die Toilette zu gehen, rekelte er sich auf dem Bett und schmunzelte bei dem Gedanken, wie leicht sich menschliche Körper doch auch nach vielen Jahren noch aneinander erinnerten. Dann sah er ihre Brieftasche neben dem Bett. Neugierig öffnete er sie und blickte auf eine Key-Card der »Tantalos Corp. Oslo«.

Haru sprang auf, während die Logikkette durch seinen Kopf raste. Eine brillante Programmiererin, spezialisiert auf Simulations-Algorithmen, die ein Angebot eines europäischen Unternehmens erhält und daraufhin jahrelang abtaucht.

Er holte den USB-Stick aus der Tasche seiner Matrosenjacke, den er für den Fall der Fälle immer bei sich trug, klappte Akiras Laptop auf und dockte den Stick an. Darauf war ein aggressiver Wurm, den Haru neu programmiert hatte und der sich hartnäckig seinen Weg in die Innereien ihres Rechners fressen würde, um dort eine kleine Tür zu öffnen, wann immer Haru anklopfte.

Als Akira von der Toilette zurückkam, war ihr Laptop schon wieder zugeklappt, und Haru lag wartend auf dem Bett.

Sie hatten in dieser Nacht noch einmal Sex, aber diesmal hatte er für Haru den bitteren Beigeschmack einer Lüge.

26

Als Khaled erwachte, war Brit bereits in der Küche und hatte etwas wie Wohnlichkeit hergestellt.

Warum sie das gemacht hatte, wusste sie selbst nicht. In ihrer gesamten WG-Zeit hatte man Probleme eher ausgesessen und Wohlfühlaktionen dieser Art gemieden. Jetzt hatte sie Kaffee aufgesetzt, den Tisch zum Frühstück gedeckt und die Vorhänge vor den Fenstern einen Spaltbreit geöffnet, sodass etwas Sonnenlicht einfiel.

Als allerdings Khaled mit zerzausten Haaren aus seinem Zimmer kam und sie in der Küche sah, wusste sie augenblicklich, dass alles falsch war. Sein Blick war feindselig. Doch diese Feindseligkeit hatte kaum etwas mit ihr zu tun, sondern mit dem Schmerz in seinem Inneren und der absoluten Abwehr von allem, dem nicht das gleiche Maß an Schmerz innewohnte.

Trotzdem begrüßte sie ihn freundlich, und er antwortete mit der Frage, ob er sich einen Kaffee nehmen könne. Daraufhin gab sie den Weg zur Kaffeemaschine frei und sagte nichts mehr. Er goss sich einen Becher ein, ging damit in sein Zimmer zurück und schloss die Tür hinter sich.

Zwei Stunden lang saß Brit allein in der Küche. Ohne die Möglichkeit, mit der Welt digitalen Kontakt aufzunehmen, verging die Zeit quälend langsam. Sie hielt es irgendwann nicht mehr aus und klopfte an der Tür von Khaleds Zimmer. Als er nicht antwortete, öffnete sie behutsam.

Er saß auf dem Boden, mit dem Rücken gegen die Wand gelehnt, und starrte vor sich hin. Sie sprach ihn an, aber er sagte nichts, und so machte sie einige Schritte auf ihn zu. Dann erst sah sie, dass sein Gesicht tränennass war.

Ohne noch ein Wort zu sagen, setzte sie sich neben ihn und legte den Arm um ihn. Er lehnte den Kopf gegen ihre Schulter und ließ den Tränen freien Lauf.

Der Tunnel entstand diesmal ganz automatisch. Er führte von Brits Verstand aus direkt in einen Bereich in Khaleds Innerem, wo Brit schon als kleines Mädchen bei den Menschen die Seele vermutet hatte. Es wurde der schönste Tunnel, den sie je erlebt hatte.

Sie verloren beide das Gefühl für die Zeit und hätten später nicht mehr zu sagen vermocht, wie lange sie so dagesessen hatten. Irgendwann wurden sie vom Klimpern eines Schlüssels aus ihrer Zweisamkeit gerissen. Esther kam in die Wohnung.

»Eingelebt?«, fragte sie knapp und stellte zwei große Tüten mit Einkäufen in der Küche ab. Brit fand nur langsam aus dem Tunnel zurück.

»Wie lange sollen wir hierbleiben?«, fragte Khaled.

»Es gibt momentan keine wirklichen Alternativen. Ich hab ein paar Grundeinkäufe gemacht. Brot, Kaffee, Käse, Milch, ein paar Hygieneartikel ... Schaut selbst.«

»Ich will mit euren Leuten reden«, forderte Khaled.

»Klar«, antwortete Esther, »ich bau dir einen Port ins Darknet, da kannst du dann mit unseren Leuten kommunizieren.«

»Das meine ich nicht. Ich will mit denjenigen sprechen, die etwas zu entscheiden haben. Und ich will ihnen dabei in die Augen sehen.«

»Das kannst du gern wollen, aber das wird nicht passieren«, sagte Esther, nahm die Tüten wieder auf und ging damit in die Küche.

Khaled folgte ihr. »Warum nicht? Ich denke, wir brauchen eine Strategie, wie wir weiter vorgehen.«

»Klar brauchen wir eine Strategie. Aber warum du Teil der Planung sein solltest, leuchtet mir nicht ein. Erinnere dich, dass wir dich nach Gaza gelockt haben, um dich in Sicherheit zu bringen. Das *war* eine Strategie. Wenn du darauf eingegangen wärst, wäre vieles nicht passiert.«

Khaled starrte Esther an, und eine neue Welle des Schmerzes durchflutete ihn. Brit konnte sehen, welche Mühe es ihm bereitete, ruhig zu bleiben.

»Können wir rausgehen?«, fragte sie, um das Thema zu wechseln.

»Natürlich«, antwortete Esther. »Ihr müsst nur einige Regeln befolgen.« Sie zog den Ausdruck einer Google-Map ihres Stadtviertels aus ihrer Jacke. Mit Markern waren Straßenzüge grün und rot markiert. Ein paar schwarze Kreuze markierten bestimmte Gebäude und Straßenecken. »Ich zeig's euch.«

Brit trat zu ihr hin, und Khaled folgte ihrem Beispiel nach wenigen Sekunden des Zögerns.

»Die grünen Straßen haben keine Kameraüberwachung und sind sicher«, erklärte Esther. »Die roten dürft ihr auf keinen Fall nehmen. Auch wenn in einer Straße auf den ersten Blick keine Kameras zu sehen sind, haben manche Läden oder Kneipen dennoch welche in ihren Fenstern installiert. Diese Kameras sind ans Netz angeschlossen und werden über Smartphones kontrolliert. Anbieter sind meist Servicefirmen, die es einem Profi nicht schwer machen, dort einzudringen. Der muss dann nur noch eine Gesichtsscanning-Software installieren, die euch erkennt, sobald ihr an der Kamera vorbeigeht. Wir halten unsere Gegner für ausgebufft genug dafür.«

»Wir könnten uns tarnen. Kapuzen, Mützen, Sonnenbrillen«, warf Brit ein und suchte zur Bestätigung den Blick von Khaled.

»Könnt ihr versuchen«, sagte Esther. »Das Risiko bleibt aber. Die neuen Gesichtserkenner haben solche Faktoren in ihre Algorithmen eingebaut. Selbst Bärte helfen nicht. Ihr wisst hoffentlich, dass ihr weder Kreditkarte noch Smartphone benutzen dürft, um keine digitalen Spuren zu hinterlassen, weder im Supermarkt noch am Geldautomaten oder irgendwo sonst. Bezahlen nur mit Bargeld.« Sie tippte mit dem Zeigefinger auf den Kartenausdruck. »Die Kreuze hier markieren die Shops, die von uns gecheckt sind oder in denen wir die Kameras übernommen haben. Hier, fürs Erste.« Sie legte ein schmales Bündel Fünfzigeuroscheine auf den Tisch.

Khaled trat zurück, verschränkte die Arme und blickte Esther ernst an. »Wer entscheidet, wie es jetzt mit eurer Bewegung weitergeht?«

»Wir alle. Wir sind ein Kollektiv. Das ist die Idee hinter Earth.«

»Ist das so? Hat das Kollektiv auch entschieden, dass wir hier untergebracht werden?«

»Wir haben das diskutiert und diese Entscheidung gemeinsam gefällt.«

»Und wer fasst die Diskussionen zusammen und sagt, welches Ergebnis dabei herausgekommen ist?«

»Zodiac«, sagte Esther.

»Wieso Zodiac?«

»Kurz bevor dein Vater verschwunden ist, hat er Zodiac zu seinem Stellvertreter ernannt.«

»Wieso ihn?«, fragte Khaled.

»Er war von der ersten Stunde an dabei. Er war in die meisten von Bens Überlegungen eingeweiht.«

»Wieso du nicht?«

»Ben fand, ich sei bei vielen Entscheidungen zu emotional.« Esther sagte das mit betonter Sachlichkeit, und gerade das ließ darauf schließen, dass dies ein Thema war, mit dem sie noch nicht abgeschlossen hatte.

»Läuft schon irgendeine konkrete Fahndung nach Mitgliedern der Gruppe?«, fragte Brit. »Wegen des Moskauer U-Bahn-Anschlags?«

»Wir haben noch nichts mitbekommen. Vermutlich warten Polizei und Verfassungsschutz auf eine politische Entscheidung.«

»Wenn ich zum BKA könnte, zu Lisa Kuttner, meiner Adoptivmutter, könnte ich vermutlich etwas in Erfahrung bringen.«

»Zu riskant momentan. Keine gute Idee.«

»Was wollt ihr sonst tun?«, sagte Brit ungeduldig. »Ihr wartet doch nicht einfach ab. Ich glaube euch nicht, dass ihr keinen Plan habt.«

Esther sah zur Seite und war offenbar einen Moment lang unschlüssig, ob sie weiter mit Khaled und Brit darüber reden sollte oder nicht.

»Warum zögerst du?«, fragte Khaled, und er klang auf einmal wütend. »Glaubt ihr, dass ihr uns nicht trauen könnt, oder was?« Er stellte sich demonstrativ zwischen Esther und Tür, sodass sie die Küche nicht verlassen konnte. »Gibt es irgendein geheimes Ritual, das man über sich ergehen lassen muss, bevor man in euren Kreis aufgenommen wird und mitreden darf? Wenn ja, dann bitte ich um Erläuterung!«

»Seit letzter Nacht haben wir eine Spur«, sagte Esther, noch immer zögernd. »Alle unsere Mitglieder sind gerade extrem vorsichtig. Sie sind angehalten, auf jeden noch so kleinen Hinweis zu achten, der uns helfen könnte. Und jetzt kam etwas von einem unserer Mitglieder aus Tokio. Er hat eine alte Freundin getroffen, die inzwischen bei Tantalos arbeitet.«

Sie machte eine Pause und sah, dass sie Brits und Khaleds volle Aufmerksamkeit hatte.

»Mehr noch«, fuhr sie fort. »Er konnte einen Wurm in ihrem Rechner platzieren, der es uns ermöglichen soll, ein Gate zu Tantalos zu installieren, um dort reinzukommen.«

»Wann legt ihr los?«, fragte Khaled.

»Momentan wissen wir noch zu wenig. Tantalos erscheint im Netz als riesiger blinder Fleck mit gewaltigen Abwehrmechanismen. Wir wissen nicht, wie weit deren Technik ist und ob sie uns im Darknet orten können, falls wir einsteigen.« Esther machte erneut eine kurze Pause, in der sie Khaled anblickte, diesmal ohne Misstrauen. »Wir suchen nach einem Port, über den man uns nicht zurückverfolgen kann. Dafür brauchen wir extrem viel Rechnerkapazität, um ein paar Millionen mal pro Sekunde die Tarnung zu wechseln. Nur dann sind wir digital nicht zu identifizieren. Komplexe Angelegenheit.«

»Ich wüsste da vielleicht etwas«, warf Brit ein.

Esther sah sie an und zog fragend die Augenbrauen hoch.

»Die Humboldt-Uni hat ziemlich krasse Rechnerkapazitäten im Keller. Ich komm da rein über den Zugang meines Professors.«

27

Die beiden Männer, die Jens und Lisa zur Überwachung von Tobias Graf bewilligt wurden, hießen Schneider und Lüttich und waren zwei alte Hasen, gewohnt, bei ihren Aufträgen unsichtbar zu bleiben. Sie hängten sich an die Fersen des neunzehnjährigen Sohnes des ehemaligen BND-Agenten und harrten aus. Es war nicht ungewöhnlich, dass solch eine Personenüberwachung viele Wochen dauerte, bevor endlich etwas Interessantes geschah. Mitunter passierte auch gar nichts von Bedeutung.

Schneider und Lüttich waren in all den Jahren gegen berufliche Frustrationen immun geworden. Sie hatten jeder eine Ehe verschlissen, und ihr Freundeskreis schrumpfte im Lauf der Jahre dramatisch zusammen. Es gab wenige Menschen, die es lange in Gesellschaft von jemandem aushielten, dessen einziges Können darin bestand, das Leben anderer zu beobachten. Die ganze Wahrheit war, dass Schneider mit niemandem besser klarkam als mit Lüttich und Lüttich mit niemandem als mit Schneider.

Meist saßen sie bei ihrer Arbeit zusammen im Auto, und jeder hatte sich mit den schlechten Angewohnheiten des anderen abgefunden. Es lief meist ziemlich ähnlich ab: Sie lauerten vor der Wohnung einer Zielperson und studierten deren Lebensrhythmus. Fuhr die Zielperson irgendwohin, folgten sie ihr. Die Kunst bestand darin, ein Gefühl für den richtigen Abstand zu bekommen, sodass sie ein Maximum an Informationen durch Beobachtung erlangen konnten, ohne dabei selbst von der Zielperson wahrgenommen zu werden.

Im Fall Graf ging eine besondere Schwierigkeit nicht von der Zielperson selbst aus, sondern von dessen Vater, der es durch seinen Beruf gewohnt war, solche Schnüffler wie sie aus der Entfernung zu riechen. Deshalb hielten sie bei der Observation von Tobias Graf den größtmöglichen Abstand. Sie vermieden es auch, in dem kleinen Seat zu zweit zu sitzen, um nicht unnötig aufzufallen. Einer von ihnen schlenderte in den Straßen herum, kaufte etwas ein, telefonierte, sah sich Häuser oder Schaufensterauslagen an, und der andere blieb im Wagen und hoffte darauf, dass er durch die Scheibenreflexionen weitgehend unsichtbar blieb.

Sie lernten über Tobias, dass er das Jahr nach seinem abgeschlossenen Abitur in vollen Zügen genoss. Er schien den Vormittag komplett zu verschlafen und verließ das Haus erst, wenn seine Mutter von ihrem Job aus dem Kindergarten zurückkehrte. Dann traf er sich mit einer kleinen Gruppe von Freunden an einer Dönerbude, anschließend gingen sie gemeinsam zu einem eingezäunten Basketballplatz, vertrieben dort die jüngeren Kids und warfen einige Körbe. Der Abend bestand aus dem generationstypischen Abhängen und ein paar Bierchen an einem Kiosk.

Am zweiten Tag regnete es, und das Abhängen wurde in die Wohnung eines der Jungen verlagert. Am dritten Tag tauchte Burkhard Graf beim Basketballfeld auf.

Burkhard Graf trug einen leichten Mantel über seinem Anzug und ging auf der anderen Straßenseite vorbei. Schneider und Lüttich hätten ihn beinahe übersehen. Graf hatte den Blick abgewandt und ging mit schnellen Schritten. Als er aber beiläufig etwas in sein Smartphone tippte, wurde

Schneider aufmerksam, denn fast zeitgleich zog Tobias Graf sein Smartphone aus der hinteren Hosentasche und sah aufs Display. Der Junge hob den Kopf, und sein Blick traf den seines Vaters.

Schneider und Lüttich waren augenblicklich alarmiert und gaben an ihre Dienststelle durch, dass sie Unterstützung für einen Zugriff brauchten. Neunzig Sekunden später waren vier BKA-Beamte und ein SEK-Team unterwegs.

Zu diesem Zeitpunkt hatte Tobias das Basketballgelände bereits verlassen und war quer über den angrenzenden Spielplatz auf die andere Seite geschlendert. Schneider und Lüttich konnten sehen, wie Graf ebenfalls dorthin steuerte, und sie folgten ihm von zwei Seiten in großem Abstand. Graf traf sich mit seinem Sohn in einer kleinen Parkanlage, und Schneider und Lüttich konnten sehen, wie sich die beiden zur Begrüßung umarmten. Dann redeten sie miteinander, wirkten dabei ernst, nur hin und wieder lachte Tobias ein wenig und tänzelte mit den typischen Basketballerschritten vor seinem Vater herum.

Lüttich stand im Schutz der Begrünung des Spielplatzrandes in etwa fünfzig Metern Entfernung und konnte mit seinem Teleobjektiv einige gute Fotos schießen. Zum Abschied griff Graf seinem Sohn in den Nacken und strubbelte mit der anderen Hand freundschaftlich dessen Haar, eine Geste, die Tobias tolerierte, auch wenn sie ihm offensichtlich nicht gefiel. Dieser Moment wurde ebenfalls auf einem Foto festgehalten.

Der Zugriff geschah, als Graf seinen Sohn bereits verlassen hatte und ein paar Straßen weiter in einen silbernen Toyota steigen wollte. Die SEK-Leute kamen von zwei Seiten, und Graf leistete keine Gegenwehr. Um 18 Uhr 30 gab Schneider an Lisa Kuttner durch, dass Burkhard Graf in Gewahrsam sei.

28

Drei Tage lang fügten sich Khaled und Brit widerwillig in ihre neue Lebensweise. Sie verbrachten ihre Tage in der kleinen Wohnung bei zugezogenen Vorhängen. Nur Brit machte hin und wieder kleine Spaziergänge, wobei sie auf die grünen und roten Markierungen der ausgedruckten Google-Map achtete, und sie kaufte in den Shops, die auf der Karte mit einem schwarzen Kreuz gekennzeichnet waren, zumeist Süßigkeiten, Wein und Zeitungen, deren Lektüre in der Wohnung zum einzigen Zeitvertreib für beide wurde.

Wann immer sie Khaled zu einem Spaziergang einlud, bekam sie eine Absage. Er meinte, er wolle sich seine Bewegungsfreiheit nicht durch rote und grüne Markierungen auf einem Stück Papier vorschreiben lassen. Anfangs hatte Brit darüber mit ihm gestritten, doch dann tolerierte sie es als die kleine Rebellion eines Mannes, den man in die Enge getrieben hatte.

Wenn sie zusammen in der Wohnung waren, verbrachten sie die meiste Zeit in der Küche und redeten. Über Earth, über Khaleds Vater, über mögliche Strategien, wie man den Verfolgern aus dem Weg gehen konnte. Und sie sprachen auch darüber, wie wahrscheinlich es war, dass eine Nachricht tatsächlich aus der Zukunft kam. Sie hatten viele verschiedene Ideen und Ansätze dazu, und ihre Gespräche wurden umso hitziger, je mehr Wein sie dabei tranken.

Brit hatte das Gefühl, dass Khaled sich von ihr herausgefordert fühlte und oft bemüht war, seine Dozentenposition zu behaupten. Vielleicht war es aber auch ein Männer-Frauen-Ding, das ihn manchmal so heftig widersprechen ließ. Es war Brit letztlich egal. Sie spürte, dass es ihr in zunehmendem Maße Vergnügen bereitete, Khaled zu provozieren. Die hitzigen Diskussionen waren das Maximum an Nähe, das sich zwischen ihnen herstellen ließ. Den Tunnel zwischen ihr und ihm vermochte sie in diesen Tagen nicht wiederaufzubauen.

In der zweiten Nacht wurde Brit wach, als Khaled leise die Wohnung verließ. Sie schlüpfte in ihre Kleidung und folgte ihm heimlich. Ein paar Straßen weiter verschwand er in einem Kiosk, und als ihn Brit kurz darauf darin aufstöberte, saß er vor einem Miet-Terminal und recherchierte auf dem altersschwachen PC, ob Milenas Leiche bereits zur Bestattung freigegeben worden war. Brit strich ihm mit der Hand über den Rücken, um ihm zu zeigen, dass sie bei ihm war, und ging dann wieder. Am nächsten Tag verloren die beiden kein Wort darüber.

In all der Zeit gelang es Brit nicht mehr, Khaled anzuschauen, ohne dabei das Foto von ihr und ihm und dem Kind vor Augen zu haben. Sie hasste jede Form von Irrationalität, und sie hatte immer geglaubt, dass sie allein schon durch ihren psychischen Defekt gefeit davor sei, allzu trivialen weiblichen Fortpflanzungssehnsüchten zum Opfer zu fallen. Aber je mehr sie sich bemühte, dieses Foto aus ihrem Bewusstsein zu zwingen, umso mehr wurde sie davon bedrängt.

Als am dritten Tag endlich Esther kam, waren beide froh.

»Wir haben zwei Tage lang mit den Mitgliedern diskutiert«, eröffnete sie. »Und fast alle waren schließlich einverstanden.«

Esther sprach von Brits Angebot, die Rechnerkapazitäten der Humboldt-Universität zu nutzen, um ein Schlupfloch zu finden und so in die Datenbanken von Tantalos zu gelangen. Brit hatte behauptet, dass sie so gut wie keine Vorbereitungszeit bräuchte, um eine kleine Gruppe von Leuten für eine Nacht in die Uni zu schleusen. Sie hatte in den letzten Jahren für Professor Keppler immer mal wieder als Studentische Hilfskraft gearbeitet und aus dieser Zeit noch ihre Türcode-Karte sowie Kepplers Rechnerzugang. Die Sicherheitsvorkehrungen der Uni waren eher schwach, weil es von den Dozenten eigentlich gern gesehen wurde, wenn ihre Studenten die Räumlichkeiten der Universität auch in den Abend- und Nachtstunden nutzten, um ihrem Wissensdrang nachzugehen.

»Wann soll es losgehen?«, fragte Brit.

»Möglichst heute Nacht«, antwortete Esther. »Wir sollten keine Zeit verlieren.« Sie wandte sich an Khaled. »Es ist sicherer, du bleibst hier.«

»Kann schon sein«, sagte er mit für ihn ungewöhnlichem Nachdruck. »Werde ich aber nicht.« Etwas gemäßigter fuhr er fort: »Vielleicht ist es von Vorteil, dass ich die Prozesse mitbekomme. Ich hab mich in meinen Vorlesungen mit vielen der großen Cyberattacken beschäftigt. Schadet bestimmt nicht, wenn ich dabei bin, oder?«

»Solange dir klar ist, dass das hier keine Vorlesung ist«, erwiderte Esther, »und dass allein Zodiac die Sache leitet.«

Da war er wieder, der kleine Stich, den Khaled spürte, wenn von Zodiac die Rede war. Zodiac, der von Khaleds Vater zum Stellvertreter ernannt worden war. Khaleds Vater, der in Khaleds Leben seit rund zwei Jahrzehnten eigentlich nichts mehr zu suchen hatte. Doch Ben Jafaar schaffte es immer noch, ihm einen Stachel unter die Fingernägel zu bohren.

Um sieben Uhr abends betrat Brit als Erste das Gebäude der Wirtschaftswissenschaftlichen Fakultät, um die Lage zu erkunden. Esther und Zodiac waren gemeinsam mit ihr die Position sämtlicher Überwachungskameras durchgegangen, sodass sich Brit ihren Weg in deren toten Winkeln oder mit abgewandtem Gesicht suchen konnte. Egal, wie gut die Erkennungssoftware sein mochte, sie reagierte nur auf die physiognomischen Eigenarten eines Gesichts. Beim Blick auf einen Hinterkopf war sie machtlos.

Nachdem Brit sich davon überzeugt hatte, dass sich keine anderen Studenten mehr in den Räumlichkeiten der großen Serveranlage aufhielten, schleuste sie Esther, Zodiac, BangBang, LuCypher und Khaled herein. Sie war nicht besorgt, dass sie unterwegs von irgendeinem der übermüdeten letzten Studenten bemerkt wurden. Zum einen hatten die Studenten um diese Uhrzeit nur noch ihr Feierabendbier im Kopf. Zum anderen sah man ihnen ja nicht an, dass sie unbefugte Eindringlinge waren und selbst keine Studenten.

Die gewaltige Rechnerkapazität war von der Universität aufgrund der beharrlichen Forderungen von Professor Keppler an den Dekan und die Stadt Berlin angeschafft worden. Keppler war der Meinung, ein modernes Studium brauche die gleiche Ausrüstung wie die moderne Industrie, um die Studenten bestmöglich auf den hochkomplexen Arbeitsmarkt vorzubereiten. Jeder von Kepplers Studenten wusste natürlich, dass da eine Menge Schaumschlägerei mit im Spiel war, aber letztlich war es auf diese Weise gelungen, die Humboldt-Universität mit der modernsten Rechneranlage im europäischen Lehrbereich auszustatten, und diese Plakette heftete sich natürlich jeder der Verantwortlichen gern an die Brust.

Brit ließ die kleine Rebellengruppe in den Terminalraum, durch den die Rechner angesteuert werden konnten. Zodiac,

BangBang, LuCypher und Esther dockten ihre Laptops an die Ethernet-Ports. Sie hätten auch die offenen Terminals nutzen können, aber ihre eigenen Rechner waren ihnen lieber. Es war wie bei alten Ritualen, die man nicht änderte, weil man bisher gut damit gefahren war.

»Name, Passwort?«, fragte Zodiac.

»Christian Keppler, klein geschrieben, in einem Wort«, antwortete Brit. »Passwort: die Primzahlen bis dreizehn, dann xyz.«

»Primzahlen?«, fragte Mahmut.

»Zwei, drei, fünf, sieben, elf, dreizehn«, erklärte Brit.

Mahmut fing an zu tippen, während die anderen schon fertig waren. Über die vier Monitore ihrer Laptops rasten Datenkolonnen. Khaled und Brit standen hinter ihnen und sahen zu.

»Wie verhindert ihr, dass man euch aufspürt?«, fragte Brit.

»Der byzantinische Fehler«, sagte Zodiac knapp.

»Wie bitte?« Brit verstand nicht.

»Eine Verschleierungsmethode«, erklärte Khaled, »die auf einer Legende aus dem 15. Jahrhundert basiert. Bei der Belagerung von Byzanz zerstritten sich die osmanischen Generäle, und manche von ihnen brachten daher bewusst Falschmeldungen in Umlauf. Am Schluss konnte der Generalstab falsche Informationen nicht von den richtigen unterscheiden und war schließlich unfähig zu handeln.«

»Wir machen es ähnlich mit unseren digitalen Spuren«, erläuterte Esther. »Wir produzieren mehr falsche als richtige Meldungen, und die Identifikation der richtigen legen wir im Darknet als Zertifikate in einer Blockchain ab, einer Art Datenstaffellauf, der auf Tausende Rechner verteilt ist und nur für Teilnehmer des Staffellaufs nachvollziehbar ist.«

»Das heißt also, ihr vier habt euch zu einer Art Kette verbunden, um ... schneller zu sein?«, fragte Brit.

»Nicht wir vier«, antwortete Esther. »Einhundertdreiundzwanzig Rechner, über den gesamten Erdball verteilt. Earth startet gerade den größten Cyberangriff seit Bestehen des Internets.«

Brit nickte, ehrlich beeindruckt, und sie beschloss, ab jetzt keine Fragen mehr zu stellen.

Drei Stunden lang jagte eine weltumspannende Hackerarmee ihre Angriffswellen gegen die gewaltige Firewall von Tantalos, hinter der sich jenes ominöse Gebilde befand, das die Hacker »blinden Fleck« nannten. Drei Stunden lang wurden Milliarden von Daten durchs Netz gejagt, die nach Schwachstellen und Schlupflöchern in der Firewall suchten.

Doch all das war nichts als ein Ablenkungsmanöver.

Zur gleichen Zeit rief Zodiac mithilfe des Wurms auf dem Rechner von Akira Yoshimoto die Historie der Datenbahnen und Schnittstellen auf, die Akira im letzten Jahr benutzt hatte, identifizierte rasch das Portal, das sie hauptsächlich verwendete, und machte sich dann auf die Suche nach dessen Backdoor, dem Generalschlüssel, mit dem man das System öffnen konnte.

Während alle Abwehr des Tantalos-Systems auf die Verteidigung der Firewall gegen die Angriffswellen der Hackerarmee gerichtet war, schlich sich Zodiac durch eine Hintertür ins System. Um kurz nach elf atmete er erstmals auf und lehnte sich zurück.

»Wir sind drin«, sagte er, und die Erschöpfung war ihm anzusehen. »Los, stürzt euch drauf!«

Ein schmales Lächeln erschien auf den Gesichtern von BangBang und LuCypher. Dann beugten sie sich vor und hackten sich in das System von Tantalos. Khaled war beeindruckt, mit welcher Disziplin und Unermüdlichkeit sie vorgingen. Und die ganze Zeit über dachte er: Das ist die Gruppe, die mein Vater ins Leben gerufen hat!

Um halb drei ließ Esther erstmals von ihrem Rechner ab. Khaled und Brit hatten sich längst auf den Boden gesetzt, den Rücken gegen die Wand gelehnt. Die letzten Stunden waren für sie komplett unverständlich gewesen. Nur hin und wieder hatten sich die vier Aktivisten Fragen und Antworten im Hackerjargon zugeworfen.

Esther legte die Stirn in Falten. »Ich sehe, was ich sehe, aber ich verstehe es nicht. Ihr?«

»Ich würde auf eine Art Regierungssystem tippen«, antwortete Zodiac. »Das interne Datensystem eines Regierungsapparats.«

»Ich hab mal Berlins Rathaus gehackt«, sagte Mahmut alias LuCypher, »und da gab es ähnliche Strukturen. Einwohnerregistrierungen, Einnahmen, Ausgaben, Verwaltung, Verkehrssysteme und noch mehr von dem Scheiß.«

»Könnt ihr mal übersetzen, wovon ihr redet?«, forderte Khaled.

Esther wandte sich ihm und Brit zu. »Das, was sich hier in diesem von uns als ›blinder Fleck‹ bezeichneten Bereich befindet, scheint eine komplexe Gesellschaftsstruktur zu sein. Aber es ist nicht *unsere* Gesellschaft. Die Zahl der Einwohner ist mit zehn Milliarden benannt, und das Gebiet erstreckt sich über sämtliche Kontinente der Erde. Es gibt eine Auflistung mit globaler Bevölkerungsstruktur, die ist echt interessant.«

»Wieso?«, fragte Brit.

»Laut dieser Auflistung verfügt jeder Einzelne in dieser Gesellschaftsstruktur mehr oder weniger über den gleichen Wohlstand. In der Auflistung gibt es dafür einen Koeffizienten, der plus/minus zwanzig Prozent bei jedem Bewohner gleich ist.«

»Gleichheit, von der man hierzulande nur träumen kann«, kommentierte Mahmut.

»Es passt alles zu der Nachricht, die wir abgefangen haben«, sagte Zodiac. »Das vor uns ist die Welt des Jahres 2045. Unser blinder Fleck scheint ein Gate in die Zukunft zu sein.«

Der Satz hing für einen Moment im Raum, und jeder machte sich seine eigenen Gedanken darüber.

»Ich hab hier noch was gefunden«, meinte BangBang. »Bildmaterial, komischerweise in HLSL.«

»Wieso komischerweise?«, fragte Khaled.

»Ist eine etwas zu komplexe Sprache für einfache Bilder.« BangBang tippte in die Tastatur. »Ich schick es mal an die Grafik-Engine.«

Auf dem Monitor seines Rechners baute sich ein Bild auf. Es zeigte einen großen Platz inmitten einer Stadt. Die Menschen standen auf Rollbahnen, wie es schien. Das Bild bewegte sich ruckartig vorwärts und hatte eine konstante Unschärfe.

»Sorry, irre Datenmengen, mein Rechner verschluckt sich dran«, sagte BangBang. »Dem Filenamen nach ist das Berlin, Alexanderplatz.«

»Krass.« Brit war aufgestanden und trat näher, um sich das genauer anzuschauen.

Plötzlich wurde Mahmut von etwas auf seinem Rechner abgelenkt. Alarmiert beugte er sich wieder vor und begann zu tippen, während er hervorstieß: »Mist, die Abfangjäger kommen!«

Von dem, was in den nächsten zehn Minuten passierte, begriffen Khaled und Brit wieder so gut wie gar nichts. Anscheinend war es aber so, dass die Verteidigungssysteme von Tantalos die Spur der Hacker im Darknet aufgenommen hatten und sie mit intelligenten Algorithmen jagten.

Zodiac und Esther gaben einige einsilbige Antworten auf die Fragen, die Khaled und Brit ihnen stellten, aber zu einer ausgiebigen Erklärung hatten sie keine Zeit. Soweit Khaled und Brit verstanden, bemühten sich die vier um einen geordneten Rückzug, wobei sie noch versuchten, einige Beute an Land zu ziehen, also Datenmaterial, das sie später auswerten wollten, und ansonsten ihre Spuren zu verwischen.

Später erfuhren Khaled und Brit noch, dass es Zodiac im letzten Moment gelungen war, einen selbst gebauten Sleeper im geenterten Bereich zu hinterlassen, den er später seinen »Next-Generation-Sniffer« nannte und erklärte, es sei ein Schnüffel-Algorithmus, der täglich nur für weniger als eine Sekunde aktiv wurde und danach wieder in einen Tarnmodus abtauchte.

Um Viertel nach fünf klappten alle vier ihre Rechner zu, und Brit schleuste sie an den ersten Putzkolonnen vorbei nach draußen.

29

Burkhard Graf saß im Vernehmungsraum vor Lisa und Jens und hatte die distanzierte Haltung eingenommen, die Agenten des BND schon früh eingetrichtert wurde, um selbst in der Defensive die Möglichkeit einer klaren Situationsanalyse zu wahren.

»Gehen wir noch einmal durch, was am Potsdamer Platz geschehen ist«, sagte Lisa. »Unsere Aufnahmen zeigen eindeutig, wie Sie Blickkontakt mit dem Mann mit der Basecap auf der anderen Straßenseite aufgenommen haben und ...«

»Keine Ahnung, wen Sie meinen«, fiel ihr Graf ins Wort. »Ich hatte keinen Kontakt, nicht zu irgendwem, auch keinen bewussten Blickkontakt. Ich wollte lediglich die Straße überqueren.«

»Ja, um Ihre Flucht vor der Polizei fortzusetzen«, brachte sich Jens ein. »Bei der Sie ja immerhin auf der Fahndungsliste wegen Mordverdachts stehen.«

»Ein Missverständnis. Eine Falle, die mir in der Ukraine gestellt wurde, um mich zu enttarnen. Aber selbst meine eigene Behörde ist darauf reingefallen.«

»Der BND«, präzisierte Lisa. »Sie hielten es aber nicht für nötig, Ihre Leute über das ›Missverständnis‹ aufzuklären oder bei denen Schutz zu suchen!«

»Nein.«

»Stattdessen sind Sie untergetaucht.«

»Wie Sie ja offenbar wissen.«

»Nach den Ausweispapieren, die Sie bei sich hatten, nennen Sie sich jetzt Bernd Böttcher«, übernahm wieder Jens, »wohnhaft in Leipzig. Im Ausweis ein Ausstellungsdatum von 2011. Unserer Anfrage beim BND zufolge ist das keine Tarnidentität, die Sie von denen haben.«

»Glauben Sie, die würden's Ihnen sagen, wenn's anders wäre?«

»Sagen Sie's uns. Von wem haben Sie den Ausweis? Wer hat ihn hergestellt?«

Graf zeigte sich weiterhin unbeeindruckt. »Die besten Fälschungen gibt's bei den Russen. Die von den Israelis sind auch nicht schlecht. Das sollten Sie eigentlich wissen beim BKA.«

Lisa beugte sich etwas über den Tisch und sah Graf direkt ins Gesicht. »Auf unserem Bildmaterial ist eindeutig zu erkennen, dass Sie ein Mädchen verfolgt haben, das aus der U-Bahn kam und dann mitten auf der Straßenkreuzung stehen blieb.«

»Ein Mädchen?« Graf zog die Augenbrauen leicht hoch, zeigte ansonsten aber keine Regung.

»Eine junge Frau«, präzisierte Lisa. »Wir wollen wissen, in wessen Auftrag Sie arbeiten. Wer hat ein Interesse an ihr?«

»Ich weiß wirklich nicht, wovon und von wem Sie sprechen.«

»Sie heißt Brit Kuttner. Studentin. Sie ist Ihnen glücklicherweise mit einem Taxi vor der Nase weggefahren.«

»Wenn Sie das sagen.«

»Herr Graf, wir sind sicher, Sie wissen ganz genau, wovon wir reden. Sie wissen, wer Brit Kuttner ist. Und Sie wissen auch, dass sie meine Tochter ist!«

In Grafs Augenwinkeln zuckte es kurz. Lisa interpretierte

es als Ausdruck des Triumphs, zu dem er sich hatte hinreißen lassen.

Das war seine Schwachstelle, auf die sie hinarbeiten wollte.

»Sie sind nach Potsdam gefahren, um Ihren Sohn zu treffen«, mischte sich wieder Jens ein. »Dafür haben Sie ein großes Risiko in Kauf genommen.«

»Wenn Sie mit uns kooperieren, garantieren wir Ihnen eine Kronzeugenregelung«, bot Lisa an. »Ebenso einen diskreten Kanal, auf dem Sie Kontakt zu Ihrem Sohn halten können.« Sie und Jens hatten sich vorab über diese Strategie abgesprochen.

Grafs Miene blieb ausdruckslos.

»Die Alternative wäre Auslieferung«, sagte Jens. »Was das heißt, wissen Sie. Sie sehen Ihren Sohn erst wieder, wenn er schon Großvater ist, wenn Sie ihn überhaupt jemals wiedersehen.«

»Sie haben unsere Behörden lange ausgetrickst«, führte Lisa ihre Taktik fort. »Nutzen Sie jetzt Ihre Chance und tricksen den gesamten Apparat erneut aus. Akzeptieren Sie das Kronzeugenangebot.«

Graf sah sie an, und seine schmalen Lippen zeigten die winzige Spur eines Schmunzelns. Lisa verstand das nicht. Ihre Taktik war gut, ihr Angebot war gut, und sie war sicher gewesen, dass Grafs Sohn der richtige Hebel war, um ihn zu einer Kooperation zu bewegen. Aber Graf ging nicht mal im Ansatz darauf ein. Ganz so, als hätte er noch einen Joker im Ärmel, von dem sie nichts wussten.

Das Verhör ging noch zwei Stunden weiter. Aber es drehte sich von nun an nur im Kreis.

30

Auf der Rückfahrt saßen Khaled, Brit und die anderen im fensterlosen Heck des alten Ford Transit, mit dem Zodiac sie bereits hergefahren hatte. Sie diskutierten darüber, dass allem Anschein nach im Netz eine Art Gate in die Zukunft existierte, in das sie sich an diesem Abend für ein paar Stunden eingehackt hatten. Allem Anschein nach wachte diese ominöse Tantalos Corporation in Oslo darüber. Wie die Bilderberg-Konferenz von 2014 damit zusammenhing, war noch ein Rätsel. Ebenso ein Rätsel war die Nachricht, die alles in Gang gebracht und diese Todesliste und das Foto von Brit und Khaled enthalten hatte.

Es gab noch viele Wenn und Aber in dieser Diskussion. Zum Beispiel die Frage, warum in fast dreißig Jahren der Datenverkehr immer noch in einer Sprache programmiert wurde, die von den Earth-Hackern lesbar war. Sie erklärten es sich damit, dass sie vermutlich nur eine Downgrade-Übersetzung eines zukünftigen Datensignals erlebt hatten, ganz so, wie oftmals eine 4K-Hightech-Überwachungskamera in einem betagtenMP4-Codec aufzeichnete, um die bewegungsfaule Harddisk eines klapprigen PCs nicht zu überfordern.

Sie wurden bei ihren Gesprächen im Heck des Transits auf dem Weg durch Berlin ziemlich durchgeschüttelt und befanden sich schließlich alle in einem Zustand zwischen aufgekratzter Euphorie und körperlicher Erschöpfung.

Khaled beteiligte sich kaum an der Diskussion. Sein Blick fiel regelmäßig nach vorn, wo Zodiac schweigend am Lenkrad saß, während er sie alle durch die Gegend kutschierte.

Als Brit und Khaled wieder allein in der Wohnung waren, suchte er sofort sein Zimmer auf, um zu schlafen. Brit ging ebenfalls schlafen, wachte allerdings bereits nach drei Stunden wieder auf.

Die Sonne schien durch einen schmalen Spalt in ihr Zimmer. Aber das war nicht der Grund, warum sie wach geworden war. Ihr gesamter Körper wurde von einer mächtigen Unruhe beherrscht, die sie selbst im Schlaf verfolgt hatte. Die Ursache dafür waren vermutlich die Erlebnisse mit den Hackern am Großrechner der Humboldt-Universität. Vielleicht. Aber möglicherweise lag es auch an diesem Bild von Khaled und ihr und dem Kind.

Das Bild hatte in Brits Vorstellungswelt inzwischen ein gewisses Eigenleben bekommen. Es bedrängte sie zu jeder Tages- und Nachtzeit, und wenn sie sich nicht konzentriert dagegen wehrte, zeigte ihr dieses Bild inzwischen ein bewegtes Mienenspiel auf ihrem und Khaleds Gesicht.

Brit ging in die Küche, machte sich Kaffee, aß einige Kekse und blickte durch den Spalt der Vorhänge hinaus in einen sonnigen Tag. Dieses Bild rief etwas in ihr wach, das sie nicht wollte. Es war kein angenehmes Gefühl, und es schmerzte sogar ein wenig, irgendwo in ihrem Brustkorb.

Brit wusste, dass sie Schwierigkeiten hatte, ihre eigenen Gefühle zu definieren, aber sie war nicht unerfahren im Umgang mit den körperlichen Symptomen. Die Ärzte hatten ihr erklärt, dass alles im Grunde auf ein biochemisches Problem der Transmitter hinauslief, die ihre Empfindungen von den Synapsen aus nur als unvollständige Impulse über die Nervenbahnen zum Hypothalamus schickten. Im Klartext hieß das: Weil die Transmitter bei ihr kaputt waren, verreckten die Impulse auf dem Weg zu ihrem Ziel. Und weil Brit deshalb das saubere Durchlaufen von Empfindungen nie erlebt hatte, klappte auch der ganze Rest nicht bei ihr, also die Imagination von Empfindungen, der ganze Komplex mit der Liebe und auch nicht jenes andere, das sie aus der Beschreibung ihrer Freundinnen als Sehnsucht kannte.

So jedenfalls erklärte sie sich ihren Zustand. In einer vorsichtigen Eigendiagnose wagte Brit an diesem sonnigen Vormittag den Schluss, dass es sich bei dem indifferent schmerzenden Ziehen in ihrem Brustkorb beim Gedanken an das Bild um ebensolche Sehnsucht handeln musste.

Brit nahm ihren Kaffee und die Kekse mit in ihr Zimmer, schloss die Tür und hockte sich aufs Bett. Diese mutmaßliche Sehnsucht tat ihr nicht gut. Sie ließ sie nicht schlafen und schmerzte sogar im Wachzustand. Sie brauchte einen Plan, um diesen quälenden Zustand loszuwerden. Da er mit Khaled zu tun hatte, war der nächstliegende Gedanke, dass sie *ihn* loswerden musste. Dabei ging es nicht vorrangig um seine körperliche Anwesenheit. Brit wusste ja, dass sie zumindest in den nächsten Tagen aneinandergekettet sein würden.

Aber das war auch nicht das Problem. Es ging eher darum, ihn auf Distanz zu halten. Es ging auch darum, dass ihre persönlichen Interessen nicht miteinander verwoben sein durften. Und dass für Brit die Option auf den Tunnel zwischen ihr und ihm verschwinden musste.

Sie sah nur eine Möglichkeit: Sie musste Khaled helfen, sein eigenes Leben wiederaufzunehmen. Nur so würde sie ihn von sich fernhalten können.

Sie erzählte ihm natürlich nichts von ihrem Vorhaben. Nachdem er aufgewacht war, frühstückten sie gemeinsam in der Küche. Sie bemühte sich, ihm eine adäquate Gesprächspartnerin zu sein bei all den Gedanken, die er sich über die von seinem Vater gegründete Bewegung Earth machte. Hin und wieder stellte sie ihm Fragen über Ben Jafaar, und nach anfänglicher Verstocktheit öffnete er sich schließlich und erzählte einige Erlebnisse aus seiner Kindheit.

Brit war geschickt in ihrer Art zu fragen, sie hörte lange zu und ließ Khaled Raum, und erst wenn sich der Zugang zu seinem Inneren wieder zu schließen begann, schickte sie eine weitere Frage nach, um ihn geöffnet zu halten. Es war bereits kurz nach drei, als Brit endlich spürte, dass sie die Weichen in eine zielführende Richtung gestellt hatte.

»Er will es nicht zugeben, auch sich selbst gegenüber nicht«, sagte Khaled, ohne genauer zu definieren, wen er mit *er* meinte, »aber er ist ganz sicher nicht der Richtige.«

Es bereitete Brit keine Mühe zu erraten, von wem die Rede war, und schloss sich seinen Gedanken an. »Aus Esthers Sicht sind sie ein Kollektiv. Demzufolge hätte es kaum Bedeutung für Earth, ob Zodiac als Stellvertreter deines Vaters so etwas wie sein Nachfolger ist oder nicht.«

Sie konnte die winzige Anspannung in Khaleds Gesichtsmuskulatur sehen. »Wahrscheinlich traf er diese Stellvertreter-Entscheidung aus irgendeinem Gemütszustand heraus«, sagte er betont nüchtern. »Oder weil er unter den Hacker-Nerds niemanden sonst finden konnte, der ihm seiner Einschätzung nach ebenbürtig war. Bei aller Weltverbesserungsideologie war mein Vater immer schon ein hartgesottener Sexist. Die Hälfte der Menschheit fiel als möglicher Stellvertreter also für ihn aus.«

»Hat Zodiac eigentlich viel Ähnlichkeit mit deinem Vater?«

»Keine. Nichts. Weniger als das. Mein Vater war entschlossen und leidenschaftlich in allem, was er tat. Zodiac ist ein vorsichtiger kalter Fisch.«

»Bist *du* ihm ähnlich?«, setzte Brit nach. »Deinem Vater?«

»Mehr als mir lieb ist, vermutlich.« Khaled nahm einen Schluck Kaffee, und Brit war sehr zufrieden darüber, wie gut ihre kleine Strategie funktionierte.

Es sollte reichen für den ersten Tag. Sie hatte genug Keime gesetzt, die von nun an in Khaled wachsen würden.

Als sie ihn jetzt betrachtete, erkannte sie, dass er mit keinem einzigen Gedanken mehr bei ihr war. Es war immerhin ein Anfang.

Gegen zehn Uhr abends ging Brit über die »grünen« Straßen bis zu einem der Shops, die auf der Karte mit einem schwarzen Kreuz markiert waren. Es war der Vierundzwanzig-Stunden-Kiosk, in dem sie Khaled am Miet-Terminal entdeckt hatte. Sie zahlte bei dem iranischen Verkäufer ihre zwei Euro Gebühr für eine Stunde Internet, bekam den Zugangscode und setzte sich vor den Rechner.

Zuerst schrieb sie Lisa, dass es ihr gut gehe und dass sie fürs Erste abgetaucht bleiben würde. Mehr schrieb sie nicht. Sie wusste, dass Lisa zurzeit unzählige Fragen beschäftigten, von denen Brit aus unterschiedlichen Gründen keine beantworten konnte.

Als sie die Mail abgeschickt hatte, überlegte sie kurz, dann rief sie den Browser auf und fütterte ihn mit den Worten »Milena Jafaar«, »Münster« und »Bestattung«. Als Antwort erhielt sie nur eine Auflistung Münsteraner Bestattungsunternehmen, die ihre Dienste anpriesen. Auch ihre Versuche über die Zugangsseite des Einwohnermeldeamts blieben erfolglos.

Anschließend ging sie die Friedhöfe durch. Beim dritten hatte sie Erfolg. Am folgenden Tag, um 11 Uhr vormittags, sollte auf dem Zentralfriedhof Münster die Bestattung von Milena Jafaar stattfinden.

Als Brit zurückkam, lag Khaled angezogen auf seiner Matratze und grübelte vor sich hin. Sie erzählte ihm, was sie recherchiert hatte, und er war augenblicklich hellwach. Er drängte darauf, sofort loszufahren.

Es gab ein Notsignal, mit dem sie Esther oder ein anderes Earth-Mitglied Tag und Nacht erreichen konnten. Brit drückte den Schalter zur Aktivierung des Bluetooth-gesteuerten Heizungskontrollsystems am Küchenheizkörper. Dadurch wurde ein Signal an die Smartphones der in die Alarmkette integrierten Personen gesendet. Eine Stunde später war Esther da und hörte sich an, was Khaled wollte.

Sie war anfangs dagegen, knickte dann aber ein, als sie merkte, wie entschlossen er war. Brit bot an, Khaled zu begleiten. Er lehnte das ab, aber Esther bestand darauf und machte es zur Bedingung dafür, ihr Auto zur Verfügung zu stellen.

Um fünf Uhr früh fuhren Khaled und Brit los. Bei sich hatten sie ein Handy, das sie aber erst aktivieren sollten, sobald sie auf dem Rückweg die Stadtgrenze von Berlin erreichten. Esther würde dann sehen können, dass sich das Handy ins Netz eingeloggt hatte, und sie würde daraufhin auf dieser Nummer anrufen.

31

Um neun Uhr früh kam Lisa wie immer ins BKA, ging zuerst in ihr Büro und wollte dann weiter zum Vernehmungsraum, um an Jens' Seite zum zweiten Mal mit Burkhard Graf in den Ring zu steigen. Es gab zwar kaum Neues, das sie ins Feld führen konnten, aber mit den Überwachungsfotos von Schneider und Lüttich wollte sie Graf weismachen, das BKA werte das Treffen zwischen Vater und Sohn in Potsdam als konspiratives Zusammenkommen und wolle nun auch Tobias Graf vorladen, unter dem Verdacht, dass auch er an der geplanten Entführung von Brit Kuttner beteiligt gewesen sei. Es war ein Bluff, mehr nicht. Aber Lisa hoffte, Burkhard Graf auf diese Weise an der einzigen Stelle packen zu können, an der er angreifbar war.

Doch so weit kam es nicht. Als Lisa gerade ihr Büro betreten wollte, wurde sie von Jens abgefangen mit dem Hinweis, dass sie bereits vom Chef erwartet wurde.

Dr. Michael Rother war Stellvertretender Direktor der BKA-Außenstelle. Lisa hatte ihn bisher als einen Mann offener Worte erlebt, der seinen Leuten gegenüber aber immer fair blieb.

Er sagte ihr, dass sie Graf nicht länger festhalten konnten. Vor einer Stunde war der ukrainische Botschafter beim Auswärtigen Amt vorstellig geworden und hatte behauptet, die Mordanklage gegen Graf beruhe auf einem Missverständnis. Darum hatte die ukrainische Oberstaatsanwaltschaft die Fahndung nach ihm mit sofortiger Wirkung außer Kraft gesetzt.

»Das ist jetzt nicht wahr!«, entfuhr es Lisa.

»Leider doch«, sagte Rother. »Und wo kein Kläger, da auch keine internationale Fahndung.«

»Aber was soll das? Warum ziehen sie die Fahndung zurück? Das riecht doch nach einem Komplott!«

»Natürlich. Ich habe mich auch direkt mit Grafs alter Dienststelle beim BND in Verbindung gesetzt, ob wir da etwas stricken können. Aber rein rechtlich kann man vonseiten des BND gegen Graf nichts machen, außer vielleicht einem internen Verfahren, aber das ist nichts, das wir nutzen können.«

Lisa formulierte noch einige Einwände, sah aber bald ein, dass es aussichtslos war. Rother stand auf ihrer Seite – ein ausgebuffter Stratege, den so leicht nichts und niemand einschüchtern konnte. Wenn er sagte, dass in diesem Fall nichts zu machen war, dann war nichts zu machen.

Auf dem Flur wartete Jens auf sie.

»Scheißdreck!«, sagte Lisa impulsiv, allerdings erst, nachdem sie die Tür zu Rothers Büro hinter sich geschlossen hatte. »Die Ukraine hat die Fahndung nach Graf eingestellt. Er kommt frei.«

»Wie bitte?«, empörte sich Jens. »Und da spielen wir mit?«

»Notgedrungen. Es scheint, als läuft da irgendeine größere Sache. Du musst für mich einen kleinen Außeneinsatz erledigen.«

»Was soll ich tun?«, wollte er sofort wissen

»Das Hotel, in dem er abgestiegen ist ...«

»Fürstenhof in Charlottenburg ...«

»Wir brauchen Wanzen in seinem Zimmer. Vielleicht

kehrt er dorthin zurück. Ich kann seine Freilassung noch zwei Stunden hinauszögern. Kriegst du das hin?«

»Egal, mit welchem Zimmermädchen ich schlafen muss, um da reinzukommen, ich tu's.« Jens machte sich grinsend auf den Weg.

32

An diesem Tag hatten Zodiac und Esther eine Zusammenkunft in der alten Schaltzentrale des verlassenen Stellwerks am Gleisdreieck einberufen. Es war ihre sicherste Außenstelle. Ein ausgeklügeltes Alarmsystem würde sie warnen, falls jemand in die Nähe der Schaltzentrale kam, was aber bisher noch nie vorgekommen war, und für diesen Fall bot die unterirdische Bunkeranlage ein riesiges Labyrinth von geheimen Fluchtwegen. Die Potsdamer Villa sollte als Safe House ein Rückzugsort bleiben. Das hier aber war ihre Angriffszentrale.

Zusammen mit LuCypher und BangBang warteten sie das Signal des Sleepers ab, den Zodiac im blinden Fleck infiltriert hatte. Als sich der Algorithmus meldete, antwortete Zodiac mit dem Befehlscode, woraufhin ihm sein Next-Generation-Sniffer ein kleines Fenster öffnete, durch das sie hineinschlüpfen konnten.

Sie hatten übers Darknet einen ihrer Hacker aus Kiew dazugeholt, der sich Kandinsky nannte. Unter den Earth-Mitgliedern galt Kandinsky als König in der Analyse komplexer Systemverwaltungen. Zodiac, BangBang und LuCypher schaufelten den Weg frei im blinden Fleck, Esther überwachte die Firewall auf außergewöhnliche Abwehraktivitäten, und Kandinsky setzte sich mitten ins System und fing an, die Daten in sich hineinzufressen.

Der Eindruck der vergangenen Nacht bestätigte sich. Der blinde Fleck hatte einen Aufbau wie die riesige Verwaltungsstruktur einer Regierung. Es gab Filecluster, die darauf schließen ließen, dass sie so etwas wie Ministerien gehörten, zuständig für unterschiedliche Ressorts wie Bevölkerungsstruktur, Sozialwesen, Finanzen und Polizeiarbeit. Es waren diffuse Datenbäume mit milliardenfachen Verästelungen, und es war schier unmöglich, sie in absehbarer Zeit zu analysieren.

Zodiac entschied, dass sich Kandinsky vorrangig in dem Polizeibereich umschauen sollte. BangBang machte sich derweil daran, so viele Daten wie möglich für eine spätere Analyse herunterzuladen und auf eine eigene Blockchain zu verteilen. LuCypher begab sich auf die Jagd nach weiterem Bildmaterial von den Überwachungskameras des Jahres 2045.

Sie hatten zuvor gemeinsam überlegt, ob sie für dieses Eindringen wieder eine Ablenkungsschlacht unter Mitwirkung aller Earth-Hacker inszenieren sollten, aber schließlich hatten sie sich dagegen entschieden. Diesmal wählten sie die Guerillataktik: auf leisen Sohlen reinschleichen, Beute machen und dann unauffällig wieder raus.

Zwei Stunden später präsentierte Kandinsky einige beachtliche Ergebnisse. Das Polizeisystem, das er durchkämmt hatte, war global, erstreckte sich um die ganze Welt. Der komplette afrikanische Kontinent war eine Art Internierungslager, polizeiliche Kontrolle gab es ausschließlich an den äußeren Grenzen. In der Verwaltungsstruktur des Systems wurde Afrika wie ein gigantisches Gefängnis geführt. Dorthin wurden Menschen verbannt, die in den Fileclustern des Polizeiapparates zuvor als Fahndungsziele gekennzeichnet und erfolgreich eingefangen worden waren.

Unter den Fahndungszielen war auffällig, dass die Files immer wieder mit dem Vermerk Earth gekennzeichnet waren.

Dann stieß Kandinsky auf das eigentlich Interessante. Unter den jüngeren Eintragungen gab es eine Zielfahndung, die derart viele Daten und Nachbarsysteme produziert hatte wie keine andere. Es betraf die Fahndung nach einem Mann mit Namen Elias Jafaar!

»Fuck!«, stieß Esther hervor. »Der Name ist doch kein Zufall!«

»Vielleicht ein schlechter Scherz des Jahres 2045«, entgegnete Zodiac kühl. »Eine Hommage an den Gründer der letzten großen Rebellenbewegung.«

Mahmut schmunzelte; es war sein typisches LuCypher-Schmunzeln, das er immer mit herabgezogenen Augenbrauen begleitete, sodass es richtiggehend diabolisch wirkte.

Esther blieb ernst. »Ich denk dabei an das Foto. Bens Sohn, diese Studentin Brit und ein Baby, von dem die beiden heute ganz offenbar noch nichts wissen.«

»Spekulation«, brach Zodiac Esthers Gedanken ab. »Ich schlage vor, wir ziehen uns jetzt zurück. Ich schleuse Kandinsky wieder raus. BangBang, LuCypher? Fertig?«

»Warte noch«, sagte BangBang hastig, »ich saug hier gerade was ab, das aussieht wie ein historisches Archiv.«

Die anderen horchten auf. Ein historisches Archiv aus dem Jahr 2045!

33

Der Fürstenhof war ein fünfstöckiges Privathotel mittlerer Preisklasse. Es war ein ehemaliges Wohnhaus, im Berliner Hotelboom der Neunzigerjahre umgebaut worden und nun mit drei Sternen eine Anlaufstelle für Geschäftsleute und Messebesucher. Es war Jens nicht schwergefallen hereinzukommen. Er war an dem behäbigen Portier freundlich grüßend vorbeigegangen, als wäre er auf dem Weg in den Frühstücksbereich, war dann abgebogen und hatte die Treppe hoch in den fünften Stock genommen.

Die Zimmernummer 511 war auf dem Kärtchen vermerkt, das die Kollegen bei Grafs Verhaftung sichergestellt hatten. Jens trieb sich einige Minuten lang im Treppenaufgang herum, bis er die zwei Zimmermädchen lokalisiert hatte, die gerade mit der Reinigung beschäftigt waren. Als eine der beiden auf der vierten Etage in den Aufzug stieg, ging er in Position und stellte sich vor die Tür zu 511. Er würde etwas Glück brauchen, und das hatte er dann tatsächlich. Vom Aufzug kam ein helles Bing, und die Tür öffnete sich auf der Fünften.

Das Zimmermädchen schob ihr Servicewägelchen aus dem Aufzug und sah, wie der Hotelgast vor der Tür zu 511 stand und fluchte. Offenbar hatte er sich ausgesperrt. Normalerweise durften die Mädchen so etwas nicht machen und mussten die Hotelgäste hinunter zum Portier schicken. Aber

Anna kam aus Polen, und sie hatte ein zu weiches Herz, um all diese deutschen Regeln immer genau zu befolgen. Sie öffnete Jens mit einem flirtenden Lächeln die Tür und kassierte zehn Euro dafür, wodurch ihre Laune für den Rest des Tages gerettet war.

Das Zimmer war klein, aber sauber, das Bett gemacht. Ein Koffer lag aufgeklappt daneben, darin Unterwäsche, Anzüge, weiße Hemden und Krawatten. Auffällig war, dass Graf offenbar den Inhalt des Koffers nicht ausgeräumt hatte, um ihn im Schrank zu verstauen.

Jens holte das erste Mini-Mikrofon heraus, um es hinter dem wandseitigen Bettpfosten zu befestigen. Das war die beste Tonperspektive für alle Gespräche, die vom Bett aus geführt wurden.

Auf einmal bemerkte er, wie die Tür zum Bad geöffnet wurde und plötzlich jemand hinter ihm stand.

Es war der Mann mit der Basecap vom Potsdamer Platz ...

*

Khaled und Brit beobachteten die Bestattung aus dem Schutz der Friedhofsmauer. Sie trugen beide Hoodies und hatten sich die Kapuzen tief in die Gesichter gezogen. Etwa fünfzig Leute hatten sich versammelt, um das, was noch von Milena übrig war, in einem Sarg in die Tiefe zu versenken. Khaled sah auch Milenas Eltern unter den Trauergästen. Sie hatten ihn nie akzeptiert, und für den Tod ihrer Tochter würden sie ihn hassen.

Die Boulevardzeitungen hatten allesamt spekulative Berichte veröffentlicht, in denen der Bombenanschlag mit seiner ethnischen Herkunft in Verbindung gebracht worden war. Hätte Milena einen Deutschen statt eines Arabers geheiratet, würde sie noch am Leben sein. So jedenfalls dachten Silke und Herbert Neuhaus, davon war Khaled überzeugt. Vermutlich hatten sie sogar recht damit. Die Eltern waren katholisch, so wie fast jeder Zweite in Münster, und den ersten großen Zwist hatte es gegeben, als sich Milena und Khaled für eine konfessionslose Ehe entschieden. Bei der kleinen Hochzeitsfeier nach der standesamtlichen Trauung, zu der nur Milenas Eltern und einige Freunde eingeladen gewesen waren, hatte sich Milenas Vater nach dem dritten Bier hinreißen lassen, Kahled zu verbieten, jemals unter dem gemeinsamen Dach mit seiner Tochter irgendwelche muslimischen Religionsrituale zu praktizieren. Statt Khaled stritt daraufhin Milena mit ihm und warf ihre Eltern schließlich hinaus. Khaled hatte sie dafür noch mehr geliebt, aber Milenas Eltern wechselten fortan kein Wort mehr mit ihnen, weder mit Khaled noch mit Milena ...

Als ihr Sarg in die Erde gelassen wurde, weinte Khaled lautlos. Die Tränen rannen ihm übers Gesicht, während ihn Brit von der Seite beobachtete und mit dem Gedanken rang, ihm zum Trost die Hand auf die Schulter zu legen. Doch letztlich wagte sie es nicht.

Als sich ihr Blickfeld zu verengen begann und sich damit der Tunnel ankündigte, konzentrierte sie sich noch einmal auf die Ereignisse der Nacht im Untergeschoss der Humboldt-Universität. Es half meist gegen den Tunnel, wenn sie den Fokus ihrer Gedanken auf die Entwirrung von etwas Hochkompliziertem richtete. Die Vorgänge auf den vier Monitoren beim Endringen in den blinden Fleck waren dafür bestens geeignet. Sie hielt sich dadurch so lange in Schach, bis sich Khaled neben ihr unvermittelt umdrehte.

»Komm, wir fahren«, sagte er und hatte damit den Abschied von seiner Vergangenheit besiegelt.

*

Lisa kam so schnell sie konnte. Sie erfuhr von der Sache, kurz nachdem sie den Bericht abgeschlossen hatte, für den sie sich extra lange Zeit gelassen hatte. Danach konnte sie Grafs Freilassung nicht länger hinauszögern.

Auf einmal hatte Dr. Rother bei ihr in der Tür gestanden und sie gefragt, wie es um Himmels willen geschehen konnte, dass ein Innendienstmitarbeiter des BKA in seiner Dienstzeit aus dem fünften Stock eines Hotels stürzte. Lisa erschrak und machte sich augenblicklich auf den Weg.

Als sie am Fürstenhof ankam, war Jens bereits abtransportiert worden. Den Beamten vor Ort nach lebte er noch, aber Genaues konnte ihr niemand sagen. Nach dem, was sie sich aus Berichten der Beamten und des Portiers zusammenreimte, war Jens anscheinend aus dem Fenster gestürzt bei dem Versuch, sich vor einem Zimmermädchen zu verstecken. Die ersten Ermittlungen der Beamten hatten ergeben, dass er im Zimmer 511 gewesen war, um dort Wanzen anzubringen, von denen zwei im Raum gefunden worden waren.

Lisa fuhr in die Charité und brach auf dem Weg dorthin einige Dutzend Verkehrsregeln. Jens war nach seiner Einlieferung direkt in den OP gebracht worden. Von den Schwestern erfuhr Lisa nichts. Erst als sie zwei Stunden lang auf einer Bank im Flur ausgeharrt hatte, erbarmte sich ein junger Assistenzarzt ihrer und verriet, dass man noch immer um das Leben von Jens Schütte kämpfte. Neben unzähligen Knochenbrüchen und inneren Blutungen hatte er eine offene Fraktur an der linken Schläfe und ein schweres Schädelhirntrauma. Es war ein Wunder, dass sein Herz überhaupt noch schlug.

34

Khaled und Brit hatten während der Fahrt nach Berlin fast die ganze Zeit über geschwiegen. Der VW Passat, den sie von Esther bekommen hatten, glitt mühelos über die Autobahn, sodass Brit am Steuer unangenehm viel Zeit zum Nachdenken blieb.

Die Szenarien, die ihr durch den Kopf huschten, betrafen immer Khaled, der reglos neben ihr saß und aus dem Seitenfenster sah. Sie stellte sich vor, wie er mit der Frau, deren zerfetzte Überreste jetzt in einem Sarg in der Erde lagen, ein Leben geführt und die Zukunft geplant hatte. Die Bilder, die ihr durch den Kopf gingen, waren Alltagsbilder. Davon, wie Khaled und Milena am Frühstückstisch saßen. Wie sie sich täglich voneinander verabschiedeten. Wie sie Sex hatten. Das Bild, das Brit dabei von Milena entwickelte, blieb immer nur unscharf. Es basierte auf den wenigen Fotos, die sie in den letzten Tagen von ihr in den Zeitungen gesehen hatte. Es waren immer die gleichen traurigen Fotos von lachenden und inzwischen toten Menschen, die in den Tageszeitungen nach tragischen Ereignissen abgedruckt wurden.

Als sie endlich den Berliner Ring erreichten, fischte Brit das Handy aus ihrer Tasche und aktivierte es mit dem PIN-Code, den Esther ihnen genannt hatte. Es dauerte keine zwei Minuten, dann meldete sich das Gerät.

Brit reichte Khaled das Handy, und der nahm den Anruf

entgegen. In knappen Worten erklärte Esther, wie sie zur Potsdamer Villa fahren mussten.

Es dämmerte, als Khaled und Brit dort ankamen. Esther ließ sie herein und führte sie in den Salon, wo Zodiac wartete. Keiner von ihnen stellte eine Frage zu Milenas Beerdigung, und auch wenn Khaled sich jedes Gespräch darüber verbeten hätte, war er doch verletzt über das Schweigen.

»Wir sind heute noch mal eingestiegen«, sagte Zodiac und eröffnete damit seine längere Erläuterung darüber, was sie im blinden Fleck an komplexer Verwaltungsstruktur gefunden hatten. Er erzählte nichts von der Polizeifahndung nach Elias Jafaar. Mit Esther hatte er sich zuvor darauf geeinigt, dass sie diesen Namen Khaled und Brit gegenüber vorerst nicht erwähnen würden. Nicht, solange sie nichts Konkreteres über diesen Elias wussten. Und auch nicht, solange sie nicht völlig sicher sein konnten, dass diese Information in Khaled nichts auslösen würde, das Earth schaden könnte.

Nach einigen Erklärungen kam Zodiac zum Wesentlichen: »LuCypher hat eine Art historisches Archiv gefischt. Aus dem Jahr 2045.«

»Was?« Khaled drängte sich vor den Rechner, der aufgeklappt auf den Paletten stand, die als Tisch fungierten. »Ist es lesbar für uns?«

»Wir haben einige Stationen herausdestilliert«, antwortete Esther, »und dann haben wir sie in Text umgewandelt. Hier ...« Sie drehte den Rechner so, dass neben Khaled auch Brit auf den Bildschirm sehen konnte. »Mit unserem Jahr fängt es an, dann hier, im Jahr 2025 ...« Esther zeigte auf die zugehörigen Textabsätze. »Vorstoß der UNO zur Gründung eines freiwilligen Weltparlaments. Dann 2028 Beendigung der bewaffneten Konflikte in den arabischen Ländern durch ein Zugeständnis der führenden Industrienationen, die Umsetzung eines globalen Mindestlohns als Pilotprojekt in ebendiesen Ländern zu starten. Das Projekt wird ein voller Erfolg und hebt den sozialen Standard in den arabischen Ländern erheblich. Als Folge findet eine große Säkularisierungswelle statt, der Islam verliert seinen politischen Einfluss. 2030 wird die UNO offiziell in ›Weltparlament‹ umbenannt. In den nächsten fünf Jahren schrittweise Ausdehnung der Freihandelszonen über die ganze Welt und so weiter und so fort ... Im Jahr 2045 gibt es eine einzige Regierung für die gesamte Welt.«

Esther blickte in die Runde. Khaled erwiderte ihren Blick skeptisch.

»Und wenn das alles Unsinn ist?«, fragte er. »Was, wenn wir auf einen Joke einer Gruppe von Computer-Nerds reinfallen oder auf sonst was?«

»Alles möglich«, meinte Zodiac. »Genau wissen wir das nicht. Andererseits sind diese Attentate nicht das Werk von Computer-Nerds. Was spräche dagegen, wenn es tatsächlich die Zukunft wäre?«

»Prüfen wir es«, sagte Brit.

Zodiac drehte sich zu ihr um. »Ach ja, und wie?«

»Falls in diesem Archiv etwas über morgen oder den Rest der Woche steht, dann sehen wir es«, sagte Brit. »Dann sehen wir, ob es eintritt oder nicht.«

»Ich weiß nicht«, sagte Zodiac zögernd, »ich hab den Eindruck, das ist zu groß für uns. Was ist, wenn es wahr ist? Wenn wir wissen, was morgen passiert? Wir sollten das nicht tun.«

»Und stattdessen?«, mischte sich Khaled ein. »Abtauchen und verkriechen? Warten, bis noch mehr umgebracht werden? Mein Vater hätte sich niemals so feige verhalten.«

Zodiac erwiderte Khaleds Provokation mit einem bösen Funkeln in den Augen. Aus seinem Blick sprach offene Feindschaft, und Khaled war sehr zufrieden darüber.

»Ich bin auch dafür«, brachte sich Esther ein und war sich klar darüber, dass sie zwischen Khaled und Zodiac nun in einem Minenfeld stand.

Zodiac nickte schließlich, wobei er bemüht war, keinerlei Emotion auf seinem Gesicht erscheinen zu lassen. Er drehte den Rechner zu sich und rief mit ein paar Befehlen die Ereignisse des folgenden Tages aus dem Archiv auf. Nach wenigen Momenten präsentierte er das Ergebnis.

»Hier. Morgen. Drei Ereignisse für euren Test.« Er drehte den Rechner wieder zu den anderen, sodass sie mitlesen konnten. »Erstens: Earth wird von der internationalen Staatengemeinschaft auf die Terrorliste gesetzt. Zweitens: Die europäischen Banken erleben einen überraschenden Aktienabsturz. Drittens: Malis Staatschef kommt bei einem Flugzeugabsturz ums Leben. Wir werden sehen.«

Brit hatte angespannt zugehört. Es kam ihr vor, als könnte sie die negative Atmosphäre zwischen Khaled und Zodiac geradezu mit Händen greifen.

Sie machte sich Sorgen.

*

Nach der scheinbar ewig dauernden Notoperation hing Jens an einer Vielzahl von Schläuchen und war mit gut einem halben Dutzend piepender und blinkender Geräte verbunden. Die Ärzte hatten Lisa inzwischen erlaubt, die Intensivstation zu betreten, sodass sie Jens zumindest durch eine Glasscheibe sehen konnte. Sie stand dort eine ganze Weile und fühlte sich schrecklich.

Jens war im Außeneinsatz ziemlich unerfahren, und sie hatte ihn leichtfertig einer Gefahr ausgesetzt, der er gar nicht gewachsen sein konnte. Sie würde alle Verantwortung dafür auf sich nehmen, aber das half ihm in diesem Moment auch nicht.

Sie hatte das Bedürfnis, etwas zu tun. Sie wollte ihre Arbeit wiederaufnehmen, um wenigstens nicht untätig herumzustehen. Darum ließ sie sich alle Kleidungsstücke zeigen, mit denen Jens eingeliefert worden war. Das meiste davon war in der Notaufnahme zerschnitten worden, um ihn für die Operation vorzubereiten, und da war auch nichts Auffälliges.

In der Außentasche seines Jacketts jedoch fand Lisa eine schmale Schachtel. Kaum größer als ein Streichholzheftchen, enthielt sie die winzigen GPS-Sender, mit denen Zielpersonen markiert werden konnten.

Von den drei Sendern waren nur noch zwei in der Schachtel.

Lisa fuhr daraufhin sofort zum BKA. Normalerweise war Jens ihr Ansprechpartner für technische Belange. Jetzt traf sie in der Technischen Abteilung nur Jürgen Erdmann an, den sie noch nie hatte leiden können. Erdmann war ein Klugscheißer, der sich darin suhlte, das Wissensmonopol über irgendwelche technischen Vorgänge zu haben, die außer ihm niemanden interessierten.

Aber diesmal brauchte sie ihn, und als er hörte, was Jens Schütte zugestoßen war, gab er sein Bestes.

In der Innenseite der Schachtel standen die Ortungsnummern und Zugangsdaten der GPS-Sender. Es dauerte nur wenige Minuten, dann konnte Erdmann sehen, dass der fehlende Sender aktiviert worden war. Weitere fünf Minuten später hatte er die Ortung aufgebaut. Das kleine GPS-Gerät sendete ein sauberes, stabiles Signal. Es kam aus einem der Gebäude im Berliner Stadthafen.

Zum ersten Mal seit vielen Stunden atmete Lisa auf. Jens war ein Teufelskerl und hatte es irgendwie geschafft, demjenigen einen Sender zu verpassen, der ihn kurz darauf aus dem Fenster geworfen hatte.

Lisa schnappte sich ihr Smartphone und wählte die Nummer von Rother, ihrem Chef. Es war fünf Uhr früh, und sie holte ihn aus dem Bett. Egal! Er musste ihr jetzt ein Sonderkommando bewilligen, um den Dreckskerl ausfindig zu machen, der Jens das angetan hatte.

Brit verbrachte die Nacht in ihrem Zimmer weitgehend schlaflos. Sie hatte ihre Matratze an die Wand gerückt, hinter der Khaled lag und jetzt vermutlich tief und fest schlief. Sie drückte die Hand gegen die alte Tapete, als könne sie dadurch die Schwingungen aus dem anderen Zimmer in sich aufnehmen. Aber sie spürte nichts außer der Kälte des Mauerwerks.

Sie wusste, dass sie sich gerade selbst verrückt machte mit all den Gedanken, die sie in ihrem Kopf zuließ. Schließlich schlug sie die Decke zurück und stand auf. Vier Stunden vergebliches Bemühen um Schlaf reichten ihr. Sie würde tun, was sie in solchen Situationen immer zu tun pflegte: Sie stellte sich dem Problem, das sie hatte.

Leise öffnete sie die Tür zu Khaleds Zimmer. Er lag schlafend auf der Matratze, auf dem Bauch, den Kopf zur Seite und ein Bein angewinkelt. Die Decke war ihm bis zur Hüfte herabgerutscht und gab den Blick auf seinen makellosen Rücken frei.

Brit ging vorsichtig zu ihm, hockte sich neben seine Matratze und sah ihn an. Sie lauschte in sich hinein, ob ihr Körper irgendeine Reaktion auf den Anblick des Mannes offenbarte. Aber da war nichts Auffälliges. Ihr Herzschlag blieb ruhig, und ihre Haut zeigte keine erhöhte Transpiration. Auch dieses unangenehme Ziehen in ihrem Brustkorb war nicht zu spüren.

Das war gut, fand sie. Es war offenbar nicht der Mann selbst, der eine ungewöhnliche Wirkung auf sie hatte. Es war eher das Gedankenkonstrukt dieser ganzen abgedrehten

Situation, das sie verwirrte. Mehr die Idee von etwas, das mit ihm zu tun hatte, als die physische Präsenz von Khaled.

In diesem Moment wurde er wach und sah sie an, und die Frage in seinem Blick war eindeutig: Wollte sie etwa Sex von ihm?

Brit war bemüht, das durch ihren Blick ebenso eindeutig zu verneinen. Sie streckte den Rücken durch und reckte den Kopf.

»Ich konnte nicht schlafen«, sagte sie.

Khaled schwieg und blickte sie nur an.

»Ich hab mir Gedanken gemacht über dich«, fuhr sie fort. »Diese Hacker-Bewegung, die dein Vater gegründet hat, könnte etwas sehr Großes sein. Sie haben außergewöhnliche Fähigkeiten. Aber haben Sie auch den Weitblick, diese Fähigkeiten richtig einzusetzen?« Sie sah ihn weiterhin an und versuchte abzuschätzen, wie er diesen Gedanken aufnahm.

Er blieb stumm, sein Gesicht regungslos, seine Augen lagen im Schatten, aber Brit konnte spüren, dass sein Blick sie förmlich durchbohrte.

»Ich kenne deinen Vater nicht, hab keine Ahnung, was für ein Mann er war. Aber dich kenne ich jetzt seit einigen Tagen. Ich glaub, du könntest es.«

Sie führte nicht weiter aus, was sie mit »es« meinte. Stattdessen ging sie in ihr Zimmer zurück. Und fand endlich Schlaf.

Das SEK-Team rückte um halb sechs morgens im Stadthafen ein. Es bestand aus zweiundzwanzig Leuten, die, einem einstudierten Einsatzplan folgend, leise vorrückten.

Lisa war mit einigen ihrer BKA-Kollegen in der zweiten Linie. Das GPS-Signal kam aus einem alten Backsteingebäude, in dem die Büros diverser Speditionsunternehmen untergebracht waren. Bis auf zwei waren alle Fenster dunkel. Die Zielperson wurde im ersten Stock vermutet.

Zeitgleich wurden Vorder- und Hintertür aufgesprengt, und die SEK-Beamten strömten in zwei Reihen, perfekt aufeinander abgestimmt, ins Innere.

Von ihrem Beobachtungsplatz hinter dem Anhänger eines Lkw konnte Lisa das Aufblitzen der Blendgranaten sehen, mit denen die SEKler ihren Angriff einleiteten. Dann hörte man die bellenden Kommandos der vorderen Beamten, die geschult waren, durch lauten Stimmeinsatz ihre Gegner in die Defensive zu drängen.

Kurz darauf ertönten die Schüsse.

Es waren viele.

Als Lisa wenige Minuten später ins Gebäude gelassen wurde, war bereits alles vorbei. Das Haus war gesichert, und sämtliche Einsatzkräfte waren unverletzt.

Doch zwei Zielpersonen lagen erschossen in einem Büroraum, in dem sie offenbar auf Pritschen geschlafen hatten. Der eine der beiden war der Mann mit der Basecap. Er war kräftig, wohl Mitte vierzig und hielt noch eine Pistole in der Hand. Kugeln hatten ihn im Brustkorb und im Hals getroffen. Den winzigen GPS-Sender fand man in der Seitentasche seiner Jacke.

Der andere Mann wirkte einige Jahre jünger, hatte einen Vollbart und schütteres Haar. Er war von den Kugeln förmlich durchsiebt worden. Seine Pistole lag einige Meter neben ihm.

Bei jedem der beiden fanden sich drei verschiedene Ausweise auf drei verschiedene Namen. Anhand einer internen Datei des BND, deren Einsicht Dr. Rother durch ein Amtshilfeersuchen geradezu erzwungen hatte, wurde der Mann mit der Basecap als Gunnar Rypdal identifiziert. Er war bis vor vier Jahren Agent des norwegischen Geheimdienstes PST gewesen. Der Mann mit dem Bart hieß Greg Tiller, und er hatte noch vor zwei Jahren auf der Gehaltsliste der CIA gestanden.

35

Brit und Khaled wurden am frühen Nachmittag von Esther abgeholt und in die Potsdamer Villa gebracht. Da sie außer durch Zeitungen, die sie des Nachts an einem Kiosk kauften, derzeit kaum eine Möglichkeit hatten, an Nachrichten zu gelangen, musste Esther ihnen auf dem Weg referieren, was geschehen war.

In der Nacht war der UN-Sicherheitsrat auf Bestreben Russlands zu einer Sondersitzung zusammengekommen. Um zwölf Uhr mittags deutscher Zeit gab es eine erste Pressemitteilung, dass Earth von der internationalen Gemeinschaft mit einstimmigem Abstimmungsergebnis auf eine Terrorliste gesetzt worden war. Jedes einzelne Mitglied der Bewegung war von nun an weltweit zur Fahndung ausgeschrieben. Darum war es umso wichtiger, dass sie ab jetzt alle nur über Tarnnamen und Sicherheitszertifikate miteinander in Verbindung traten.

Als Ben Jafaar dieses System vor sechs Jahren einführte, hatten sie alle heimlich darüber gescherzt und eine etwas übertriebene Paranoia dahinter vermutet. Jetzt aber war es existenziell.

»Das war Testpunkt Nummer eins«, sagte Brit. »Und die anderen?«

»Die Aktien der europäischen Banken sind heute früh direkt bei Börseneröffnung im Schnitt um vier Prozent eingebrochen. Und Malis Staatschef Ibrahim Keita ist vor zwei Stunden mit dem Flugzeug abgestürzt.« Esther sagte das nachdenklich, dann nahm sie die Auffahrt zur Avus, um schnellstmöglich nach Potsdam zu kommen.

Zodiac erwartete sie bereits. BangBang war ebenfalls anwesend und gerade dabei, die Informationskette im Darknet noch sicherer zu machen als bisher. LuCypher war noch unterwegs, wechselte seinen Unterschlupf und verwischte die Spuren.

»Es ist verwirrend«, eröffnete Zodiac das Gespräch. »Als sich vorhin mit der Nachricht vom Flugzeugabsturz in Mali der dritte Punkt bestätigt hat, waren wir sicher, dass der Test positiv ausgefallen und der blinde Fleck ein Fenster zur Zukunft ist. Ich hab daraufhin weiter nachgebohrt und in diesem historischen Archiv einen Hinweis darauf gefunden, dass es im Jahr 2042 bei Experimenten mit Supraleitern gelungen sein soll, Datenpakete einige Nanosekunden weit in die Vergangenheit zu senden. Daran wurde weitergeforscht. Die Datenstrecken in die Vergangenheit wurden länger, die zeitlichen Ziele präziser. Für all das finden sich Einträge im Archiv. Plötzlich ergab alles einen Sinn, der blinde Fleck im Netz, die Nachricht aus der Zukunft ... Doch dann kam vor zwanzig Minuten die Meldung, dass Malis Staatschef nicht beim Flugzeugabsturz umgekommen ist. Und damit ist plötzlich alles wieder infrage gestellt.«

»Der Mali-Mann ist nicht tot?«, hakte Brit verwirrt nach. Alle anderen Gesichter zeigten die gleiche Ratlosigkeit, die sie selbst empfand.

»Eine Falschmeldung heute früh?«, fragte Esther.

»Nicht ganz«, antwortete Zodiac. »Das Flugzeug ist tatsächlich abgestürzt. Aber Ibrahim Keita war nicht an Bord. Hat den Flug aufgrund einer Magenverstimmung überraschend abgesagt.«

Esther rief an einem der Rechner das Nachrichtenportal auf, um das Gesagte zu überprüfen.

Zodiac war in seine Gedanken abgetaucht. »Aus der Logik des Jahres 2045 betrachtet, hätten wir gestern nicht in dem historischen Archiv lesen dürfen, dass Keita beim Flugzeugabsturz umgekommen ist.«

»Vielleicht haben wir die falsche Perspektive.« Es war das Erste, was Khaled in der Potsdamer Villa sagte. »Aus der Sicht des gestrigen Tages war es eine logische Schlussfolgerung, dass der Sicherheitsrat der Forderung Russlands zustimmt und Earth auf die Terrorliste setzt. Nach einem Terroranschlag gibt es meist einen spontanen Schulterschluss aller Staaten als erste Reaktion, um das politische Ausbrechen eines Einzelnen zu verhindern. Hinter den Kulissen arbeiten die Diplomaten aber in solchen Fällen vom ersten Tag an daran, die Sache wieder zu relativieren und ...«

»Komm zum Punkt«, unterbrach ihn Zodiac.

»Ich will damit sagen, dass es nicht schwer war, aus der Perspektive von gestern diese Entwicklung vorauszusehen. Das ist noch nicht zwangsläufig etwas, das man nur in der Zukunft wissen konnte.« Khaled machte eine kurze Pause und fuhr dann fort: »Der nächste Punkt sind die Banken. Ein guter Börsenanalyst kann solche Bewegungen vorhersagen, wenn er weiß, welche relevanten Entscheidungen für den Finanzmarkt anstehen. Wissen wir vielleicht, ob dort etwas Entsprechendes geschehen ist?«

Noch während er sprach, hatte Esther begonnen, auf ihrer Tastatur zu tippen. Kurz darauf blickte sie auf und sagte: »Bitcoins. Die virtuelle Währung. Heute Nacht ist ein Gesetz gefallen, das den internationalen Handel mit Bitcoins erschwert hat.«

»Die Banken galten immer als Gegner dieser Internetwährung«, sagte Khaled. »Kein Wunder, dass ihre Kurse einbrechen. Sie haben sich nie am Bitcoin-Boom beteiligt.«

»Hier steht, dass Börsenspezialisten schon die ganze Woche davon ausgegangen sind, dass dieses Gesetz kippen wird.« Esther richtete ihren Blick auf Khaled. »Deiner Theorie folgend hieße das, dieser Punkt wäre gestern also ebenfalls vorhersehbar gewesen. Aber was ist mit dem Flugzeugabsturz? Den Absturz eines Flugzeugs kann niemand einen Tag vorher wissen.«

Khaled durchquerte den Raum, nahm sich einen Moment Zeit für seine Gedanken. Brit beobachtete ihn und konnte spüren, wie sehr er hier in der Villa zum Zentrum aller Energie geworden war. Und im nächsten Moment sah sie auch, dass er einen Gedanken formte.

»Geht noch mal in dieses Archiv«, sagte er.

»Warum?«, fragte Zodiac skeptisch.

»Weil wir uns den Eintrag mit dem Flugzeugabsturz noch einmal ansehen sollten. Aber geht in das Originalarchiv, nicht in das, was ihr heruntergeladen habt. Wir brauchen die Einträge, die dazu *jetzt* in diesem Archiv zu finden sind.«

»Wenn du meinst. BangBang?«

BangBang hatte das Gespräch aufmerksam verfolgt, auch wenn er zu sehr Daten-Nerd war, um dessen Verlauf komplett zu verstehen. Auf Zodiacs Aufforderung hin begann er zu tippen, jagte auf Terminalebene seine Befehle in den Rechner, stieg wieder durch das Schlupfloch ein, das ihnen der Sniffer am Tag zuvor geöffnet hatte, und fischte sich den Datensatz. Er wandelte ihn in HTML um, um ihn sichtbar zu machen, und mit einem weiteren Tastenkürzel erschien die Textdatei auf sämtlichen Monitoren.

Zodiac setzte sich davor und las. »Unglaublich«, sagte er schließlich. »Hier steht jetzt, dass das Flugzeug durch eine Explosion an Bord zum Absturz gebracht wurde. Der Anschlag galt Malis Staatschef Ibrahim Keita, der aber unerwartet dem Flug fernblieb. Der Eintrag ist definitiv anders als gestern.« Er las irritiert weiter. »Außerdem steht hier, dass Keita noch am selben Tag in seiner Limousine von Mitgliedern der islamistischen Rebellenopposition angegriffen und umgebracht wurde.«

»Jetzt versteh ich gar nichts mehr!«, rief BangBang entnervt und brachte damit den Gemütszustand aller Anwesenden zum Ausdruck.

Die offizielle Meldung vom Attentat auf Malis Staatschef kam eine Stunde später als Eilmeldung auf allen Nachrichtenkanälen. Sie lautete exakt so, wie sie es im Archiv des blinden Flecks bereits gelesen hatten. Ibrahim Keita war bei einem Rebellenangriff auf seine Limousine ums Leben gekommen, nachdem er durch eine Magenverstimmung dem Bombenanschlag auf ein Flugzeug am Vormittag entkommen war. Der Archiveintrag und die Realität stimmten damit wieder überein.

»Dieses historische Archiv interagiert mit unserer Jetzt-Zeit«, erklärte Khaled. »Es scheint sich den Ereignissen anzupassen und bessert anscheinend nach. Das sind kaum Indizien für ein Geschichtsarchiv der Zukunft.«

»Aber für was dann?«, fragte Esther.

»Ich weiß es noch nicht. Aber es macht eher den Eindruck einer parallel laufenden Berechnung.«

»Ich habe über ähnliche Prozesse in meinem Studium gehört«, brachte sich Brit ein und präzisierte: »In der Volkswirtschaft werden solche Berechnungen immer relevanter bei der Einschätzung von komplexen Systemen. Man füttert Computer mit so vielen aktuellen Daten, wie man kriegen kann, um kurzfristige Vorhersagen tätigen zu können. Zum Beispiel über den Ausbruch von Hungersnöten oder Epidemien.«

»Eine Simulation«, ergänzte Khaled.

»Beim Wetter wird das auch so gemacht«, warf BangBang ein und war zufrieden, dass er dem Verlauf des Gesprächs wieder folgen konnte.

»Dennoch«, hielt Zodiac dagegen, »den Überfall auf den Mali-Präsidenten gab es als Archiv-Eintrag früher, als ihn die Nachrichten gebracht haben. Ich sehe dafür nur zwei logische Erklärungen ...«

»Entweder kommt Tantalos schneller an die Nachrichten als wir«, führte Brit den Gedanken fort.

»... oder aber sie errechnen diese Ereignisse, indem sie ihre Computer mit entsprechenden Informationen füttern«, beendete ihn Khaled. »Die merkwürdige Korrektur hinsichtlich des Todes von Malis Staatschef würde darauf hindeuten.«

»Aber kein Rechner der Welt kann vorhersagen, ob und wann eine afrikanische Rebellengruppe einen Anschlag auf wen auch immer plant«, wandte Esther ein.

»Das stimmt«, bestätigte Khaled. »Mit einer Einschränkung.«

»Und die wäre?«

Brit gab die Antwort anstelle von Khaled: »Wenn die Pläne der Attentäter vorab bekannt gewesen wären und dem Rechner ebenfalls vorab zur Verfügung gestellt werden konnten.« Sie war selbst überrascht davon, wie ähnlich sie und Khaled doch dachten.

»Ihr wollt sagen, die Attentäter hatten einen Informationsaustausch mit Tantalos?« Zodiac schüttelte entschieden den Kopf. »Das ist die totale Verschwörungs-Paranoia!«

Esther stand auf und trat auf Khaled und Brit zu. »Sollte eure Theorie stimmen, müssten sich in dieser Mali-Sache entsprechende Spuren finden lassen. Gründe, Motive, Hinweise ... Irgendetwas, das man frühzeitig als Information nutzen konnte, um einen Rechner damit zu füttern.«

»Exakt«, antwortete Khaled knapp.

Dann machten sie sich auf die Suche.

Drei Stunden später wussten sie, dass sich Ibrahim Keita, Malis Präsident, in den letzten Wochen hartnäckig einem Vorschlag der G20 widersetzt hatte, den alle anderen afrikanischen Staaten bereits angenommen hatten. Der Club der zwanzig großen Industrienationen bot, weitgehend unter Ausschluss der Öffentlichkeit, die Aufstockung der finanziellen Hilfen für ganz Afrika an und verlangte dafür im Gegenzug den Bau moderner Gefängnisse und Internierungslager, kontrolliert von der internationalen Staatengemeinschaft mittels einer Kommission. Auf den ersten Blick sah es so aus, als sollte das der Humanisierung des Strafvollzugs in Afrika dienen, und Ibrahim Keita wirkte wie ein radikaler Querkopf, von denen sein Kontinent in den letzten Jahrzehnten nicht wenige erlebt hatte.

Doch Esther stieß auf den unscheinbaren Artikel einer Gruppe Netzjournalisten, die aus einer geleakten Quelle zitierten und als Ursprung für die Idee dieses G20-Angebots die Bilderberg-Konferenz nannten. Die Erwähnung von Bilderberg gab ihnen allen das Gefühl, dass sie auf einer interessanten Spur waren.

Khaled führte den Gedanken weiter zu der These, dass dieser Vorstoß zur Kontrolle der afrikanischen Haftsysteme ein erster Baustein zur prognostizierten Zukunft eines »Internierungslagers Afrika« sein konnte. Wollte man dieser These noch weiter folgen, hätten die Befürworter einer solchen Zukunft ein plausibles Interesse daran gehabt, den »Querkopf« Ibrahim Keita aus dem Weg zu räumen. Dann wäre der Anschlag auf ihn insofern vorhersehbar gewesen, als Keita den Zielen derjenigen im Weg stand, die das Tantalos-Projekt ins Leben gerufen hatten. Vielleicht war der Anschlag sogar von denselben Leuten geplant worden und hatte deshalb in das Geschichtsarchiv des blinden Flecks übernommen werden können, bevor er überhaupt ausgeführt worden war.

»Es ist verdammt paranoid, was du da erzählst!«, konterte Zodiac. »Eine Verschwörung der ganzen Welt ...«

»Nein«, unterbrach ihn Khaled, »es ist zurzeit nur eine These, dass all das, was wir bei Tantalos in diesem blinden Fleck gefunden haben, nicht die Zukunft des Jahres 2045 ist, sondern eine Art komplexer Planung der Dinge, die bis zum Jahr 2045 *passieren sollen.*«

»Aber falls das so ist«, hakte Brit nach, »warum gibt sich die Datei, mit der alles begann, als Nachricht aus dem Jahr 2045 aus?«

Ja, genau das war die Frage. Sie beschlossen, sich diese Nachricht noch einmal genau vorzunehmen.

36

Die Nacht verbrachten Khaled und Brit wieder in der Wohnung im Hinterhaus der Kopernikusstraße. Auf der Rückfahrt mit Esther dorthin hörten sie über den Sender eines Berliner Stadtradios die Meldung, dass Professor Keppler vom Dach der Humboldt-Universität gesprungen sei und die Polizei derzeit von einem Selbstmord ausging.

Bei Brit dauerte es einige Minuten, bis ihr die Bedeutung dieser Meldung bewusst wurde. Auf den Gesichtern von Khaled und Esther konnte sie die Veränderung erkennen, die typisch für das Phänomen war, das man Betroffenheit nannte. Brit hingegen brauchte einige Analogien von Schuld- und Verlustreaktionen, die sie einstudiert hatte, bis auch sie einen Tränenreiz verspürte. Die faktische Komponente war ihr hingegen sofort klar: Keppler war umgebracht worden, weil man herausgefunden hatte, dass über seinen Netzzugang der Angriff auf Tantalos geführt worden war. Das bedeutete, dass Brit letztendlich die Verantwortung für seinen Tod trug.

Sie besprach das wieder und wieder mit Khaled, sobald sie allein in der Wohnung waren. Die zyklische Beschäftigung mit einem emotionalen Thema half ihr meist, dessen Dimension zu begreifen. Khaled widersprach ihr und verweigerte sich dem Gedanken, dass Brit oder er schuld an Kepplers Tod seien. Sie hätten es mit einem Gegner zu tun, der so monströs war, dass Gedanken an Schuld dagegen verblassten und kontraproduktiv seien.

Außerdem diskutierten sie noch lange über die Logik der Zukunft und über die Frage, ob ein ausreichend großer Computer mittels einer maximal hohen Anzahl von Fakten eine Zukunft errechnen konnte. Brit fragte sich insgeheim, ob ihr solch ein Gedanke gefiel oder nicht. Sollte es nicht auch etwas in dieser Welt geben, das nicht berechenbar war? Oder anders gefragt: *Brauchte* sie den Gedanken, dass es auch Unberechenbares gab?

Als sie in den frühen Morgenstunden erwachte, lag sie noch immer auf Kahleds Matratze. Irgendwann musste sie ermüdet vom Diskutieren und Rotwein einfach darauf eingeschlafen sein. Khaled hatte sie anscheinend zugedeckt. Er selbst lag neben der Matratze, eingewickelt in eine Wolldecke.

Brit stand leise auf und schlich aus dem Raum. Sie legte sich in ihr eigenes Zimmer und weinte unter der Bettdecke um Professor Keppler viele Tränen, um die sie lange gerungen hatte.

*

Lisas Chef hatte unmittelbar nach der Stürmung des Bürohauses im Stadthafen dafür gesorgt, dass ihre Sonderabteilung vergrößert wurde. Lisa verfügte jetzt über zwölf Männer und Frauen, um herauszufinden, ob es eine Verbindung zwischen den Attentaten auf die Earth-Mitglieder und den Aktionen der Ex-Agenten Graf, Ripdal und Tiller gab und wie diese aussah.

Burkhard Graf war kurz nach seiner Freilassung abgetaucht, und es gab derzeit keinerlei rechtliche Handhabe, eine Fahndung nach ihm einzuleiten. Also konzentrierte sich Lisas Abteilung auf Ripdal und Tiller. Was sie derzeit wussten, war nicht viel. Ripdal war erstmals bei Brits Verfolgung in Erscheinung getreten. Allerdings war er keiner der beiden Männer, die in der Station Frankfurter Allee den Sicherheitsmann niedergeschossen hatten. Das waren definitiv zwei andere gewesen, doch man konnte sie bisher nicht identifizieren.

Aber in dem Büroraum, in dem Ripdal und Tiller erschossen worden waren, standen fünf Stühle um einen großen Schreibtisch und vermittelten den Eindruck, dass dort mehr als nur die beiden gearbeitet hatten. Auch die fünf Ethernet-Leitungen, die zum Tisch führten und an denen nur zwei Laptops hingen, deuteten darauf hin.

Die Analyse der beiden Rechner brachte nichts Erhellendes. Auf ihnen war nur Standardsoftware installiert, in der weder sichtbare Einträge oder verborgene digitale Spuren gefunden wurden. Lisas Kollegen gingen davon aus, dass die Rechner nur als Terminals genutzt worden waren, um auf ein anderes Rechnersystem zuzugreifen, das sich aber nicht lokalisieren ließ.

Es war zum Verrücktwerden, fand Lisa. Sie hatten die Kommandozentrale einer Gruppe von Ex-Agenten hochgenommen, aber es fand sich dort nicht mal der Ansatz einer brauchbaren Spur, obwohl Lisas Abteilung bereits den ganzen Tag und die halbe Nacht auf Hochtouren arbeitete.

Um vier Uhr in der Früh kam ausgerechnet Erdmann zu ihr. Der knorrige und meist unfreundliche Technikspezialist legte ihr einen Ausdruck von Zahlen auf den Tisch und murmelte dabei, dass er das für Jens Schütte getan hätte. Die Zahlen waren Ripdals und Tillers Sozialversicherungsnummern. Über das Europäische Sozialversicherungsabkommen hatte das Bundesministerium für Arbeit und Soziales einen offenen Austausch mit den Versicherungsdaten sämtlicher EU-Staaten, erklärte Erdmann, und das BKA wiederum konnte Zugriff nehmen auf diese Daten.

Ripdal und Tiller waren gemeldet als Angestellte einer »Technical Attention and Security Company«, kurz TASC, mit Sitz in Oslo. Erdmanns Recherchen nach war die Firma ein mittelständisches Unternehmen, das sich schwerpunktmäßig mit Datensicherheit beschäftigte und insgesamt sechsundzwanzig Angestellte hatte. Ordentlich, wie die Norweger nun mal waren, waren alle Mitarbeiter sozialversichert. Aber weil ihm die Sache mit Jens so quer im Magen lag, war Erdmann unermüdlich an der Sache drangeblieben, bis er noch etwas fand.

Große Geldströme flossen zwischen der Osloer Firma und einer Luxemburger Bank hin und her, weit höher, als es die Auftragslage eines Security-Unternehmens mit sechsundzwanzig Angestellten vermuten ließ. Woher allerdings diese millionenschweren Geldströme kamen, blieb auch für einen ausgefuchsten Datenexperten wie Erdmann im stillen Grab der Luxemburger Bankengeheimnisse verborgen.

Eines war Lisa am Ende dieser Nacht klar: Die Dienste, die TASC leistete, waren irgendwelchen Leuten etliche Millionen wert.

37

Die Nachricht lautete übersetzt:

»Die Welt des Jahres 2045 wird durch ein demokratisch gewähltes Parlament regiert. Die Ernährung aller zehn Milliarden Erdbewohner ist gewährleistet. Wirtschaftswachstum und freie Marktwirtschaft haben sich seit Anfang des Jahrtausends als Garanten für Wohlstand und Sicherheit erwiesen. Subversive und wirtschaftsgefährdende Kräfte wurden ausgesondert und in Afrika angesiedelt, dem unprofitabelsten Kontinent, dessen äußere Grenzen inzwischen als gesichert und undurchlässig gelten. Die letzte legale Oppositionspartei wurde vor zwei Jahren aufgelöst, und die meisten ihrer Mitglieder konnten resozialisiert werden. Nur der Parteivorsitzende Elias Jafaar ist seiner Sicherstellung entgangen und in den Untergrund geflohen. Sein Aufenthaltsort ist unbekannt, aber es ist anzunehmen, dass er der Rebellenorganisation Earth beigetreten ist, die für die Weltengemeinschaft die letzte große Gefahr darstellt. Die Existenz von Elias Jafaar sollte ebenso verhindert werden wie die terroristische Bedrohung durch Earth, wenn das effiziente Wachstum der Weltwirtschaft garantiert bleiben soll.«

So weit die Nachricht nach ihrer Umwandlung in lesbaren HTML-Code. Angehängt daran waren jenes Foto von Khaled, Brit und dem Baby sowie eine Auflistung der meisten Tarnnamen, unter denen die Earth-Mitglieder das Netz hackten.

»Geschrieben mit der Nüchternheit eines Börsenberichts«, kommentierte Khaled, »und nicht wie die Darstellung einer Bedrohung, die es rechtfertigen würde, uns und alle auf dieser Liste umzubringen.«

Khaled und Brit waren in der Potsdamer Villa wieder mit Zodiac, Esther, BangBang und LuCypher zusammengekommen. Letzterer hatte sein Dauerquartier inzwischen in einer stillgelegten Gartenlaube aufgeschlagen, deren Standort er selbst diesem inneren Zirkel von Mitstreitern nicht verraten wollte. Wie sich herausstellte, hatte er mit seinem Umzug genau richtig gehandelt. Seine Tante, bei der er in den letzten zwei Wochen untergeschlüpft war, hatte am frühen Morgen Besuch von zwei angeblichen Mitarbeitern des Einwohnermeldeamts erhalten, wie Mahmuts im Treppenhaus installierte Spycam zeigte.

»Wir konzentrieren jetzt alle Kräfte von Earth darauf herauszufinden, an wen genau diese Nachricht geschickt worden ist«, fuhr Khaled fort und stand dabei in der Mitte des Raums.

»Du meinst, du möchtest *vorschlagen*, dass wir das tun *sollten*«, entgegnete Zodiac, »wobei klar sein sollte, dass du nicht zu diesem ›wir‹ gehörst.«

»So siehst du das? Ich sehe mich eher mit euch zusammen in einem Boot.« Khaled schickte seinen Blick in die Runde.

»Dennoch hat Zodiac recht«, sagte Esther, »genau genommen bist du kein Mitglied von uns.«

»Nun gut«, mischte sich Brit ein. »Und was müssen wir tun, um Mitglieder zu werden?«

Es gab daraufhin in den kommenden vier Stunden eine spontane »Konferenz«. So wurde der digitale Raum genannt, den Zodiac im Darknet öffnete und zu dem nur zertifizierte Mitglieder Zutritt hatten. Es war das übliche Verfahren bei Neuaufnahmen. Der- oder diejenigen wurden mit Vita und Leumund vorgestellt, anschließend galt eine einfache Mehrheit als Bestätigung der Aufnahme. Bei Brit und Khaled waren es sogar über neunzig Prozent der im Netz anwesenden Mitglieder. Den Regeln von Earth folgend, erklärte sich Esther bereit, für die nächsten drei Jahre als Mentorin für beide zu bürgen.

BangBang und LuCypher begrüßten Brit und Khaled mit ungelenkem Pathos bei Earth. Zodiac hielt sich zurück. Auch behielt er für sich, ob er für oder gegen ihre Aufnahme gestimmt hatte.

»Dann können wir jetzt weitermachen«, sagte Khaled mit einiger Ungeduld. »Wir sollten uns einen effizienten Plan zur Gegenwehr überlegen.«

»Nein, sollten wir nicht«, hielt Zodiac erneut dagegen und wandte sich vor allem an Khaled. »Wir sollten uns vorerst zurückziehen. Bis wir sicher sein können, dass es keine weiteren Opfer geben wird, werden wir Earth stilllegen.«

Das schlug unter den Anwesenden ein wie eine Bombe. Jeder blickte Zodiac mit deutlichem Unverständnis an. Die Stilllegung von Earth ging weiter, als sie alle jemals für denkbar gehalten hatten.

Zodiac alias Alexander war als älteres von zwei Kindern der Familie Herzog im Frankfurter Norden aufgewachsen. Die meiste Zeit seiner ersten fünfzehn Lebensjahre hatte er mit Vater, Mutter und Bruder in den vierzig Quadratmetern einer Sozialwohnung im elften Stock eines Hochhauses verbracht. Als er klein war, hatten die Eltern noch von der schönen Zukunft gesprochen, die sie alle erwartete, sobald sie diesen Wohnturm verlassen würden, um in ein Eigenheim im Frankfurter Süden zu ziehen. Alexander erinnerte sich noch gut an die Kataloge von Fertighäusern, die in der kleinen

Küche herumlagen, in denen er und sein zwei Jahre jüngerer Bruder Felix malen durften.

In seiner Erinnerung war es eine wunderbare Zeit gewesen. Sein Vater ging die meiste Zeit regelmäßig zur Arbeit als Vertreter für alles Mögliche – von Elektrogeräten bis zu Fachzeitschriften. Er war mit einer braunen Ledertasche aus dem Haus gegangen und kehrte abends mit der braunen Ledertasche zurück.

Irgendwann blieb die Ledertasche daheim, doch der Vater verließ noch immer regelmäßig das Haus. Bald schon wurde er von der Mutter begleitet, und Alexander hatte die Aufgabe, seinen kleinen Bruder zum Kindergarten zu bringen und ihn von dort wieder abzuholen. Nach Felix' Einschulung bekamen sie häufig Besuch von einer streng blickenden Frau vom Jugendamt. Alexander verstand, dass er sich besser um seinen kleinen Bruder kümmern musste, um zu verhindern, dass sie beide irgendwann »abgeholt« wurden.

Alexander war zwölf, als er mit seiner Klasse zum Kölner Dom fuhr. Er traf sich mit seinen Mitschülern vor der Abfahrt am Bahnhof, wo sie herumalberten. Als er sich mit drei Freunden als Mutprobe zum abgelegenen dunklen Teil auf der Rückseite des Bahnhofs wagte, sah er seine Eltern dort starren Blicks in einer Ecke stehen, beide mit einer Spritze in der Armbeuge. Mehr als alles andere verspürte Alexander ein lähmendes Gefühl der Peinlichkeit. Er tat so, als kenne er die beiden nicht, und lotste seine Freunde rasch von diesem Ort weg.

Von nun an passte Alexander noch besser auf seinen kleinen Bruder auf, doch als er neunzehn war, sah er Felix erstmals ebenfalls im hinteren Teil des Bahnhofs stehen. Zweimal schleifte er ihn zu Einrichtungen für Drogenabhängige. Beim dritten Mal rammte ihm Felix ein Messer ins Bein, und da wusste Alexander, dass er diesen Kampf verloren hatte.

In der Woche darauf trampte er nach Berlin und suchte die Gesellschaft von Leuten, die mächtig genug waren, um Welten zu verändern und Menschen davor zu bewahren, auf der Rückseite von Bahnhöfen zu enden. Solch einen Menschen fand er in Ben Jafaar, der damals im Begriff stand, eine Gemeinschaft aufzubauen, die genau das tat, was Alexander ebenfalls am besten konnte: die reale Welt erträglich machen, indem man ihre Datenströme kontrollierte. Ab sofort nannte er sich Zodiac, was in etwa »Kreisbahn sämtlicher Schicksale unter Sonne und Mond« bedeutet.

»Nein«, sagte Khaled und widersetzte sich damit Zodiac. »Wir werden Earth nicht stilllegen. Wir werden das Gegenteil tun. Wir werden die Bewegung vergrößern.«

Esther blickte ihn skeptisch an, BangBang und LuCypher waren irritiert, und Brit spürte, wie ihr Herz schneller schlug. Die Energie von Khaled war auf sie übergesprungen, und sie konnte sich nicht dagegen wehren.

»Und unsere Leute noch weiter in Gefahr bringen?« Zodiacs Stimme wurde lauter und sein Tonfall schärfer.

»Im Gegenteil«, sagte Khaled, »wir werden das Fundament, auf dem Earth steht, so ausweiten, dass es Sicherheit bietet. Eine breite Basis von Unterstützern, sodass angeheuerte Killer und Polizei nicht mehr zwischen Mitgliedern, Sympathisanten und bloßen Fans unterscheiden können. Eine breite Basis, von der jeder Zweite zu Earth gehören könnte oder auch nicht. So breit, dass es keine Angriffsfläche mehr gibt.«

Als er zu Ende gesprochen hatte, wurde es für einige lange Sekunden still im Raum.

»Und wie willst du das anstellen?« Brit hatte die Frage gestellt, noch immer von Khaleds Energie ergriffen.

»Mit einem Social Network«, antwortete er.

38

Lisa hatte gerade mal zwei Stunden in ihrem Büro geschlafen, dann machte sie weiter. Wieder und wieder ging sie die Indizien durch, die ihnen vorlagen. Die Aufnahmen der Überwachungskameras vom Potsdamer Platz, die Fotos und Listen der Spurensicherung aus dem Hotelzimmer im Fürstenhof, die Bilder vom Büro im Stadthafen, in dem sich Ripdal und Tiller eingenistet hatten. Außerdem hatte sie ihre Leute auf TASC angesetzt und Amtshilfe von den norwegischen Kollegen erbeten. Ihre gesamte Abteilung arbeitete jetzt in zwei Schichten von je zwölf Stunden. Die BKA-Verwaltung in Wiesbaden würde kopfstehen, sobald dort die Stundenzettel eintrafen.

Um acht Uhr früh gab es einen ersten Lichtblick. Sarah Stein, eine talentierte junge Mitarbeiterin, brachte ihr die Ergebnisse ihrer bisherigen Arbeit. Sie hatte im Rahmen der TASC-Recherchen ihren Fokus auf Burkhard Graf gelegt. Ebenso wie Ripdal und Tiller war auch Graf über TASC sozialversichert. Sarah war dieser Spur weiter gefolgt und fand heraus, dass die Krankenversicherungen von allen dreien in Oslo registriert waren. Bei Ripdal und Tiller spielte das keine Rolle mehr, vielleicht aber bei Graf, und deshalb rief Sarah Stein an diesem Morgen um halb acht in der Direktion der Versicherungsgesellschaft an und bat um Auskunft in der Sache Burkhard Graf alias Bernd Böttcher im Zusammenhang mit einer internationalen Fahndung. Den Fahndungsaufruf schickte sie gleichzeitig per E-Mail. Sie verschwieg lediglich, dass die Ukraine die Fahndung inzwischen offiziell zurückgezogen hatte.

Vor zehn Minuten war der Rückruf gekommen und ebenso die Krankenakte von Bernd Böttcher. Graf alias Böttcher hatte im letzten Jahr einen schweren Bandscheibenvorfall im unteren Lendenwirbelbereich und nahm seither verschreibungspflichtige Medikamente, ein entzündungshemmendes Schmerzmittel mit dem Wirkstoff Diclofenac und ein Muskelrelaxans namens Mydocalm.

Bei den Begriffen schlug irgendetwas in Lisa an, aber es dauerte, bis sie sich daran erinnerte, wo sie diese Medikamentennamen zuletzt gelesen hatte. In Burkhard Grafs Haftbericht. Routinemäßig wurden bei Verhaftung und Einlieferung in das BKA sämtliche Gegenstände eines Tatverdächtigen registriert und in die Fallakte aufgenommen. Graf hatte bei der Verhaftung beide Medikamente bei sich gehabt, und sie waren ihm bei seiner Freilassung wieder ausgehändigt worden. Nun, beim zweiten Lesen der akribisch genauen Auflistung stieß Lisa darauf, dass die Packung mit hoch dosiertem Diclofenac bis auf eine einzige Tablette leer gewesen war.

»Beten Sie, dass wir Glück haben«, sagte sie zu Sarah Stein, »und dass Grafs Schmerzen groß genug sind.«

Lisas Abteilung hatte endlich einen Ansatz …

Über die EHIC, die Kooperation der europäischen Krankenversicherungen, kam am Nachmittag des Folgetages die Meldung, dass bei einer Charlottenburger Apotheke auf die Versicherungsnummer von Graf alias Bernd Böttcher die Medikamente Diclofenac und Mydocalm ausgegeben worden waren. Noch am gleichen Abend rückten Lisas Leute in der Praxis des Arztes ein, der den Medikamentenzettel abgezeichnet hatte. Es stellte sich heraus, dass Graf sich bereits am Vortag das Rezept hatte ausstellen lassen.

Der Arzt selbst war wenig hilfreich und reagierte mit hartnäckigem Trotz auf das Einrücken der Beamten in seine Praxis. Aber selbst wenn er gesprächsbereiter gewesen wäre, hätte er kaum mehr sagen können, als dass Graf einer von einem Dutzend Patienten war, die sich tagtäglich diese Medikamente verschreiben ließen.

Die IT-Leute aus dem Team nahmen das Rechnersystem der Praxis unter die Lupe – und Lisa hatte zum zweiten Mal Glück. Graf hatte die Terminanfrage telefonisch getätigt, und vom zeitlichen Eintrag des Termins ließ sich in der digitalen Telefonanlage eindeutig die Rufnummer des eingehenden Anrufs zuordnen. Damit kannten sie nun die Nummer von Grafs aktuellem Mobiltelefon.

Innerhalb der nächsten Stunde boxte ihr Chef Dr. Rother von der Staatsanwaltschaft eine Telefonüberwachung durch wegen des dringenden Verdachts, dass Burkhard Graf als Komplize am Mordanschlag auf den BKA-Mitarbeiter Jens Schütte beteiligt gewesen war.

Lisa und ihre Abteilung legten sich auf die Lauer ...

39

Khaled zog sich in ein Zimmer der Potsdamer Villa zurück und arbeitete an einem Rechner, den ihm Esther zur Verfügung gestellt hatte.

Dass sich jemand anderes als Esther oder Zodiac hier in der Villa einquartierte, brach mit allen Sicherheitsregeln, die sie sich auferlegt hatten. Das oberste Gebot von Earth war, dezentral zu bleiben, so hatte es ihnen Ben Jafaar in den Anfängen der Bewegung eingebläut. Zudem verband ein Netz von Alarmmeldern und Spycams all ihre Wohnungen und Verstecke miteinander. Dadurch sollte möglichst vielen Zeit zur Flucht verschafft werden, falls man eines ihrer Mitglieder hochnahm.

Aber Khaleds Idee eines Social Networks, das die Basis von Earth vergrößern sollte, war von allen akzeptiert worden, und nur hier in der Villa hatte er ausreichend Arbeitsmöglichkeiten und einen sicheren Netzzugang. Er arbeitete bis zur Erschöpfung und ging dabei zurück zu seinen Anfängen als Programmierer, zurück zu der Zeit, als er Gecko schrieb, jene lernfähige Such-Engine, die sich auf ihre User einstellte und adaptiv deren Verhalten dafür nutzte, das Spektrum der Suchergebnisse entsprechend zu erweitern. Also das genaue Gegenteil dessen, worauf Google abzielte. Es ging nicht um die Eingrenzung des Users auf seine Konsumbereitschaft, sondern darum, ihn mit dem Unerwarteten zu überraschen.

Gecko war für seine Community wie ein dialektischer Kommunikationspartner, der widerspenstige Antworten gab und an dem man wachsen konnte. Seine Anwendung machte Spaß, hatte aber auch einen hohen Suchtfaktor. Die Engine baute auf einem komplizierten Algorithmus auf, an dem Khaled wochenlang gearbeitet hatte. Die Ergebnisse, die so sprunghaft und überraschend ausgesehen hatten, waren allerdings weder beliebig noch zufällig gewesen. Gecko erfasste das Interessensfeld des Users mit jedem Eintrag genauer und wählte die Ergebnisse aus den Randzonen des User-eigenen Persönlichkeitsspektrums. Die Ergebnisse hatten die User überraschen, nicht befremden sollen. Der Nebeneffekt war, dass dadurch sämtliche Konsumangebote des Netzes ausgehebelt wurden. Ihre Macht war durch die Engine von Gecko wirkungslos geworden.

Die Community von Gecko war damals rasend schnell gewachsen, und wenn Khaled den Browser nicht verkauft hätte, wäre er vermutlich inzwischen ein einflussreiches Instrument des Internets gewesen.

Eines war Khaled aber durch seine Erfahrung mit Gecko klar geworden: Es gab einen großen Bedarf an Software, die sich den herrschenden Regeln der Welt entgegenstellte und dabei Spaß weckte. Und genau das war der Ansatz, den Khaled auch diesmal wählte. Ein neues Social Network sollte entstehen, und anders als Facebook wollte er eine Plattform für neue Gedankenströme schaffen. Er nannte sie »Rise«, ein großes und subversives Freundschaftsprojekt. Die Engine war ähnlich aufgebaut wie die Dating-Plattform Tinder, nur dass es nicht um Sex und Romantik ging, sondern um Denkweisen und Meinungen. Der Algorithmus wählte User aus allen Winkeln der Welt, deren Persönlichkeiten den eingegebenen Ideen eines Threads am nächsten kamen. Damit das Projekt nicht vor Ländergrenzen haltmachte, baute Khaled einen Open Source Translator ein, der mit hundertzweiunddreißig Sprachen vertraut war. Der User konnte dadurch in seiner Muttersprache mit jedem Menschen auf der ganzen Welt kommunizieren, der ihn wiederum in seiner Muttersprache simultan verstehen konnte. Rise sollte Menschen mit ähnlicher Denkweise zu Chats und Friendships verbinden, und all das unter dem großen ideologischen Dach von Earth.

Khaled war zufrieden mit seinem Ansatz. Er war überzeugt, dass es ihm gelingen würde, das gewaltige Protestpotenzial des Netzes zu kanalisieren und für Earth nutzbar zu machen.

Damit all das nicht aus dem Ruder lief, hatte er in Rise eine Zensur eingebaut, die mittels eines intelligenten Filters die Einträge überwachte. Was auf Rise gepostet wurde, musste drei Kriterien erfüllen: Erstens musste es ein Thema sein, das das Gemeinwohl der Menschheit betraf, zweitens anderen Meinungen mit Respekt begegnen und drittens keinerlei pornografische, sexistische, nationalistische oder religiöse Inhalte transportieren, weder verbal noch in Bildform. Beiträge, die dem nicht entsprachen, wurden im Moment ihrer Eingabe gelöscht.

Am Ende des zweiten Tages war die erste Version der Engine fertiggestellt, und Khaled verpackte sie in eine ansprechende Grafik. Neben dem großen Schriftzug »Rise« verwendete er ein Symbol für Earth, die Erde, aus der Mythologie der Hopi-Indianer:

Das Labyrinth symbolisierte den ewigen Irrgang allen Seins, was im Glauben der Hopi in seiner Gesamtheit das Wesen der Welt ausmachte. Den Namen der Bewegung Earth platzierte Khaled nur klein und transparent in eine Ecke der Seite. Das Hauptgewicht des gesamten Designs lag auf Postings, Rebellion und Spaß.

Esther war immer mal wieder zu Khaled in den ersten Stock gekommen, um ihm etwas Pasta oder ein paar Erdnüsse zu bringen. Sie hatte schnell verstanden, dass er nur zu Nahrungsaufnahme bereit war, wenn ihn das nicht von der Tastatur fernhielt. Als sie nun mit einem Glas Wein und etwas Käse zu ihm kam, saß er zurückgelehnt im zerschlissenen Bürosessel und blickte bedächtig und beinahe meditativ auf das fertiggestellte Layout von Rise.

Sie trat hinter ihn und blickte ebenfalls auf den Monitor. »Glaubst du, dass es angenommen wird?«

»Seit Jahrtausenden haben wir Religionen erfunden, damit wir Orientierung haben«, antwortete Khaled, »und nun haben wir unsere Welt durch zwei Jahrzehnte Internet wieder ins Chaos gestürzt. Dieses Network wird Gleichgesinnte verbinden, wird ihnen die Orientierung geben, die sie zueinanderfinden lässt. Im großen Gedankenraum von Earth wird dies hier ihren Protest in Spaß verwandeln, ihre Wut in Sinn und ihre Einsamkeit in der Friendship einer riesigen Community auflösen. Ja, sie werden es annehmen.«

Khaled hatte das mit solcher Überzeugung gesagt, dass Esther einen leichten Schauer auf ihrer Haut verspürte. Einem Impuls folgend, legte sie ihm die Hand auf die Schulter, und sie erschrak etwas, als Khaled daraufhin seine Hand auf die ihre legte.

Esther spürte seine Erschöpfung von den langen Stunden der Arbeit an der Tastatur. Seine Berührung war sanft, vorsichtig, und er ließ seine Finger langsam über den Rücken ihrer Hand streichen. Als er die Finger etwas krümmte und nur noch die Kuppen ihren Handrücken berührten, verspürte Esther ein kleines, inneres Zittern. Sie trat näher an ihn heran und schob ihre Hand von seiner Schulter auf seine Brust, bis sie dort den kräftigen Schlag seines Herzens fühlen konnte.

Seine Finger hatten die Reise auf ihren Handrücken mitgemacht, und jetzt schoben sie sich in die Zwischenräume ihrer Finger.

Esther drückte ihren Körper gegen seine Schultern.

»Was warst du für meinen Vater?« Khaleds Stimme war sanft und leise.

Esther brauchte einen Moment, bis sie antworten konnte. »Er sagte immer, ich sei der Hafen für das Boot in seinem Inneren, das noch jung ist und viele Stürme erleben will.«

Der Griff von Khaleds Hand wurde intensiver. Es schmerzte sogar ein wenig, doch es war ein angenehmer Schmerz. »Hat er dir jemals gesagt, dass er dich liebt?«

»Nie.«

»Hast du je darauf gehofft?«

»Ich war zufrieden mit dem, was er mir gab. Es war mehr als alles, was ich zuvor bekommen hatte.«

Khaled löste den Griff seiner Hand, stand auf, packte sanft ihre Schultern und zog sie an sich. Dann küsste er sie.

Sie erwiderte den Kuss, gierig, als wolle sie durch diesen einen Kuss ein Stück seiner Seele in sich aufnehmen, und als ihr das nicht gelang, zerrte sie an seinem Körper, presste sich dagegen, bis sie völlig die Kontrolle über sich selbst verlor und sich nur noch treiben ließ, jede Sekunde auskostend, Schmerz, Leidenschaft und Verlangen.

Beide glitten sie zu Boden, ohne sich voneinander zu lösen, und jede Bewegung verwandelte sich in Lust, während die störende Kleidung mehr und mehr verschwand. Endlich drang er in sie ein, begann sie zu jagen, atemlos, seine Lippen dicht an ihrem Ohr, ihr Abertausende Geheimnisse mit jedem Keuchen zuflüsternd, bis schließlich ihrer beider Bewusstsein miteinander verschmolz und ihre Körper endlich Ruhe gaben.

Sie lagen lange reglos am Boden, ihr Kopf auf seinem Arm, ihre Hand auf seinem Bauch, aber ihre Blicke begegneten sich nicht. Esther wusste, dass es nicht um sie gegangen war. Khaled hatte nicht mit ihr geschlafen. Er hatte Sex mit der Frau gehabt, die mit seinem Vater geschlafen hatte.

40

Brit verbrachte einen Tag und eine Nacht allein in ihrer Wohnung in der Kopernikusstraße. Sie nutzte die Zeit zum Nachdenken über all das, was in den letzten Tagen geschehen war.

Khaled war ihr fremd in vielem, was er dachte, und dennoch konnte sie seiner Art zu argumentieren meist schneller folgen als bei anderen Menschen. Die Geschwindigkeit, mit der sein Verstand arbeitete, forderte Brit heraus. In seiner Nähe wurde ihre eigene Energie auf ein anderes Level gehoben. Sie wusste aber nicht, ob sie das wirklich wollte.

Doch es gab auch eine Mauer, die er um sich errichtet hatte. Ein Schutzwall um einen Bereich, den keiner betreten durfte. Sicher, nach dem, was passiert war, hatte er allen Grund dazu. Er trug Milenas Tod in jeder Minute eines jeden Tages mit sich herum. Brit sah es in seinen Augen, wenn sein Blick mitunter unvermittelt abschweifte, oder an seinen Bewegungen, die manchmal urplötzlich erstarrten. Immer waren es nur winzige Momente, doch Brit nahm jeden einzelnen davon wahr und archivierte ihn in der kleinen Bibliothek, die sie in ihrem Inneren angelegt hatte, um Khaled besser begreifen zu können.

Am zweiten Tag ließ sie sich von Esther abholen und zur Potsdamer Villa fahren. Sie verbrachte die Zeit mit Zodiac, BangBang und LuCypher. Besonders mit Zodiac. Sie genoss das Gefühl, von ihm auf eine bestimmte Art akzeptiert zu werden und im Kreis dieser brillanten Hacker ihren eigenen Platz zu haben. Die kleinen Fragen und Bemerkungen, die Zodiac an sie richtete, ließen sie spüren, dass er sich Mühe gab, sie tiefer in die Welt von Earth einzubeziehen.

Die letzten beiden Tage waren die Hacker damit beschäftigt, ihren Gegner genauer zu lokalisieren. Sie befassten sich mit der Bilderberg-Konferenz von 2014 in Kopenhagen und machten unter Hunderten von wirren Verschwörungstheorien schließlich einige interessante Quellen ausfindig, zumeist Netzjournalisten auf der Jagd nach dem Bilderberg-Geheimnis. Keine dieser Quellen erbrachte aussagekräftige Ergebnisse, aber einige davon stimmten dahingehend überein, dass es eine separate Gruppe von vierundzwanzig Konferenzteilnehmern gab, die sich längere Zeit von der Versammlung abgesondert hatte. Die Quellen, aus denen die Netzjournalisten schöpften, waren die Aussagen von Kellnern, Fahrern, Security-Leuten, und in einer Quelle, die auf eine Dolmetscherin verwies, wurden einige der vierundzwanzig Personen, die dieser besonderen Gruppe angehörten, namentlich genannt.

»Eine Verschwörung innerhalb der Verschwörung?«, fragte Brit.

»Wissen wir noch nicht«, antwortete ihr Zodiac, »aber die Zusammensetzung der Gruppe ist auffällig. Allesamt große Konzernchefs, verschiedene Länder, verschiedene Branchen. Kein Politiker, obwohl bei Bilderberg immer etliche Minister und Staatssekretäre anwesend sind.«

»Können wir etwas über die vierundzwanzig herausfinden?«

»Hängen schon viele unserer Leute dran«, erklärte Zodiac. »Jeder, der Macht, Geld und Einfluss hat, hinterlässt Spuren.«

»Und dann? Was macht ihr dann?«

»Wir leaken die Infos.«

»Mehr nicht?«

»Leaking ist die stärkste Waffe, die das Netz hat.« Zodiac wandte sich ihr zu und sah sie direkt an. »Die Macht hat heute der, der die Kontrolle über die Daten hat. Glaub mir, die haben vor nichts mehr Angst als vor der Veröffentlichung ihrer Datenströme.«

»Freier Zugang zu allen Daten, und dann gibt es keinen Machtmissbrauch mehr? Etwas einfach gedacht.«

»Unterdrückung wird mit Geheimnissen erkauft«, entgegnete er, »und dagegen kann Earth kämpfen. Freiheit ist in Zukunft die Öffentlichkeit aller Daten.«

Sie genoss dieses Gespräch und spürte, wie ihre Gedanken allmählich in das System Earth eintauchten und sich dort wohlzufühlen begannen.

Esther hielt sich immer mal wieder bei ihnen auf. Ab und zu beteiligte sie sich auch am Hacken. Aber es war unübersehbar, dass ihre Gedanken in jenem Zimmer im ersten Stock waren, wo Khaled momentan seiner Arbeit nachging und nicht gestört werden wollte. Mehrfach ging sie hoch, um ihm Essen zu bringen. Anschließend brachte sie das leere Geschirr wieder nach unten.

An diesem Abend blieb sie jedoch ungewöhnlich lange oben, und als sie wieder herunterkam, konnte ihr Brit ansehen, dass sie mit Khaled Sex gehabt hatte. Brit lauschte kurz in sich hinein, ob diese Erkenntnis irgendeine spürbare biochemische Reaktion bei ihr auslöste. Doch es schien ihr weitgehend egal zu sein.

Anders bei Zodiac. Er schien regelrecht zu wittern, was dort oben vorgefallen war.

»Ist er fertig?«, fragte er in spitzem Tonfall.

»So gut wie. Er macht gerade einen Testlauf mit einer Betaversion. Ihr solltet sie euch anschauen.«

»Später.« Zodiac wandte sich ab, um den Sex, den sie mit Khalid gehabt hatte, nicht länger riechen zu müssen.

Natürlich sahen sich Brit, BangBang und LuCypher unverzüglich das erste Ergebnis von Khaleds Arbeit an. Die Reaktionen der ersten Beta-Tester aus dem Netz waren euphorisch. Alle in der Potsdamer Villa spürten, dass hier etwas Großes entstand.

Selbst Zodiac setzte sich nach einer Weile vor seinen Rechner, um Rise zu testen, und ein blasses Lächeln stand danach auf seinem Gesicht. In ihm tobte der Kampf zwischen der Rivalität zu Khaled und dem Triumph, den es für Earth bedeutete, wenn eintrat, was Khaled vorhergesagt hatte. Der Respekt vor Khaleds Arbeit gewann schließlich die Oberhand.

Khaled blieb die ganze Nacht im ersten Stock. Er wollte weder etwas essen noch die Gesellschaft von irgendwem. Um halb sechs in der Früh kam er dann aus dem Zimmer und erschien am oberen Treppenabsatz.

Zodiac und Brit hatten sich mit Cola und Nüssen wachgehalten. Die anderen schliefen in Sesseln oder auf dem Teppich.

»Online«, sagte Khaled nur knapp.

Und damit erlebte das Netz die Geburt eines neuen Social Networks. Es gab in dieser Welt vieles, was die Menschheit nicht brauchte. Auf manches aber hatte sie gewartet.

41

Die kleine Marisa schrie mal wieder. Joana nahm sie auf ihren Schoß und wippte sanft mit den Beinen auf und ab, während ihre Finger über die Tastatur flogen. Sofort beruhigte sich die Kleine. Das Geräusch der Tastatur machte sie zufriedener als die Milch aus Joanas Brust.

Es war gut so, fand die zweiundzwanzigjährige Mutter und stimmte darin mit dem gleichaltrigen Miguel überein, mit dem sie diese kleine Wohnung im Norden Lissabons bezogen hatte, als Marisas Geburt näher rückte. Die jungen Eltern waren der festen Überzeugung, dass ihre Tochter gar nicht früh genug ins Netz eintauchen konnte, wenn sie irgendwann mal am wahren Kampf um die Macht in dieser Welt teilhaben sollte.

Marisa war gerade einmal elf Monate alt, doch ihr Blick verfolgte die eingetippten Datenkolonnen bereits aufmerksam. Sobald Marisa sprechen konnte, wollte Joana ihr die ersten einfachen Programmierbefehle beibringen. Zeit genug dazu würde sie haben. Joana musste nicht arbeiten, jedenfalls nicht, um Geld zu verdienen. Ihren Eltern gehörte eine größere Kleiderfabrik in Lissabon, und sie waren ihr noch immer wohlgesonnen, obwohl Joana vor zwei Jahren ihr Informatikstudium nach dem ersten Semester abgebrochen hatte.

Die Mutter reagierte damals noch mit Unverständnis, der Vater jedoch mit Liebe. Juan Barosso kannte seine Tochter gut und wusste, dass sie im Grunde zu klug war, um ihre Zeit im Hörsaal mit zweitklassigen Informatikstudenten zu verschwenden. Das, was dort gelehrt wurde, hatte ihm Joana bereits mit dreizehn auf ihrem ersten Computer vorgeführt. Juan Barosso hatte zwar keine Vorstellung davon, was seine Tochter mit ihrem Leben anfangen wollte, aber seiner Meinung nach musste Joana ihre Bestimmung selbst finden. Also beließ er es dabei, ihr monatlich Geld zu überweisen und ihr ansonsten in kleinen Botschaften per SMS seine Liebe zu versichern.

Dass Joana ausgerechnet den Bäcker Miguel zum Mann an ihrer Seite wählte, bekümmerte ihn, aber auch das schluckte Juan Barosso.

Miguel und Joana hatten sich vor vier Jahren kennengelernt, auf dem Konvent einer Software-Firma, die ihre neue Firewall von Hackern testen ließ. Die jungen rebellischen Computer-Nerds hatten diese Herausforderung nur allzu gern angenommen. Zum einen, weil es Spaß machte, zum anderen, weil es in der Regel eine exzellente Gratisverpflegung bei solchen Veranstaltungen gab.

Joana und Miguel waren schnell ins Gespräch gekommen. Anders als die meisten dort, für die das Hacken eine technische Spielerei war, diskutierten die beiden stundenlang über den Zustand der Welt und über die Macht derer, die das Netz kontrollierten. Am nächsten Tag trafen sie sich wieder, diesmal im Keller des Hauses von Miguels Eltern, wo er seine Rechner aufgebaut hatte. Miguel erzählte ihr von einer neuen globalen Bewegung, die sich Earth nannte und in der es viele gab, die ähnlich dachten wie sie beide. Joana hatte viele Fragen gestellt und Miguel nicht auf alle eine Antwort gehabt, aber sie redeten die ganze Nacht, und es fühlte sich für Joana besser an als Sex. Sie spürte, dass in dieser Nacht eine Tür zu einem Bereich geöffnet worden war, der schon lange auf sie wartete.

Sex hatte Joana mit Miguel am Beginn des dritten Tages, und auch der war großartig. Sie war soeben achtzehn geworden und spürte, dass sie den Mann ihres Lebens gefunden hatte.

Miguel machte damals seine Ausbildung zum Bäcker. Seine Familie hatte nicht viel Geld, und er wollte sich sein eigenes Leben aufbauen. Ein Leben, in das er Joana mit einbezog. Es war ihm wichtig, nicht auf das Geld von Joanas Eltern angewiesen zu sein, auch wenn Joana es jeden Monat gerne annahm. Miguel verstand, dass Geld nicht viel Bedeutung hatte für all die, die genug davon besaßen. Er nahm es ihr nicht übel.

Als dann Marisa geboren wurde, war das Glück auch für Miguel komplett.

Sie saßen meist zu dritt vor den Computern und hackten sich in die Systeme der Großrechner, um der Welt ein kleines Stückchen mehr Gerechtigkeit zu verschaffen. Um drei Uhr in der Früh machte sich Miguel dann immer auf den Weg zu seiner Arbeit in der Bäckerei, und Joana legte sich mit Marisa schlafen.

Es war bewundernswert, dass ihre kleine Tochter diesen Rhythmus bereits mitmachte. Vermutlich ahnte sie die Bedeutung und die Wichtigkeit des Tuns ihrer beiden jungen Eltern.

Als Miguel an diesem Tag um zwei Uhr nachmittags von Joana geweckt wurde, hatte er nach seiner Rückkehr von der Arbeit erst eine Stunde geschlafen. Er brauchte etwas Zeit, um zu verstehen, dass ihm Joana etwas Wichtiges am Rechner zeigen wollte, und trottete benommen hinter ihr her. Sie hatten vier Monitore mit drei schnellen Rechnern verbunden, um ausreichend Kapazität für größere Attacken zu haben. Auf drei Monitoren standen in vielen Zeilen voller

Programmierbefehle und Datenkolonnen die Ergebnisse von Joanas letzten Arbeitsstunden. Auf dem vierten Monitor war das stehende Bild einer Überwachungskamera zu sehen.

Joana und Miguel waren unter ihren Tarnnamen »Chilly« und »Magellan« ein Teil von Earth geworden und hatten sich in den letzten zwei Jahren auf den Umgang mit Sleepern und das Ripping von Firewalls von innen heraus spezialisiert. Sie erhielten von Zodiac die Daten des von ihm eingeschleusten Sniffers. Darüber drang Joana in ein internes Datencluster der Verwaltung von Tantalos ein und hatte dort den Zugang zur Steuerung der Überwachungskameras gefunden. Innerhalb von Millisekunden war sie auf Abwehr gestoßen, und das Sicherheitsleck im System wurde wieder geschlossen. Joana gelang es aber, einen Frame aus der laufenden Bildfolge einer Überwachungskamera zu fischen und auf ihren Rechner zu retten.

Das Bild auf dem vierten Monitor zeigte einen Konferenzraum innerhalb von Tantalos. Im Zentrum stand, umgeben von einigen Mitarbeitern und eindeutig erkennbar, der Mann, der Joana und Miguel veranlasst hatte, der Bewegung Earth beizutreten ...

Ben Jafaar!

42

Lisa knallte die Tür vom Büro ihres Chefs Dr. Rother zu. Im nächsten Moment tat es ihr leid. Rother konnte nichts dafür. Er hatte sein Bestes gegeben. Aber all ihre Bemühungen, über Europol an genauere Auskünfte über Tantalos zu gelangen, waren blockiert worden. Selbst der Weg über das Außenministerium erwies sich als Sackgasse. Die Osloer Firma garantierte angeblich die Datensicherheit vieler wichtiger Wirtschaftsunternehmen, und deshalb war der Schutz dieser Firma von »übergeordnetem Interesse«, wie es hieß.

Rother hatte danach einen alten Freund beim BND kontaktiert, aber nach dessen erstem optimistischen Versprechen, ihm Informationen zu beschaffen, war der Mann tags darauf wie ausgewechselt gewesen und behauptete, es gäbe nichts von Bedeutung über die Firma.

Lisa bekam daraufhin einen spontanen Tobsuchtsanfall, und als Rother versuchte, sie zu beruhigen, war sie aus dessen Büro gestürmt. Es waren einfach zu viele Rückschläge an diesem Tag. Ihre IT-Schnüffler hatten immer nur dieselbe Antwort für sie: Das Mobiltelefon von Burkhard Graf konnte nicht geortet werden. Entweder war es ausgeschaltet oder abgeschirmt.

Als sie aber in ihr Büro kam, gab es endlich einen Lichtblick. Brit hatte sich in einer kurzen Mail gemeldet und schrieb, dass sie Lisa in einem Eiscafé am Hackeschen Markt treffen wolle.

*

»Du solltest aufwachen und dir das anschauen«, sagte Esther. Sie brachte Khaled einen Kaffee und setzte sich neben ihn auf den Rand des Sofas, wo er sich ein paar Stunden Schlaf gegönnt hatte. Jetzt sah sie ihm zu, wie er seinen Kaffee schlürfte. »Es ist ziemlich beeindruckend. Dein Social Network verbreitet sich im Netz wie ein Steppenbrand.«

»Welchen Eindruck machen die User?«, fragte Khaled.

»Zuerst waren es viele Kids auf der Suche nach einem neuen Kick«, antwortete Esther, »jetzt aber sind es eine ganze Menge Leute, die diskutieren und Threads einstellen, in denen sie ihre Wut über irgendeine Ungerechtigkeit kundtun oder einfach ein paar ziemlich gute Fragen stellen. Und es bilden sich ganze Ketten von neuen Friendships, aus allen Winkeln dieser Welt.«

»Und Probleme?«, fragte Khaled. »Irgendwelche Störungen? Hass-Postings, Fake News, anderer Dreck?«

»Wird größtenteils von deinem Filter eliminiert. Und falls es doch mal ein Idiot mit seinem Mist auf Rise schafft, wird er von den anderen Usern direkt isoliert und aus dem jeweiligen Thread gekickt. Es scheint so, als hätten die User Spaß daran, die Kontrolle in die eigenen Hände zu nehmen und die Regeln von Rise zu verteidigen.«

»Das ist gut«, sagte Khaled bedächtig. »Dennoch sollten wir aufpassen. Die Französische Revolution hat mit der gleichen Euphorie angefangen.«

Esther sah ihn an und überlegte kurz, ob er das ironisch meinte, aber nichts in Khaleds Gesicht deutete darauf hin. »Es sind mehrere zehntausend Zugriffe pro Stunde«, fuhr sie fort, »Tendenz steigend. Das, was du beabsichtigt hast, ist eingetreten. Mit dieser Plattform stellt sich eine riesige Anzahl von Menschen hinter die Ziele von Earth. Fans, Sympathisanten, Mitstreiter ... keiner kann das noch unterscheiden. Es sieht aus, als wären wir dadurch vorerst unter einer großen Glocke unsichtbar geworden.«

»Für alle, die mit normalen Ermittlungsmethoden vorgehen, ja. Aber diejenigen, die uns im Netz jagen, jagen uns weiterhin.«

In dem Moment flog die Tür auf, und Mahmut stürzte herein.

»Kommt mal nach unten!«

Kaum eine Minute später starrte Khaled auf das Bild, das ihnen Joana und Miguel geschickt hatten. Alle waren anwesend: Esther, Zodiac, LuCypher und BangBang. Nur Brit nicht, sie war unterwegs zu einem Treffen am Hackeschen Markt.

»Das kann nicht sein«, sagte Zodiac. »Er ist tot. In der Scheiß-Wüste Libyens mit seinem Scheiß-Ballon abgestürzt.«

»Anscheinend nicht, Mann!«, fuhr ihn Mahmut an. »Du siehst das Bild, oder? Das ist er, oder willst du sagen, dass er das nicht ist? He, Khaled, das ist er doch, oder?«

Khaled schwieg.

»Was wissen wir, wie und wo das gefischt worden ist?«, fragte Esther.

»Zwei unserer Leute aus Lissabon.« BangBang hatte die Nachricht über eine sichere Leitung im Darknet eingefangen. »Netznamen sind Chilly und Magellan. Sie haben sich an Zodiacs Sniffer gehängt und von dort aus durch das System gefressen, vom blinden Fleck in die Verwaltung des Ladens. Dort konnten sie das Bild einfangen.«

»Und?«, fragte Esther weiter. »Sind sie noch drin?«

Zodiac mied nach wie vor ihren Blick und sprach in die

Runde, als er antwortete. »Nein, das Bild ist das Einzige, was sie da rausschaffen konnten.«

Khaled schwieg immer noch. Sein Blick war unverändert auf den Monitor gerichtet, auf dem sein Vater zu sehen war.

43

Lisa traf pünktlich zur verabredeten Zeit im Eiscafé ein. Sie setzte sich an einen Tisch direkt am Eingang, sodass sie durch das Fenster den Hackeschen Markt im Auge behalten konnte. Nach einem kurzen Moment trat der Kellner an ihren Tisch.

»Frau Kuttner?«, fragte er Lisa.

»Ja?« Lisa blickte auf.

»Eine junge Dame war hier und lässt Ihnen ausrichten, Sie sollen bitte die S-Bahn zum Hauptbahnhof nehmen.«

Lisa bedankte sich und ging augenblicklich los. Der S-Bahnhof lag der Eisdiele direkt gegenüber und war ein schönes altes Backsteingebäude mit zwei Aufgängen zum hochliegenden Bahnsteig. Lisa nahm den rechten Aufgang und betrat den Mittelsteig, von dem man Zugang zu beiden Bahnsteigen hatte. Nach einer knappen Minute fuhr quietschend die Bahn Richtung Westen ein. Im gleichen Moment spürte Lisa, wie jemand dicht hinter sie trat.

»Dreh dich nicht um, ich bin's«, sagte Brit. »Wir steigen in die Bahn, ich suche mir zuerst einen freien Platz, du bleibst einen Moment im Gang stehen und setzt dich dann neben mich. Wir haben Zeit bis zum Bahnhof Zoo. Da steig ich aus, du fährst weiter.«

Brit ging an ihr vorbei und stieg in die Bahn. Die Kapuze ihres blauen Hoodies hatte sie über den Kopf gezogen. Ansonsten trug sie Jeans und Sneakers, und sie war damit maximal unauffällig unter etlichen anderen Berlinern, die genauso herumliefen.

Lisa stieg kurz nach Brit ein, benutzte aber eine andere Tür, blieb im Mittelgang stehen und blickte auf die über der Tür hängende Karte der S-Bahnlinien. Als die Bahn losfuhr, ging Lisa zum Ende des Wagens, wo Brit einen Platz gefunden hatte, und setzte sich neben sie.

»Wie geht's dir?« Es war grundsätzlich Lisas erste Frage.

»Gut. Ich bin bei einigen Leuten von Earth untergetaucht. Es scheint dort sicher zu sein. Die haben viele Vorkehrungen getroffen, um nicht gefunden zu werden.«

»Brit, die Leute, die euch auf der Spur sind, sind verdammt gefährlich«, sagte Lisa eindringlich. »Ich kann dir rund um die Uhr Polizeischutz verschaffen. Deine Freunde könnten wir ins Zeugenschutzprogramm bringen.«

»Keine Option«, sagte Brit, während die Bahn an der Station Friedrichstraße einfuhr. »Lass uns die Zeit nutzen, und hör zu, was ich zu sagen hab.«

»Brit ...«, begann Lisa erneut, doch ihre Ziehtochter nahm ihre Hand und drückte sie fest.

»Hör jetzt zu, bitte.« Brit rutschte näher an sie heran. »Es geht um eine Firma in Oslo, Tantalos. Die hat zu tun mit einem sehr auffälligen Bereich im Netz, den Earth noch nicht genau definieren konnte. Was wir aber wissen, ist, dass dieses Foto, das mich mit Khaled Jafaar zeigt, sowie die Mordbefehle für die Earth-Mitglieder von dort kommen.«

»Ich lass das prüfen«, versprach Lisa, »aber bitte sei vernünftig, und lass uns über eure Sicherheit reden ...«

»Du kannst das nicht prüfen lassen, Lisa. Das ist ein Hochsicherheitsbereich innerhalb des Netzes. Da werdet ihr niemals Einblick kriegen.«

»Aber ihr schon?«

»Ja«, sagte Brit, »und wir haben noch mehr herausgefunden. Dieses Tantalos-Projekt wurde 2014 auf der Bilderberg-Konferenz in Kopenhagen beschlossen. Nicht von der ganzen Konferenz, sondern nur von einer Gruppe von vierundzwanzig Teilnehmern.«

»Kleines, um Bilderberg ranken sich Verschwörungstheorien, solange ich bei der Polizei bin.« Lisa ärgerte sich im gleichen Moment, Brit wieder »Kleines« genannt zu haben.

»Vierundzwanzig Teilnehmer.« Brit drückte ihrer Mutter drei mehrfach gefaltete Papierbögen in die Hand. »Ein paar von denen stehen da drauf. Ebenso wie eine Auflistung ihrer Geldströme, die über ein Konto der Tantalos Corporation bei einer Luxemburger Bank laufen. Die Nutzung des Kontos durch Tantalos ist ebenfalls dokumentiert. All das geht über vier Jahre, und es wurden insgesamt über vier Milliarden Euro verschoben.«

»Wie habt ihr das herausgefunden?« Lisa war ehrlich beeindruckt.

Die Antwort auf ihre Frage war zu komplex für den Rest der kurzen Fahrt. Brit versuchte erst gar nicht, es ihrer Mutter zu erklären. Am gestrigen Abend hatte sie sich zusammen mit Zodiac und BangBang das einzige deutsche Mitglied jener vierundzwanzig Personen vorgenommen. Der Mann hieß Immanuel Grundt und war milliardenschwerer Erbe einer Pharmafirma aus dem Schwäbischen. Brits These war, dass ein alter erfahrener Unternehmer nicht sein Firmenkapital nutzen würde, um ein Projekt zu unterstützen, das komplett geheim war und auch bleiben sollte. Zu groß war die Gefahr, dass der Geldverkehr durch das Firmenmanagement oder einen Wirtschaftsprüfer entdeckt wurde. Ein kluger Mann würde dafür sein Privatvermögen nutzen, aber auch dann hinterließ das Geld Spuren.

Zodiac und BangBang waren am frühen Abend digital in

die Steuerberatungskanzlei eingestiegen, die für die Buchführung des Unternehmers verantwortlich zeichnete. Wie sich gezeigt hatte, lagen sie mit der Vermutung richtig, dass Immanuel Grundt die Kanzlei auch für seine privaten Finanzen nutzte; wenn er ihr das Kapital seiner Firma anvertraute, warum nicht auch sein privates Geld.

Sie hatten einen Schweizer Hacker hinzugezogen, der sich Cuckoo nannte und einige Erfahrung bei der Analyse von Geldflüssen mitbrachte. Die Steuerkanzlei saß in Wiesbaden und hatte wie fast alle Kanzleien die Buchführung in die gut gesicherte Systemsoftware Datev ausgelagert, was bedeutete, dass eine ständige Datenstrecke zwischen der Steuerkanzlei und dem Datev-Server bestand. Dort setzten die Hacker an.

Nach einer halben Stunde kannten sie die Kontoführung von Immanuel Grundt aus den letzten vier Jahren und nach einer weiteren halben Stunde den Mailverkehr zwischen ihm und der Kanzlei. Es war das Kauderwelsch von Finanzbuchhaltern, aber Cuckoo las heraus, dass zwischen 2015 und 2017 über fünfhundert Millionen an eine Bank in Luxemburg überwiesen worden waren. Offenbar geschäftliche Transaktionen, die über sein Privatkonto liefen, die aber dennoch gegenüber dem Finanzamt ausgewiesen wurden. Das war die heiße Spur, die sie zum Luxemburger Bankkonto führte. Gegen Mitternacht konnte sich eine Gruppe von neun Earth-Mitgliedern Einblick in das Konto verschaffen, auf das die fünfhundert Millionen von Immanuel Grundt eingegangen waren. Und so wie Grundt zahlten noch andere ein. Earth hatte damit die zentrale Geldstelle aufgespürt, auf die vierundzwanzig der mächtigsten Leute des Planeten riesige Summen einzahlten und auf die die Osloer Tantalos Corporation Zugriff besaß.

Einiges davon stand in den Papieren, die Brit Lisa gegeben hatte, den Rest hielt Earth zunächst noch zurück.

Als anschauliches Beispiel für Lisa waren jedoch die Geldströme von Immanuel Grundt in ausreichender Ausführlichkeit illustriert.

Bevor Brit an der Station Zoo ausstieg, drückte sie noch einmal Lisas Hand. Sie wollte ihr sagen, sie solle sich keine Sorgen machen, unterließ es aber.

44

Khaled zog sich zurück, um über das nachzudenken, was er soeben gesehen hatte: ein Bild seines Vaters, von einer Kamera im Inneren von Tantalos aufgezeichnet.

Er bat die Hacker zu überprüfen, ob die Aufnahme wirklich echt sein konnte. Aber recht bald schon waren sich alle einig, dass der Mann, der dort in einem Konferenzraum in der Zentrale von Tantalos stand, Ben Jafaar, Khaleds Vater, sein musste, und sie waren darüber ebenso verwirrt wie er.

Doch Khaled trug eine schwerere Last als die anderen. Er hatte seinen Vater seit seiner ersten Begegnung mit Esther und der Nachricht vom missglückten Ballonflug über Libyen endgültig begraben. Die Vorstellung, dass er plötzlich wieder lebendig sein sollte, stieß in Khaled auf Widerstand. Er recherchierte alles, was er über Bens Verschwinden in Libyen in Erfahrung bringen konnte: Es war unmittelbar nach dem gescheiterten Arabischen Frühling gewesen. Ben Jafaar und Earth hatten die arabischen Demokratisierungsbewegungen unterstützen wollen. Mit deren Scheitern und mit Ausbruch des zweiten libyschen Bürgerkriegs fingen die ersten großen Flüchtlingswellen an. Ben wollte auf die riesigen Flüchtlingslager auf der libyschen Seite der Grenze aufmerksam machen und sie dafür aus der Luft fotografieren. Seither galt er als verschollen. So war jedenfalls die Legende.

Khaled stieß bei seinen Recherchen jedoch auf geleakte US-Militärberichte über geheime amerikanische Flughäfen im Norden von Libyen. Falls das stimmte, ließ das eine völlig andere Lesart von Bens Ballonfahrt zu. Möglicherweise war sein Ziel nicht eines jener Flüchtlingslager, sondern eine amerikanische Militärbasis gewesen. War er vielleicht ein Überläufer? Hatte er in Wirklichkeit die Seiten gewechselt?

Khaled wusste keine Antwort darauf und lenkte seine Gedanken in eine andere Richtung. Derzeit wussten sie noch nicht viel über Tantalos, aber sie wussten, dass es in der Firmenzentrale eine hochmoderne und hochkomplexe Rechnereinheit geben musste. Ben Jafaar galt als brillanter Physiker mit viel Erfahrung in der interdisziplinären Forschung. Er war nie ein engstirniger Fachidiot gewesen, sondern hatte stets Verbindungen zwischen den Disziplinen IT, Ökologie, Ökonomie und Politik hergestellt. Mit diesem Wissen hatte er Earth gegründet. Und dieses Wissen machte ihn auch ungemein wertvoll, wollte man komplexe Berechnungen anstellen, bei denen man verschiedene globale Themen miteinander in Verbindung setzen musste. Was immer Tantalos sein mochte, jene merkwürdige Verwaltungsstruktur einer globalen Gesellschaft, die von den Earth-Hackern im blinden Fleck aufgespürt worden war, war durchaus etwas, das zu Ben Jafaar passte.

Trotzdem drehten sich Khaleds Gedanken immer wieder im Kreis. Wenn sein Vater wirklich noch am Leben war und nun für Tantalos arbeitete, was hatte es dann mit der Nachricht und der Todesliste auf sich, die von Tantalos stammten? Immerhin war Ben Jafaar der Mann, der Earth gegründet hatte. Und wieso das Foto von Khaled und Brit? Selbst wenn es irgendeinen kruden Sinn im verkorksten Verstand seines Vaters ergab, den eigenen Sohn durch dieses Foto zum Abschuss freizugeben, was hatte Brit mit der Sache zu tun?

Noch vor wenigen Tagen war sie für Khaled eine komplett Fremde gewesen. Und seines Wissens nach ebenso für Ben Jafaar.

Nur zwei Mal wurde Khaled in seinen Gedanken von Esther gestört. Beim ersten Mal kam sie zu ihm hoch, um ihm mitzuteilen, dass Rise inzwischen von über einer Million Usern genutzt wurde, von denen mehr als ein Drittel bereits einen Account eröffnet und eigene Threads veröffentlicht hatte. Beim zweiten Mal berichtete sie, dass die Systemabwehr von Tantalos Zodiacs Sniffer entdeckt und eliminiert hatte. Eine Einheit von Earth-Hackern war dabei, sämtliche Spuren zu verwischen.

Khaled hörte ihr nur mit mäßigem Interesse zu. Seine Gedanken kreisten immer mehr um einen Punkt. Er sah nur einen möglichen Grund dafür, dass sein Vater ausgerechnet ihn, Khaled, in den Mittelpunkt einer mörderischen Verfolgung gestellt hatte: Ben Jafaar wollte ihn herausfordern!

Aber herausfordern wozu? Das war die Frage ...

Nachdem Brit aus der S-Bahn ausgestiegen war, fuhr Lisa noch eine Station weiter und verließ die Bahn am Savignyplatz, um ein Taxi zurück zum BKA zu nehmen. Sie recherchierte unterwegs per Smartphone über Immanuel Grundt. Er hatte Deutschland 1941 im Bauch seiner Mutter verlassen und kehrte erst 1963 aus Israel zurück, um das Erbe seiner Familie anzutreten. Das mittelständische Familienunternehmen zur Medikamentenherstellung taufte er von »Grundt« in »Sano« um und machte daraus einen milliardenschweren Konzern. In den letzten zehn Jahren hatte er sich weitgehend aus den Geschäften zurückgezogen und galt mittlerweile als ökologischer Mäzen und Förderer gemeinnütziger Projekte.

Lisa war irritiert. Wie passte das zu einem Unterstützer

der dubiosen Osloer Firma Tantalos und den Attentaten auf die Hacker?

Ihr Taxi stand in einem Stau auf der Leipziger Straße, als sie den Anruf bekam. Lisa meldete sich.

»Tut mir leid, Sie zu stören«, sagte Erdmann. »Wir können auch später reden, falls das besser passt.«

»Nein, geht schon«, antwortete Lisa. »Was gibt's?« Ihr Tonfall war schroffer, als sie eigentlich wollte. Sie musste an ihrer Einstellung Erdmann gegenüber arbeiten, nahm sie sich vor.

»Vielleicht ist es nichts, aber Sie sollten es wissen, denke ich. Für mich läuft das jedenfalls unsauber.«

»Was ist denn? Schießen Sie los.«

»Ich bin durch Zufall darauf gestoßen. Weil mich diese Sache mit Jens nicht loslässt. Sie haben doch die Handyüberwachung von Graf beantragt?«

»Und?« Lisa wurde ungeduldig.

»Sie ist stumm geschaltet.«

»Was heißt das ... *stumm geschaltet?*«

»Das Signal wird blockiert, aber nicht von Grafs Handy aus, sondern bei uns irgendwo im System.«

»Was?«, entfuhr es Lisa. »Wollen Sie sagen, irgendwer bei uns blockiert unsere Handyüberwachung von Burkhard Graf?«

»Exakt. Ich hab mir daraufhin eine kleine Umleitung gebaut und das Signal auf meinen Rechner geholt. Es war die ganze Zeit aktiv, ist es immer noch.« Erdmanns Tonfall war trocken und sachlich. Aus ihm sprach die Haltung eines Menschen, der Fleiß und Genauigkeit zu den Maximen seines Lebens erhoben hatte.

Lisa spürte, wie ihre Aufregung wuchs. »Können Sie mir sagen, wo er ist?«

»Ja, und das ziemlich genau. Vor etwa einer Stunde ist

er hier vom BKA-Parkplatz weggefahren, ist dann zum Hackeschen Markt und hat dort die S-Bahn bis zum Zoo genommen. Dann ist er auf demselben Weg wieder zurück zum Hackeschen Markt, und jetzt bewegt er sich gerade über die Burgstraße an der Spree entlang nach Südosten.«

»O mein Gott«, entfuhr es Lisa. Sie wusste genau, was das bedeutete. Graf hatte sich an ihre Fersen gehängt, um Brit aufzuspüren. Er war ihnen in die S-Bahn gefolgt, dann war er mit Brit ausgestiegen und mit ihr zurück zum Hackeschen Markt gefahren. Wenn er sich nun über die Burgstraße nach Südosten bewegte, konnte das nur eines heißen: Brit war dort auf dem Weg zur Fakultät der Humboldt-Universität an der Spandauer Straße, und Graf hing an ihr dran.

Lisa dankte Erdmann knapp und drückte die Verbindung weg. Anschließend telefonierte sie mit ihrer Abteilung und beorderte ein Einsatzkommando zur Wirtschaftswissenschaftlichen Fakultät, um ein Attentat auf ihre Tochter zu verhindern.

45

Es war ein schöner Tag, und viele Menschen schlenderten am Ufer der Spree entlang. Touristenströme überquerten die Friedrichsbrücke zur Museumsinsel. Am Anfang der Brücke stand ein junger Geiger und fiedelte sein Balkanrepertoire herunter.

Brit ging mit schnellen Schritten. Sie hatte die Kapuze ihres Hoodies nicht über den Kopf gezogen, um in der Menge weniger aufzufallen. Es war wichtig, dass sie hier war. Sogar schon überfällig.

Sie bog nach links, in die parkähnliche Passage, die vom Spreeufer aus zur Fakultät führte, und sie konnte das Ziel ihres Weges schon von Weitem sehen. Eine gewaltige Menge von Studenten hatte sich dort versammelt. Brit erreichte sie und drängte sich nach vorn.

Das Blumenmeer war beeindruckend. Eine bunte Ansammlung von Rosen und Wiesenblumen, dazwischen auch brennende Kerzen, Arbeitshefte und Klausuren, die Professor Keppler zensiert hatte, und manche Fotos, die ihn in albernen Situationen mit seinen Studenten zeigten, und über all dem waren Tausende von Blütenblättern verstreut. Viele der Studenten weinten und hielten sich in den Armen. An dieser Stelle war Professor Keppler nach seinem Sprung vom Dach aufgeschlagen.

Brit stand einige Minuten vorn in der Menschenansammlung, aber sie spürte keinen Tränenreiz. Stattdessen empfand sie die irrationale Unsinnigkeit und das klaffende Loch, das der Tod dieses brillanten Wissenschaftlers in die akademische Welt gerissen hatte. Sie zog einen kleinen, knittrigen Zettel hervor und legte ihn unter eine der brennenden Kerzen. »Gemessen an dem, was möglich ist, bietet die Wirklichkeit uns immer nur Durchschnittliches«, stand darauf. Es war einer der großartigen Sätze, mit denen Keppler sämtliche Mauern von Brits verfluchter dissoziativer Gefühlsunfähigkeit durchbrochen und ihr Herz zum Hüpfen gebracht hatte. Sie würde ihm ewig dankbar sein für Sätze wie diesen.

Gerade als sie dann einen Schritt zurück in die Menge machen wollte, wurde sie von hinten gepackt.

»Machen Sie keine Dummheiten«, sagte Graf. »Wir zwei gehen jetzt ganz ruhig von hier weg.«

Brit spürte, dass er ihr einen harten Gegenstand in den Rücken drückte, und sie wollte sich instinktiv umdrehen.

»Tun Sie das nicht«, sagte Graf kalt. »Sie sind die Tochter einer Polizistin und wissen, was ich in der Hand halte, auch ohne dass Sie es sehen.«

Dann schob er sie mit festem Griff durch die Menge. Brit widersetzte sich gerade so viel, dass es ihm schwerfiel, sie vorwärtszuschieben. Komplett stehen zu bleiben, oder gar der Versuch wegzulaufen, erschien ihr zu riskant.

»Wohin wollen wir?«, fragte sie.

»Werden Sie sehen«, antwortete er kalt.

»Wenn Sie mich töten wollen, warum erschießen Sie mich nicht einfach hier?«

»Seien Sie still.« Er schob sie ruckartig weiter, zu kraftvoll, als dass sie etwas dagegen tun konnte.

Dann sah Brit die Einsatzwagen der Berliner Polizei. Sie kamen auf der Spandauer Straße von beiden Seiten, fuhren mit hoher Geschwindigkeit, hatten weder Sirenen noch Blaulicht eingeschaltet.

Augenblicklich verstärkte Graf seinen Griff und rannte mit Brit los. Als die Einsatzwagen quietschend hielten und die Polizisten heraussprangen, reagierten die Studenten an Kepplers Gedenkstätte aufgeschreckt. Manche schrien durcheinander. Graf hatte bereits mit Brit die Menge hinter sich gelassen und war auf dem Weg Richtung Spree.

Brits Herz schlug ihr bis in die Kehle. Sie wagte nicht mehr, Widerstand zu leisten. Sie lief einfach mit Graf. Ihr Denken setzte aus. Und dann stolperte sie.

Zwei zivile Pkw hielten hinter den Polizeiwagen, und BKA-Beamte sprangen heraus, darunter Lisa. Die Studenten an der Gedenkstätte behinderten ein schnelles Vorrücken der Polizei. Lisa drängte Körper zur Seite und hastete vorwärts. Sie konnte von Weitem sehen, dass Brit zu Boden gefallen war und Graf eine Pistole auf sie richtete. Brit kauerte sich zusammen und hielt schützend die Arme über den Kopf.

Lisa rannte schneller, zog noch im Laufen ihre Dienstwaffe, eine SIG Sauer P229. Aber es waren zu viele Menschen zwischen ihr und Graf, als dass sie von der Schusswaffe hätte Gebrauch machen können.

Sie war noch rund dreißig Meter entfernt, als Graf unvermittelt die Waffe einsteckte und flüchtete. Brit hatte er einfach liegen lassen. Als Lisa ihre Tochter erreichte und in den Arm nahm, verschwand Graf bereits am Spreeufer Richtung Burgstraße hinter der Hausecke. Drei Kollegen aus Lisas Team folgten ihm.

»Es ist gut, alles vorbei, es ist alles gut«, sagte Lisa und hielt Brit fest in ihren Armen. Brit zitterte am ganzen Leib. »Was wollte er?«, setzte Lisa nach. »Hat er gesagt, was er wollte?«

Brit schüttelte nur den Kopf.

»O Gott, Kleines, als er die Waffe auf dich gerichtet hat, da dachte ich ...« Sie sprach es nicht aus.

»Er wollte nicht schießen«, sagte Brit. »Ich sollte mit ihm kommen, aber er wollte nicht schießen.«

Lisa hielt sie weiterhin fest. Zwei Bereitschaftspolizisten kamen zu ihr und fragten, ob alles in Ordnung sei. Lisa bestätigte das und schickte die beiden weg. Sie wusste nicht genau, was sie tun sollte. Ihr erster Gedanke war, Brit mit sich zum BKA zu nehmen und von dort aus ein Sicherheitsnetz um sie herum aufzubauen.

Doch dann dachte sie an das, was Erdmann ihr am Telefon gesagt hatte. Wenn es wirklich so war, dass die Ortung von Grafs Handysignal aus dem BKA heraus verhindert worden war, gab es dort ein unbekanntes Sicherheitsleck.

Es kostete Lisa einige Überwindung, aber dann löste sie die Umarmung und sah Brit an. »Bist du weiterhin sicher bei deinen Leuten? Könnt ihr hier in Berlin untertauchen?«

»Potsdam«, antwortete Brit automatisch, und es war das einzige Mal, dass sie eine Spur von Earth preisgab.

»Dann verschwinde von hier. Und sei vorsichtig. Schick mir keine E-Mails mehr. Wenn du Kontakt zu mir aufnehmen willst, schick eine Nachricht an Frau Müller.«

Frau Müller war eine Rentnerin, die im gleichen Haus wie Lisa wohnte. Sie hatte in früheren Zeiten oft auf die kleine Brit aufgepasst, und als Brit erwachsen wurde, revanchierte sie sich, indem sie hin und wieder für die alte Dame einkaufen ging. Vor drei Jahren hatte Brit Frau Müller dann ihr ausrangiertes iPad geschenkt und den Umgang damit beigebracht. Seither schickten sie sich ab und zu kleine SMS, und es machte Frau Müller einen irren Spaß, dass sie diesen neuen Weg der Kommunikation beherrschte.

Brit raffte sich auf und verabschiedete sich wortlos mit

einem Blick. Sie lief zur Menge der noch immer verunsicherten Studenten und tauchte darin unter.

Als die Beamten zu Lisa zurückkamen, erfuhr sie, dass Graf ihnen in den Touristenströmen der Museumsinsel entwischt war. Bei einer eingehenden Durchsuchung der Umgegend fanden die Beamten zwei Stunden später Grafs weggeworfene Jacke mit einigen Kabelbindern und einer schwarzen Augenbinde darin. Es war nicht allzu schwer zu erraten, dass sie für Brit vorgesehen gewesen waren.

Zu diesem Zeitpunkt hatte Lisa bereits Kontakt mit Immanuel Grundt aufgenommen und ein Treffen mit ihm noch am gleichen Tag vereinbart.

46

Khaled hielt sich in all der Zeit, von den anderen getrennt, im ersten Stock der Potsdamer Villa auf. Er brauchte die Ruhe und die Abgeschiedenheit. Die Gedanken, die er sich machte, waren kompliziert und anstrengend. Er hatte sich oft an das Werk großer Philosophen gewagt und immer gespürt, dass die Hindernisse des Denkens ihn forderten und ihm deren Überwindung ein geradezu sportliches Vergnügen bereitete. Doch dies war anders. Das Nachdenken über seine Familie und die Beschäftigung mit dem Tun seines Vaters war für ihn wie das Eintauchen in einen Raum voller Schmerzen. Er wollte da nicht sein, und seine Gedanken flohen in alle Richtungen, um die Konfrontation zu vermeiden. Und dennoch musste Khaled genau dorthin, wenn er weiterkommen wollte.

Der Ansatz all seiner Gedanken war das Bild. Jene Fotomontage, die ihn mit Brit und dem Kind zeigte. Er hatte lange überlegt, was es bedeuten könnte, und Brits Lawinen-Vergleich vor einigen Tagen gab ihm den entscheidenden Denkanstoß: »*Wenn man einen kleinen Stein einen Berg herunterrollen lässt, ist ›Warum rollt dieser Stein?‹ die falsche Frage. Richtig wäre die Frage: ›Was kann er auslösen?‹*«

Schließlich landete er bei der These, dass dieses Bild keinen faktischen, sondern nur einen symbolischen Zweck erfüllte. Für all jene, die der romantischen Idee einer Rebellion gegen die bestehenden Verhältnisse dieser Welt anhingen, konnten solche Symbole Motivation und Kraft bedeuten. Er glaubte, dass es genauso auf die Mitglieder von Earth gewirkt haben musste. Khaled, der Sohn des Gründers der Hacker-Bewegung, zusammen mit einer Frau und einem Kind als Märtyrer-Symbol für eine Zukunft.

Khaled konnte sich die Vielzahl der Hacker vorstellen, die in ihren Kellern oder Dachkammern mit Kaffee oder Bier vor ihren Rechnern saßen und mit der naiven Rührseligkeit, auf die so manches Genie nicht verzichten mochte, eine messianische Hoffnung in dieses Bild projizierten.

Um bei der Frage weiterzukommen, welche Intentionen hinter dem Bild stehen könnten, musste Khaled mehr über den Mann herausfinden, den er als Initiator dahinter vermutete, seinen Vater. Er tauchte tief ins Netz ein und recherchierte alles, was er zu Ben Jafaar finden konnte. Das meiste war jüngeren Datums und ihm bereits bekannt. Aber in einem älteren Archiv einer linken Gruppe von Netzhistorikern fand er etwas Interessantes in einem längeren Artikel zum palästinensischen Widerstand. Ben Jafaars Name wurde dort im Zusammenhang mit seiner Karriere als Physiker und einer israelischen Gefangenschaft in den Jahren 1984 und '85 erwähnt. Khaled wusste einiges über seinen Vater aus dessen »alten Tagen«, aber das hier war neu und passte nicht zu all dem, was seine Mutter über Ben erzählt hatte.

Er grub tiefer in der Vergangenheit und fand Eintragungen über die Verhaftungswelle der Israelis im Jahr 1984. Das Ziel waren oftmals junge und intellektuelle Aktivisten gewesen, die sich nach den Massakern in den Lagern Sabra und Schatila radikalisierten. 1982 hatten in diesen Lagern im Libanon christliche Milizen unter den Augen der israelischen Armee dreitausend wehrlose Palästinenser gefoltert, abgeschlachtet oder verstümmelt. Die Opfer waren zumeist Kinder, Frauen und Alte gewesen, und ihr Vergehen bestand darin, zum Volk der Palästinenser zu gehören. Das Massaker galt gemeinhin als die eigentliche Keimzelle, aus der die spätere Intifada gewachsen war, und es trieb massenhaft engagierte und intellektuelle Palästinenser in den Untergrund, wo sie sich dem Guerillakrieg der PLO anschlossen.

Ben Jafaar war einer von ihnen und geriet daraufhin zwei Jahre lang in israelische Gefangenschaft. Mehr noch als alles andere war an dieser Information der Zeitraum irritierend: Während dieser zweijährigen Gefangenschaft musste Khaled von seinem Vater gezeugt worden sein.

Hier gaben die Archive des Netzes keine weiteren Antworten. Wenn Khaled mehr dazu erfahren wollte, musste er etwas tun, das er schon sehr lange nicht mehr getan hatte: Kontakt zu den Verwandten seines Vaters in Gaza aufnehmen.

Eine Stunde später führte Khaled über einen sicheren Account ein langes Skype-Telefonat mit einer Tante namens Nara, die eine Cousine seines Vaters war und noch immer in Gaza lebte. Am Ende des Telefonats war Khaleds Welt komplett auf den Kopf gestellt.

Als Brit schließlich zu ihm kam, saß Khaled vor dem Fenster und blickte stumm hinaus. Sie fing sogleich an, über ihre Begegnung mit Graf zu erzählen. Sie war innerlich noch immer aufgewühlt, Aber nach einigen Sätzen hielt sie inne.

»Was ist los?«, fragte sie Khaled und trat neben ihn.

»Hab ein bisschen in der Vergangenheit herumgestochert«, antwortete er, ohne sie anzusehen.

»Und konkreter?«

»Ein Skype-Gespräch mit einer Tante in Gaza. Über meinen Vater. Ich habe zuvor in einem Netz-Archiv erfahren, dass er während meiner Zeugung eigentlich in israelischer Gefangenschaft saß.«

»Was soll das heißen?«

»Er war ein Heißsporn, hat Steine und Molotowcocktails gegen israelische Panzer geworfen, und dafür haben sie ihn eingelocht. Hat er mir nie erzählt. Meiner Mutter vermutlich auch nicht.«

Brit trat dicht neben ihn und verkniff sich weitere Fragen, obwohl ihr vieles auf der Zunge lag. Khaled redete nach einer kurzen Pause von allein weiter.

»Im Widerstand hatte er einen Buddy-Freund, den er schon aus Kindertagen kannte. Hieß Yanis. War so ein Männerding zwischen den beiden, ein Versprechen, dass einer auf den anderen aufpasst. Als mein Vater dann aus der Gefangenschaft kam, erfuhr er, dass Yanis' Wohnhaus in Gaza von einer israelischen Bombe getroffen worden war. Yanis, dessen Frau, ihre Eltern, alle tot, nur das Baby hatte überlebt, ein kleiner Junge ...«

Brit hielt den Atem an. Sie ahnte, was folgen würde.

»Ben und Anna haben das Kind dann nach Berlin geholt. Es war für Ben eine Ehrensache dem toten Freund gegenüber. Tja, ab da war ich in Deutschland und bin dann bei ihnen aufgewachsen.« Erstmals hob Khaled den Kopf und sah Brit an. »Ben Jafaar ist nicht mein Vater.«

47

Am frühen Abend erreichte Lisa die Villa am Starnberger See. Es war ein Gründerzeitbau, und er roch geradezu nach altem Geld. Lisa hatte sich einen Mietwagen am Münchner Flughafen genommen und sich mühsam durch den Feierabendverkehr bis hierher gequält. Sie parkte den Wagen vor dem großen Außentor und meldete sich über die Sprechanlage an. Ein Bediensteter holte sie daraufhin ab und übergab sie in der Villa an die ältliche Sekretärin von Immanuel Grundt, die ihr Misstrauen gegenüber der Berliner BKA-Beamtin nicht hinter ihrem Lächeln und ihrer Redseligkeit verbergen konnte. Sie bot Lisa Tee und Gebäck an und bat sie um einige Minuten Geduld, damit sich Herr Grundt mit den eingeholten Auskünften über Lisas Person noch kurz beschäftigen konnte.

Lisa kommentierte das mit einem leichten Stirnrunzeln, sagte aber nichts dazu. Eine halbe Stunde später wurde sie in den Salon geführt, wo Grundt auf sie wartete. Es war ein großer Raum mit ungeheurer Deckenhöhe und schweren dunklen Möbeln. Immanuel Grundt saß in einem breiten Sessel. Er hatte ein knittriges Gesicht und sah in seinem Anzug wie zusammengeschrumpft aus. Über seinen Beinen lag eine schwere Wolldecke.

»Bitte setzen Sie sich, Frau Kuttner.« Seine Stimme war kräftiger, als sein Körper vermuten ließ.

Lisa nickte, verzichtete aber ansonsten auf einen Gruß.

Sie nahm Platz, während die Sekretärin hinter ihr die große Flügeltür schloss.

»Weswegen sind Sie hierhergekommen?«

»Tantalos«, sagte Lisa knapp und beobachtete die Reaktion auf Grundts Gesicht.

Er legte den Kopf etwas schief und musterte Lisa. »Was hoffen Sie denn, von mir dazu erfahren zu können, Frau Kuttner?«

»Ich habe Daten bezüglich Ihrer Geldüberweisungen an Tantalos. Ich kann unsere Finanzbehörden auf jeden dieser merkwürdigen Transfers ansetzen. Es sollte mich wundern, wenn sich dort keine Unstimmigkeiten fänden, Herr Grundt.«

»Halten Sie das für die zielführende Eröffnung eines Gesprächs, in dem Sie von mir etwas wollen?« Er sagte es in einem neutralen Tonfall, schien weder zornig noch besorgt.

Lisa atmete kurz durch. Der alte Mann war klug, seine Haltung war dem ersten Anschein nach nicht feindlich, eher neugierig. Lisa versuchte es mit einem anderen Ansatz.

»Entschuldigen Sie. Ich stecke mit meinen Recherchen ziemlich fest. Wer oder was ist Tantalos?«

»Die Zukunft.«

»Die Zukunft? Bitte helfen Sie mir.« Lisa meinte das ehrlich.

»Unsere Welt steckt in einer Sackgasse, Frau Kuttner. Nur ein Idiot kann die Augen davor verschließen. Was wissen Sie über mich?«

»Das, was in Wikipedia und ein paar anderen Quellen steht: Eltern emigriert, Sie sind dann nach Deutschland zurück, haben das Familienunternehmen wieder übernommen, ausgebaut und zum Erfolg geführt. In den letzten Jahren lebten Sie zurückgezogen, haben sich als Mäzen und Förderer für einige gute Dinge engagiert ...« Sie stoppte. Es gefiel ihr nicht, in die Rolle einer Schülerin gerutscht zu sein, die ihr Wissen vortragen sollte.

»Alles unwichtig. Alles.« Grundt beugte seinen dürren Körper vor. »Nichts von all dem hat Bedeutung.«

Er griff nach einem Glas Wasser und führte es unsicher zum Mund. Er war immer noch ein wacher Geist, jedoch eingesperrt in einem verfallenden Körper.

Lisa schwieg.

»Wir Menschen haben unsere Welt an den Abgrund geführt, Frau Kuttner. Es bleibt nicht mehr viel Zeit, um das zu ändern. Der ganzen Menschheit bleibt nicht mehr viel Zeit und mir erst recht nicht.«

»Was meinen Sie damit?«, fragte Lisa. »Umweltzerstörung, Überbevölkerung, Ressourcen? All das?«

»Das System. Wir haben es in Jahrtausenden von mehr oder weniger zivilisierten Gesellschaftsformen nicht geschafft, ein System zu finden, das Wohlstand und Sicherheit für alle garantiert.«

»Und das kann Tantalos?«

»Tantalos ist gar nichts. Es ist der Name einer Firma, die Menschen und Gelder verwaltet. Das, worauf es ankommt, ist das, was drinnen steckt. Es ist unser letzter Versuch, diese Welt zu retten. Niemals zuvor in der Geschichte dieses Planeten hatte der Mensch wirklich die Macht dazu.«

Lisa wurde ungeduldig. »Herr Grundt, was haben Sie 2014 auf der Konferenz in Kopenhagen beschlossen? Was will dieser Kreis der Vierundzwanzig erreichen?«

»Oh, so weit sind Sie schon«, sagte er mit einem Lächeln. »Ich hatte gehofft, wir könnten noch etwas über die Vision plaudern, die diese Welt dringend braucht.«

»Gern zu einem anderen Zeitpunkt. Momentan geht es um Menschenleben, die in Gefahr sind. Ich bin Polizistin, und wir ermitteln in einigen Todesfällen, bei denen es auffällige Zusammenhänge zu Tantalos gibt.«

»So, Sie ermitteln also. Und haben Sie das Gefühl, dass

man Sie vonseiten Ihrer Behörden tatkräftig unterstützt bei Ihren Ermittlungen?« Während er dies fragte, blickte er listig wie ein Fuchs. »Verstehen Sie nicht, wie unwichtig diese Ermittlungen sind? Und dass wir sie durch einen einzigen Anruf stoppen könnten?« Die Drohung in seinen Worten war nicht zu überhören. »Aus der Sicht eines alten Mannes erscheint die Bedeutung Ihrer Ermittlungen nicht allzu groß gemessen an dem Ziel, diese Welt zu retten.«

»Diese Vierundzwanzig sind also ein Kreis von Leuten, die die Welt retten wollen?«

»Nicht jeder vielleicht.« Der Alte kicherte; es klang wie das Rascheln von trockenem Laub. »Manch einer von uns will vielleicht auch nur sicherstellen, dass sein Profit in den nächsten Jahrzehnten gewährleistet bleibt. Aber das sind verzeihliche Egoismen, solange das Gesamtziel stimmt.«

»Und für das ›Gesamtziel‹ darf man Menschen umbringen? Oder zur Jagd freigeben? Oder was auch immer Sie da gerade tun!« Lisa hatte das Foto von Brit, Khaled und dem Kind herausgeholt und knallte es auf den Tisch.

Grundt warf mit leichtem Erstaunen einen Blick darauf. »Sie haben es also bekommen. Woher, wenn ich fragen darf?«

»Ein junger Computerhacker hatte es in seiner Tasche, als er umgebracht wurde.«

»Oh, das ist bedauerlich.«

»Das da auf dem Bild ist meine Tochter!«

»Jeder Mensch ist Tochter oder Sohn von irgendwem.«

»Dieses Bild ist ein Fake. Brit hat kein Kind. Und zum Zeitpunkt, als dieses Bild aufgetaucht ist, kannte sie auch diesen Mann noch nicht.«

»Natürlich nicht.«

»Ich mache mir Sorgen um sie, verstehen Sie das?«

»Ich verstehe das sehr gut. Ich mache mir auch Sorgen. Um unsere Welt. Um die Zukunft der Menschheit.«

Lisa schwieg. Sie verzweifelte an den Rätseln, in denen der alte Mann sprach.

»Frau Kuttner, es gibt vieles, wogegen eine Behörde wie Ihre ermitteln sollte. Aber glauben Sie mir, Tantalos gehört nicht dazu. Zum ersten Mal in der Geschichte der Menschheit ist es gelungen, sie alle an einen Tisch zu bekommen.«

»Alle?«

»Alle, die über Macht und Einfluss verfügen. Und sie sind bereit, eine Vision zu teilen. Die Vision, dass diese Welt noch zu retten ist.«

»Durch eine Firma in Oslo, die Sie mit endlos vielen Millionen unterstützen?«

»Ja.«

»Was macht diese Firma? Womit beschäftigt sie sich? Was ist die Aufgabe von Tantalos?«

»Frau Kuttner, Sie werden verstehen, dass ich Ihnen das nicht sagen kann.«

»Was? Nein, das verstehe ich nicht! Warum erteilt diese Firma Mordbefehle für Computerhacker, für Kids, die sich im Internet austoben und die sonst keiner Fliege etwas zuleide tun?« Lisa hatte die Anschuldigung als Bluff abgeschossen und beobachtete Grundt genau.

»Die Firma erteilt keine Mordbefehle.«

»Wer sonst?«

»Die Zukunft. Das, was sein wird. Das System, das sich schützen muss, um nicht wieder in die Selbstzerstörung zurückzufallen, welche die Menschheit jahrtausendelang betrieben hat.«

»Ich weiß immer noch nicht, wovon Sie reden.«

»Das macht nichts. Es ist schwer zu verstehen. Aus diesem Grund haben wir den Kreis auf vierundzwanzig begrenzt.«

Ein Gefühl von Hilflosigkeit breitete sich in Lisa aus. Nichts von dem, was Immanuel Grundt sagte, ließ sich gegen ihn oder Tantalos verwenden, zumal dieses Gespräch ohne Zeugen stattfand und eher inoffiziell war. Er bestritt, dass Tantalos irgendwelche Mordbefehle erteilt hatte, und selbst wenn das Unternehmen dies trotzdem tat – was Lisa nicht beweisen konnte –, würde er abstreiten, davon gewusst zu haben.

Was er ihr gegenüber ansonsten äußerte, würde jeder Staatsanwalt als das pseudophilosophische Gefasel eines alten Mannes abtun, der sich an seinem Lebensabend einzureden versuchte, seine Existenz auf Erden wäre einer höheren Bestimmung gefolgt, als nur einfach bloßen Reichtum anzuhäufen.

Die Rätsel, in denen er sprach, hatten jedoch irgendwie die Kraft der Gewissheit, und dies wiederum machte Lisa deutlich, dass in jedem seiner Worte ein Stück Wahrheit lag. Was er ihr aber mitteilen wollte, kam nicht bei ihr an.

Außerdem musste sie vorsichtig sein, denn sie war durch Brit persönlich in diese Angelegenheit involviert. Nahm man die Dienstvorschrift genau, hätte sie gar nicht an diesem Fall arbeiten dürfen, und ein anderer Ermittler hätte auf Brit sicherlich weniger Rücksicht genommen.

Sie spürte, wie ihr die Professionalität der erfahrenen Ermittlerin entglitt und nur noch die Sorge einer Mutter für ihr Kind zurückließ.

»Bitte versprechen Sie mir, dass meiner Tochter nichts geschehen wird.«

»Das kann ich nicht, Frau Kuttner«, sagte er und blickte sie mit mildem Mitgefühl an. »Ich bin nur ein Förderer, ein Mäzen. Für das, was jetzt geschieht, bin ich nicht verantwortlich. Das ist weit größer, als dass es von den Gedanken eines Menschen getragen werden könnte.«

Lisa suchte nach Worten, doch sie fand keine mehr.

Grundt zog die Decke noch etwas höher über seine Beine. »Verzeihen Sie die schwindende Kraft eines alten Mannes. Ich hab nicht mehr viel davon und muss sie sorgsam einteilen, damit sie vielleicht noch ein paar Jahre ausreicht.« Mit einem kleinen Schmunzeln fügte er hinzu: »Vielleicht ist dieser Wunsch nach Lebenszeit aber auch einfach zu vermessen. Dürfte ich Sie trotzdem bitten zu gehen, Frau Kuttner?«

Lisa nickte und stand auf. Zeitgleich wurde die große Flügeltür von der Sekretärin geöffnet. Lisa vermutete, dass sie das Gespräch über ein Mikrofon oder eine Kamera verfolgt hatte, um ihrem Arbeitgeber notfalls zu Hilfe zu kommen, sollte ihn die BKA-Beamtin zu sehr bedrängen.

Lisa fuhr zurück zum Flughafen und verpasste die letzte Maschine nach Berlin. Sie verbrachte die Nacht sitzend auf einer Plastikbank, und ihre Gedanken jagten sie gnadenlos.

Sie hatte sich von Immanuel Grundt einschüchtern lassen, wurde ihr schließlich klar. Doch dagegen würde sie angehen. Tantalos und er hatten irgendetwas mit den Attentaten auf die Hacker-Bewegung Earth zu tun, und sein Geschwätz von der Zukunft und einem ominösen System, das sich zu schützen versuchte, führte sie nur in die Irre.

Sie würde nicht zulassen, dass noch mehr Menschen starben. Und dass diese Mistkerle weiterhin ihre Tochter bedrohten.

48

Brit hatte sich schließlich Khaleds Wunsch gebeugt, die Nacht wieder in der Wohnung in der Kopernikusstraße zu verbringen. Er war völlig durcheinander und schien in der Potsdamer Villa nicht zur Ruhe kommen zu können. Als Brit mit Zodiac und Esther darüber sprach und auch ihr Treffen mit Lisa erwähnte, reagierte Zodiac auf Letzteres verärgert. Er warf ihr vor, dass sie es versäumt hatte, das Treffen mit ihrer »BKA-Mutter« dazu zu nutzen, etwas »Sinnvolles zu tun«, nämlich einen Wurm per Stick ins System der Behörde zu schleusen, sodass Earth die Fahndungsabläufe des Bundeskriminalamts und vielleicht auch anderer Behörden ausspionieren konnte, um das Leben der Mitglieder zu schützen.

Sie stritten darüber, aber schließlich schritt Esther ein und deeskalierte die Situation. Brit erklärte sich bereit, für alle zukünftigen Möglichkeiten, die sich ergeben sollten, einen Stick mitzunehmen, auf dem sich ein solcher Wurm befand. Dabei handelte es sich um einen hochkomplexen Algorithmus, der sich im System tarnte, neu organisierte und dann von dort aus den Weg »nach Hause« suchte. Sie nannten ihn »Homer«, die Brieftaube, und er war von Zodiac in Zusammenarbeit mit dem kanadischen Hacker 2Strng entwickelt worden. Brit steckte den Stick ein. Er war winzig und hatte einen Plastikschutz mit einem albernen Smiley. Anschließend ließ sie sich zusammen mit Khaled von Esther zur Kopernikusstraße fahren.

Sobald sie dort allein waren, versuchte Brit noch mal ein Gespräch mit Khaled, jedoch vergeblich. Sie beschränkte sich schließlich darauf, ihm einen Tee zu bringen und anschließend Pasta zu kochen, die er allerdings nicht anrührte.

Sie ließ ihn allein und ging in ihr Zimmer, um zu schlafen.

In Khaled herrschte Leere. Es war völlig anders als an den Tagen nach Milenas Tod, als ihn Traurigkeit und Trauer beherrschten. Selbst solche Gefühle fehlten. Seine Gedanken produzierten noch immer Tausende von Bildern und Kausalketten, aber all das hatte den Bezug zu seinem Inneren verloren.

Die Leere hatte sich in Khaled ausgebreitet und ihn in Besitz genommen, doch nach und nach entstand aus diesem klaffenden Loch etwas Neues, ein noch unklares, ihm höchst ungewohntes Gefühl. Es war Sorge. Er spürte, wie sie träge durch seine Gedanken kroch, ihn aber mit neuem Leben erfüllte. Es war eine allgemeine Sorge um die Welt, sollte sie den Interessen der mysteriösen Vierundzwanzig ausgeliefert sein. Es war die Sorge um die Earth-Mitglieder, die zum Zentrum einer Schlacht geworden waren, deren Bedeutung die meisten von ihnen nicht verstanden. Und es war die Sorge um Brit.

Khaled saß auf dem Boden in der Mitte seines Zimmers und dachte nach über alles, was er über Tantalos und Ben Jafaar wusste. Er dachte ebenso über das nach, was ihm Brit über ihre Begegnung mit ihrer Mutter und den gescheiterten Angriff von Burkhard Graf erzählt hatte. Er saß zwei Stunden lang reglos da. Und dann erkannte er plötzlich ein Muster in all den Ereignissen.

Khaled Jafaar stand auf, holte aus seiner Jackentasche das

Smartphone, das er schon lange nicht mehr benutzt hatte, und schaltete es ein.

Zuerst dachte sie an einen Traum, dann aber spürte sie, dass der Schmerz für einen Traum zu real war.

Brit riss die Augen auf und sah über sich die Schatten zweier Männer, von denen der eine sie festhielt, während der andere eine Nadel in ihre Halsschlagader schob und den Inhalt einer Spritze in ihr Blut drückte. Sie versuchte, sich gegen die beiden Männer zu wehren, die sie als ihre Verfolger aus der U-Bahn-Station Frankfurter Allee wiedererkannte. Doch der Inhalt der Spritze verteilte sich bereits in ihrem Blut.

Die beiden Männer zerrten sie von der Matratze und stellten sie auf die Füße. Das, was der eine ihr verabreicht hatte, begann zu wirken. Ein Nebel schob sich vor Brits Augen, und sie konnte gerade noch erkennen, dass Khaled reglos in der Tür zu ihrem Zimmer lag. Dann wurde der Nebel zu dicht, um hindurchsehen zu können.

Sie spürte, wie die beiden Männer sie anzogen. Dann griff der Nebel auch auf Brits übrige Sinne über, und sie spürte gar nichts mehr.

Die Zeit verging in Wellen, wie Meeresbrandung, die den Sand im Wasser aufwirbelte und mit jedem Sandkorn auf eine zauberhafte Art spielte. Brit war in diesen Wellen gefangen, und die Welt außerhalb davon erschien ihr nur noch als schemenhafte Ahnung.

Einmal nur schien sich der Nebel ihrer Wahrnehmung zu lichten, und sie hatte den Eindruck, dass sie aus einem Flugzeug getragen und in einen Rollstuhl gesetzt wurde.

Doch dann kam die nächste Welle und verwirbelte auch diese Eindrücke.

49

»Das ist nicht Ihr Ernst!«, bellte Lisa mit einer Wut, die sie fast platzen ließ.

Sie war nach ihrer Rückkehr vom Starnberger See direkt zum BKA gefahren, um ihre Abteilung auf Grundt und die anderen aus dem Kreis der Vierundzwanzig anzusetzen. Doch bevor sie dazu kam, wurde sie zu Dr. Rother in dessen Büro gerufen und stand nun fassungslos vor ihm.

»Meine komplette Abteilung aufgelöst?«, setzte sie nach. »Aber warum? Wir machen gute Fortschritte!«

»Die ganze Sache wird jetzt als Terrorismus eingestuft, und dafür wird gerade eine Sondereinheit in Wiesbaden auf die Beine gestellt.« Rother hatte offenbar Mühe, Lisas Blick standzuhalten. »Tut mir leid. Eine Anweisung von ganz oben.«

»Von wann?«

»Lag heute früh auf meinem Tisch.«

»Das war Grundt, dieser Dreckskerl!«

»Entschuldigung?«

»Immanuel Grundt, bei dem ich gestern war. Einer der Vierundzwanzig, von denen ich erzählt habe. Er hat gestern angedeutet, mir seine Macht beweisen zu wollen!«

»Ich bitte Sie, diese Bilderberg-Geschichte ist ein paranoider Mythos, der mit Ihrer Arbeit nichts zu tun haben sollte.«

»Ach nein? Ist das auch eine Anweisung von ganz oben?«

»Nein, nur ein guter Rat von mir.«

»Damit man mich nicht für verrückt hält? Weil ich denke, dass es vielleicht einen Zusammenhang geben könnte zwischen den Morden an den Hackern von Earth und den gewaltigen Geldströmen, die an eine dubiose Osloer Firma fließen?«

»Lisa, es ist nicht Aufgabe unserer Behörde, internationale Geldgeschäfte zu hinterfragen.«

»Ich scheiß darauf, was *Aufgabe unserer Behörde* ist und was nicht! Da draußen wird gerade Jagd auf eine unschuldige Gruppe junger Leute gemacht!«

»Die auf einer internationalen Terrorliste steht und inzwischen Unterstützung durch eine explodierend anwachsende Gemeinde eines neuen Netzwerks namens Rise findet«, konterte Rother.

»Na, wenigstens etwas Hoffnung, dass nicht die gesamte Menschheit ihren Verstand ins Klo geworfen hat!« Lisa wirbelte auf dem Absatz herum, stürmte aus Rothers Büro und knallte die Tür zu.

Im Verlauf des übrigen Tages löste man Lisas Einheit auf. Schreibtische wurden geräumt, Konferenztische geleert, Abschlussberichte geschrieben.

Lisa war zu erregt, um sich daran zu beteiligen. Sie verbrachte zwei Stunden in der Charité, wo Jens noch immer im Koma lag. Anschließend ging sie zu Erdmann, um ihm zu sagen, dass er ein seltener Lichtblick in einem Stall voller Dreckskerle sei.

Erdmann wurde ein wenig rot, als er das hörte, und lud sie auf ein Glas Weinbrand ein, den er aus der untersten Schublade seines Schreibtischs zauberte. Er versicherte ihr, dass er weitermachen würde. Ein »alternder Schreibtischhocker« wie er sei einzig und allein seinem Fleiß und seiner Genauigkeit verpflichtet, nicht seinen Vorgesetzten, fand er.

Gegen vier Uhr nachmittags hatte Lisa dann ein kleines Stimmungshoch, als sich das Signal von Burkhard Grafs Handy wieder meldete. Lisa fuhr augenblicklich mit einem Einsatztrupp in den Monbijoupark, woher das Signal kam. Aber sie trafen dort nur einen betrunkenen Stadtstreicher an, der ihnen erschrocken das Handy zeigte, das er im Müll gefunden hatte. Sämtliche Daten darauf waren gelöscht.

*

Zodiac und Esther hielten die Stellung und richteten ihren Fokus inzwischen darauf, die Sicherheit der Earth-Mitglieder zu überwachen. Alles in allem schien die Tarnglocke durch Rise gut zu funktionieren. Am dritten Tag seiner Existenz verzeichnete das neue Social Network bereits über fünfzig Millionen Zugriffe pro Tag, und weit über eine Million User hatten einen Account angelegt. Die Zahl der nicht angemeldeten Gäste war etwa zehn Mal so hoch.

Es gab auf Rise einen regen und empörten Austausch darüber, dass Earth auf eine internationale Terrorliste gesetzt worden war, und das wiederum motivierte die Mehrheit der User zu ermutigenden Appellen, dass in der jüngeren Geschichte eine ganze Menge Rebellenbewegungen – etwa die PLO, der ANC oder Castros Guerilleros – durch ähnliche Terrorlisten »geadelt« worden seien, bevor sie die Regierungen ihrer Länder übernommen hatten. Es ging heiß her in den Debatten auf Rise, und in ihnen allen kam das Bewusstsein zum Tragen, dass eine riesige Bewegung entstand, die auf dieser Welt etwas ändern konnte, und dass das Herz dieser Bewegung unzweifelhaft Earth war.

Insgesamt wurden von den Fahndern weltweit etwas mehr als zweihundert Leute unter dem Verdacht festgenommen,

Mitglieder von Earth zu sein. Bis auf zwei wurden alle noch am selben Tag wieder freigelassen, weil sie sich als »harmlose« Fans von Rise entpuppten. Zu Earth gehörten nur die beiden, die man weiterhin festhielt, »Rbll« aus Mexiko und »Dawn« aus Peking. Beide waren schon seit einiger Zeit dabei, doch Zodiac war sich sicher, dass man auch sie würde laufen lassen müssen. Earth hatte für solche Fälle ein Ghost-System als Sicherheitsnetz angelegt. Die Daten, die Rbll und Dawn in ihren Vernehmungen preisgaben, ließen die Ermittler in ein Netzwerk laufen, das Earth ähnlich war, aber letztlich nur aus einem Wirrwarr von immer neu generierten IPs bestand, hinter denen niemand zu finden war.

Dennoch waren sich Zodiac und Esther bewusst, dass die Spurenjäger der internationalen Polizeiapparate ihre Witterung aufgenommen hatten und keine Ruhe mehr geben würden. Aber Earth hatte inzwischen eine beachtliche Rebellenarmee zu seiner Verteidigung weltweit in Stellung gebracht.

»Ich nehme an, Sie werden gerade wach.«

Brit schlug die Augen auf. Ihr Blick war noch etwas verschwommen, wurde aber mit jeder Sekunde klarer. Über ihr stand ein Mann und lächelte sie an.

»Entschuldigen Sie meine Unhöflichkeit«, sagte er. »Ich sollte mich Ihnen erst einmal vorstellen. Mein Name ist Ben Jafaar.«

50

Brit zwinkerte noch einmal, dann konnte sie klar und deutlich sehen. Sie lag auf einem Bett in einer Art Hotelzimmer. Ein paar Möbel, die offene Tür zu einem Bad, ein Lichtkasten anstelle eines Fensters ... Ihr Blick ging hinunter zu ihrem Körper. Sie war komplett angezogen. Dann sah sie wieder hinauf zu dem Mann.

Er war Ende fünfzig, hatte schütteres, leicht angegrautes Haar, einen modischen Bartschatten, ebenfalls leicht angegraut. Seine Augen wirkten freundlich und klug. Er trug einen schwarzen Pullover und eine graue Hose.

Ein Stechen in ihrem Kopf ließ Brit die Augen zusammenkneifen.

»Das sind die Nachwirkungen vom Narkotikum, das wir Ihnen verabreichen mussten«, sagte Ben Jafaar. »Es ließ sich leider nicht vermeiden. Aber ich kann Ihnen versichern, dass es nicht schädlicher ist als ein Kater nach einer guten Party.«

»Wo bin ich?«, fragte Brit.

»In Tantalos. In einem unserer Gästezimmer. Ich hoffe, Sie fühlen sich wohl?«

Brit richtete sich auf. Ihr war noch etwas schwindlig, aber sie wollte mit dem Mann zumindest körperlich auf Augenhöhe sein, der sich ihr gerade als Ben Jafaar vorgestellt hatte.

»Ich könnte Sie ein wenig herumführen, wenn Sie wollen«, schlug er vor. »Wir hätten dann Gelegenheit, etwas zu plaudern.«

»Ich will erst hier raus. Dann können wir plaudern.«

»Bedaure«, sagte Ben Jafaar und bemühte sich um eine freundliche Mimik, die Brit aber nur wütend machte. »Ich habe eine Menge Erkundigungen über Sie eingezogen, und ich weiß, dass Sie klug sind. Sie glauben nicht ernsthaft, dass ich Sie hier rauslassen werde.«

Brit sah sich im Zimmer um. Ihr Blick blieb an dem Lichtkasten hängen. »Kein Fenster, damit ich nicht türme?«

»Kein Fenster, weil wir zwei Stockwerke tief unter der Erde sind«, antwortete Ben. »Kommen Sie, wir gehen etwas umher.«

Ben schritt zur Tür und öffnete sie. Dahinter lag ein Gang. Graue Wände, grauer Fußboden, indifferentes Licht aus LED-Kästen unter der Decke. Alles wirkte wie das Innere einer durchschnittlichen Büroetage.

Ben wandte sich wieder zu Brit um, lächelte und wiederholte: »Kommen Sie.«

Brit stand auf und folgte ihm zögernd.

»Wissen Sie, was Tantalos bedeutet?«, fragte er sie. »Ich meine den Namen ...«

»Griechische Mythologie. Sinnbild für das ewige Leiden.«

»In etwa. König Tantalos zog durch einen Frevel den Fluch der Götter auf sich. Die Erde selbst wurde ihm zum Feind und ernährte ihn nicht mehr. Mit aller Kraft musste er nach einem Ausweg aus seiner Strafe suchen. Das ist der Grundgedanke von Tantalos.«

»Aha. Warum bin ich hier?«

Ben schmunzelte. Er ging vor ihr den Gang entlang. Eine kleine Gruppe mit weißen Kitteln bekleideter Männer und

Frauen kreuzte durch einen Quergang ihren Weg und grüßte freundlich.

»Das ist eine gute Frage, Brit. Gestatten Sie, dass ich Ihnen das später beim Essen erkläre. Sehen Sie hier.« Er wies durch eine offene Tür, durch die Brit in ein kleines, menschenleeres Restaurant sehen konnte. »Hier könnten wir uns um sieben treffen, wenn es Ihnen passt. Die Küche ist ganz ordentlich, und wir hätten beim Abendessen die Gelegenheit, uns besser kennenzulernen. Bis dahin haben Sie Zeit, sich frisch zu machen.«

»Ich will nicht mit Ihnen essen. Über das Kennenlernen lass ich mit mir reden.«

Ben schmunzelte erneut. »Bedauerlicherweise kriegen Sie das eine nicht ohne das andere. Wir befinden uns hier auf der Entspannungsebene für die Mitarbeiter. Es gibt zwei Restaurants, eine Bar und ein nettes Café. Auf der anderen Seite des Gangs ist ein Fitnesskomplex. Die Ebene über uns ist die technische Verwaltung. Darüber sind dann drei Stockwerke oberirdisch, mit Empfang und Bürokratie, weitgehend unscheinbar.«

»Warum erzählen Sie mir das?«

»Weil ich Ihnen Ihre Neugier ansehe. Und weil Sie sich vermutlich gerade überlegen, wie Sie am besten hier herauskommen. Schauen Sie ...« Sie hatten eine kleine Halle mit drei gläsernen Aufzügen in der Mitte erreicht. Mehrere Mitarbeiter in weißen Kitteln nickten Ben freundlich zu und tauchten dann in einen der sechs Gänge ein, die von der Halle abführten. »Das hier ist der zentrale Aufzugschacht. Die Aufzüge aber lassen sich nur mit einer Schlüsselkarte bedienen. Es gibt noch einen zweiten Schacht etwa zweihundert Meter in diese Richtung.« Er zeigte auf einen der Gänge.

Dann trat er dicht an den gläsernen Aufzugschacht. Mit einem Lächeln winkte er Brit zu sich. Sie trat neben ihn und folgte seinem Blick nach unten. Der gläserne Schacht reichte weit in die Tiefe und schien kein Ende zu nehmen.

»Es gibt noch weitere vierzehn Stockwerke unter uns«, erklärte er. »Zwei stecken voll mit Rechnersystemen, die restlichen sind für die Server. Der Serverpark, den wir hier haben, ist größer als der von Google.«

Ben sagte das mit spürbarem Stolz, und Brit gab sich Mühe, ihm nicht zu zeigen, dass sie tatsächlich beeindruckt war.

»Ich bringe Sie jetzt zu Ihrem Zimmer zurück und erwarte Sie um sieben Uhr, einverstanden?«

Wieder ging er vor und ließ Brit kaum eine Wahl, als ihm zu folgen.

*

Die Sache hatte Erdmann keine Ruhe gelassen, und er war noch einmal alle Stationen der Ermittlung durchgegangen. Schließlich fand er etwas. Am späten Nachmittag kam er mit seinem Ergebnis zu Lisa und präsentierte ihr den Ausdruck zweier Listen.

Beim Tod des Sicherheitsmannes in der U-Bahn-Station Frankfurter Allee war beim ersten Alarm ein sogenannter Snapshot sämtlicher Handysignale gemacht worden, die zu diesem Zeitpunkt in der Station auf das Netz zugegriffen hatten. Es waren einige Hundert.

Erdmann hatte sich die Liste aus dem Polizeibericht vorgenommen und sie in seiner üblichen Genauigkeit mit dem rekonstruierten System-Snapshot verglichen. Er legte Lisa einen Ausdruck davon zusammen mit der Liste aus dem Polizeibericht vor. Letztere war um zwei Nummern kürzer. Lisa verstand sofort, was das hieß: Irgendwer innerhalb des BKA hatte zwei Handynummern aus dem Ermittlungsbericht gelöscht.

Spontan legte Lisa beide Hände auf Erdmanns Schultern und wollte ihn an sich ziehen. Sie war überwältigt von der stillen, emsigen Art, mit der er gearbeitet hatte. Aber die beabsichtigte Umarmung scheiterte noch im Ansatz an Erdmanns erschrockenem Blick, und so beließ es Lisa dabei, ihm ihre Dankbarkeit in Worten auszudrücken.

Erdmann hatte die beiden fehlenden Nummern identifiziert und bereits die Ortung der entsprechenden Handys auf diskretem Weg eingeleitet. Deren Signale befanden sich nun westlich außerhalb der Berliner Stadtzone.

Potsdam – das war das Erste, was Lisa durch den Kopf schoss. Es war der winzige Hinweis, den ihr Brit an der Gedenkstätte ihres toten Professors gegeben hatte.

Sie schwor Erdmann darauf ein, Kontakt zu ihr zu halten und ihr die Position der beiden georteten Handys im Minutentakt durchzugeben. Dann machte sie sich auf den Weg.

51

Ben hatte sie etwa zwei Stunden allein gelassen, als müsste er sich keinerlei Sorgen darum machen, dass Brit etwas herausfinden könnte, das sie in irgendeiner Form weiterbrachte. Und tatsächlich: Anfangs war sie noch hastig durch die Gänge geeilt, doch es gab auf dieser Etage kaum etwas anderes als viele Türen zu irgendwelchen Freizeitbereichen von Tantalos.

Sie fand den zweiten Aufzugschacht, doch ohne Schlüsselkarte konnte sie keinen Lift benutzen. Sie versuchte, sich an einige Mitarbeiter zu hängen, um in die Kabine zu gelangen. Aber die Karten wurden an der Fahrstuhltür geprüft und waren personensensitiv. Als Brit einen Schritt in den Aufzug machte, löste sie damit einen Alarm aus und eilte wieder hinaus.

Sie versuchte anschließend, mit Mitarbeitern ins Gespräch zu kommen, doch alle Antworten, die sie erhielt, waren unverbindlich und nichtssagend. Sie hatte den Eindruck, dass diese Menschen allesamt eine eingeschworene Gemeinschaft bildeten, und jeder von ihnen schien die Sicherheitsregeln von Tantalos komplett verinnerlicht zu haben. Die Türen zu den drei Notfall-Treppenhäusern waren verplombt, und blinkende Alarmlämpchen zeigten Brit, dass sie wieder einen Alarm auslösen würde, wenn sie die Plomben brach.

Nach einer Weile gab sie das Herumlaufen auf, kehrte in

ihr Zimmer zurück, duschte ausgiebig und schlüpfte in die frische Unterwäsche, die ihr irgendwer ins Bad gelegt hatte.

Um sieben Uhr ging sie dann zu dem kleinen Restaurant, in dem Ben Jafaar als einziger Gast auf sie wartete. Ben trug ein Jackett über seinem schwarzen Pullover und stand bei ihrem Eintreffen zuvorkommend auf, um sie zu begrüßen. Er rückte ihr sogar den Stuhl zurecht und verstand es in der folgenden Stunde, ihre drängenden Fragen charmant abzuleiten und ihrem Dinner den Charakter einer angenehmen Plauderei zu geben.

Brit hatte keinen Hunger, aber sie wollte mitspielen, um Ben am Reden zu halten. Sie aßen Krevetten als Vorspeise und Bœuf bourguignon als Hauptgang, dazu trank Ben einen Cabernet Sauvignon und Brit Mineralwasser. Der Kellner, der sie bediente, war leise und unauffällig.

Das kleine Restaurant war keine Kantine für die Mitarbeiter, sondern besonderen Gelegenheiten vorbehalten. Ben plauderte bereitwillig und viel über seine Zeit bei Earth und seine damaligen Gründe, die Hacker-Bewegung ins Leben zu rufen. Jeder dritte Satz handelte davon, wie wichtig es war, gegen den moralischen, ökologischen und wirtschaftlichen Verfall dieser Welt zu kämpfen, und er präsentierte sich Brit genauso, wie sie ihn sich aufgrund von Khaleds Beschreibungen vorgestellt hatte: ein brillanter Geist und unermüdlicher Streiter für Gerechtigkeit.

Wann immer Brit Fragen zu Tantalos stellte, lenkte er das Gespräch in eine andere Richtung. Es war nur allzu deutlich, dass er sich die Themen nicht von ihr vorgeben lassen wollte. Dann begann er, von sich aus von der Bilderberg-Konferenz von 2014 zu sprechen und von dem Angebot, das man ihm damals unterbreitet hatte. Ein Angebot, dass er nicht ausschlagen konnte. Nie zuvor hätte ein Mensch die Gelegenheit erhalten, den Lauf der Welt derart zu beeinflussen.

Ben ging zur Tarte au citron als Dessert über und stellte noch zurück, was genau das für ein Angebot gewesen war. Stattdessen erzählte er ihr, dass sein angebliches Verschwinden bei dem Ballonflug über der libyschen Wüste das Ergebnis langer Planung gewesen war. Sein Ausstieg aus Earth sollte so gestaltet werden, dass die mythenhungrigen Computerhacker zufrieden waren und keine weiteren Fragen stellten.

Brit beobachtete Ben beim Reden genau, und sie spürte die charismatische Wirkung seiner Sätze: wie seine Begeisterung und Leidenschaft beim Reden den Raum füllten und wie er durch die gewählten Pausen den Rhythmus bestimmte, während er durch sein Lächeln immer wieder den Kontakt zu ihr hielt. Sie spürte aber auch noch etwas anderes: Es war ihm offenbar wichtig, mit ihr zu reden. Jede Minute davon schien er zu genießen.

Schließlich tupfte er sich mit der Serviette den Mund ab und fragte sie, ob sie bereit sei, sich sein Projekt anzusehen.

Sie sagte Ja und stand auf.

Fünf Minuten später standen sie in seinem Büro und blickten durch ein Panoramafenster auf die Systemzentrale von Tantalos, die sich über drei Stockwerke erstreckte. Eine Vielzahl von Mitarbeitern saß an Tastaturen und Schaltpulten, die Blicke auf eine gewaltige Landschaft von Monitoren gerichtet.

»Das ist es?«, fragte Brit.

»Das ist die Spitze des Eisbergs«, antwortete Ben. »Das wahre Herz liegt in all den Stockwerken unter uns.«

»Eine riesige Rechenmaschine«, sagte Brit. »Wozu? Optimierung der Ökonomie? Der Politik? Der Menschheit?«

»Gar nicht so abwegig. Es geht tatsächlich um eine Art Optimierung. Die Menschheit steht heute vor der gewaltigen Aufgabe, ihren eigenen Untergang abwenden zu müssen.«

»Und das macht Tantalos?«

»Tantalos ist die größte Recheneinheit, die die Menschheit je besessen hat. Sie wurde über zwei Jahre erbaut und ist seit weiteren zwei Jahren in Betrieb. Ihr Zweck ist die Simulation der menschlichen Zukunft.«

»Simulationsprojekte gibt es heutzutage viele, in fast jeder Disziplin der Wissenschaft«, wandte Brit ein, um Ben aus der Reserve zu locken.

»Richtig. Neu ist aber die Größe. Wir füttern unser System mit nahezu jedem Datensatz, den es zur gegenwärtigen Gesellschaftsentwicklung gibt. Aus Trilliarden von Daten, die jede Minute hier einströmen, extrapolieren wir die Zukunft der Menschheit bis ins Jahr 2045. Wahrscheinlichkeitsberechnungen. Sie können mir folgen?«

»Natürlich.« Brit nickte mit düsterer Miene. »Das Extrapolationsphänomen. Man wiederholt ein Gerücht so lange, bis es zum Fakt wird.«

»Das ist etwas vereinfacht ausgedrückt. Heutzutage ist es ein Modebegriff aus der Medientheorie.« Auf seinem Gesicht zeigte sich Eitelkeit, die er nicht gänzlich verbergen konnte. »Als ich die Theorie im Jahr 2001 ins Leben gerufen habe, waren gerade die Flugzeuge in die Twin Towers geflogen. Es ging mir damals bei der Formulierung des Phänomens nicht um Gerüchte in den Medien. Es ging darum, wie man durch Korrelation von vielen unscharf analysierbaren Ereignissen eine Gesamtanalyse von hoher Treffsicherheit erhalten kann.«

»Man untersucht viele Gerüchte auf Übereinstimmungen und erhält auf diese Weise einen Hinweis auf die Wahrheit«, übersetzte Brit mit eigenen Worten und war spürbar beeindruckt, dass die Theorie, die sie in den Vorlesungen von Professor Keppler so begierig in sich aufgesogen hatte, von dem Mann stammen sollte, der nun vor ihr stand. »Aber was ist das Ziel?«

»Das Überleben der Menschheit. Doch das ist nur zu erreichen, wenn wir die Gesellschaftssysteme entsprechend anpassen.«

»Eine Diktatur als Weltregierung. Und Afrika als Internierungslager für Andersdenkende!«

»Oh, so viel haben unsere gemeinsamen Hackerfreunde also schon herausgefunden!« Ben hob mit einer leichten Verwunderung die Augenbrauen. »Aber Sie haben Ihr Urteil über uns zu schnell gefällt, Brit. Wir haben die UN-Charta der Menschenrechte zur Basis all unserer Berechnungen gemacht und dem System die Aufgabe gegeben, den größtmöglichen Teil davon für den größtmöglichen Teil der Menschheit zu garantieren. Das, was dabei herauskam, ist das Beste, was uns die Zukunft bieten kann.«

»Doch ein paar Verlierer fallen dabei vom Tellerrand. Die Eingesperrten in Afrika zum Beispiel.« Brit wollte ihn provozieren.

»Jedes mögliche System wird immer auch Gegner produzieren. Und gegen die muss man sich schützen.«

»Wie? Panzer und Kriegsschiffe rund um den afrikanischen Kontinent, um die Leute darin festzuhalten?«

»Weniger martialisch«, widersprach er. »An manchen Stellen eine Mauer, an anderen nur bewachte Zäune. Im Kontinent selbst keinerlei Überwachung. Selbst dort ist die Freiheit garantiert, auch für die Andersdenkenden.«

»Und die Versorgungssituation dort?«

»Ebenfalls der Freiheit überlassen.«

»Das heißt, sie hungern.«

»Jeder wird selbst wählen können, in welchem System er leben möchte. Bis zum Jahr 2045 wird ein globales Parlament über eine Gesellschaft regieren, zu der neunzig Prozent der Menschheit gehören. Und alle Kontinente bis auf Afrika. Für neunzig Prozent der Weltbevölkerung sind die Menschenrechte garantiert und ebenso ein Grundeinkommen, das sich am Doppelten des Existenzminimums orientiert.«

»Und trotzdem gibt es Rebellen«, sagte Brit.

»Allerdings.«

»Earth-Rebellen.«

»Sagen wir, es ist eine Bewegung, die aus dem jetzigen Earth hervorgegangen ist und den Namen adaptiert hat.«

»Und die als Terroristen gejagt werden.«

»Sehen Sie, Brit, ich bin der wissenschaftliche Leiter dieses Projekts, aber ich bin kein Politiker. Bis auf Nordkorea haben sich alle Staaten unserem Projekt angeschlossen. Die Klassifizierung in Rebellen und Terroristen wird nicht von mir gemacht, sondern von den Geheimdienstapparaten der jeweiligen Regierungen.«

»Die geben also die Mordbefehle, und Sie sind nur der Wissenschaftler, der die Verantwortung von sich weist.«

»Ist das Sarkasmus in Ihren Worten oder ein moralisches Urteil, Brit?«

Sie ging nicht auf die Frage ein. »Was ist mit dem Foto? Khaled und ich und das Baby? Das haben Ihre Leute gefakt, um was genau zu erreichen?«

»Ganz so einfach ist es nicht. Wir wissen, dass das Kind von Khaled und Ihnen eine große Gefahr für unsere Zukunft bedeutet ...«

»Sie vermuten«, wollte Brit richtigstellen.

»Wir *wissen*«, betonte Ben. »Dieses Kind, Ihr Sohn, ist im Jahr 2045 die letzte Hürde für den Weltfrieden, der dem Großteil der Menschheit zugutekommen wird.«

»Sie sind verrückt!«, entfuhr es Brit. »Komplett verrückt!«

Ben Jafaar wandte sich von ihr ab, trat näher an die große Panoramascheibe und richtete den Blick auf die Steuerzentrale seines Lebenswerks. Für einen Moment schwieg er, und Brit nutzte die Zeit, um sich umzuschauen. Sie sah die

Tastatur auf Bens Schreibtisch, die an der Seite einen USB-Port hatte.

»Ich habe Sie beobachtet, Brit. Über viele Jahre Ihres Lebens hinweg.«

Brit horchte auf, und ein leichter Schauer rieselte ihr über den Rücken.

»Ich weiß so viel über Sie, auch von Ihren Problemen. Seit Ihrer Teenagerzeit wurden Sie von Therapie zu Therapie geschoben. Um das zu beheben, was die Psychologen als dissoziative Störung bezeichnen. Sie selbst nennen es den Tunnel.«

»Woher wissen Sie ...?«, entfuhr es Brit, doch sie stockte mitten in der Frage. Sie war erschrocken, verunsichert.

»Sie erwähnten es gegenüber einem Dr. Pitten, als Sie neunzehn waren, und er schrieb es in seinen Bericht.« Ben wandte sich ihr wieder zu und sah sie ernst an. »Das, was Sie den Tunnel nennen, ist keine Krankheit. Es ist etwas, das Sie *besonders* macht.« Er machte einen Schritt auf sie zu, doch als er spürte, wie sie sich anspannte, blieb er stehen. »Es bedeutet, dass Sie das Unwichtige ausblenden können. Dass Sie all Ihre Energie fokussieren können, um sie in voller Stärke zu nutzen. Für die Dinge, die bedeutsam sind. Glauben Sie mir, ich weiß, wovon ich rede. Ich habe diese Fähigkeit ebenfalls. Und ich habe sie zu schätzen und zu nutzen gelernt. Es gibt nur wenige Menschen, die das verstehen können und uns nicht als krank abstempeln.«

Brit starrte ihn an. Alarmiert und wachsam. Alles in ihr bäumte sich dagegen auf, den Worten von Ben Jafaar Glauben zu schenken.

»Ich biete Ihnen an mitzumachen. Hier, an meiner Seite. Bei dem größten Forschungsprojekt der Menschheitsgeschichte.« Er streckte die Hand nach ihr aus, aber Brit rührte sich nicht. »Wir können die Welt in eine Zukunft steuern, die Gutes für fast alle Menschen bedeutet. Die Mächtigen dieser Welt haben dieses Projekt initiiert, weil sie globale Stabilität brauchen, um neue Märkte für die Weltwirtschaft zu erschließen. Ich habe diese Chance ergriffen, weil ich verstanden habe, was dadurch wirklich möglich ist. Frieden und Gerechtigkeit in der Zukunft.« Er sprach diese Sätze mit der brennenden Begeisterung des Wissenschaftlers, durch dessen Adern Ideen statt Blut pulsierten. »Das hier ist die genaueste Recheneinheit, die denkbar ist. Die Zukunft, die mit ihr geschaffen wird, wird mit sehr großer Wahrscheinlichkeit genauso eintreten, Brit.« Jetzt trat er nah an sie heran. »Machen Sie mit. Zusammen mit mir.«

Brit schüttelte den Kopf. Es war nicht nur die Antwort auf seine Frage. Es war die völlige Ablehnung von allem, was er redete und wofür er stand.

Ben las all das nicht nur aus ihrer Geste, sondern auch aus ihrem Blick, und Enttäuschung breitete sich in ihm aus. Es war eine tiefe, bittere Enttäuschung.

Für einen langen Moment schwieg er. Dann atmete er durch und fand seine Stimme wieder. »Versuchen wir es anders. Sagen wir, ich gebe Ihnen die Möglichkeit, dem sinnlosen Morden an den Earth-Hackern ein Ende zu setzen ...«

Brit horchte auf. »Was müsste ich dafür tun?«

»Mir die Garantie geben, dass es dieses Kind von Khaled und Ihnen nie geben wird.«

»Und Sie würden meinem Wort vertrauen?«

»Nein. Die einzig denkbare Garantie wäre ... dass Sie sich sterilisieren ließen!«

Brit spürte, wie der Schreck ihren Körper durchzuckte und ihre Muskeln lahmlegte. Sie musste Zeit gewinnen.

»Und wie stellen Sie sich das vor? Ich meine, praktisch?«

»Wir sind hier darauf vorbereitet. In der Krankenstation steht alles bereit. Wir haben exzellente Ärzte.«

Er sagte es mit ruhiger Stimme, und Brit sah ihn umso entsetzter an.

»Könnte ich bitte ein Glas Wasser haben?« Sie setzte sich mit sichtbarer Beunruhigung an den Schreibtisch.

Ben ging zu dem Kühlschrank mit der gläsernen Front, hinter der Brit die Vielzahl an Flaschen erblickt hatte. Er holte ein Mineralwasser heraus und nahm aus einem Schränkchen ein Glas.

Und Brit nutzte die Zeit, um den winzigen Stick mit dem Plastiksmiley in den USB-Port der Tastatur zu stecken und ihn unter einem Papierausdruck zu verstecken.

Innerhalb von zehn Sekunden sollte der Homer ins System gekrochen sein, und sie konnte nur hoffen, dass die Leute von Earth darauf vorbereitet waren.

Als Ben ihr das Glas Wasser reichte, stand sie wieder auf.

»Warum ich? Ich meine ... weil ich genauso *krank* bin wie Sie?«

»Nein, Brit.« Ben bedachte sie mit einem unergründlichen Blick, und sein Gesichtsausdruck wurde milder, als er weitersprach. »Ich kannte Ihre Mutter. Vor Ihrer Geburt schon. Claire ...«

Alles, was bis zu diesem Moment in Brits Kopf vor sich gegangen war, hatte plötzlich keine Bedeutung mehr. Sie stand wie angewurzelt da und hörte ihm zu.

»Sie war eine wunderschöne Frau«, fuhr Ben fort, »und ausgesprochen klug. Eine Humanistin. Verheiratet mit einem erfolgreichen Börsenmakler. Claire und ich haben uns in Amsterdam kennengelernt, auf einem Symposium für Menschenrechte. Wir mochten uns von Anfang an.«

Brit wollte plötzlich, dass er aufhörte. Sie wollte nichts mehr hören von dem, was er ihr sagen wollte. Aber sie fand keine Worte, um ihn zu stoppen.

»Claire und ich verbrachten einige Nächte zusammen,

mehr nicht. Sehr, sehr intensive Nächte. Danach verloren wir uns aus den Augen. Vier Jahre später verlor Claires Mann angeblich die Kontrolle über sein Privatflugzeug und riss Claire mit sich in den Tod. Manche aber vermuteten Absicht dahinter, denn Claires Tochter blieb an diesem Tag ausnahmsweise zum Spielen im Tower des kleinen Flughafens zurück. Das waren Sie, Brit. Deswegen haben Sie überlebt.«

Ben sagte das langsam und mit einer Schwere im Tonfall, deren Grund Brit nach und nach erahnte. Er griff in sein Jackett und zog ein Foto heraus. Es war alt und abgegriffen. Ben warf einen versonnenen Blick darauf, dann reichte er es ihr.

Auf dem Foto war ein Baby zu sehen, ein Mädchen.

Brit blickte auf zu Ben und wollte fragen, wer das war, aber sein Gesicht gab ihr die Antwort, ohne dass sie die Frage stellen musste.

Sie drehte das Foto um. In der schönen Handschrift einer Frau stand dort:

Sie hat deine Augen

Der Boden unter Brits Füßen schien zu schwanken. Ihre gesamte Welt war mit einem Mal auf den Kopf gestellt.

Im gleichen Moment lief ein Flackern über die Monitore im Systemzentrum hinter der Panoramascheibe. Irritiert blickte Ben dorthin und trat an die Scheibe. Erneut zeigte sich das Flackern auf den Bildschirmen, dann fielen einzelne von ihnen aus, auf anderen erschienen Datenkolonnen, rauschten durch den sichtbaren Bereich, transformierten und verschwanden wieder, um neuen Datenkolonnen Platz zu machen, all das schneller, als ein menschliches Auge es hätte verfolgen können.

Ben fuhr zu Brit herum, dann huschte sein Blick durch den Raum, blieb am Schreibtisch hängen. Mit schnellen

Schritten ging er dorthin, schleuderte den Papierausdruck zur Seite, entdeckte den Stick in der Tastatur und riss ihn heraus.

»Zu spät«, sagte Brit, und Dutzende widersprüchlicher Gedanken rasten ihr dabei durch den Kopf.

»Was hast du getan?« Auf einmal siezte er sie nicht mehr.

»Nur verhindert, dass dort draußen Leute umgebracht werden für ein Fake-Foto von einem Rebellenanführer, dessen Eltern Khaled und ich sein sollen!«

»Du hast *nichts* verstanden!« Entsetzen stand Ben Jafaar ins Gesicht geschrieben. »Das Bild ist *kein Fake!* Es ist zu uns gekommen. Wir haben es nicht *gemacht!* Es ist als Warnung aus der Zukunft bei uns *eingetroffen!*«

Die Datenkolonnen übernahmen die restlichen Monitore im großen Systemzentrum, und eine Alarmsirene ertönte.

Ben warf Brit einen letzten Blick zu, der zwischen Wut und nackter Panik schwankte, dann lief er los, um zu retten, was zu retten war.

Brit stand noch einen Moment da, die Verzweiflung in sich aufnehmend, die sie in Bens Blick gesehen hatte, dann lief auch sie los.

52

Die Dämmerung war bereits fortgeschritten, als sieben Männer mit automatischen Pistolen in den Händen auf das Grundstück der Potsdamer Villa schlichen. Sie näherten sich von drei Seiten, um sicherzugehen, dass keines ihrer Opfer durch einen Seitenausgang entkam. Leise und schnell rückten sie wie geplant vor.

Zwei der Männer trugen die Handys mit jenen Nummern bei sich, die Erdmann aufgespürt hatte.

Sie gingen in Stellung, dann sprengten sie zeitgleich mit daumengroßen Päckchen Plastiksprengstoff die Schlösser an Haus- und Gartentür. Es machte nicht einmal viel Krach. Sie stürmten ins Hausinnere, bereit, auf alles zu schießen, was ihnen vor die Läufe kam.

Aber sämtliche Räume waren leer.

»Sie sind eingerückt«, sagte BangBang und starrte auf seinen Monitor, der aus drei verschiedenen Perspektiven zeigte, wie die sieben Männer durch die Räume der Potsdamer Villa stürmten.

»Gut«, sagte Zodiac neben ihm, »speichere ihre Gesichter.«

Er saß zusammen mit Khaled, Esther, LuCypher und BangBang in der Schaltzentrale des alten Stellwerks vom Gleisdreieck und führte den Angriff gegen Tantalos. Khaled hatte ihnen erklärt, dass er glaubte, den Plan von Ben Jafaar durchschaut zu haben. Das Foto von ihm, Brit und dem Kind war ein Symbol für etwas, und Ben Jafaar ging es darum, dieses Symbol zu vernichten, nicht die Menschen. Wäre es anders gewesen, hätten seine Killer mehr als einmal Gelegenheit dazu gehabt, Khaled und Brit zu liquidieren. Brits Erzählung von ihrer Begegnung mit Graf war das letzte Puzzlestück, das Khaled für seine Theorie gefehlt hatte. Es wäre für Graf einfach gewesen, sie an Ort und Stelle zu erschießen. Aber er tat es nicht.

Khaled ging davon aus, dass Ben Jafaar ihn und Brit lebend wollte, um sie beide auf seine Seite zu ziehen. Besser konnte man ein Symbol nicht auslöschen. Er schaltete daraufhin sein Smartphone ein, in dem Glauben, dass Ben Jafaars Leute dessen Signal sofort orten würden, um anschließend ihn und Brit abzuholen. Auch darauf war Khaled vorbereitet, denn er hatte Brits Stick mit dem Homer kopiert und trug ihn in der Tasche. Dass sie gekommen waren und ihn niederschlugen, gehörte zu seinem Plan. Doch als er am nächsten Morgen aufwachte und sah, dass sie nur Brit mitgenommen hatten, wusste er, dass er irgendetwas übersehen haben musste.

Sie alle hofften, dass Brit die Gelegenheit bekommen würde, den Stick zu benutzen. Sie waren in ihre Angriffszentrale umgezogen und aktivierten sämtliche Hacker von Earth. Dann legten sie sich auf die Lauer und warteten darauf, dass der Homer ihnen die Pforte zum Herzen von Tantalos öffnete.

Als es schließlich losging, war der Angriff durch Earth brutal. Der Homer riss einen Spalt in die Mauer, und die Hacker walzten den Rest davon nieder. Es war eine Armee, die über Tantalos herfiel, mehr als hundert der besten Hacker ihrer Zeit. Nach nur wenigen Minuten konnte Khaled auf Zodiacs Monitor zusehen, wie sich Datenbäume und Filecluster millionenfach in nichts auflösten.

LuCyphers Job war es, Brit derweil aus dem Gebäude zu schleusen. Er sorgte dafür, dass Alarmsysteme und Überwachungskameras ausfielen, und schloss die Schlüsselcard-Scanner der Aufzugsysteme kurz. Es lief reibungslos. Von nun an konnten sie Brit nur noch viel Glück wünschen. Bis sich plötzlich BangBang zu Wort meldete.

»Scheiße!«, rief er. »Schaut mal her!«

Sein Monitor zeigte das Bild einer Spycam aus der Potsdamer Villa. Soeben trat Lisa Kuttner durch deren Eingang.

Erdmann hatte ihr die Positionsdaten der beiden Handys wie verlangt im Minutentakt durchgegeben, und die führten Lisa in eine Gegend, wo mit dem Geld der Gründerzeit beeindruckende Villen entstanden waren. Als sie in die Alleestraße einfuhr und von Erdmann hörte, dass die beiden Handysignale nun keine Bewegung mehr zeigten, wusste sie, dass sie am Ziel angekommen war. Sie stellte den Wagen ab und lief den Rest zu Fuß.

Es war beinahe dunkel, und die Villa, der sie sich näherte, stand im Schutz großer Bäume mit ausladenden Kronen, die das Licht der Straßenlaternen von ihr abhielten. Lisa näherte sich bis auf zwanzig Meter. Die Eingangstür stand offen. Sie zog ihre Dienstwaffe und schlich lautlos weiter.

All ihre Gedanken kreisten um Brit, und sie hoffte inständig, dass ihr nichts geschehen war. An der Tür konnte sie Stimmen hören. Sie drückte die Tür vorsichtig ganz auf und ging hinein. Dann blieb sie im Halbdunkel der weitläufigen Diele stehen.

Im hinteren Bereich fiel das Licht von Taschenlampen aus mehreren Zimmern. Sie hielt ihre Dienstwaffe mit beiden Händen vor sich und ging weiter.

In diesem Moment trat ein Mann hinter sie und schoss ihr in den Rücken.

Die Beine knickten unter ihr weg, und sie fiel zu Boden, ohne Schmerzen zu spüren.

Der Mann trat über sie und zielte erneut.

Es war nicht schlimm zu sterben. Schlimm war nur, dass sie nicht wusste, ob Brit in Sicherheit war.

53

Brit rannte durch das Treppenhaus nach oben. Überall herrschte Chaos unter den Mitarbeitern, und sie gelangte problemlos nach draußen.

Als sie das Gebäude verließ, blickte sie sich um. Der sichtbare Teil von Tantalos war nicht sonderlich groß. Das unscheinbare Firmengebäude eines IT-Unternehmens am Stadtrand von Oslo.

Brit erreichte die Straße und winkte einem vorbeifahrenden Taxi, von dem sie sich zum Flughafen bringen ließ. Als sie in der Flughafenhalle ankam, hielt sie ihr Gesicht in die nächste Überwachungskamera, in der Hoffnung, dass Earth durch einen Gesichtsscanner auf sie aufmerksam wurde. Erst dann buchte sie einen Flug nach Berlin.

Sie hatte richtiggelegen mit ihrer Vermutung. Hacker aus drei Kontinenten hatten die öffentlichen Überwachungssysteme von ganz Oslo unter ihre Kontrolle gebracht und meldeten laufend Brits Position an die Berliner Zelle.

In der Schaltzentrale des alten Stellwerks stieg die Stimmung.

*

Als Khaled sie am Ankunftsgate abholte, zeigte er eine Miene, die Brit in ihrem Repertoirewissen über menschliche Ausdrucksformen als Sorge identifizierte. Auf den letzten Metern, die sie auf ihn zuging, erkannte sie zudem, dass er ihren Körper mit seinen Blicken von oben bis unten scannte. Vermutlich wollte er sich davon überzeugen, dass sie unverletzt war.

Brit war nicht sehr geschickt darin, bei einem Abschied die richtigen Worte zu finden. Noch ungeschickter war sie, den passenden Satz bei einem Wiedersehen zu formulieren. Sie hatte sich daher angewöhnt, bei Wiedersehen die Gesprächseröffnung dem jeweils anderen zu überlassen.

»Bist du okay?«, fragte Khaled, noch immer mit diesem besorgten Gesichtsausdruck.

»Klar.« Brit bemühte sich um ein Lächeln und versuchte zu erkennen, was wohl in Khaleds Kopf vor sich ging. Sicher war er inzwischen darüber informiert, was sie im Computersystem von Tantalos angerichtet hatte. Es musste dort eine Menge Verwüstung gegeben haben. Dass man Brit erst aus Tantalos und dann aus Oslo hatte herausschleusen können, bewies, dass die Earth-Hacker in das System eingedrungen waren. Und erst einmal drinnen, konnte nichts und niemand sie aufhalten. So viel war Brit klar, aber sie brannte dennoch darauf, all die Details von Khaled zu erfahren.

Ihn selbst interessierte etwas anderes. Das erkannte sie an seinen Augen. Darin brannte die Neugier, etwas über Ben Jafaar zu hören. Über den Mann, der für ihn bis vor wenigen Tagen noch sein Vater gewesen war. Eine allzu verständliche Neugier, fand Brit. All die Ereignisse der letzten Tage, all die Verluste in ihrem und in Khaleds Leben ließen sich auf Ben Jafaar zurückführen. Insoweit waren die Fragen in Khaleds Blick begründet. Der Ausdruck der Sorge auf Khaleds Gesicht stand dabei in einer engen, fast rhythmischen Korrelation zu diesen Fragen.

Brit dachte darüber nach. Worüber sorgte er sich genau? Ob sie unversehrt war? Ob Ben Jafaar ihr physischen Schaden zugefügt hatte? Dass er sie womöglich auf seine Seite gezogen hatte? Gedanken, die durch Brits Wahrnehmung blitzten wie kleine Lichtreflexionen auf den Lamellen der Jalousie, durch die sie die Welt vor sich stets betrachtete. Das alles geschah, während sie ihr Lächeln formte, das ihre knappe Antwort »Klar!« begleitete.

Dann blieb ihr plötzlich die Luft weg. Khaled hatte sie kurzerhand in die Arme geschlossen und drückte sie an sich. Sie spürte seinen Körper durch alle Schichten ihrer Kleidung. Spürte, wie ihre Brüste gegen seine Brust drückten, ihre Hüfte gegen seine. Ihr Herz schlug schneller, und sie dachte an diesen starken Muskel in ihrem Körper, der gerade seinen Rhythmus erhöhte und dabei Kalorien verbrannte; sie dachte an die Adrenalinsteigerung, die meist eine Begleiterscheinung solcher Körperkontakte war, verantwortlicher Faktor für eine Empfindungssteigerung der Hautrezeptoren, die sich bis zu Hyperästhesie steigern konnte, der pathologischen und gelegentlich durchaus schmerzhaften Überreizung der Haut.

An all das dachte Brit in diesem Moment. Und dann dachte sie plötzlich an gar nichts mehr. Sosehr sie sich auch darum bemühte, konnte sie dennoch keinen einzigen Gedanken fassen. Da waren nur noch seine Arme und ihr Körper, der sich weigerte, einen einzigen Moment dieser Umarmung durch einen ausweichenden Gedanken zu verlieren.

»Es war nicht leicht, dich da rauszuschleusen«, sagte Khaled, »aber die Vernetzung und die Angriffspräzision der Earth-Leute war beeindruckend. Eine echte Armee, die auf einmal aus ihren Verstecken in allen Winkeln der Welt aufgetaucht ist. Und sie alle kämpften plötzlich für dieselbe Sache.«

Khaled sagte das ernst, mit festem Blick in ihre Augen und beiden Händen an ihrem Kopf, nachdem er die Umarmung gelöst hatte. Brits Körper widerstrebte es noch, diese neue Position zu akzeptieren und dementsprechend zu reagieren. Sie blickte ihn forschend an und sah in seinen Augen andere Dinge als die, von denen er erzählte. Diese anderen Dinge hatten mit ihr zu tun. Und mit dem, was die Begegnung mit Ben Jafaar in ihr ausgelöst hatte.

Khaled brachte sie hinaus zum Parkplatz, wo der alte Transit wartete, mit dem er gekommen war. Während der Fahrt erfuhr Brit, dass die Earth-Hacker innerhalb von Minuten ins Tantalos-System eingedrungen waren und zerstörerische Schneisen in dessen Eingeweide geschlagen hatten. Die Schäden mussten enorm sein. Dann aber fuhren die Rechner einer nach dem anderen herunter und das gesamte System wurde vom Netz abgekoppelt. Earth verlor den Zugriff darauf. Inwieweit Tantalos dadurch die Zerstörung des Systems hatte verhindern können, wusste zum jetzigen Zeitpunkt niemand.

Brit hörte aufmerksam zu, sog jede Information regelrecht in sich auf, und als sie mit dem Transit über die Autobahn fuhren, beruhigte sich auch ihr Herzschlag wieder.

»Wie war er?« Khaled stellte die Frage völlig unvermittelt und ohne Zusammenhang.

»Beeindruckend. Weit beeindruckender, als ich zulassen wollte.« Brit überlegte kurz, ob sie ihm von Ben Jafaars charismatischer Ausstrahlung erzählen sollte. Doch als sie sah, wie sehr ihn ihre ersten Worte bereits erschüttert hatten, beschloss sie, alles Weitere zu verschweigen.

Stattdessen legte sie ihre Hand auf Khaleds Oberschenkel, spürte die Wärme seiner Haut durch das Hosenbein und sagte: »Er wird es nicht schaffen. Er ist berauscht von seiner Macht, fasziniert von den Möglichkeiten, die ihm dieser Mega-Computer gibt. Er ist wie ein Rennpferd mit Scheuklappen, die all das verbergen, was jenseits seines Ziels liegt.«

»Was wollte er von dir?«

»Das blieb unklar. Vermutlich dich.«

»Wohl kaum. Ich bin nicht sein Sohn.«

»In seinen Augen vielleicht doch. Er hat dich aufgezogen. Egal, ob du von ihm gezeugt wurdest oder nicht. Vielleicht liebt er dich trotzdem wie einen Sohn.«

»Nein. Ich würde es spüren, wenn es so wäre. In all den Jahren hätte ich es gespürt.«

»Gefühle können uns täuschen.«

Khaled schüttelte nur knapp den Kopf und antwortete nicht weiter darauf.

Den Rest der Fahrt sprachen sie kaum noch. Khaled wollte seine Neugier über Ben Jafaar nicht allzu deutlich nach außen dringen lassen, und Brit wollte das Thema nicht von sich heraus ansprechen, um nicht unnötig lügen zu müssen.

Khaled steuerte den Transit auf die Raststätte Avus und hielt dicht hinter einem mittelgroßen Wohnmobil an. Sie stiegen aus und gingen zu Esther und Zodiac, die darin ihr vorübergehendes Domizil aufgeschlagen hatten. In dem engen Wohnraum des Wagens standen ihre Rechner und sie hackten sich mittels einer aggressiven Software in die Netze der anderen Raststättenbesucher, sodass sie deren Identitäten für den Einstieg ins Internet nutzen konnten und unerkannt blieben.

»Schön, dich wieder in unseren Reihen zu haben«, sagte Esther zu Brit.

»Ich war nie woanders«, antwortete sie.

Khaled folgte ihr ins Wohnmobil, nachdem er mit einem kurzen Blick sichergestellt hatte, dass niemand auf der Raststätte von ihnen Notiz nahm.

54

Brit spürte die latente Rivalität zwischen Khaled und Zodiac, die auf einmal in jedem Blick und jeder Geste steckte. Sie spürte auch, dass sich Esther nach Kräften bemühte, zwischen den beiden Männern zu moderieren und ihre Gedanken auf das gemeinsame Ziel zu lenken.

In knappen Worten wurde ihr berichtet, dass die weltweiten Earth-Rebellen seit einigen Stunden sämtliche Informationen über Tantalos an die Öffentlichkeit leakten. Sie schickten alle Daten, die sie aus dem Herzen des Rechners geschaufelt hatten, bevor dieser vom Netz gekoppelt worden war, an die verschiedenen Wiki-Plattformen und an digitalerfahrene NGOs. Sie schickten sie ebenso an die großen Journalistenportale auf sämtlichen Kontinenten, auch wenn man sich wenig Illusionen machte, was Sachkompetenz und journalistische Unabhängigkeit anging.

Es war eine schier unüberschaubare Menge an verschlüsselten und unverschlüsselten Daten. Selbst eine Armee von Fachleuten und IT-Spezialisten würde Wochen brauchen, das Material zu prüfen, zu sortieren und auszuwerten. Aber die Dinge waren in Gang gebracht worden, der Geist war aus der Flasche.

Es schlug ein wie eine Bombe. Als Erste hatten die Netzjournalisten, die News-Blogs und die unabhängigen News-Feeds von Twitter und Facebook reagiert. Schlagartig stand

Tantalos im Licht der Öffentlichkeit. Millionen von Fragen wurden gestellt, ebenso viele Gerüchte und Theorien kamen auf. Die etablierten Nachrichtenportale meldeten zwar die geleakten Informationen über einen geheim gehaltenen europäischen Superrechner in Oslo, mit deren Einschätzung und Beurteilung hielten sie sich aber noch weitgehend zurück. Seit Erfindung des Begriffs »Fake News« waren sie vorsichtig geworden.

Brit spürte, wie sie das Sprudeln all dieser Informationen genoss, waren sie doch ein handfester Beweis für den Erfolg ihrer halsbrecherischen Aktion in Oslo. Doch sie spürte auch, dass das Adrenalin in ihrem Körper allmählich verbraucht war und all ihre Muskeln schwerer wurden.

Dankbar zog sie sich in den Transit zurück, als Esther ihr wortlos einen Schlafsack reichte.

Die verborgene Einsatzzentrale am Gleisdreieck gaben die Earth-Mitglieder vorsichtshalber auf, um sich in mobile Unterkünfte zurückzuziehen. So war es abgesprochen. Esther, Zodiac und BangBang hatten ihre Rechner eingepackt und daraufhin die Zentrale verlassen. LuCypher wollte angeblich den Raum noch einmal auf USB-Sticks oder andere Datenträger absuchen, auf denen man eine Spur zu ihnen hätte entdecken können. Eigentlich gab es jedoch einen anderen Grund, warum er noch länger blieb.

Im System von Tantalos war ihm der Snapshot eines Fileclusters gelungen, den er in einer Cloud zwischenspeicherte, die er als Blockchain auf Tausenden von Rechnern errichtet hatte. Die Blockchain stellte eine reine Sicherheitsmaßnahme dar, um vor der Verfolgung der Tantalos-Algorithmen sicher zu sein, und der Snapshot war alles, was er in der kurzen Zeit hinbekommen hatte. Er diente ihm nur als Verweis auf die Quelle der Originaldaten. Ohne Zugang zum Tantalos-

System war er für den Zugriff auf Daten mehr oder minder wertlos. Allerdings erlaubte er einen Einblick in die oberste Ordnungsebene des Fileclusters. Sie ähnelte der Inhaltsangabe eines Zeitschriftenmagazins, mit einem Überblick über die Artikel, die den Leser auf den folgenden Seiten erwarteten. LuCypher wollte sich auf diese Weise einen ersten Eindruck von den Daten des Fileclusters verschaffen, um danach gezielter einsteigen zu können. Er rechnete nicht damit, dass Tantalos derart schnell seine Verteidigungswälle hochziehen und die Rechner vom Netz abkoppeln würde. Im chaotischen Durcheinander von Angriffswellen und Verteidigungsstrategien gelang es ihm nur, ein einziges File zu identifizieren und dessen Download einzuleiten.

Als sich die ersten Daten auf seinem Rechner zu lesbaren Seiten aufbauten, starrte LuCypher einige Sekunden lang entsetzt auf den Monitor. Was er sah, beunruhigte ihn mehr als alles, worauf er vorbereitet gewesen war.

Überstürzt löschte er die Cloud auf der Blockchain und verriet niemandem etwas von seiner Entdeckung.

55

Brit kroch im Heck des Transits in ihren Schlafsack und wurde innerhalb von Sekunden vom Schlaf übermannt. Sie träumte von dem kleinen Flugzeug, mit dem ihre Eltern abgestürzt waren, und warf dabei ständig die Gesichter der beiden Männer durcheinander, die sich als ihre Väter ausgegeben hatten, den früheren, den sie nur als kleines Kind gekannt hatte, und Ben Jafaar, der erst vor einem Tag in ihr Leben getreten war.

Dass sie in Khaleds Armen lag, bemerkte sie erst, als sie heftig zitternd erwachte.

Im Transit herrschte Dunkelheit, ihre Kleidung war von kaltem Schweiß durchnässt. Sie spürte, wie Khaled ihr sanft mit der Hand über das schweißnasse Haar strich, wobei seinem Mund ein beruhigendes Geräusch entwich.

Brit war froh, Khaleds Nähe zu spüren, froh, seine leise Stimme zu hören, so wie damals, als sie noch klein und die Anwesenheit eines Vaters noch Teil ihres Lebens war. Es tat gut, sich dem Zittern nicht zu widersetzen und darauf zu vertrauen, dass die Umarmung des Mannes neben ihr alles wiedergutmachen würde.

Als sie das nächste Mal erwachte, dämmerte es bereits, und das aggressive Rauschen der an der Raststätte vorbeirasenden Autos hatte an Intensität zugenommen. Brits Zittern hatte aufgehört und ihr Atem sich beruhigt. Ihr Kopf lag noch immer in Khaleds Arm. Als sie sich vorsichtig zu ihm herumdrehte, sah er sie mit seinen dunklen Augen an, ruhig und geduldig, so als habe er die ganze Nacht darauf gewartet, sie aufwachen zu sehen.

»Hey«, sagte sie und ahnte nicht, was sie mit diesem einen Wort in seinem Inneren auslöste. Er verriet es ihr nicht, sondern schaute ihr nur schweigend in die Augen.

»Danke für den Arm«, meinte sie ein wenig zu flapsig, um eine peinliche Nähe zu vermeiden. Als er noch immer nicht antwortete, fügte sie hinzu: »Ich sollte mich frisch machen, um wieder unter Leute gehen zu können.«

»In der Raststätte gibt es eine Dusche für Fernfahrer.« Seine Stimme klang leise, sodass Brit nicht beurteilen konnte, welche Gedanken sie begleiteten.

»Genau das, was ich jetzt brauche.« Brit erhob sich etwas zu hastig.

»Sicher«, sagte er. Mehr nicht und ließ sie gehen.

Brit hatte die Eineuromünze für die Dusche in den Tiefen ihrer Hosentasche gefunden und war in die kleine Kabine gestürzt. Sie riss sich die Kleidung förmlich vom Leib und gab sich den warmen Strahlen der Dusche hin. Es klebte so viel auf ihrer Haut, das sie loswerden wollte. Zu viel Schweiß, zu viele Gedanken, zu viele widersprüchliche Empfindungen. Sie schloss die Augen und ließ das Wasser auf ihr Gesicht prasseln. Ein herrliches Gefühl, das einige Minuten lang ihre Gedanken unterbrach.

Eine ganze Weile stand sie so da und hörte das Pochen an der Tür erst, als es lauter und energischer wurde.

»Brit!«, rief Khaled von draußen.

Sie stellte den Duschstrahl ab und beeilte sich, die Tür zu öffnen. Dass sie nackt war, fiel ihr erst auf, als Khaled seinen

Blick auf sie richtete. Er zwang sich, ihr ins Gesicht zu sehen, doch ließ ihn sein Wille einen kurzen Moment lang im Stich, und seine Augen glitten über ihren Körper.

»Zieh dir was an«, sagte er und hatte den kurzen Moment der Irritation über ihre Nacktheit wieder abgeschüttelt.

»Was ist los?«

»Ben Jafaar ist an die Öffentlichkeit getreten und in allen Nachrichten.«

Die bloße Erwähnung des Namens ließ die Scham wieder in Brits Bewusstsein aufsteigen, und sie schlang sich rasch ein Badetuch um. »Gib mir fünf Minuten.«

Dann schloss sie die Tür zwischen sich und Khaled und atmete tief durch, um ihr heftig klopfendes Herz zu beruhigen.

»Tantalos ist die schnellste Recheneinheit, die jemals von Menschen gebaut wurde. Sie dient einem einzigen Ziel: dem Wohl der Menschheit, jetzt und in der Zukunft.«

Das war der letzte Satz des Statements von Ben Jafaar, mit dem er in den frühen Morgenstunden an die Öffentlichkeit getreten war. Die Nachrichtenmedien aller Länder brachten es an exponierter Stelle, nachdem die Spekulationen über den geheimnisvollen Supercomputer, dessen Existenz von den Earth-Hackern am Vorabend geleakt worden war, eine ganze Nacht lang die Welt und sämtliche Blogs und Chatrooms in Aufruhr versetzt hatten.

Khaled war fassungslos. Esther und Zodiac hatten Ben Jafaars Statement als Erste entdeckt und Khaled herbeigerufen. Der wiederum holte Brit, die jetzt neben ihm stand und, als sie Ben Jafaars Satz vernahm, sich noch dichter an Khaled drückte. Ganz so, als suchte sie seine Wärme.

Man konnte Ben Jafaars Statement nicht verpassen. Es kam ständig in den Nachrichten und stand inzwischen ganz oben in den Charts der meist abgerufenen YouTube-Filme. Mit klarem Blick schaute Ben in die Kamera und berichtete, dass sein vor vier Jahren ins Leben gerufenes Tantalos-Projekt aus der Idee geboren war, der Menschheit die bestmöglichen Bedingungen für die Zukunft zu errechnen.

»Das erreichbare Maximum an Wohlstand für ein Maximum an Menschen.« Das war der Zaubersatz im Zentrum von Ben Jafaars Rede, und bei diesem Satz brach der kritische Widerstand der meisten Kommentatoren in sich zusammen. Zu einleuchtend erschien er ihnen, zu verlockend das Versprechen einer optimierten, philosophisch gut durchdachten Zukunft. Dass »das Maximum an Menschen« bei Weitem nicht »alle« bedeutete, erschloss sich nur wenigen Kommentatoren, denen danach von einer Mehrheit Andersdenkender eine grundpessimistische Haltung vorgeworfen wurde.

Es war klar, dass Ben seine Worte sorgfältig gewählt hatte. Sogar die gewaltig angewachsene User-Gemeinde von Rise zerfiel rasch in zwei Lager. Was sollte falsch daran sein, eine herausragende Technik zu nutzen, um den Frieden und den Wohlstand der Zukunft zu planen.

Ein bitterer Zug überzog Khaleds Gesicht. So hatte er diesen Mann, den er quasi ein Leben lang als seinen Vater angesehen hatte, schon immer erlebt. Sobald er redete, hingen die anderen an seinen Lippen, und was er sagte, erschien den meisten wie eine Verkündigung. Selbst im Wohnmobil. Khaled konnte deutlich erkennen, wie gebannt Zodiac auf den Bildschirm starrte, mit welchem Schmerz Esther Ben Jafaar ansah, diesen Mann Ende fünfzig mit den klugen Augen, in den sie einst so verliebt gewesen war. Khaled konnte den Widerhall seiner eigenen Kindheit spüren, als er sich der sanften Worte seiner Mutter entsann, die beschrieb, was für ein großartiger Mann sein »Vater« sei. Dazu bestimmt, Wichtiges für die gesamte Menschheit zu erreichen, eine Aufgabe, von der ihn die kleinliche Sehnsucht seiner Familie nicht abhalten durfte.

Khaled fröstelte, als er sich an diese Zeit zurückerinnerte. Instinktiv suchte er die Nähe des einzigen Menschen, der ihm momentan gutzutun schien. Bei Brit spürte er eine außerordentliche Wachsamkeit, mit der sie dem Statement von Ben Jafaar lauschte. Er hörte ihre Gedanken förmlich arbeiten. Was auch immer sie mit Ben Jafaar in Oslo erlebt hatte, es beschäftigte sie nach wie vor.

Als das Statement von Ben Jafaar zu Ende war, drehte sich Zodiac zu Khaled um und schaute ihm herausfordernd in die Augen. »Ein kluger Schachzug, den dein Vater da unternommen hat.«

Khaled bemühte sich, nicht zu verraten, dass ihm die Bezeichnung »Vater« einen Stich versetzte. Außer Brit wusste in dieser Runde niemand, dass Ben Jafaar nicht Khaleds leiblicher Vater war. Und Khaled hatte längst beschlossen, dass sich daran nichts ändern sollte. Eine Mischung aus Verunsicherung und Scham begleitete die Erkenntnis, dass er sein Leben lang einer Vater-Illusion aufgesessen war.

»Mit diesem Statement hat er alle unsere Leaks mit einem Schlag wirkungslos gemacht«, fuhr Zodiac fort.

»Das sehe ich anders«, setzte Khaled dagegen. »Ich glaube, dass wir Diskussionen angestoßen haben. Gespräche, die wichtig sind, um all das zu bewerten.«

»Ach ja? Was gibt es daran zu bewerten, dass er die Ermordung unserer Leute zu verantworten hat«, sagte Zodiac laut. »Nebenbei gesagt, waren das allesamt Menschen, die er kannte und die an ihn glaubten!«

»Lass das bitte!«, fuhr Esther dazwischen. »Khaled kann nichts dafür.« Khaled sah, wie ihr Tränen über das Gesicht liefen. »Viel wichtiger ist, dass wir unsere Leute in Sicherheit bringen«, fuhr sie fort und wandte sich an Brit. »Im Netzwerk von Rise ist es zu einer Panne gekommen. Einer unserer übereifrigen Mitkämpfer hat ein Foto von dir gepostet.«

»Unglaublich!«, entfuhr es Brit.

»Jeder von Earth hat deine Flucht aus Tantalos über die Bilder der Überwachungskameras verfolgt. Für sie wurdest du über Nacht zur Heldin. Einer von ihnen wollte seine Bewunderung für dich mit der Welt teilen und hat dich auf Rise gepostet. Dort hast du jetzt mehr Threads und Klicks als jedes andere Thema.«

»Fuck!« Brit verstand sofort, was das bedeutete. Ihr Bild würde inzwischen überall sein, nicht nur bei den Verbündeten, sondern auch bei den Feinden, die nach ihr suchten.

Aber das war noch nicht alles. Brit spürte, dass Esther im Begriff stand, etwas Wichtiges zu sagen.

56

Die Earth-Gemeinde reagierte im Netz äußerst hitzig auf die Nachricht, dass ihr tot geglaubter Gründer plötzlich mit einem Statement auf den Nachrichtenkanälen der Welt zu sehen war. Einen offenen Austausch darüber gab es wegen der Earth-Regeln nicht, doch es wurden verschlüsselte Posts im Darknet kreuz und quer verschickt. Sie vermittelten einen Eindruck davon, wie aufgewühlt viele Mitglieder waren.

Die meisten fühlten sich von Ben Jafaar verraten. Er war für sie das überlebensgroße Idol einer Sache, der sie ihr ganzes Leben verschrieben hatten. Sie konnten ihm nicht verzeihen, sie im Glauben gelassen zu haben, tot zu sein, umgekommen bei einer Mission über Libyen, wo er angeblich für die Gerechtigkeit kämpfen wollte. Sie konnten ihm all die Tage und Nächte der Trauer nicht verzeihen, all die Tränen, die sie um ihn vergossen hatten. Egal, was er nun in seinem Statement sagte, selbst wenn er die sofortige Heilung von allen Übeln dieser Welt garantiert hätte, konnte er nie wieder ganz zu ihnen durchdringen.

Doch es gab auch etliche Earth-Mitglieder, die das, was Ben Jafaar über Tantalos behauptete, nachdenklich machte. So mancher kam ins Grübeln darüber, ob der riesige Simulationsrechner nicht die Rettung für die Probleme dieser Welt sein konnte, eine Arche Noah, die das Überleben der Menschheit garantierte. Nicht nur der Schutzschild durch Rise war dank dieser Diskussionen aufgeweicht, auch in die Reihen von Earth hatte Ben Jafaar mit seiner geschickten Aktion Breschen des Zweifels geschlagen.

Zu diesem Zeitpunkt war die Flucht von Khaled und Brit bereits vorbereitet. Beide sollten sich für eine Weile nach Gaza zurückziehen. Peaches und Moon, die zwei Männer, die Khaled bereits kennengelernt hatte, sollten einen unbemerkten Grenzübertritt sicherstellen.

Brit erklärte sich einverstanden, als sie von diesem Plan erfuhr, und in einem unbeobachteten Moment rief sie Lisa an, um sich zu verabschieden. Doch anstelle von Lisa war ein Polizeibeamter am Telefon, der in sachlichem Tonfall fragte, wer sie sei. Brit legte rasch wieder auf, und eine dunkle Ahnung stieg in ihr hoch. Sie erzählte den anderen davon und erntete bei Khaled, Esther und Zodiac schweigende Gesichter.

Esther brach als Erste ihr Schweigen. Sie erzählte, was Lisa zugestoßen war. Khaled legte seinen Arm um Brit. Sie zitterte, doch Tränen wollten ihr nicht kommen. Stattdessen kamen all die Bilder ihrer Erinnerung an Lisa. Mit jedem neuen Bild empfand sie noch mehr Respekt und Bewunderung für diese Frau.

Zodiac drängte schließlich auf die Abreise von Brit und Khaled. Alles war vorbereitet, und die Flüge waren gebucht. Dass Khaled und Brit unbemerkt reisen konnten, war keine große Angelegenheit für die von BangBang koordinierte kleine Hacker-Einheit. Ein Algorithmus wurde auf die Server der Airport-Sicherheitssysteme geschleust, der bei jedem Scan ihrer Ausweise, Reisepässe oder Tickets die Personenprüfung automatisch mit einem Shortcut als »unbedenklich« beantwortete.

Sie flogen von Tegel nach Amsterdam und von dort weiter nach Tel Aviv. Jedes Mal gingen sie mit einem Lächeln an ahnungslosen Sicherheitsleuten vorbei, während sie ihre Pässe vorzeigten und die Kontrollen passierten.

Esther und Zodiac fuhren derweil im Wohnmobil über die Autobahn nach Paris. Esther saß auf dem Beifahrerplatz, die Beine angewinkelt. Nach Ben Jafaars Statement hatte sie kaum ein Wort gesprochen. Sie fühlte sich verletzt und betrogen. Es schmerzte sie mehr als alles, woran sie sich erinnern konnte. In diesem Moment wusste sie, dass in ihr noch immer viel Liebe für Ben Jafaar steckte. So viel, dass sie all das nicht einfach geschehen lassen konnte. Nicht kampflos jedenfalls.

Sie würde kämpfen gegen alles, wofür Ben Jafaar stand. Gegen all das, was er mit Tantalos ins Leben gerufen hatte. Auch wenn es gut und sinnvoll war. Darum ging es nicht. Es ging ihr nur noch darum, den Mann zu zerstören, der sie um ihre Liebe betrogen hatte.

Esther hörte kaum zu, was Zodiac während der Fahrt redete. Er schmiedete Pläne, wie es mit Earth weitergehen sollte. All diese Pläne drehten sich um dasselbe Thema, um dieselbe Person: Brit Kuttner, die er zu einer Popikone des Widerstands aufbauen wollte, zu einer modernen Jeanne d'Arc für die Rebellenfront des Digitalzeitalters. Ihm gefiel dieser Gedanke. Und noch mehr die Idee, für Earth ein neues Zentrum in Paris aufzubauen. Wo die Résistance ihre stolzesten Erfolge gefeiert hatte, dort gehörte Earth hin.

57

Surrend öffnete sich das schwere Eisentor der Villa, und der schwarze Mercedes glitt beinahe lautlos hindurch. Ben Jafaar reckte sich, nachdem er ausgestiegen war. Auch wenn der Mercedes den bestmöglichen Komfort bot, machte sich eine längere Fahrt inzwischen in seinen alt werdenden Gelenken bemerkbar.

Aber Ben atmete tief durch und ging dann los. Was bedeutete schon das leichte Ziehen in den Gliedern eines Endfünfzigers gegenüber dem Alter des Mannes, dem er jetzt begegnen würde. Er selbst hatte um diese Unterredung mit Immanuel Grundt gebeten, weil es dringend galt, die weiteren Schritte von Tantalos zu planen.

Immanuel Grundt war unter den Vierundzwanzig derjenige, der Bens Gedanken am nächsten stand.

»Wie viel ist Ihnen entglitten?«, war die erste Frage, die der greise Mann stellte. Sein knöchriger Körper hockte zusammengefallen in dem breiten Sessel, und eine schwere Wolldecke lag über seinen Beinen. In der einen Hand hielt er eine Tasse dampfenden Tee, die er behutsam an die Lippen führte. Dennoch schien die Wärme seinen Körper schneller zu verlassen, als er sie hinzufügen konnte.

»Was hatten Sie geglaubt, was das Mädchen tun würde?«, fuhr er fort. »Die Seiten wechseln und kurz entschlossen zu dem Mann überlaufen, der sie gekidnappt hat und gegen sie ihren Willen gefangen hielt?«

Ben blickte Grundt ruhig an und beobachtete, wie die Oberlippe des Alten vorsichtig den Rand der Tasse ertastete, um den heißen Tee anzusaugen und zu schlürfen.

»Wie viel ist Ihnen entglitten, Herr Jafaar?«, wiederholte Grundt.

»Nichts. Es ist alles gelaufen, wie ich es geplant hatte.«

»Was wollen Sie mir da weismachen? Dass es geplant war, eine Hackertruppe in das System des teuersten Computers der Welt einzuladen, damit sie sich dort nach Lust und Laune austoben kann?«

»Sie scheinen zu vergessen, dass ich selbst Earth aufgebaut habe. Ich habe jedes einzelne Mitglied rekrutiert und nach besonderen Kriterien ausgewählt. Keiner von denen agiert nach Lust und Laune, sondern immer nach einer wohlüberlegten Strategie.«

»Und das heißt was? Dass es zur Strategie gehört, diese Hacker unser Lebenswerk zerstören zu lassen?«

»Herr Grundt, Sie können mir glauben, dass ich Ihre Zweifel sehr gut nachvollziehen kann. Sie haben einen großen Teil Ihres Vermögens in unser Projekt gesteckt. Weil Sie mir vertraut haben. Und dafür bin ich Ihnen sehr dankbar. Jetzt bitte ich Sie, mir auch weiterhin zu vertrauen.«

»Dann erklären Sie es mir! Wieso holen Sie dieses Mädchen in Ihre Zentrale? Wieso lassen Sie sie unbeaufsichtigt? Wie ist es möglich, dass sie eine Schadsoftware in das System schleust und dann flüchtet? Wieso kann sie Hackern Tür und Tor öffnen, die daraufhin über das System herfallen wie Heuschrecken über das Gelobte Land?«

Ben Jafaar wartete einen Moment, dann sagte er ruhig: »Glauben Sie im Ernst, dass irgendetwas davon geschehen wäre, wenn ich es nicht zugelassen hätte?«

Grundt blickte Ben Jafaar aus zusammengekniffenen Augen an. »Ich bin ein alter Jude ...« Er machte eine gefährliche Pause. »Und Sie sind ein verfluchter Araber. Vertrauen Sie nicht zu sehr auf meinen Pazifismus.«

»Keine Sorge, das tue ich nicht. Ich vertraue dem Intellekt meines Gegenübers.« Ben Jafaar wählte seine Worte sorgfältig, damit sie bei Immanuel Grundt die richtige Wirkung entfalteten. »Wir gehen davon aus, dass die Vorausberechnungen von Tantalos eine hohe Präzision haben. Sie zeigen uns, wie sich die Welt entwickeln muss, um diesen Planeten dauerhaft bewohnbar zu halten. Mehr noch, um der Menschheit zum ersten Mal in ihrer Geschichte ein Regierungs- und Wirtschaftssystem zu geben, das dem Wohlergehen eines überwiegenden Teils der Weltbevölkerung dient. Aber aus der Geschichte haben wir gelernt, dass jedes System immer auch seine eigenen Fehler und Schwachstellen hervorbringt. Es ist eine systemimmanente Gesetzmäßigkeit. Ganze Imperien sind im Lauf der Geschichte daran gescheitert. Das wirksamste Gegenmittel gegen diesen Prozess ist ein Feind. Je stärker dieser Feind erscheint, desto mehr wird das System von den Bürgern unterstützt und gestärkt und ist gegen seinen inneren Verfall gewappnet. Die jüngere Vergangenheit dieses Landes hat gute Beispiele diesbezüglich.«

Immanuel Grundt blickte ihn verbittert an. »Ihnen ist klar, dass Ihnen ein Überlebender des Holocaust gegenübersitzt, dem Sie das gerade erzählen?«

»Deshalb rede ich mit Ihnen. Mit allem Respekt vor der Erfahrung und Intelligenz eines Mannes, der meine Gedanken versteht.«

»Ich höre Ironie auch dann, wenn sie gut verpackt ist, mein lieber Herr Jafaar!«

»In Tantalos ist das Wissen der Menschheit gespeichert, das Wissen aller Zeiten und aller Kulturen, und seine Berechnungen sind das Beste, wozu die Menschheit heute in der Lage ist. Die Welt der Zukunft braucht Earth, weil die Gesellschaftsform, auf die wir hinstreben, einen starken Feind braucht, um den inneren Frieden zu gewähren.«

»Reden Sie weiter, aber setzen Sie nicht zu früh darauf, dass ich Ihnen glaube.«

»Wir Menschen werden immer unsere Zweifel produzieren, immer unsere Unzufriedenheiten, egal, wie perfekt das System ist, in dem wir leben. Egal, wie groß der Wohlstand ist, den wir genießen – Zweifel, Unzufriedenheit, Neid und Missgunst gehören zu unserem genetischen Programm wie der Zellverfall und deren Erneuerung. Das Gesellschaftssystem, das wir anstreben, wird daher einen ablenkenden Fokus brauchen für all diese destruktiven Energien, damit sie sich nicht gegen das System selbst richten. Dieser Fokus wird Earth sein. Ein kluger, anpassungsfähiger Feind, perfekt geschaffen für das Digitalzeitalter, an dessen Anfang wir stehen.«

»Sie wollen mir erzählen, Sie hätten Earth nur ins Leben gerufen, damit es als Feind für ein zukünftiges Gesellschaftssystem dient?«

»Nein. Das konnte ich noch nicht wissen zu dem Zeitpunkt, als ich die Bewegung gegründet habe. Aber aus meiner heutigen Sicht ergibt es alles Sinn.«

»Sinn? Auch die Attentate auf die Mitglieder der Hacker-Gruppe? Attentate, denen Sie selbst zugestimmt haben?«

»Es ist das Gesetz der Evolution, dass es keine Entwicklung geben kann, ohne sich von Altem zu trennen.«

»Durch Mord?«

»In der Systemtheorie würde man sagen: durch einen Anreiz zur Regeneration.«

»Und dieses Mädchen? Brit Kuttner?«

»War niemals gefährdet.«

»Weil es diese absurde Idee gibt, dass sie Ihren Enkel gebären soll«, schlussfolgerte Immanuel Grundt, »den Mann, der zum größten Feind der zukünftigen Gesellschaft aufsteigen wird. Und dessen Werdegang Sie jetzt schon planen.« Ben Jafaar wollte etwas einwenden, doch Grundt hob die Hand, zum Zeichen, dass er schweigen solle. »Mir ist dieses bizarre Gerücht längst zugetragen worden, und Sie können sicher sein ... ich habe nie etwas *Idiotischeres* gehört.« Die Augen des alten Mannes verengten sich erneut, und sein Blick schien sein Gegenüber geradezu sezieren zu wollen.

Ben Jafaar lächelte. »Es ist kein Gerücht«, sagte er genüsslich. »Vor zwei Wochen ist in Tantalos eine Nachricht eingetroffen, die bestätigt, dass all unsere Berechnungen eintreffen werden. Eine Nachricht, die ich mir selbst aus dem Jahr 2045 geschrieben habe.«

58

Das Leben in Gaza war die Hölle. Fließendes Wasser gab es nicht. Khaled holte jeden Abend Wasser in großen Plastikkanistern von einer Zapfstelle. Alles hier war mühsam und beschwerlich. Brit und Khaled fanden es trotzdem schön.

Als sie zwei Tage zuvor spätnachmittags in Tel Aviv gelandet waren, nahmen Peaches und Moon sie in Empfang und schleusten sie über die Grenze nach Gaza. Das Hineinkommen war in Gaza durchweg einfacher als das Herauskommen, denn die israelischen Sicherheitskräfte überprüften Palästinenser und europäische Touristen, die die Grenze nach Westen überquerten, bei Weitem nicht so akribisch wie jeden, der von Gaza nach Israel wollte.

Als Brit und Khaled durch Gaza fuhren, war es bereits Nacht und die heiße Luft angefüllt mit Gerüchen und Lärm. Sie durchquerten eine Siedlung nach der anderen, Hütten folgten auf Straßenzüge mit Hausruinen, Wohnsiedlungen folgten auf Baracken, alles ging ineinander über, überall wohnten die Menschen in improvisierten Unterschlüpfen. Brit hatte das Seitenfenster nach unten gekurbelt und ließ mit der Nachtluft auch die Eindrücke dieser exotischen Gegend auf sich einströmen. Sie spürte, dass Khaled neben ihr in seinen Gedanken versunken war.

Peaches und Moon hatten bei ihrem Empfang in Tel Aviv erzählt, wie viel für ihre Sicherheit getan worden sei. Nur ein sehr kleiner Kreis von Earth wusste überhaupt, dass sie sich in Gaza aufhielten. Sie redeten ernst und in einem klaren Englisch über das Notwendigste, danach aber schwiegen die beiden die meiste Zeit.

Mitten in der Nacht erreichten sie eine kleine Zementhütte südlich von Al Bayuk. Peaches hielt den Wagen an, und Moon stieg aus, um zwei Drähte an eine Autobatterie zu klemmen, die neben der Hütte stand. Die Hütte wurde daraufhin von trübem Licht erhellt.

Im einzigen Raum standen ein Tisch, zwei Stühle und ein Bett. Das also sollte für die nächsten Monate ihr Zuhause sein, dachte Brit.

Als Brit am kommenden Morgen die Augen öffnete, blickte sie auf ein gackerndes Huhn, das vor der Eingangstür hektisch nach Körnern pickte. Sie hatte kaum mehr als drei Stunden geschlafen, aber der Platz neben ihr im Bett war leer, und die Neugier trieb sie nach draußen. Sie zupfte ihr T-Shirt etwas nach unten, sodass ihr Slip wenigstens teilweise davon bedeckt wurde, dann ging sie barfuß hinaus auf den staubigen Platz vor der Zementhütte.

Khaled hockte dort auf einem alten Kanister und blickte gedankenverloren zur lärmenden Siedlung, deren Ausläufer man in gut fünfhundert Metern Entfernung sehen konnte. Vor ihm stand ein kleiner Teller mit Brot und Olivenöl. Das und etwas Schokolade hatten Peaches und Moon zurückgelassen, bevor sie wieder fortgefahren waren. In der Hütte befanden sich darüber hinaus ein paar Wasserflaschen, etwas Tee und frische Orangen. Sie hatten verabredet, dass Peaches oder Moon alle zwei Tage vorbeikommen würde, um nach ihnen zu sehen.

»Hallo«, sagte Brit und hockte sich neben Khaled.

»Ich bin rausgeschlichen, wollte dich nicht wecken«, erklärte er und sah sie dabei an.

Brit überlegte einen Moment, wie sie wohl aussehen mochte. Sie hatte verpasst, einen Blick in den kleinen Spiegel über dem winzigen Waschtisch zu werfen. Ihre Haare waren zerzaust und hingen ihr in Strähnen ins Gesicht.

Bei ihrem Anblick lächelte er im Licht der Morgensonne. Es war ein wohlwollendes Lächeln.

»Was schätzt du, wie lange wir es hier aushalten werden?«, fragte Brit und wandte den Blick von ihm ab. Diese gesamte Situation verunsicherte sie.

»Unsere Smartphones sollen abgeschaltet bleiben, an die Nutzung von Computern ist sowieso nicht zu denken«, erwiderte er. »Das heißt, es gibt hier nur dich und mich.« Und mit einem schiefen Lächeln fügte er hinzu: »Also bis zum Mittag schaffe ich es mit dir.«

Brit zog zur Antwort nur eine Grimasse. Khaled mochte ein brillanter Programmierer sein, aber Small Talk war definitiv nicht sein Metier.

Sie stand auf und ging zurück in die Hütte, um sich frisch zu machen. Als sie wieder herauskam, war Khaled verschwunden.

*

Es dämmerte bereits, als er zurückkehrte. Sie sah ihn schon von Weitem. Er trug zwei Plastiktüten. Brit hatte sich während seiner Abwesenheit zunächst untersagt, ihre staubige Behausung zu putzen oder gar zu versuchen, sie irgendwie zu verschönern. Zu sehr sah sie darin ein archaisches Rollenklischee. Zwei Stunden später kam ihr dieser Gedanke jedoch idiotisch vor, und sie begann tatsächlich, ein wenig sauber zu machen. Die Matratze stellte sie in die Sonne und schlug sie aus, sie spülte das Blechgeschirr, schrubbte den Waschtisch und heftete schließlich noch das Foto einer Sonnenblume an die Wand, das sie in einem alten Magazin gefunden hatte.

»Hübsch«, sagte Khaled, als er die Hütte betrat und sich umsah. Brit nickte und empfand in diesem Moment so etwas Ähnliches wie Stolz.

Khaled leerte die Tüten auf dem Tisch aus. Er hatte bei den Händlern auf dem Straßenmarkt von Al Bayuk eingekauft. Hauptsächlich waren es praktische Dinge wie ein Dosenöffner, Schraubenzieher, Campinggaskocher, Küchenmesser, außerdem Sonnencreme, Zahnpasta und Zahnbürsten, etwas Seife, ein kleines Transistorradio und anderes mehr.

Auch eine Shisha, eine Wasserpfeife, hatte er mitgebracht.

»Kirschtabak für den Anfang«, sagte er. »Wenn du eher auf Rausch stehst, kann ich morgen Marihuana mitbringen.« So wie er es sagte, schien er es völlig ernst zu meinen.

»Ich glaube, ich begnüge mich zunächst mit dem Kirschtabak«, antwortete sie, »und werde noch herausfinden, wie viel Rausch ich bei dir brauche.«

An diesem Abend aßen sie einige Falafelbällchen, die Khaled mitgebracht hatte, und tranken Tee dazu. Danach nahmen sie die Wasserpfeife und kletterten damit auf das Hüttendach. Blubbernd zog der Wasserdampf durch den Kirschtabak, als Brit am Mundstück saugte. Der warme, tabakhaltige Dampf füllte ihre Lunge, und sie hielt ihn einen Moment lang dort fest, bevor sie ihn wieder ausatmete und in den Nachthimmel blies.

Sie legte den Kopf in den Nacken und blickte hinauf zu den Milliarden von Sternen, die das schwarze Firmament über ihr erleuchteten. Als Khaled seinen Arm um sie legte, leistete sie keinen Widerstand. Alles hatte seine Richtigkeit. Nichts hätte in diesem Moment besser sein können.

Die Initiative ging weder von ihm noch von ihr aus. Es waren ihre Körper, die ihren eigenen Regeln folgten, vermutlich gesteuert von den Sternbildern über ihnen, die schon seit Urzeiten ihre geheimnisvollen Kräfte auf die Menschen ausübten. Brit und Khaled streiften sich wie selbstverständlich gegenseitig die Kleidung ab. Jede Geste, jede Bewegung, jede Berührung war stimmig und hatte sich seit Langem angekündigt.

Als Brit mit ihrer Hand behutsam über seine Brust strich, spürte sie seine Erregung. Und als er dann sanft ihren Hals küsste, wollte tief in ihr etwas zerreißen und aus jenem Gefängnis ausbrechen, das sie ihr Leben lang in sich trug. Zugleich errichtete sie wieder den Tunnel, verstand jedoch, dass alles Bisherige nur Vorbereitung gewesen war für diesen einen Moment, und dass der Tunnel direkt in die Innenwelt dieses Mannes führte, der neben ihr lag. Dass er in sie eindrang, war nur eine zusätzliche Steigerung. Ihr Innerstes war längst mit Khaled vereint.

*

Die nächsten zwei Tage verliefen frei von jeglicher Sorge. Brit und Khaled gewöhnten sich rasch an das karge Hüttenleben. Morgens machte er sich auf den Weg in die Siedlung, um das eine oder andere einzukaufen und die Gegend zu erkunden. Als Mann mit arabischen Wurzeln konnte er sich frei bewegen, während Brit in der Nähe der Hütte bleiben musste, um nicht unnötig Aufmerksamkeit zu erregen. Gelegentlich hörte sie auf dem Transistorradio einen englischen Sender, doch News zu Earth oder Tantalos waren aus den Nachrichten verschwunden.

Am zweiten Tag kam Peaches vorbei, um ihnen frische Lebensmittel und etwas Geld zu bringen. Von ihm erfuhren sie, dass die Earth-Rebellen ihre Aktivitäten vorübergehend ruhen ließen. Welche Absicht dahintersteckte, wusste Peaches nicht. Auf seinem Smartphone zeigte er ihnen, dass das Netzwerk von Rise inzwischen über zwanzig Millionen angemeldete User verfügte. Facebook hatte bereits ein Übernahmeangebot abgegeben, das aber daran gescheitert war, dass sich kein juristischer Besitzer von Rise ausfindig machen ließ.

Das Foto mit Brit Kuttner beherrschte auf Rise noch immer viele Threads. Sie schien im Netz nahezu methodisch zu einer ikonenhaften Popkultur-Heldin aufgebaut zu werden, einem neuen Symbol des Widerstands.

Khaled lächelte. Sein Blick zeugte von Stolz für die Frau an seiner Seite. Doch er ließ sie es nicht wissen. Sie sollte zur Ruhe kommen und Abstand zu dem Geschehenen gewinnen. Erst langsam würde sie sich an den Gedanken gewöhnen müssen, dass die Zukunft für sie ein Leben im Verborgenen bedeutete. Khaled wusste noch nicht, ob sie dazu bereit war.

Er hatte sich mit dem Gedanken an ein Leben in Gaza schon am zweiten Tag abgefunden und schmiedete bereits Pläne, um im Zentrum von Al Bayuk ein kleines Lebensmittelgeschäft zu eröffnen und insbesondere die Mütter zu veranlassen, ihre Kinder mit hochwertiger Nahrung zu versorgen.

Mit Brit redete er oft und viel darüber, doch sie war sich nicht sicher, ob diese Gedanken seiner festen Überzeugung entsprangen oder nur Teil einer Strategie waren, um sie an das Leben hier zu gewöhnen. Letztlich war es ihr egal.

Sie genoss es, dass Khaled morgens neben ihr die Augen aufschlug und ihr von dem kleinen Laden mit der Markise erzählte, den sie bald zusammen führen würden, weil sich die Leute in Al Bayuk auf diese Weise am besten an die Anwesenheit der deutschen Frau mit dem lustigen Namen Brit gewöhnen würden. Er sprach zu ihr von den Kindern, die bald täglich zu ihnen kommen würden, um Bonbons zu erbetteln.

Brit lachte herzlich, wenn Khaled so redete. Alle Sorgen waren in diesem Moment vergessen.

Am dritten Abend war der Moment gekommen, in dem eines seiner Spermien ihre Eizelle erreichte. Sie spürte sofort, dass sie ein Kind von Khaled bekommen würde, und drückte sich noch fester an ihn, während ihr Orgasmus sie von jeglicher gedanklichen Schwere befreite.

In jener Nacht träumte sie einen merkwürdigen Traum. Sie war in dieser Hütte in Gaza, doch das Dach war eingestürzt, und an der verwitterten Wand hinter dem Bett sah sie das Bild von Khaled und ihr, im blättrigen Putz eingebrannt. Das Bild, mit dem die Geschichte begonnen hatte. Nur das Kind auf ihrem Arm fehlte, und die beiden Erwachsenen wirkten wie Geister inmitten des verfallenen Gemäuers.

Am nächsten Morgen hatte Brit den Traum vergessen und bereitete sich auf ihre Schwangerschaft vor.

Epilog

Sieben Tage waren seit dem öffentlichen Statement von Ben Jafaar vergangen. Sieben weitere Mitglieder von Earth waren in diesen Tagen ermordet worden.

LuCypher hatte sich zurückgezogen in die Gartenlaube einer entfernten Verwandten, wo er sich vorerst sicher glaubte. Er war noch immer unschlüssig, wie er mit der Entdeckung umgehen sollte, die er an seinem letzten Tag in der Schaltzentrale am Gleisdreieck gemacht hatte.

Er hatte die vollständige Datei entdeckt, zu der das Foto von Khaled und Brit mit dem Baby gehörte. Sie beinhaltete den historischen Bericht über die Anfänge der Rebellenbewegung Earth, verfasst aus der Sicht des Jahres 2045. Der Bericht begann mit dem Datum, das als die eigentliche Geburtsstunde der Rebellenbewegung angesehen wurde: der 6.8.2020, dem Tag, als Khaled und Brit starben.

Das Foto von ihnen auf der Flucht mit ihrem Kind war die letzte Aufnahme, die es von ihnen gab. Es entstand zwei Minuten, bevor man sie erschoss …

Wollen Sie wissen, wie es mit Brit und Khaled weitergeht? Fragen Sie sich immer noch, ob die Zukunft verhindert werden kann, bevor sie beginnt? Dann lesen Sie weiter:

Leseprobe aus

EARTH

DER WIDERSTAND

1

Die Zukunft kann töten.

Für den Blick eines nachlässigen Betrachters teilt sich die Menschheit in zwei Lager. Diejenigen, die Fragen zum Zustand der Welt stellen. Und diejenigen, die keine Fragen stellen. So war es immer schon. Doch es gab immer auch schon eine dritte Gruppe. Sie ist weit weniger auffällig und besteht zumeist aus Menschen, denen das Fragenstellen zu mühsam ist, die aber einen untrüglichen Instinkt dafür haben, was richtig und falsch ist und was die Welt an Aufgaben für sie bereithält.

Auf die fünf jungen Leute, die gegen drei Uhr früh in der Nacht von Freitag auf Samstag durch den Stadtteil Ehrenfeld in Köln schlichen, traf letztere Beschreibung zu. Sie wohnten seit zwei Jahren gemeinsam in einer WG und zogen alle zwei Tage zu dieser nächtlichen Zeit durch die Straßen, um ihre Besorgungen zu machen. Sie waren zwischen zwanzig und vierundzwanzig, und ihre Kleidung war eine Mischung aus Vintagemode und ein paar guten Einzelstücken, die sie aus Altkleidersäcken gefischt hatten.

Sie bewegten sich leise durch die engen Gassen Ehrenfelds. Ihre Augen waren wachsam, registrierten jedes Licht, das auf ein Fahrzeug hindeuten konnte, auch wenn sie wussten, dass zu dieser Uhrzeit am wenigsten mit Streifenwagen zu rechnen war. Außerdem hatte an diesem Tag ein Fußballspiel in Köln stattgefunden, und die letzten Randalierer unter den angereisten Hooligans hielten sicherlich noch die Polizei in Atem. Es war also die beste Zeit für ihre kleinen Beutezüge, die man treffenderweise als »Containern« bezeichnete. Manche hielten es für eine Straftat, die meisten fanden es einfach nur eklig, für die fünf jungen Leute aus Ehrenfeld gehörte es aber unzweifelhaft zur Liste der »richtigen Dinge«, die man tun musste.

Die fünf hießen Torben Künstler, Tim Klein, Olli und Benni Teichmann und Eve Vandangen. Den meisten ihrer Freunde waren sie nur als Die WG bekannt.

Torben kletterte als Erster über den Zaun, dann folgten ihm Eve und Tim. Olli konnte Höhen nicht ausstehen, und ein Zaun von drei Metern führte bei jedem der nächtlichen Beutezüge dazu, dass er freiwillig die Rolle des Aufpassers übernahm, um die anderen bei auftretender Gefahr rechtzeitig zu warnen.

Bennis Rolle war in Abgrenzung zu seinem Zwillingsbruder Olli etwas komplexer. Grundsätzlich lehnte er erst einmal alles ab, was Olli tat, um dann diese Ablehnung als zwanghaftes Prinzip der Zwillingspsychologie zu durchschauen und anschließend als eine Art doppelter Verweigerung meist wieder genau das zu tun, was Olli tat.

Als Resultat davon standen nun beide vor dem Zaun und hielten Ausschau nach Gefahr. Torben, Tim und Eve liefen derweil über das Gelände der Supermarktkette auf die Container zu, in die der Marktleiter täglich all das schütten ließ, was er am Folgetag den Augen seiner Kunden nicht mehr präsentieren wollte. Gemüse, das nicht mehr so makellos war. Obst mit leichten Druckstellen. Joghurt, der seinen Ablauftag erreicht hatte. Käse, Wurst, Brot, Milch und alle weiteren Lebensmittel, die als nicht mehr verkäuflich galten, selbst wenn sie vom Aussehen und Geschmack her noch völlig unverändert waren.

All das landete palettenweise allabendlich in den Containern, oft begleitet von weiteren Produkten, die entfernt werden mussten, weil sie sonst neuen, attraktiveren Waren den Platz im Regal weggenommen hätten.

Anfangs duldeten die Supermärkte es noch, dass sich Stadtstreicher und Bedürftige abends an den Containern versammelten, um das weggeworfene Essen in Empfang zu nehmen. Doch als die Medien mehr und mehr über dieses Phänomen berichteten und die Frage stellten, ob diese Lebensmittel tatsächlich nicht mehr zum Verzehr geeignet waren und ob es dann den Stadtstreichern zugemutet werden konnte, dieses angeblich verdorbene Essen zu sich zu nehmen, erklärten die Supermärkte den Müll kurzerhand zu ihrem Eigentum und zogen hohe Zäune um ihn herum, um alle weiteren Diskussionen zu unterbinden. Damit begann die eigentliche Zeit des Containerns.

Torben, Tim und Eve achteten darauf, auf jener Seite der Abfallcontainer zu bleiben, wo sie für die Überwachungskameras unsichtbar waren. Sie stopften die mitgebrachten Tüten rasch mit Paprika, Auberginen, Äpfeln, Weintrauben, Quark- und Joghurtbechern voll und nahmen sich zwei unversehrte Kartons mit Schokokeksen, die offenbar von einer anderen Marke aus den Regalen gedrängt worden waren.

»Drei Fitnessmatten?«, fragte Torben, während er mit dem Handylicht ins Dunkel des Containers leuchtete.

»Intakt?«, fragte Eve zurück.

»Sieht so aus.«

»Nimm mit. Gut zum Tauschen.«

Eve war die, die angefangen hatte, das »Containern« breiter zu organisieren und ihre Funde in der Nachbarschaft oder unter befreundeten WGs zu verteilen. In den letzten Monaten war ein reger Tauschhandel daraus entstanden. Ein breites Netzwerk von jungen Leuten, die sich an den Resten der Konsumgesellschaft bedienten. Es war für sie nicht einmal eine Frage des Geldes. Sie vermieden es generell, Neues zu kaufen, solange sie mit dem über die Runden kamen, was sie bei ihren nächtlichen »Raubzügen« erbeuteten. Essen, Kleidung, Möbel, Elektrogeräte, es gab kaum etwas, das man nicht auf den Straßen bekommen konnte. Und wenn die Gruppe um Eve in dieser Nacht an gute Lebensmittel kam, so fanden andere vielleicht Kleidung oder ein paar Möbel, sodass am Folgetag getauscht werden konnte. Ein perfektes System, und vor allem war es eines, das für die fünf instinktiv richtig zu sein schien.

»Okay, Aufbruch«, sagte Eve bestimmt. Sie war es, die bei den nächtlichen Beutezügen das Kommando übernahm. Sie hatte mal BWL studiert, aber das war eine Ewigkeit her; da war sie einundzwanzig gewesen und glaubte noch an die falschen Sachen. Jetzt war sie dreiundzwanzig, trug ihr Haar in Dreadlocks und wusste, dass sie besser auf die Straße passte als in den Hörsaal einer Universität. Sie wusste auch, dass sie mehr Talent für Planung hatte als ihre vier Mitbewohner. Die vier akzeptierten das und taten meist, was Eve ihnen sagte.

Torben sprang aus dem Container und half Tim, die Beute auf die Tüten zu verteilen. Torben hatte seine Lehre als Fahrradmechaniker abgebrochen, Tim die Lehre als Hotelkaufmann. Die Teichmann-Zwillinge hatten erst gar keine Ausbildung begonnen und schlugen sich mit Gelegenheitsjobs durch. Dabei mangelte es keinem von ihnen an Intelligenz oder Talent. Was ihnen allen fehlte, war Vertrauen. Das Vertrauen, ihr Leben in die Hände dieser Gesellschaft legen zu können.

Olli und Benni sahen, wie Eve, Torben und Tim zum Zaun zurückschlichen und dabei darauf achteten, außerhalb des Erfassungsbereichs der Überwachungskameras zu bleiben. Sie erreichten die Stelle, wo die Maschen bereits so ausgetreten waren, dass man sie wie eine Leiter nutzen konnte.

Die Zwillinge trugen ihre kindlichen Spitznamen noch immer mit Stolz, als eine Art hartnäckiger Verweigerung einer Welt gegenüber, in die sie sich einfach nicht einpassen wollten. Sie wollten mehr sein als ein Datensatz in den Computersystemen einer Gesellschaft, die sie nach beruflicher Effizienz und Einkommenshöhe bewertete. Es war dieselbe Verweigerung, die sie auch in Eve erkannt hatten, weshalb beide hoffnungslos in sie verliebt waren.

Olli hatte es schon einmal geschafft, mit ihr ins Bett zu gehen. Benni schaffte es zumindest bis zu der Frage, ob sie sich vorstellen könnte, mit ihm Sex zu haben. Eve hatte geantwortet, das sei kein Problem. Diese Antwort reichte Benni, genauso wie Olli die eine Nacht in Eves Bett reichte. Sie alle drei beschlossen, auf ewig einfach nur miteinander befreundet zu bleiben.

Die Zwillinge hörten den heranrasenden Wagen genau in dem Moment, als Eve mit Torben und Tim über den Zaun kletterte. Dann sahen sie den Radfahrer, der von dem dunklen SUV durch die schmale Gasse hinter dem Supermarkt gejagt wurde.

Der Radfahrer war jung, kaum älter als zwanzig, und er fuhr um sein Leben. Er hatte ein schlankes Rennrad und erreichte bestimmt sechzig Stundenkilometer. Er raste an Olli und Benni vorbei. Der dunkle SUV folgte ihm in fünfzig Metern Distanz, holte aber schnell auf.

Es war ein spontaner Einfall, der die Zwillinge zwei Pflastersteine aufheben ließ. Als der dunkle SUV auf ihrer Höhe war, schleuderten sie die Steine gegen dessen Seitenfenster. Sie wollten das Interesse des Fahrers auf sich ziehen, um dem

Typen auf dem Fahrrad etwas Luft zu verschaffen. Doch obwohl die Steine die Seitenscheiben zerspringen ließen, raste der SUV unbeirrt weiter und verringerte den Abstand zum Radfahrer.

Dann bogen Radfahrer und Auto um die Kurve und verschwanden aus Ollis und Bennis Blickfeld. Im nächsten Moment hörte man ein blechernes Krachen.

Gleichzeitig sprangen Eve, Torben und Tim neben den Zwillingen vom Zaun. Sie ließen ihre Tüten fallen, und alle rannten los.

Als sie die Ecke erreichten, sahen sie den Radfahrer auf dem Boden liegen. Der dunkle Wagen stand daneben. Auf der linken Seite war die Straße durch die Mauer der S-Bahn begrenzt, auf der rechten war ein Baugrundstück mit einem hohen Zaun. Wohnhäuser standen hier nicht.

Der Fahrer war ausgestiegen und kniete neben dem Radfahrer, drehte dessen Kopf mit beiden Händen. Dann stand er rasch auf und stieg wieder in den Wagen.

»Hey!«, schrie Eve, und sie beschleunigte ihre Schritte, die vier Jungs an ihrer Seite.

Der SUV preschte mit röhrendem Motor davon.

Torben war der Schnellste von ihnen und erreichte den leblosen Radfahrer als Erster. Er hatte einst ein paar Monate Ausbildung als Rettungssanitäter absolviert und war innerhalb der WG derjenige, den man rief, wenn sich jemand verletzt hatte. Aber hier konnte Torben nichts mehr tun. Der Kopf des Radfahrers lag verdreht zur Seite, die Augen waren aufgerissen. Es war eindeutig, dass kein Funken Leben mehr in dem jungen Mann war.

Eve hockte sich dennoch zu ihm und ergriff die Hand des Radfahrers. Doch die Leblosigkeit des Toten erschreckte sie, und sie ließ sofort wieder los.

Dabei rutschte etwas aus dem Innenfutter des Fahrradhandschuhs, das dort offenbar versteckt gewesen war. Eve hob das kleine Plastikteil auf. Es war ein USB-Stick.

Im selben Moment ertönte das Martinshorn eines herannahenden Polizeiwagens.

»Komm, weg hier!« Olli packte Eve an der Schulter.

Sie zögerte noch kurz, dann sprang sie auf und lief mit den anderen davon. In ihrer Welt war es einfach nicht gut, von der Polizei gestellt zu werden, egal, ob man schuldig war oder nicht.

2

Sie saßen bis zum Morgengrauen in ihrer WG zusammen, tranken Bier und rauchten, um ruhiger zu werden, redeten viel über all das, was ihnen durch den Kopf ging, wechselten dann von Bier zu Kaffee und Tee, um sich wach zu halten und nicht einen der wichtigen Gedanken dieser Nacht durch Müdigkeit zu verpassen.

Eve hatte zuvor den Stick in ihren PC gesteckt, doch keines ihrer Programme konnte dessen Inhalt sichtbar machen. Zwei Gigabyte des Sticks waren belegt mit Daten, die sich für sie nur als endlose Reihen und Kolonnen von Zahlen- und Ziffernfolgen zeigten. Schließlich gab sie es auf und hatte einen spontanen Heulanfall, weil ihr klar wurde, dass sie die Hand eines Toten gehalten hatte.

Olli, Benni, Torben und Tim vertrieben solche Gefühle mit den wildesten Theorien. Allein die Größe des verfolgenden SUVs schien darauf hinzudeuten, dass es eine Staatsmacht oder ein Geheimdienst sein musste, der den Radfahrer gejagt hatte. Vielleicht steckten die Lebensmittelkonzerne dahinter oder die Waffenlobby, was in den Augen der WG-Bewohner ungefähr dasselbe Maß an Skrupellosigkeit bedeutete.

Normalerweise war Eve für solche Gespräche immer zu haben und nach dem zweiten Bier meist ziemlich gut darin, Gedanken auszusprechen, die alle anderen zum Zuhören brachten. Als sie sich aber zu den anderen setzte, war ihr nicht nach Reden.

»Ich will wissen, wie er hieß«, sagte sie nur. »Lasst uns in den News-Kanälen schauen, was sie über ihn bringen.«

Doch in den Nachrichten kam nichts über den Vorfall.

Jürgen Erdmann saß seit den frühen Morgenstunden in der Technischen Abteilung des BKA Berlin und brütete über dem Videomaterial, das er prüfen sollte.

Vor acht Monaten war Kriminalhauptkommissarin Lisa Kuttner ermordet worden, und seither hatte sich Erdmanns Leben völlig verändert. Er schlief nie mehr als vier Stunden am Tag, arbeitete sich zwei Stunden lang jeden Morgen vor seinem Dienstantritt durch alle auch noch so versteckten Tagesnachrichten, die irgendetwas mit Lisas Fall zu tun haben konnten, und nach Dienstschluss tat er noch mal sechs Stunden lang dasselbe.

Seine Behörde hatte die Ermittlungen um Lisas gewaltsamen Tod in der Potsdamer Villa noch fünf Monate weiter betrieben, dann aber war der Fall von neuen, dringlicheren Ermittlungen verdrängt worden und immer weiter in den Hintergrund gerutscht. Nicht aber für Jürgen Erdmann.

Er hatte bis dahin ein stilles Leben geführt. Seine Wohnung in Wedding war kaum größer als sein Büro beim BKA, doch er beschwerte sich nie über sein Leben. Er hatte keine Freunde und auch sonst niemanden, der ihn besuchen kam, und er war mit seinen fünfunddreißig Quadratmetern durchaus zufrieden. Sein Büro maß achtzehn Quadratmeter, zusammen kam er so auf diese dreiundfünfzig, in denen er neunzig Prozent seines Lebens verbrachte. Es war alles gut so, wie es war, und er war sich sicher, dass er auch nicht mehr brauchte. Jedenfalls war das so bis zu Lisas Tod gewesen.

Seither durchstreifte er zusätzlich zu aller Arbeit noch

systematisch die Stadt. An jedem Tag. Er notierte sich sämtliche Überwachungseinrichtungen, die er finden konnte. Verkehrskameras, S-Bahn-Kameras, Kameras in öffentlichen und nicht öffentlichen Gebäuden oder in Schaufenstern von Ladengeschäften. Straße für Straße. Inzwischen besaß er einen fein säuberlich erstellten Stadtplan mit allen Kameras, die über das Internet angesteuert und ausspioniert werden konnten. Seit er in Lisas Ermittlungen über die Earth-Aktivisten hineingezogen worden war, verstand er, wie viel Macht es bedeutete, konnte man die Kameras einer Stadt kontrollieren. Er wollte vorbereitet sein, wenn die Leute, die Lisa erschossen hatten, wieder aktiv werden würden. Also lag er auf der Lauer, um ihnen einen Schritt voraus zu sein. Beharrlich und pedantisch, genau so, wie es seine Art war.

Er verfügte zwar nicht über die Mittel, die seine Gegner besaßen, aber er hatte Geduld, und wenn er seine Kräfte gut einteilte, konnte er so noch zwanzig Jahre durchhalten. Irgendwann würde er sie schnappen.

Die Aufzeichnung der Überwachungskamera, die er sich an diesem Morgen ansah, war einem Amtshilfeersuchen des nordrhein-westfälischen LKA gefolgt. In der letzten Nacht war in Köln-Ehrenfeld ein Radfahrer ums Leben gekommen, den man dem Umfeld der Earth-Aktivisten zurechnete. Er war zweiundzwanzig Jahre alt und sein Name Kevin Kossack gewesen. In der einschlägigen Szene war er aber unter seinem Tarnnamen »Viruzz« bekannter. Vor zwei Jahren war er in die Server eines großen Paketdienstes eingestiegen und hatte Material geleakt, mit dem bewiesen werden konnte, dass der private Datenverkehr der Mitarbeiter in sämtlichen Dienststellen überwacht und ausgewertet wurde. »Viruzz« erlangte dadurch einige Berühmtheit in der Hackerszene. Seine tatsächliche Identität war der Polizei erst vor wenigen Wochen bekannt geworden.

Die Ermittler gingen davon aus, dass er sich erst aufgrund der enormen Verbreitung des digitalen Netzwerkes »Rise« den Earth-Rebellen angeschlossen hatte. Warum er aber nun ums Leben gekommen war, konnten die Kollegen aus NRW nicht sagen. Ihr Amtshilfeersuchen folgte einer Notiz, wonach jeder Fall, der im Zusammenhang mit der Aktivistengruppe Earth stehen könnte, an die ermittelnde BKA-Abteilung in Berlin weitergegeben werden sollte. Und damit war die Aufnahme bei Erdmann gelandet.

Das Bild jedoch war über weite Strecken gestört, sodass die entscheidenden Momente des Unfalls fehlten. Deutlich konnte Erdmann nur sehen, dass Kevin Kossack mit verdrehtem Kopf auf dem Boden lag und dass fünf junge Leute – vier Männer und eine Frau – um ihn herumstanden und kurz vor der Ankunft eines Streifenwagens die Flucht ergriffen. In einem elektronischen Protokoll war zu lesen, dass Kossack anhand seines Ausweises identifiziert worden war und dass die fünf Unbekannten unter Tatverdacht standen. In dem Protokoll stand nicht, warum das Bildmaterial gestört war und wer die Polizeistreife zum Tatort gerufen hatte. Womöglich die fünf jungen Leute, dachte Erdmann, aber wenn sie es gewesen waren, warum waren sie dann beim Eintreffen des Einsatzwagens geflüchtet?

Erdmann forderte vom LKA zur weiteren Überprüfung die Aufzeichnungen sämtlicher Kameras im Umfeld von einem Kilometer um den Tatort in Köln Ehrenfeld an. Da steckte mehr hinter dieser Sache, das spürte er, und er beschloss, sich darin festzubeißen.

3

»Richard.«

»Amir.«

»Paul.«

»Murat.«

»Daniel.«

»Yusuf.«

»Nein«, stöhnte Brit auf. »Nicht wieder Yusuf. Du willst mich damit ärgern!«

»Ich will dich nicht ärgern. Yusuf ist ein schöner Name, kommt aus dem Hebräischen und bedeutet: Großer Anführer.«

»Wenn du auf Yusuf bestehst, dann behalt ich den kleinen Mann in mir drin, ich schwör's!« Brit rollte sich lachend auf Khaled und küsste ihn. Allein das brachte sie außer Atem. Der »kleine Mann«, der seit acht Monaten in ihr wuchs, nahm ihr ganz schön viel Luft.

Sie rollte wieder neben Khaled und schaute ihn an. Die Sonne fiel durch die offene Tür auf ihre beiden Körper. Sie trugen beide verwaschene Jeans und weite Shirts aus dünnem Stoff, Brit in Blau und Khaled in Weiß. Das Innere der kleinen Hütte aus Zementsteinen war inzwischen mit Teppichen ausgelegt. Ein paar Möbel und viele bunte Tücher an den Wänden machten es wohnlich.

Khaled strich zärtlich eine Haarsträhne aus Brits Gesicht.

Ihre Augen fingen die Sonnenstrahlen ein und warfen sie weiter zu Khaled, wodurch sie mitten in seinem Herzen landeten.

»Elias«, hauchte Khaled ihr ins Ohr.

»Haben wir längst beschlossen«, antwortete Brit. »Er wird Elias heißen.«

»Okay«, sagte Khaled lächelnd. »Elias. Oder ... wie wär's mit einem Doppelnamen: Yusuf-Elias?«

Mit einem kleinen Wutschrei stürzte sich Brit wieder auf ihn und trommelte mit ihren Fäusten gegen seine Oberarme, bis ihr der mächtige Schwangerschaftsbauch erneut die Luft nahm und sie ihren Kopf erschöpft an seine Schulter sinken ließ. Verliebt und mit geschlossenen Augen lagen sie da und kicherten. Sie waren wie Kinder, ausgelassen und verspielt, und sie genossen es beide.

Es war ihre gemeinsame Tageszeit, die sie sich nicht nehmen ließen, seit Brit von einer Ärztin in Rafah die Bestätigung erhalten hatte, dass Khaleds Kind in ihr wuchs. Dass es ein Sohn war, wussten sie seit zwei Monaten. Sie schlossen den kleinen Lebensmittelladen, den Khaled in Al Bayuk im Gazastreifen eröffnet hatte, jeden Mittag von zwölf bis drei. Diese Zeit verbrachten sie dann in der Hütte, aßen etwas, alberten herum oder machten Liebe, wobei Letzteres durch den gewaltigen Umfang von Brits Bauch immer akrobatischer wurde. Khaled hatte sich vorgenommen, so viel Normalität wie möglich um Brit herum zu schaffen. Das allein schon war schwierig hier auf diesem öden Streifen Land, der mit hohen Grenzzäunen vom Rest der Welt abgeriegelt war und wo Hass und Wut schneller wuchsen als anderswo auf dem Planeten.

Aber Khaled machte seine Sache gut. Er gewann mit seiner offenen Art rasch die Hilfsbereitschaft der Nachbarn aus Al Bayuk, und als es darum ging, aus einem abbruchreifen

Schuppen einen kleinen Lebensmittelladen zu machen, hatte er rasch ein Dutzend helfender Hände an seiner Seite gehabt. Als der kleine Laden fertig war, stellte er der Nachbarschaft seine deutsche Frau vor, und Brit schlang sich aus Respekt eigens dafür ein Tuch um ihren Kopf. Mit ihrem ersten Lächeln gewann sie rasch die Herzen der palästinensischen Frauen und mit den Bonbons, die sie ständig verteilte, die sämtlicher Kinder.

Die Idee des kleinen Ladens war, das Leben für die Menschen im Süden von Gaza wieder etwas lebenswerter zu machen. Hier, wo Mangel und Not den Alltag beherrschten, waren die Familien meist mit dem Minimum zufrieden. Die Kinder sollten essen, zur Schule gehen und gläubig sein. Was in den Schulen und Moscheen gelehrt wurde, darauf konnten Khaled und Brit keinen Einfluss nehmen, aber das Essen war ein Hebel, an dem sie ansetzen wollten. Bei jedem Einkauf verwickelte Khaled die Kunden in kleine Gespräche über den Wert von Nahrung, über nachhaltigen Anbau und die Pestizide der großen Agrarkonzerne. Khaled hatte eine lustige Art, davon zu erzählen, und am Ende gingen die Kunden zwar nicht geläutert davon, aber meist mit einem Einkauf und der Erinnerung an ein schönes Gespräch.

Khaled genoss diese Zeit der Einfachheit. Er hatte in den letzten Monaten viel Eifer an den Tag gelegt, für den kleinen Laden eine Markise zu beschaffen, wie sie in der Blütezeit von Gaza in den Sechzigerjahren üblich gewesen war und wie er sie aus den Erzählungen Ben Jafaars kannte, den er bis vor acht Monaten für seinen Vater gehalten hatte. Die Markise sollte ein Streifenmuster haben, blau und gelb, das stand für ihn fest. Blau wie das Meer vor den Stränden von Al Mawasi, gelb wie die Sonne, die Tag für Tag dem Leben in Gaza neue Kraft gab.

Aber es war schwer, solch eine Markise zu besorgen, wenn

man nicht das Geld hatte, die Schmuggler zu bezahlen, die zwar für den Schwarzmarkt in Gaza so ziemlich alles besorgen konnten, sich das aber etwas kosten ließen. Und Geld besaß Khaled nur das wenige, das der Laden abwarf, und die kleinen Spenden, die hin und wieder durch Peaches und Moon gebracht wurden. Also blieben ihm nur sein Geschick und die Hilfe der Nachbarschaft.

Bei einem ihrer abendlichen Ausflüge entdeckten Khaled und Brit dann ein verrostetes Markisengestänge, das sie mit der Hilfe einiger Nachbarn restaurierten und dann über den Ladenfenstern anbrachten. Ein blaues Segeltuch fand Khaled über einem kleinen Fischerboot, und er tauschte es bei dem zahnlosen Fischer gegen einen alten Fernseher ein, den er anderswo gefunden hatte. Das Tuch war arg verblichen und an manchen Stellen von Ölspuren verschmutzt, aber Brit strich es mehrfach mit einer dünnen Acrylfarbe, bis es wieder leuchtend blau war.

Schwieriger war es, den gelben Stoff zu besorgen. Als nach drei Monaten immer noch nichts Entsprechendes gefunden werden konnte, kaufte Khaled schließlich den schmutzig weißen Stoff eines alten Flüchtlingszelts und brachte ihn zu einer alten Färberei, die sich dort tapfer seit Generationen gegen die Übermacht der industriegefärbten Stoffe zur Wehr setzte. Der Stoff lag dort eine Woche lang in einem Bad aus Kurkuma, Sonnenblume und Kupfersulfat, bis er eine goldgelbe Farbe annahm. Khaled und Brit nähten dann beide Stoffe mit einer fußbetriebenen Maschine in Streifen zusammen, bis fast der gesamte Innenraum ihrer kleinen Hütte mit Marquisenstoff gefüllt war. Als die letzte Bahn vernäht war, ließen sich beide erschöpft und zufrieden auf den Stoff fallen und liebten sich. Das war vor zwei Monaten.

Inzwischen war die Markise jeden Tag ausgefahren und

brachte Farbe in die staubig graue Welt von Al Bayuk. Die Leute kamen gern, um im Schatten der Markise zu stehen und über jene Zeit zu plaudern, die nur noch die Großeltern erlebt hatten. Die Zeit, als Gaza noch ein Ort der Hoffnung gewesen war.

Khaled trug in der Nachbarschaft den Spitznamen »Bayie«, der Verkäufer, und Brit wurde von allen nur die »Almaniin«, die Deutsche, genannt.

Die Welt war für Khaled und Brit klein und überschaubar geworden. Aus Sicherheitsgründen benutzten sie weder Handy noch den Zugang zum Internet, der im kleinen Café gegenüber mit einem alten PC möglich gewesen wäre. Ihr einziger Kontakt zur Außenwelt waren Peaches und Moon, die beiden Earth-Aktivisten, die einmal pro Woche bei ihnen vorbeischauten.

Die beiden waren schon Mitglieder der Bewegung, als Ben Jafaar mit ihr den arabischen Frühling unterstützt hatte. Peaches studierte damals Informatik und genoss sein Studentenleben. Moons Familie hatte dagegen nie das Geld gehabt, ihren Sohn auf eine der Universitäten von Gaza zu schicken. Stattdessen reparierte er alte Computer, half anderen bei Problemen mit der Systemsoftware oder bei Virenbefall und verdiente sich so seinen Lebensunterhalt.

Inzwischen setzten sich die beiden entschlossen für die Ziele von Earth ein, aber vor allem waren sie die Einzigen, die den Aufenthaltsort von Brit und Khaled kannten.

Anfangs versuchte Peaches noch beharrlich, Khaled für den Kampf zurückzugewinnen. Er konnte nicht verstehen, dass sich ein Mann, der ein derart großartiges Netzwerk wie Rise erfunden hatte, komplett aus dem Widerstand zurückzog, um Gemüse zu verkaufen. Rise hatte inzwischen zwanzig Millionen User und war damit das weltweit größte Netzwerk von Leuten, die an eine gerechtere Welt glaubten.

Aber viel mehr noch war es das Tarnnetz, unter dem die Mitglieder von Earth weitgehend unentdeckt blieben, sodass die Bewegung überleben konnte.

Nach der weltweiten Attacke auf die Serversysteme von Tantalos hatten die Rebellen einen kurzen Triumph feiern können. Doch dann wandte sich Ben Jafaar an die Medien der Welt und machte Tantalos öffentlich. Er stellte das Projekt als ein Forschungszentrum für die Zukunft des Planeten hin, und dies klang derart überzeugend aus seinem Mund, dass die Menschen dem mehrheitlich zugestimmt und ihr anfängliches Misstrauen bald wieder vergessen hatten.

Inzwischen war die gigantische Serveranlage wieder intakt und stärker als je zuvor. Die Tantalos Corp. platzierte Lobbyisten in den Hinterzimmern aller Regierungen der Welt und vergrößerte ihren Einfluss permanent. Hingegen war es um die Aktivistenbewegung von Earth still geworden. Deren Mitglieder standen auf den Fahndungslisten der Polizeidienste fast aller Nationen, was – auch wenn sie derzeit nicht mit Nachdruck verfolgt wurden – die meisten Hacker und Digitalrebellen genug einschüchterte, um sich bedeckt zu halten.

Umso mehr lebten die Mythen in der Halbwelt von Rise auf, wo sich Sympathisanten, Mitläufer und Neugierige versammelten und wo Earth inzwischen mit einem ikonenhaften Bild einer jungen Frau glorifiziert wurde: Brit. Anfangs war es nur ein undeutlicher Schnappschuss gewesen. Er zeigte sie in dem Moment, als sie aus Tantalos in Oslo geflohen war, kurz nachdem sie einen USB-Stick an das System angedockt und somit den Algorithmus eingeschleust hatte, der sich daraufhin durch die Eingeweide des Riesenrechners fraß. Es war ein Bild, aufgenommen von einer Überwachungskamera, das zur Fahndung benutzt wurde und das ein begeisterter Sympathisant in Rise gepostet hatte. Daraufhin war Brit über Nacht durch Zehntausende Posts und Threads zur Heldin stilisiert worden. Mehr Bilder von ihr tauchten auf, und sie wurde zur Popikone des Widerstands, ohne dass sie etwas dagegen hätte tun können.

Khaled wusste, welche Gefahr das mit sich brachte, und er versuchte, ihren Aufenthalt in Gaza so geheim wie möglich zu halten. Vor allem aber versuchte er, alle Märchen und Gerüchte, die inzwischen im Netz über Brit unterwegs waren, weitestgehend von ihr fernzuhalten.

Der Schmerz über den Tod seiner Frau Milena war in ihm noch lebendig. Weiteren Schmerz wollte er tunlichst aus seinem Leben fernhalten, aber insbesondere wollte er sein junges Glück mit Brit von allem abschirmen, was es hätte beeinträchtigen können.

Er ahnte nicht, dass sich Brit auf eigenen Wegen mit Informationen versorgen ließ. Yasmin, eine junge Frau aus der Nachbarschaft, hatte sie in Rise erkannt und war stolz, nun Teil des geheimen Wissens um den Aufenthaltsort der heldenhaften Rebellin zu sein. Yasmin versorgte Brit regelmäßig mit Papierausdrucken von neuen Threads oder Artikeln über sie oder mit ausgedruckten Fotos von ihr, die wie Reliquien durchs Internet geschickt wurden. Manches davon vernichtete Brit, anderes hob sie auf und verbarg es in einer kleinen Schatulle, die sie für ihren Sohn verwahren wollte. Er sollte sich später ein eigenes Bild von ihr machen können, falls er je nach seinen Wurzeln suchte.

Wie wichtig solche Wurzeln sein konnten, hatte Brit in ihrem eigenen Leben zur Genüge erfahren. Zuletzt, als sie in Tantalos Ben Jafaar gegenüberstand und der sich als ihr Vater zu erkennen gab. Sie hatte bisher niemandem davon erzählt. Auch nicht Khaled. Ihm am allerwenigsten. Er verlor an jenem Tag den Vater, den sie gewonnen hatte.

»Hättest du auch eine Tochter akzeptiert?«, fragte ihn Brit

und stützte sich dabei mit beiden Ellbogen auf seiner Brust auf.

»Nur wenn sie genauso rebellisch wie du geworden wäre.« Khaled zog sie lächelnd näher an sich, sodass er es spüren konnte, wenn sich der Kleine in ihrem Bauch bewegte.

»Und er? Wie soll er werden? Wie du oder wie ich?«

»Die Klugheit von dir, von mir der Bartwuchs.«

Sie lachte und küsste ihn. Sie wusste schon viel über ihren Sohn. Immer wenn Khaled abends noch einmal durch die Straßen streunte, um dort vielleicht etwas Brauchbares zu finden, saß sie vor der Hütte unter dem Sternenhimmel und baute den »Tunnel« zu ihrem Sohn auf. Sie spürte, wie er zu denken begann, und sie ahnte, welcher Mensch er einmal werden würde. Er fühlte dann ebenfalls, dass sie bei ihm war, und rekelte sich wohlig in der Umarmung ihrer Gedanken.

»Wollen wir noch mal über den Namen reden?«, fragte Khaled.

»Nein.«

»Du bist dir sicher?«

»Ja«, sagte Brit und sah ihn mit klarem Blick an. »Du nicht?«

»Doch«, antwortete er, und Brit erkannte, dass er es ehrlich meinte.

»Glaubst du, wir müssen ihn lange Zeit hier aufwachsen lassen?«

»Ich weiß nicht«, sagte Khaled. »Vielleicht ist es nicht schlecht, wenn wir wollen, dass er sicher ist.«

»Es gibt andere Orte, wo es sicher wäre.«

»Nicht für uns.«

»Hier würde unser Sohn inmitten von Hass und Gewalt aufwachsen.«

»Vielleicht bleibt es nicht immer so in Gaza.«

»Glaubst du das?«

»Ich hoffe darauf.«

In diesem Moment klopfte es an der offen stehenden Tür. Peaches stand dort und hielt sich dezent hinter der Schwelle zurück.

»Come in«, sagte Brit. »Good to see you.« Sie stand auf, schnaufte dabei, als ihr das Gewicht ihres Bauches wieder einmal bewusst wurde. »Some tea?«

»Yes, thanks.« Peaches kam herein. Etwas vorsichtig, denn er war sich bewusst, dass er die Intimität zwischen Brit und Khaled gestört hatte.

Brit ging zu der schlichten Küchenzeile, um Wasser für den Tee aufzusetzen.

»Can you help me getting the water out of the car?« Peaches richtete die Frage an Khaled, und sofort begriff Khaled, dass Peaches etwas von ihm wollte.

Zuerst dachte Khaled, dass Moon etwas zugestoßen sein musste. Peaches und Moon kannten sich von klein auf, und sie waren wie Brüder.

Vor sechs Wochen war Moons jüngere Schwester bei einem Protestmarsch am Grenzzaun durch israelische Soldaten erschossen worden, und der Schmerz darüber brachte Moon fast um. Peaches hatte Angst um seinen Freund gehabt. Angst davor, dass sich Moon radikalisieren würde wie so viele andere junge Männer in Gaza, die Verluste erfahren hatten. Er führte viele Gespräche mit seinem Freund, sagte ihm oft, dass es niemals die Menschen waren, gegen die sich der Kampf richten sollte, sondern immer nur die Systeme von Herrschaft und Besitz. Doch Peaches spürte, dass seine Worte Moon nicht erreichten. Und dann hatte er eine andere Idee.

Er kontaktierte eine israelische Earth-Aktivistin und brachte sie mit Moon zusammen. Sie war eine aggressive jüdische Hackerin mit Tarnnamen »S*L*M«, was auf »Schalom«

zurückging und etwa bedeutete: Der wahre Friede, der von Dauer ist inmitten unserer eigenen Vergänglichkeit. S*L*M war dadurch bekannt geworden, dass sie die Datenserver des israelischen Inlandsgeheimdienstes Schin Bet gehackt hatte. Sie leakte Tausende Datensätze und versah sie mit dem Slogan »Nur Offenheit ist Frieden«. Bis heute hatte sie es geschafft, ihre wahre Identität vor Mossad und Schin Bet erfolgreich zu verbergen.

Sie nahm mit Moon Kontakt auf, und der Plan von Peaches ging auf. Über eine sichere Kommunikationslinie im Darknet begannen die beiden bald schon einen regen Gedankenaustausch. Moons aufkeimender Hass gegen alles Jüdische war wieder besänftigt und sein Schmerz allmählich von seiner Vernunft verdrängt worden. S*L*M war für ihn zum Beweis dafür geworden, dass Araber und Juden Seite an Seite kämpfen konnten, und zwar gegen ihre wahren Gegner.

Doch das alles war nicht der Grund, weshalb Peaches Khaled aus dem Haus holte. Es ging um etwas, das S*L*M letzte Nacht erfahren hatte, und Peaches wusste, dass Khaled Brit während ihrer Schwangerschaft nicht mit solchen Dingen konfrontieren wollte.

Die beiden Männer setzten sich in den alten Peugeot und kurbelten die Seitenfenster hoch, damit ihre Unterhaltung draußen nicht zu hören war. Dann erzählte Peaches, dass ein Earth-Mitglied mit Tarnnamen »Viruzz« in der letzten Nacht in Köln umgebracht worden war. Kurz zuvor hatte Viruzz noch übers Darknet mit S*L*M Kontakt gehabt und hatte ihr mitgeteilt, dass er mitten ins Herz von Tantalos eingedrungen war und dort etwas gefunden hatte, das er den »Schlüssel zur Zukunft« nannte ...

4

Ben Jafaar stützte sein Kinn auf beide Hände und blickte durch das breite Panoramafenster auf das riesige Rechenzentrum, das sich unter ihm erstreckte. Es war viel passiert in den vergangenen acht Monaten. Viele Datenstrecken auf den riesigen Serverfarmen von Tantalos kollabierten bei dem Angriff der Hacker. Das gesamte System war zusammengebrochen, die Arbeit von Monaten und Jahren zerstört. Aber nicht endgültig. Dafür hatte Ben Jafaar frühzeitig Sorge getragen.

Er war sich der Gefahr eines groß angelegten Hackerangriffs immer bewusst gewesen. Früher oder später musste damit gerechnet werden, und keine Firewall war so perfekt, dass sie keine Schlupflöcher aufwies. Zudem wusste er immer, dass die größte Gefahr von den Hackern der Bewegung Earth ausging. Er hatte sie ja selbst ins Leben gerufen und auf solche Angriffe vorbereitet. Und er erklärte sie jetzt zum großen gemeinsamen Feind für die Menschen der Zukunft: der gemeinsame Gegner, der das Gesellschaftssystem des Jahres 2045 zusammenhalten würde.

Aber deshalb hatte er auch gewusst, dass er frühzeitig Schutzzonen errichten musste, die selbst schlimmste Angriffe überstehen konnten. Er nannte sie »Keimzellen«, weil in ihnen die Struktur weit größerer Datencluster gesichert war, sodass sich bei einem Notfall aus diesen Zellen ganze

Strecken eines zerstörten Systems wiederherstellen ließen. Das machte die Zerstörung zwar nicht ungeschehen, aber die Rekonstruktion anschließend leichter.

Dennoch arbeitete eine kleine Armee von Programmierern und IT-Technikern ganze sechs Monate an dem Neuaufbau. Doch schließlich stand das System wieder, und der Zusammenbruch hatte einige Fehler und Schwachstellen ans Licht gebracht, die ausgemerzt werden konnten. Jetzt war es besser und genauer als zuvor.

Auch anderweitig hatte Ben gelernt. Die Geheimhaltung an sich war eine Schwachstelle, die das Tantalos-Projekt angreifbar machte. In dem Moment, als Ben an die Öffentlichkeit ging und der Welt sein Rechenzentrum als ein Projekt der staatenübergreifenden Zukunftsforschung vorgestellt hatte, entschärfte er damit gleichsam die gefährlichste Waffe seiner Gegner: das Leaking. Die Menschen dieser Welt verstanden, dass für die Zukunft geforscht werden musste. Und jeder, der dagegen war, erschien mit einem Mal als Feind einer Zukunft voller Frieden und Wohlstand.

Tantalos wurde inzwischen von allen wichtigen Regierungen als zukunftsweisendes Forschungsprojekt akzeptiert, und nationale Berater sorgten dafür, dass der Informationsfluss zu den Ministerien reibungslos verlief. Eine ganze PR-Abteilung war damit beauftragt worden, viele Informationen in vielen Sprachen und bunten Prospekten zu verpacken, die alle kritischen Fragen ablenken sollten. Für die Augen der Welt war Tantalos jetzt ein harmloser Thinktank der Wissenschaft und damit erst einmal aus dem Fokus aller kritischen Behörden. Es lief alles gut so weit, fand Ben Jafaar.

Die Aktivisten von Earth standen nun auf den Fahndungslisten vieler Staaten. Die Bewegung würde allerdings weiterleben, wenn auch zunächst im Verborgenen, ganz so, wie es die Simulationsberechnung voraussagte. Es würde keine weiteren Toten geben müssen.

Das war eine beruhigende Aussicht für Ben Jafaar gewesen. Seit der Begegnung mit Brit hatte er viele Nächte lang an sie denken müssen. Und er träumte davon, sie an seiner Seite zu haben. Ein Vater und seine Tochter.

Eine Tochter, die allerdings den größten Feind von Tantalos gebären sollte: Elias Jafaar, Vorsitzender der letzten Oppositionspartei, der nach deren Verbot in den Untergrund gegangen war und sich wahrscheinlich Earth angeschlossen hatte. Er würde im Jahr 2045 zur größten Bedrohung der neuen Weltordnung werden.

Auch das hatte das System errechnet. Und darum war TASC, das von Tantalos gegründete Sicherheitsunternehmen, hinter Brit her. Um sie aus dem Weg zu räumen. Um sicherzustellen, dass Elias Jafaar nicht zum Risiko für die zukünftige Gesellschaft wurde.

Ben wollte sie überzeugen, sich sterilisieren zu lassen, damit sie ihren Sohn niemals zur Welt brachte und somit nicht mehr in Gefahr war, doch sie ergriff stattdessen die Flucht.

Die beharrliche Sorge um seine Tochter, die bis dahin nicht einmal von seiner Existenz gewusst hatte, verschwand erst, als sich Earth zurückzog. Seither glaubte er Brit nicht mehr in Gefahr und war innerlich ruhiger geworden.

Diese Ruhe endete jäh in der vergangenen Nacht. Als die Abwehrsysteme meldeten, dass ein Hacker ins sogenannte »Allerheiligste« eingedrungen war. Der Eindringling war nur unter dem Kürzel Viruzz bekannt.

Ben hatte sofort alle Sicherheitsvorkehrungen treffen lassen und sich auf eine Komplettabschaltung vorbereitet. Doch es war bereits zu spät. Viruzz schaffte es, einen Snapshot von einem Algorithmus zu machen, den er nie hätte sehen dürfen. Ben schickte daraufhin sofort seine Jäger los, sowohl die digitalen als auch die menschlichen. Sie spürten Viruzz noch in derselben Nacht auf.

Er hatte Kevin Kossack geheißen und in Köln gelebt. Und er war beseitigt worden, so schnell wie möglich. Doch die gestohlenen Daten waren weder bei ihm noch auf seinem Rechner gefunden worden, den die Männer von TASC sofort aus seiner Wohnung holten.

Das war für Ben der Beweis, dass Viruzz die Daten bereits weitergeleitet hatte. Und wenn dem so war, dann war Earth jetzt mit großer Wahrscheinlichkeit im Besitz der »Brücke«.

Der Kampf ging also weiter ...

Zodiac und Esther hatten eine kleine Wohnung in Paris gemietet. Sie verfügte über einen winzigen Balkon zur Straße hin, und wenn die Fenster offen standen, konnte man abends die Musiker auf den Stufen von Montmartre spielen hören. Die Vermieterin, eine alte Dame, stellte keine Fragen, als ihr Esther statt der Pässe ein handschriftlich gekritzeltes Papier mit falschen Namen zuschob. Es war in Paris nicht ungewöhnlich, dass junge Paare mit viel Hunger nach Liebe und Sex Zimmer mieteten und nicht wollten, dass ihre wahre Identität bekannt wurde. Paris war schon immer stolz darauf gewesen, die Stadt der Liebe zu sein, und die alte Vermieterin wollte mit dieser Tradition nicht brechen.

Die vergangenen acht Monate waren für Esther und Zodiac ohne große Ereignisse verlaufen. Beiden war klar, dass sie Geduld haben mussten, bevor sie wieder offensiv in der Bewegung auftreten durften. Das wäre noch zu gefährlich gewesen. Nach der großen Attacke auf die Serveranlage durch Earth setzte Tantalos viele Hebel in Bewegung, um die führenden Köpfe der Bewegung zu finden.

»Komm wieder her«, sagte Zodiac und nahm einen tiefen Zug an der Zigarette. Das Rauchen hatte er sich erst hier in

Paris angewöhnt. Irgendwie schienen Zigaretten in dieser Stadt weniger ungesund als im Rest der Welt. Es fühlte sich richtig für ihn an, hier in dem kleinen Pariser Zimmer nackt und rauchend auf dem Bett zu liegen und Esthers Anblick zu genießen, die nur in ein Laken gewickelt an der offenen Balkontür stand und hinunter in die Straße blickte.

Die Konturen ihres Körpers zeichneten sich unter dem dünnen Stoff deutlich ab. Sie war schön, unglaublich schön mit ihren dreiunddreißig Jahren. Ihr Po war makellos, ihre Taille schlank, die Brüste sanft gerundet und fest. Er war gierig nach ihr, das war immer schon so gewesen, aber seit sie Sex mit Khaled gehabt hatte, nahm Zodiacs Gier etwas geradezu Zügelloses an. Esther widersetzte sich dem nicht, und es war ihm nicht klar, ob ihr diese Zügellosigkeit gefiel oder ob Esther sie lediglich als neues Beiwerk ihrer sexuellen Konfrontationen akzeptierte.

Sie drehte sich zu ihm um, und ihre Haare hingen wild in ihr Gesicht, als sie ihn anschaute.

»Was für eine gelungene Mischung aus Kämpferin und Schönheit«, sagte Zodiac und drückte die Zigarette im Aschenbecher neben dem Bett aus. »Solch ein Anblick hat Künstler und Eroberer befähigt, die Welt aus den Angeln zu heben. Immer schon.«

»Wenn du weiterquatschst, zieh ich mich an und geh raus.«

Das kannte Zodiac von ihr. Sie wollte kein Gerede kurz vor dem Sex, warum auch immer. Es war ihm nur recht, war es doch das untrügliche Signal dafür, dass sie bereit war für ihn. Er legte den Finger auf seine Lippen als Geste, dass er fortan schweigen würde. Als Antwort darauf ließ sie das Laken fallen und kam zu ihm.

Nackt stieg sie aufs Bett und ließ es geschehen, dass er sie packte und auf sich zog. Sie sah ihn an mit einem Blick, in dem Gier oder Abscheu lag, das hätte er nicht zu sagen vermocht, doch dann übernahm eine archaische Energie die Herrschaft über ihren Körper. Es geschah in Wellen, war begleitet von Schreien, Jammern und Gewalt, und jedes Mal faszinierte es Zodiac aufs Neue.

Esther hatte schon immer diese extreme Körperlichkeit, doch seit Ben Jafaars Sohn in ihren Körper eingedrungen war, hatte sich etwas geändert: Schmerzen waren zum festen Bestandteil ihrer Leidenschaft geworden. Vielleicht war dieses neue Bedürfnis durch Khaled geweckt worden, weil er Bens Sohn war, der Sohn jenes Mannes, den Esther mehr geliebt hatte als jeden anderen Menschen zuvor. Vielleicht auch durch Ben selbst, der vor fünf Jahren aus Esthers Leben verschwunden war und den sie für tot hielt, bis zu jenem Tag vor acht Monaten, als er vor die Öffentlichkeit der Welt getreten war und sich als der Schöpfer von Tantalos präsentierte.

Was davon auch letztlich der genaue Grund war, wusste Zodiac nicht, aber diese neue Gewalt und Heftigkeit in Esthers Sexualität machte Zodiac förmlich süchtig. Seit Bens Verschwinden damals war er dessen Statthalter in der Bewegung geworden, und er versuchte immer, dieser Verantwortung gewissenhaft nachzugehen. Doch seit die sexuellen Begegnungen mit Esther derart ausufernd geworden waren, kam für ihn ein neues Gefühl hinzu. Es war das rauschhafte Gefühl, durch den Körper dieser Frau an die Quelle der Macht zu gelangen.

Je länger ihr Sex andauerte, umso mehr ließ sie es geschehen, dass er mit ihr Dinge anstellte, die an die Grenzen dessen gingen, was sie körperlich aushalten konnte. Und das Bewusstsein, diese Grenzen jedes Mal ein Stück auszuweiten, steigerte Zodiacs Gier ins Unermessliche.

Während Esther die Blessuren ihrer Leidenschaft überschminkte, nahm sie wahr, dass Zodiac sie noch immer beobachtete. Doch nun war es ihr unangenehm, und sie schloss die Tür des Badezimmers, um seinen Blick auszusperren. Ohne die Betäubung ihrer sexuellen Lust fühlte sie sich verletzlich.

Ihr Geheimnis hatte Esther bislang sorgsam gehütet. Vor allen anderen. Auch vor Zodiac. Niemand wusste von der Krankheit, die sie von ihrer Mutter geerbt hatte und die früher oder später dazu führen würde, dass sich ihr Körper dem Schlaf verweigerte. Verantwortlich war eine Mutation am Genort 20p13, die gemeinhin als Insomnia-Mutation bezeichnet wurde. Ihre Mutter war neununddreißig gewesen, als das akute Stadium bei ihr eintrat. Nach sechs Wochen ohne Schlaf war ihr Körper ermattet und ausgelaugt, und sie starb an einem Kreislaufkollaps, begleitet von Gedächtnisausfall und Muskelzuckungen.

Dieselbe Zeitbombe tickte auch in Esthers Genen, und seit den Ereignissen vor acht Monaten hatte das Monster begonnen, sich zu regen. Doch solange sie Sex und Schmerzen spürte, wusste sie, dass sie noch lebte. So lange konnte sie kämpfen ...

Nachdem sie sich fertig angezogen hatte, machte sie sich auf den Weg zum Finanzdistrikt La Défense, wo sie in unregelmäßigen Abständen einen Spekulanten traf, der ihre Bitcoins in Euros umtauschte und für seine Verschwiegenheit eine unverschämt hohe Provision verlangte. Es war ein gieriger dreißigjähriger Typ namens Frederic Lasalle, der ihr ständig auf die Brüste starrte. Aber es gab wenig andere Möglichkeiten, an Geld zu kommen, ohne dabei Spuren zu hinterlassen, die früher oder später unweigerlich die Verfolger zu ihnen geführt hätten.

Esther führte nur ein einfaches Prepaidhandy mit sich,

das ein gewisses Maß an Sicherheit versprach und über das Zodiac sie dennoch in dringenden Fällen erreichen konnte.

Solch ein Fall trat ein, als Esther La Défense erreichte. Ihr Handy summte, und Esther sah Zodiacs Warnung.

Nachdem Esther gegangen war, hatte er sich an den Rechner gesetzt, um über das Darknet Brit als Ikone der Bewegung weiter zu lancieren. Je bekannter sie wurde, umso mehr war sie gezwungen, im Untergrund zu bleiben. Und mit ihr auch Khaled, Zodiacs ärgster Rivale hinsichtlich der Führung von Earth.

Doch als Zodiac ins Netz einstieg, schlugen ihm die Wellen aufgeregter Posts anderer Mitglieder regelrecht entgegen. Es gab einen weiteren Toten. Die Waffenruhe schien vorbei. Tantalos hatte die Jagd auf die Earth-Mitglieder wieder aufgenommen.